講談社文庫

黒猫の三角

Delta in the Darkness

森 博嗣

目次

DELTA IN THE DARKNESS

by

MORI Hiroshi

1999

PAPERBACK VERSION

2002

黒猫の三角

チャールズ・ダーウィンの乗った船がホーン岬付近の島の水路に姿をあらわしたとき、原住民が反応らしきものを見せるまでにずいぶん時間がかかった。彼の航海日誌の記述から察するに、フエゴ島民はビーグル号がまるで目に入らなかったらしい。船が彼らの想像を絶する大きさだったために、見えなかったのだ。かなりたってから、島民が数人船に招かれ、手で船体に触れ裸足で甲板の木の感触を味わう機会が与えられた。このとき初めて、ほかの感覚中枢からの情報が加わり、その巨船は彼らにとって現実のものとなって、見ることも経験することもできる存在となったのだった。

(Lyall Watson ／ Neophilia)

登場人物

桜鳴六画邸の人々

小田原《おだわら》　政哉《まさや》 ---------- 学習塾の教師
小田原《おだわら》　静江《しずえ》 ---------- 政哉の妻、学習塾の経営者
小田原《おだわら》　理沙《りさ》 ---------- 政哉の娘、高校生
小田原《おだわら》　朋哉《ともや》 ---------- 政哉の息子、中学生
小田原《おだわら》　長治《ながはる》 ---------- 静江の父、数学者
酒本《さかもと》　由季子《ゆきこ》 ---------- 小田原家の家政婦
白木《しらき》　富美子《ふみこ》 ---------- 小田原家の家政婦
浅野《あさの》　美雪《みゆき》 ---------- 小田原家の居候、大学助手
東尾《ひがしお》　繁《しげる》 ---------- 小田原家の居候、哲学者
瀬在丸《せざいまる》　紅子《べにこ》 ---------- 小田原家の居候、科学者
根来《ねごろ》　機千瑛《きちえい》 ---------- 瀬在丸家の執事、武道家

アパート阿漕荘の人々

保呂草《ほろくさ》　潤平《じゅんぺい》 ---------- 探偵、便利屋
小鳥遊《たかなし》　練無《ねりな》 ---------- 大学生
香具山《かぐやま》　紫子《むらさきこ》 ---------- 大学生

その他の人々

林《はやし》 ---------- 愛知県警刑事
志儀《しぎ》　木綿子《ゆうこ》 ---------- 大学助教授
早川《はやかわ》　奈緒実《なおみ》 ---------- OL、紫子の先輩
高木《たかぎ》　理香《りか》 ---------- 3年まえの被害者
井口《いぐち》　由美《ゆみ》 ---------- 2年まえの被害者
久野《くの》　慶子《けいこ》 ---------- 1年まえの被害者

プロローグ　何かが終わった　Something Finished

「いうまでもなく、すべてのものに終わりは必ず訪れる。終わったのだ、と人々が感じるよりも多少早く、あるいは、皆がすっかり忘れてしまうよりも多少遅く……」

　この事件は、六月六日の午後八時から九時にかけて発生した。それは、保呂草潤平《ほろくさじゅんぺい》、小鳥遊練無《たかなしねりな》、香具山紫子《かぐやまむらさきこ》、瀬在丸紅子《せざいまるべにこ》の四人が、アパート阿漕《あこぎ》荘の保呂草の部屋で麻雀《マージャン》をした夜の翌日だった。

　被害者は、室内で絞殺された。その部屋のただ一つのドアは、内側から鍵がかけられていた。大邸宅の二階にあり、入口のドアは、吹き抜けの広間からよく見える位置にある。その晩、広間には大勢の人々が居合わせた（香具山紫子と瀬在丸紅子の二人もこのグループに含まれる）。それなのに、誰一人、被害者以外の人間がその問題のドアを出入りするところを目撃していなかった。

一方、その部屋には大きな窓が一つだけあったが、そこも内側から鍵がかかっていた。探偵である保呂草潤平は、事件が発生したと思われる時間ずっとその部屋を見張っていたし、また、アルバイトで彼の助手を務めていた小鳥遊練無も、その窓がよく見える位置に陣取っていた。二人とも、窓を出入りした人間はいないと自信をもって断言できた。ところが、その問題の窓辺に、被害者以外の人物の姿が立ったのを、小鳥遊練無が目撃している。したがって、何者かがこの部屋にいたことはほぼ間違いなく、当然ながら、その人物が加害者である確率が非常に高い、と考えられた。

しかし、一見して、非現実的な状況には違いない。誰も出入りしていないはずなのに、その部屋に入っていった被害者は殺され、しかも、出入りが可能なところは、いずれも内側から施錠された状態だったのだ。

これだけでも、充分にこの殺人事件の特異性を認識できるだろう。

だが、さらに驚くべきことに、殺害の手口は、過去三年間にわたって三人の女性が殺された事件とまったく同一だった。一年に一度、あのルールに従って、犯行が繰り返されていたのだ。

さて、本書は、この不可思議な殺人事件について、その発生から解決までを記述した物語である。伝聞から想像して書かれた部分が存在することはいたしかたがないものの、ほぼ事実に沿って構成されていると思っていただいて良い。ただし、公表に際して一般的な価値を有さねばならぬ宿命を負う物語としての僅《わず》かばかりの演出（たとえれば、遠足の作文に紅葉《もみじ》が欠かせないようなものだが）から、記述者が誰であるのかを明かすことなく、本人（つまり、私のことだ）も他の人物と同等に扱い、三人称で記すこととした。当然のことながら、事件に関わった四人組のうちの一人であることは、誰にも容易に想像がつくであろうけれど……。

この事件は、しかし、一ヵ月後には解決された。

事件に関して興味ある事項の大部分が終了したのちに、物語は記述されている。つまり、この物語には幸いにも一応の結末が用意されていることになる。あらかじめ現実的な結末（少なくとも大多数の平均的な人々にとって安心できる内容の結末、という意味だが）の存在を約束できることは、リアルタイムで進行する現実との最大の相違点であろう。こうした虚構のシールドに守られ、読み手はすっかり安心して、魅力ある謎の部分だけを抽出《ちゅうしゅつ》して、好きなだけ楽しむことができる手筈《てはず》になっている。誰が考えたのか知らないが、ありがたいシステムといえよう。

すべての惨劇を実行した殺人犯が逮捕されたその数日後の夜、やはり阿漕荘の保呂草潤平の部屋に、小鳥遊練無、香具山紫子、瀬在丸紅子の三人が押しかけてきた。もちろん、一ヵ月ぶりの麻雀だった。

ところで、保呂草の部屋には、ネルソンという大人しい犬がいる。この犬はいつも眠っている。朝と夜に保呂草が散歩に連れ出す習慣だったが、それ以外は、まったく部屋から出ることはない。ほとんど運動をしない怠《なま》け者だった。

「ああ、可哀想《かわいそう》ねぇ」瀬在丸紅子は牌《パイ》を並べ終えてから、片手を自分の足もとに伸ばし、そこで眠っていたネルソンの頭を撫《な》でた。「保呂草さん、明日からまた二週間も戻ってこられないって。いっそ、私がもらってあげようか。ここよりは、うちの方が広いし、庭もあるし」

「そうしいそうしい、ネルソン」香具山紫子が煙草《たばこ》に火をつけながら言う。彼女は足を伸ばして、ネルソンの背中を触る。「紅子さんにもろうてもらいいな。君、その方がめっちゃ幸せちゃう?」

「異議なし!」小鳥遊練無もビールを飲みながらにっこりと微笑《ほほえ》む。「こんなアパートでさ、犬は無理だよ」

そのとき、ネルソンの主人はちょうどトイレのために席を立っていた。彼は手を洗ってから、何気なくトイレの窓から夜景を見下ろした。

くしゃみが出た。

そのくしゃみが、わりと気持ちが良かった。「まあ、一応終わったのかな」という程度の安堵を彼は感じたのだ。

ついさきほど出た欠伸《あくび》では、何も感じなかったのに、何故くしゃみだと、そう思えるのだろう、と彼は考える。

それは、事件とは何も関係がない。

彼は背伸びをしてから、部屋に戻った。

三人が大笑いしている。

「何の話だったんです？」

「ネルソン、秘密やよ」香具山紫子が下を向いて言った。

第1章　何も起こらない　Nothing Occurs

「もの事の因果を粘り強く遡《さかのぼ》れば、全宇宙の誕生の瞬間に行き着くことになる。すべては一つから起こり、一つは、すべてに繋《つな》がる。それが道理である。だが、こうした秩序正しい連鎖から独立した存在が一つだけある。いうまでもなく、それが私だ」

1

保呂草潤平は、ソファの上を占領していた雑多なものを大慌てで排除する作業を始めた。まるで籠《かご》の隅でハムスタが自分の居場所作りに精を出しているような手慣れた素早さだった。新聞や雑誌、ダイレクトメールの広告、請求書、作りかけのプラモデルの箱、カメラ、ケーキの空箱、ティッシュペーパ、それから、「下りろ」という命令を完全に無視して眠り続けようとしたネルソン、などが取り除かれた。

「それは、何ですか？」小田原静江《おだわらしずえ》が高い声で尋ねた。

「犬です」保呂草はネルソンを抱えて答える。

「それくらいわかりますわ」彼女は顎《あご》を引いてむっとした表情になる。

「あ、もしかして……」保呂草は言った。「このアパートって、ペットを飼ってはいけなかったでしょうか？」

「いいえ、そんな決まりはございません。ほかの皆さんから苦情が出なければ、私としてはかまいませんよ。ええ、私も犬は嫌いではありませんし……。私がおききしたかったのは、ただ、それも何か、その、保呂草さんのお仕事の役に立つものなのかしら……、ということですわ。そう思いましたものですから」

「あ、いえ、これは何の役にも立ちませんね。どうでしょう。ペーパウエイトくらいには使えそうですけど、使ったことはありません。実際には見た目よりずっと重いんです。少し重過ぎます」部屋の隅まで行って、ネルソンを下ろす。恨《うら》めしそうに保呂草を見上げただけで、ネルソンは再び通常のスリープモードに入った。いつだって眠いだけのネルソンである。「あ、どうぞ奥さん、そこへお掛けになって下さい。申し訳ありません。散らかっていまして……」

　小田原静江は、ようやく表面が見えるようになったソファに腰掛けた。それから、壁、天井、窓、床の順に保呂草の部屋を観察し、どこかに自分の嫌いなものがきっとある、それを見つけ出してやろう、といった厳しい表情で視線をさまよわせた。

「ここで、お仕事をなさっているのですか？」

「ええ、そうです」保呂草は自分の椅子に座りながら両手を広げる。特に意味のあるサインではない。「でも、お客様がここへ直接お越しになるようなケースなんて、まあ、そうですね、一年に三度くらいでしょうか」本当は、開業以来三年で二度しかなかった。咄嗟《とっさ》にこの程度のサバを読むことは職業柄慣れていたが、あとになって、もっと思い切り良くサバを読めば良かったといつも後悔する保呂草である。

「そんなことで、やっていけますの？」

「あ、つまり、電話で呼び出されることの方が、ずっと普通なんです」

「探偵さんなんでしょう？」

「ええ……」保呂草は意識して毅然《きぜん》とした表情で頷《うなず》いてみせた。「実はそうなんですよ。ただ、でも、正直にいって、もう自分がなんの職業なのか忘れてしまいそうではあります。最近じゃあ、ほとんど、町の便利屋ですね」

そうはいっても、実は便利屋というほど便利を提供していなかった。おそらく、ここまで仕事を依頼するためにやってくること自体が、既に充分過ぎるほど不便なのだ。

「探偵って、どんなお仕事をなさるの？　あの、たとえば、浮気相手の調査とか、ですか？　ほら、隠れて証拠写真を撮ったりするの、ありますでしょう？」小田原静江は、保呂草がたった今デスクに移動させたカメラを一瞥《いちべつ》した。それは、大学の備品だったものを廃棄処分にするとき払い下げてもらった代物《しろもの》だった。古いタイプの一眼レフで、もちろん自動焦点機能もなく、取り柄といえば、ネルソンと同じで、重いことくらい。ただし、こちらはペーパウエイトの代わりにはなった。

「あの、ご用件は？」保呂草は両手を合わせて、身を乗り出した。

「家庭教師を斡旋《あっせん》するって、表に紙が貼ってありましたでしょう？」

「ああ……、ええ」保呂草は大きく頷いた。なんだ、そんなことか、と思いながら。「えっと、お嬢さんですか？　それとも、お坊っちゃんの方ですか？」

「息子です」

「わかりました。一流大学の優秀な学生を、いつでも紹介できますよ」

「すぐにお願いできますかしら？」

「もちろんです」

「あの……」小田原静江は不自然な笑みを作った。「実は、多少込み入った事情がございますの。家庭教師というと、普通は先生の方に来てもらいますけれど、その、事情があって、そういった形態ではなくてですね、逆に、うちの息子をこちらに伺《うかが》わせたいと思っているんです」

「はあ……、えっと、つまり、家庭外教師というわけですね」保呂草はそこで笑ったが、相手は笑わなかった。「ええ、そんなの別に問題ではありません。かまいませんよ。でも、どうしてですか？」

「ええ」彼女は渋い表情で頷く。「実をいいますとね、夫に、このことを内緒にしたいからなんです。息子に家庭教師をつけているなんてこと、夫に知られたくありませんので……」

「それはまた、どうして？」

「保呂草さん、私の夫の職業、ご存じでしたかしら？」

「あ、いいえ、残念ながら」保呂草は首を傾《かし》げる。

小田原静江は、今二人が話をしているその場所、つまり、保呂草が部屋を借りているアパート阿漕荘の大家である。彼は毎月、銀行に家賃を振り込みにいくが、その口座の名義が小田原静江だった。したがって、彼女の名前を、保呂草は以前からよく知っていた。だが、こうして面と向かって本人と話をしたことは、もちろん一度もなかった。

阿漕荘のすぐ隣に、広大な敷地面積を誇る桜鳴六画邸《おうめいろっかく》と呼ばれる屋敷がある。和洋折中《わようせっちゅう》の大邸宅で、文化財としての価値も高いと聞いていた。小田原静江は、その桜鳴六画邸の現在の所有者で小田原家の当主、小田原長治《ながはる》の一人娘である。歳は四十代の前半だろうか、自分よりも一廻り以上歳上《としうえ》であろう、と保呂草は目の前の彼女を見て思った。誰に聞いたものか忘れてしまったが、小田原静江には高校生の娘と中学生の息子がいることを、保呂草は知っていた。だが、小田原家の婿養子《むこようし》、つまり、静江の夫に当たる人物に関しては、それこそ婿養子であること以外、情報は何もない。いったい何をしている人物だろう。

要領を得ない静江の話であったが、幾度か言葉を交すうちに事情をおぼろげながら把握《はあく》することができた。小田原静江は学習塾を経営しており、彼女の夫はそこの数学の教師だという。小田原家の当主であり、静江の父である小田原長治は、著名な数学者で、当地随一の国立N大学理学部の教授を数年まえに退官したばかりだ。これは以前より噂《うわさ》で聞いて知っていた話だった。つまり、その長治の娘婿も数学の教師だということになる。もっとも、こちらは個人の、しかも妻の経営する学習塾の教師だ。数学者として大成功した人物とはいえないだろう。

静江の夫、小田原政哉《まさや》は、高校生になる自分の娘にも、中学生になる息子にも、数学を教えていた。だが、子供たちはそれを嫌がった。特に、息子の方がうまくいかないそうだ。何故、嫌がっているのか理由はわからない。保呂草は、その点について追及しなかったが、この種のことは、うまくいく方が不自然だ、と彼は思っている。

とにかく、その息子が、母親に家庭教師を雇ってくれと直訴《じきそ》したというのだ。静江としては、最愛の息子のためになるのであれば、と考えたが、夫の性格からして、とても言い出せない。どうやら、小田原政哉という男はプライドの高い頑固者《がんこもの》らしい。そこで、内緒で家庭教師を雇い、息子をこちらへ通わせたい、というのである。

ディテールは不明だが、大まかにいえば、事情はそんな内容だった。仕事を受けるには充分な情報である。あまり深入りしても得なことはない。

たまたま、アパート阿漕荘の前の電信柱にぶら下げておいた数少ないポスタの一つが目にとまったらしい。彼女自身がオーナであるアパートだ。その足で阿漕荘に入り、二階のドアの前まで来て、「保呂草探偵事務所」という看板を見て驚いた。静江はそう語った。

桜鳴六画邸と同様に、阿漕荘もまた木造二階建ての古い建物だったが、こちらは文化財どうこうといった代物では全然ない。2DKが全部で二十数戸ぎっしりと押し込まれていた。中廊下式で、通路を挟んで東西両側に居室が並ぶ。その廊下は暗く、陰気な雰囲気が一部のマニアに受ける、という冗談まで出るほど独特の風情を漂《ただよ》わせていた。いつ取り壊されてもおかしくないほど老朽化していたが、地下鉄の駅に近い立地の良さと、家賃が異常に安いこともあって、常に満室だった。入居者は単身者もしくは学生である。

保呂草は喫茶店から戻ってきたところだった。

「自分のアパートに探偵事務所があるなんて全然知りませんでした」彼の部屋の前に立っていた中年の女がいきなりそう話しかけてきたのである。

日曜日の午前十時。昨夜遅くまで麻雀をしていた保呂草には、まだ早朝だ。

煙草の吸い過ぎのためか、喉が痛い。

ようやく、小田原静江の話は終わった。

「あの、くれぐれも、内密に……」静江は保呂草を見つめて念を押す。

それほどのことでもあるまいに、とは思った。

たかが、子供の家庭教師くらい……。

もちろん、表面的には真面目で誠実に見える職業上の表情を作って、保呂草は頷いた。

この歳頃のご婦人というものは、とにかく、ユニークでオリジナリティ豊かな（しかし、一般にごく狭い範囲に分布している）価値観を形成するや、後生大事にそれを守り抜くケースが多い。だから、彼女の身の周《まわ》りに起こる本当に些細《ささい》な問題であっても、国際会議でディスカッションされる地球規模でかつ歴史的な人類の最重要課題と充分に比較が可能な、完全に同列な緊急度を持ったテーマとして取り扱う必要がある。建て前としては、あるいは、ビジネスとしては、それが当然の行為なのだ。

小田原静江は、小柄な美人だった。名家の一人娘にして跡取り、さらに、実業家でもあるようだ。しかし、どことなく落ち着かない様子で、保呂草の部屋の居心地が悪いのか、それとも、保呂草のソファの座り心地が気に入らないのか、いずれにしても、こういったことでは、場馴れしていない感じが窺《うかが》えた。おそらく、この程度に狭くて汚らしい空間に長時間いた経験がないのだろう、と保呂草は思った。見るからに高級そうな（おそらく一流ブランドの）服装は、彼女の普段着なのであろう。それとも、ここへ来るためにわざわざ、そんな格好をしてきたのだろうか。彼女の自宅、桜鳴六画邸の正門を出てから、この阿漕荘まで五十メートルほどの距離しかない。もしかして、散歩に出るのにも、これくらいのものを着る習慣なのかもしれない。保呂草は不思議に思った。一般人（つまり、保呂草の知っている平均的な人々）であれば、何十周年記念の同窓会がホテルで開催されるような場合、あるいは年に一度の大奮発でクラシックのコンサートに出かける場合、くらいでしかお目にかかれない彼女のファッションだった。

「お話はわかりました」保呂草はジェントルに頷く。「あの、実は、この隣の部屋に僕の後輩がいます。国立N大学医学部で、二年生なんですが、幸運なことに、今ちょうど、バイト先を探しているんですよ。もしよろしかったら、隣の部屋を使ってもらうことにしましょうか？ 息子さんには、こちらまで来ていただいて、ここで彼に勉強を見てもらう、ということにしてはいかがでしょうか？」

「隣って、どなたです？」

「小鳥遊君です」

「タカナシ？ そんな人いましたかしら……」

「小鳥が遊ぶと書くんですよ」

「ああ、はい……」小田原静江は頷く。「確か、練無《れんむ》さん……とかおっしゃる？」

「それも、れんむではなくて、ねりなと読むんです」保呂草は頷きながら息を吸い込んだ。

「名前も変ですけど、本人もちょっと変わってはいます。でも、とても優秀でして……」

「ええ、N大学でしたら、優秀でしょうね」

「それだけは、本当に、僕が保証します」保呂草は微笑んだ。自分が保証したところで何の保証にもならない、と思いながら。

2

小鳥遊練無は、その朝八時に起床し、ジョギングをしてから、公園の芝生で軽く柔軟体操をした。その場所で、毎日、根来機千瑛《ねごろきちえい》に出会う。今日も例外ではなかった。根来は、練無が通っている少林寺拳法の道場の師範代だ。世間話を十分ほどしてから根来と別れ、また走ってアパートまで戻った。

味噌汁《みそしる》を作り、朝食を食べた。そのあと、軽く化粧をして、口紅を引き、スカートに着替えてから部屋を出る。廊下に立ちドアの鍵をかけ終わったとき、ちょうど、右隣の保呂草潤平の部屋から中年の女性が出てくるところに出くわした。

「あら、あの……」その女は練無を見て目を丸くする。「小鳥遊さんのお友達、かしら?」

「いえ、小鳥遊ですけど」練無はぶっきらぼうに答える。

「まあ……、あ、じゃあ、妹さんね?」女はそう言ってにっこりと頷く。

「いいえ……」練無は首をふった。

話し声を聞きつけたようだ。保呂草がドアを開けて出てきた。

「やあ、小鳥遊君」保呂草が練無に言う。いつもよりも多少気取ったしゃべり方だった。

「あのね、こちら、小田原さん、知ってるかな？　僕らのアパートの大家さんの」

「あ、そうなんですか……」練無はぺこんと頭を下げる。「こんにちは。あ、ついさっきですけど、僕、根来先生と公園でお会いしたばかりです」

「根来先生？」小田原静江は眉を顰《ひそ》め、首を傾《かし》げる。

「ええ、小田原さんのお屋敷にいらっしゃる根来機千瑛先生です」

「ああ、なんだ。あの機千瑛さんのこと。ああ、ええ……」小田原静江は軽く微笑んで頷く。しかし、まだ上《うわ》の空《そら》といった様子で、目は見開かれ丸くなったまま、練無の顔を凝視していた。彼女はようやく保呂草の方を振り向いて、助けを求めるように彼を見た。

「だから変わっているって言いましたでしょう」保呂草は口を斜めにして苦笑した。「どうします？　家庭教師の話は。別の子が良いですか？」

小田原静江は再び、こちらを向き直り、練無を品定めするように睨《にら》む。

「どうして、そんな格好をしているの？」静江は尋ねた。

「僕ですか？」練無は一センチほど顎を上げて、きき返す。

「ええ、そう、その、服装とか……」

「その質問を、もうどれくらい受けたか、数え切れないくらいです」練無は一度小さく肩を竦《すく》め、落ち着いて答えた。「それで、僕なりに考えてはみたんですけど、やっぱり答は、まだ見つかっていません。だから、今のところいつも、こうきき返すことにしているんですよ。貴女《あなた》は、どうして、そんな格好をしているんですか?」

「私?」静江は大げさに高い声を出し、蜂《はち》の羽ばたきのように素早く何度も瞬《またた》いた。「私の格好? どうして? 私、何かおかしいかしら?」

「いいえ、どこもおかしくありません」練無はにっこりと微笑む。「でも、その格好をしている理由はありますか?」

「理由?」

「ええ」

「理由なんて……」

「じゃあ、僕の格好、おかしいですか?」

「いいえ、あの、とても……、その、なんていうのかしら、そう、素敵だわ。可愛らしくて……」小田原静江はぎこちなく微笑んだ。「あの、私、正直に申し上げて、とてもお似合いだと思うわ。でもね、貴方、男の子でしょう? 男の子が、そんなお化粧してスカート穿《は》いているっていうのは、やっぱり、ちょっと私たちの世代にはすんなりとは理解できないことですよ」

「ええ、それはもちろんわかっています。僕らの同世代でも基本的には同じです。だけど、僕のことを知っている人たちには、もう知れ渡っているわけだし、僕を知らない人たちは、僕のことを女だって思うだけでしょう？　だったら、特に問題はなくて、誰も不愉快な思いはしない。被害に遭わないわけだし、僕にも不都合はありません。社会にだって、何の迷惑もかけていないし、誰かを騙《だま》してもいません。違いますか？」

「ええ、まあ、それはそうでしょうけれど……」じろじろと練無の全身を眺めながら静江は呟《つぶや》いた。「うーん、そう言われると、そうかしらって、思ってしまうわ」

「小田原さん、どうしますか？」後ろから保呂草が小声できいた。「小鳥遊君じゃ、まずいですか？」

「いえ」静江は一度首をふり、再び、練無を凝視する。「あの、うちの息子の家庭教師なんですよ。貴方、N大の医学部なんですね？」

「きゃ、バイトですか？」練無は両手を前で合わせる。「うわ、やった。嬉《うれ》しい！」

「あの、ちょっと。息子の前では、それ、やめていただけないかしら。その……、女装もしないという条件で」

「ああ、はいはい！」練無は大きく頷いた。「そんなのお安いご用です。お金のためなら何でもするもん。あ……、いえ、今のは言い過ぎました」

「変なこと教えないで下さいね」眉を寄せて小田原静江が言った。

「変なことって、何です？」練無がきく。

数秒間の沈黙があったが、小田原静江は最後に練無をじろりと睨みつけ「とにかく、頼みますよ。一度、こちらへ息子を連れてきます」と言い残して、廊下を階段の方に歩いていってしまった。ぎいぎいと音のする階段を彼女が下りていくまで、練無は黙っていた。

「あれ、だけど……、小田原さんとこってさ、確か、学習塾をやってるんじゃなかったっけ」

「ああ、そうらしいね」保呂草が頷く。「事情はよくわからんけど、なんでも、旦那には絶対に内緒にして、家庭教師を雇いたいだってさ。それで、屋敷へ行って教えるんじゃなくて、あそこの坊主が、ここへ来ることになる」

「ここって、僕の部屋へ？」

「そういうこと」保呂草は頷く。「僕の部屋よりは、君の部屋の方がずっと綺麗《きれい》だろう？」

「そりゃあ、断然」練無は大きく頷く。「あ、だけど、むちゃくちゃ残念だなあ、家庭教師の魅力っていったら、家庭料理とか、お茶菓子とかでしょう？　そういうのが全然ないってことだよね、場所がここになると……。ああ、辛《つら》いなあ。ケーキくらい毎回持ってきてほしいよなあ」

「そういうのは、必要経費として請求すれば。ケーキ代くらい出してくれるよ」

　小田原静江が保呂草の部屋を訪ねた経緯《いきさつ》を戸口に立ったまま簡単に聞いてから、練無は保呂草と別れた。お互いにあまり口数が多い方ではないし、昨晩は午前三時まで麻雀をしていたのだから、話題はもう何もなかった。

小鳥遊練無は階段を下りて靴を履き、外に出て初夏の清々《すがすが》しい陽射しに目を細めた。彼はボリュームのあるスカートを揺らしながら歩きだす。

阿漕荘のブロック塀を左手に見て北へ行くと、石垣と白壁に左右を挟まれた桜鳴六画邸の正門にぶつかる。そこで道路はT字路になり、左右どちらへも、石垣と白壁がひたすら真っ直ぐに果てしなく延びている。

練無はそこを右に、つまり東の方角に折れ、最寄りの地下鉄の駅へ向かうつもりだったが、ちょうど、六画邸の正門から、香具山紫子が出てくるのを見つけ、立ち止まって少し待った。

紫子も、昨夜の麻雀のメンバの一人である。保呂草潤平の部屋に、保呂草、小鳥遊練無、香具山紫子、それに、瀬在丸紅子の四人が集まった。保呂草が四回連続チートイツで上がったのを初め、一人勝ちだった。夜中の三時にお開きになったのだが、女性陣二人は、そのあと飲み直すと言ってアパートから出ていったのである。

香具山紫子はもともと完全な夜行性で、太陽が見える時間帯はたいていは寝ている。アパートで寝ているか、大学の講義室で寝ているかのどちらかだ。彼女は、保呂草や練無と同じく阿漕荘の二階に住んでいる。廊下を挟んで、練無の部屋の真向かいである。年齢は練無と同じで、大学の二年生。近くの私大に、ほんのときどき、雀の涙ほど通学しているようだ。

紫子も練無に気がついて、片手を挙げた。眠そうなぼんやりとした表情だったが、それはいつもの彼女の顔である。紫子は、長身で練無よりも背が高い。髪はショートで、今は野球帽をかぶっていた。ロングの練無とはいずれも対照的な容姿だ。

「おんや、れんちゃん。どこいくの？　またまためかしこんで。君、なかなか適度にはきまってるようやけどね、いっちゃあなんだけど、ちょっと最近、けばいんとちゃう？　化粧じゃないよ、そのフリルのブラウスとか。ひょっとして、こういうレトロ趣味の相手がおるん？　まったく、朝っぱらからデートかいな？」

「今までずっと、紅子さんのとこにいたの？」練無がきいた。

「まあな」目を擦《こす》りながら紫子が頷く。「もうあかんわ。飲むもんなくなってもうたんに、あの人、帰してくれへんねん。もう頭がんがんなってきて、どもこもならへんかった」

紫子が言う「あの人」というのが、瀬在丸紅子のことだ。

紅子は今年で三十歳になる。小学校六年生の男の子が一人いるが、離婚していて、今は独身だった。この桜鳴六画邸は、もともとは瀬在丸家の屋敷だった、というまことしやかな噂がある。この界隈《かいわい》では有名な話ではあるが、真偽のほどは定かではない。だが、働いている様子のない瀬在丸の母子が、小田原家に居候《いそうろう》をしているのは事実で、同じ敷地内の離れに住んでいるらしい。練無はまだそこへ行ったことはなかった。香具山紫子は紅子に気に入られているので、この頃はちょくちょく紅子の家に遊びにいっているのである。

「どんな話してるわけ？」

「そやね」紫子は口を尖《とが》らせて横目になる。「まあ、ほとんどは、瀬在丸家の栄光の時代って話だな。あとなあ……、ああ、そやそや、別れた旦那様の話も聞いたよ。ねえ、それが凄いんよ。今でも一ヵ月に一度は会いにくるんやて！」

瀬在丸紅子はとても無口な女性だ。普段は、ほとんど口をきかない。少なくとも練無が知っている紅子はそうだった。麻雀をしているときも、まったくといって良いほどしゃべらない。だが、紫子の話によれば、酒を飲むとそうでもないようだ。

離婚した相手のこと。そんなプライベートな話を紅子がしたのだろうか。

「何が凄いの？　だって、子供がいるんだから、会いにきたって、おかしくないよ」

「違う」紫子は目を見開いてオーバに首をふった。「だって、旦那様が来るときは、子供はよそへ行かせてるんやてぇ。一晩泊まっていくこともあるて言わはったもん。すっごいわあ、思えへん？　だって、別れてるんよ。離婚してるんよ。なんでやと思う？　もう、あかんわ、私……」

「変かなあ？」

「とうてい理解でけんね。やらしいわ……」言葉とは反対に、紫子の顔はにっこりと笑っている。とても理解できない、といった表情ではない。完璧に理解している様子だ。「紅子さんの旦那様って、刑事さんや、言うてはった」

「ケイジさん？　名前が？」

「あほやね、君は。ちゃうわ。警察の刑事さんやん」

「へえ……」

「でなでな……」香具山紫子は練無の肩に手を置いて、顔を近づける。「れんちゃん、知ってる？　杁中《いりなか》のOL殺人事件？」

それは、隣町で一年ほどまえに起こった事件だった。新聞やテレビでも一時期大きく取り上げられた。

「ああ、あったね、そんなの」練無は頷く。

「あれの捜査してはるんやて」

「その、紅子さんの元ご主人が？」

「そうそう」

「あれって、まだ解決してなかったの？」

「そうや。もはもちき」

「もはもちき？」

「もうその話でもっちっきり、を略してん」

「どんな話？」

「その話がさ、なかなか面白かったっちゃりしてさ！」

「しこさん、言葉おかしいよ、それ」

「微妙に眠いからさ、ちょいネジゆるんでんねんな。まあ、今度ゆっくりと、膝《ひざ》を漬け込ませて、れんちゃんにも教えて差し上げましょうね」

「膝を突き合わせてだよ」

「ほんじゃま、今度な」

そう言うと、香具山紫子は片手を大きく広げてみせてから、アパートの方角へ大股で歩いていってしまった。

3

香具山紫子はアパート阿漕荘の入口で靴を脱ぎ、階段を上がるときも、二階の廊下を奥まで進むときも、泥棒のように足音を忍ばせた。階段も廊下も板張りだったので、人間の歩行音を効果的に増幅する機能に長《た》けていた。万が一、意図的な設計でそうなっていたとしたら、「鶯《うぐいすば》張り」と呼ばれたかもしれない。深夜に帰宅するときなど、いつも忍び足で歩かなければならなかった。習慣とは恐ろしいもので、その歩き方がすっかり身についてしまっている紫子だった。

阿漕荘は、どういうわけか一階の住人がすべて女性で、二階は男性という区分になっている。二階の一番奥に住んでいる香具山紫子だけが唯《ただ》一人の例外だ。この住み分けは、誰かの意図でこうなったものではなく、長い年月の間に自然に淘汰《とうた》された結果らしい、というのが住人たちの定説だった。ここに入居した当初、香具山紫子はこの配置がとても気になった。既にその当時において自分だけが例外だったこともある。だが、少なくとも、住人たちは皆、口をそろえて「知らん」と素《そ》っ気《け》ない。どちらかといえば、一階を男性に、二階を女性にした方が防犯上よろしいのではないか、という話は頻繁《ひんぱん》に持ち上がるらしいが、今さら全員が引越をするという煩《わずら》わしさのためか、組織的な配置換えはまったく具体化していない。

胸にカラータイマがあったら、きっと点滅して鳴っているほど眠かったが、香具山紫子は自分の部屋に入るまえに、斜め向かいの保呂草潤平の部屋のドアを小さくノックした。

「どうぞ……。開いてるよ」と言う声が聞こえたので、紫子はドアを開けて顔だけ中に入れる。

「私だよ」

「ああ、しこちゃんか」保呂草が奥から出てきた。

保呂草潤平は、皺《しわ》の寄ったシャツに擦《す》り切れたジーンズという冴《さ》えない格好で、髪の毛もぼさぼさだった。細いフレームのメガネはいつも鼻からずり落ちそうだ。若く見えたが、既に二十八歳。このアパートの住人の中では、保呂草が一番年長だったし、彼より長くここにいる者は他にいなかった。

保呂草は、ドアの廊下側にある貧相なプレートに記されているとおり、探偵である。だが、どう見ても探偵らしい風貌ではなかったし、探偵らしい仕事もしていない。一見した感じは、留年している大学生か、街角でアクセサリィを売っている自由人。している仕事は、便利屋か人材派遣屋に近いもののようだった。現に、香具山紫子も、隣の小鳥遊練無も、これまでに幾度も彼からバイトを斡旋《あっせん》してもらっている。それどころか、この阿漕荘に住んでいる学生のほとんどが、保呂草がストックしている「人材」といっても良かった。

奥からネルソンが出てきて、保呂草の足もとに座った。とろんとした目つきで紫子を見上げているが、特に何か要求があるわけでもなさそうだ。

紫子は、保呂草の方からきいてくるのを黙って待った。自分から言い出すには気が引けたからだ。保呂草は、照れくさそうに苦笑いして頭を掻いた。

「話してくれた？」言いにくそうだ。

「うん」紫子は頷く。

「で、彼女……、なんて？」心配そうな保呂草の表情である。

「あかんて」紫子は首をふり、ずばりと答えた。それが酷《ひど》く素っ気ない仕草《しぐさ》になったことが自覚できたが、もう遅い。多少可哀想《かわいそう》だとは思った。けれど、事実を忠実に伝える以外に自分にできることはない、と思い直す。それ以外にも細《こま》やかな感情が沸《わ》き上がってこなかったわけでもない。迸《ほとばし》るほどは沸かなかっただけだ。それに眠かったので、深く立ち入ろうとする自分の欲求を無視することにした。

「彼女……、都合が悪いって？」悲愴《ひそう》な表情になった保呂草がきく。

「ううん。そういうふうとは、違う。そのう……、単に興味がなかったみたい」

「ちゃんと話してくれたの？」保呂草がもじもじとして言った。「だって、紅子さんはクラシックが好きだって言ってたの、しこちゃんだったよね。今になって、興味がないみたいだったってのは、ないんじゃないの？」

「うん……、だって、確かにそう言うてはったことはあるもん」紫子は口を結んで首を竦める。

「つまり、僕と一緒なのがまずいんだろうか？」

「知らんわ、そんなことまで」紫子は保呂草を睨みつけた。

「ああ、駄目か……」保呂草は大きな溜息をついて言った。「チケット手に入れるの、けっこう苦労したんだけどなあ」

「私が代わりに行ったげよか？」

「え？　チケット買ってくれるの？」保呂草の表情がほんの僅かに明るくなった。

「私の分だけやったら」

「二枚あるんだよ」

「だから、保呂草さんと私で行くんだよ」

友達に売れない？」

「ああ……、そういうことか」保呂草の眉間《みけん》に皺が寄る。「誰かさ、しこちゃんの、

「けち！」それだけ言って、紫子はドアを勢い良く閉めた。

保呂草は出てこなかった。

廊下を斜めに横断し、ドアの鍵を開け、自分の部屋に入る。かぶっていた帽子を脱いで、ベッドに叩きつけた。短い瞬発力のある溜息をついてから、コンタクトを外し、流しで顔を洗う。

「なんやの、あれ、ああもう……」保呂草のことで腹が立って、思わず紫子は呟いた。「あほくさ……。金払ってまで誰が行くか！」

もっと大声で叫んでやろうか、と思ったが、自分は奥床《おくゆか》しい人間だ、と思い留まる。

保呂草潤平に頼まれて、瀬在丸紅子に彼からのメッセージを紫子が伝えた結果がこれだった。保呂草は一ヵ月後のクラシック・コンサートのチケットを手に入れ、紅子を誘おうとしたのである。自分で話せば良いものを、意外と気の小さいところがある保呂草だ。昨夜、麻雀をするために瀬在丸紅子がこの阿漕荘まで来たのも初めてのことだった。それだけで、保呂草は完全に舞い上がっていたようだ。何時間も向かい合って座っていたのに、紅子には直接口がきけなかったのである。それで、帰り際に紫子を呼び寄せ、紅子にコンサートのことを尋ねてくれと言いだす始末。

紫子は、そのままベッドに倒れ込んで、目を瞑《つむ》った。

夕方、もう一度、瀬在丸紅子のところへ行く約束だった。夕御飯をご馳走してくれるというのだ。いや正確には、ご馳走してくれるのは紅子ではなく、あの変な老人だろう。そう、根来という忍者みたいな名前の不気味な爺さんがいるのである。いつも彼が料理を作っているみたいだった。紅子と一緒に暮らしているのだ。どんな関係なのだろう、と疑いたくもなる。根来老人は、向かいの小鳥遊練無が通っている道場の世話役でもあるらしい。とにかく、紅子も根来も不思議な人物だ。なんと表現すれば良いのか、瀬在丸紅子の周辺は、野放しの不思議が集まる無法地帯なのである。他にもまだいろいろあるのだが……。

夕方まで、とにかく眠ろう、と紫子は思った。

4

木立《こだち》の間に、小さな木造の家屋がひっそりと建っている。かつて白いペンキが塗られていたことがどうにかわかる程度の板張りの外壁に、同じく色褪《あ》せたブルーの窓枠がはめ込まれていた。

桜鳴六画邸と同じ敷地の中、その一番北側で、正門とは反対側、裏門に最も近い辺《あた》り。すぐ横に銀杏《いちょう》の大木が二本立ち、その他にも、秋になれば落葉を製造する樹々が生《お》い茂っている。屋敷の母屋《おもや》である桜鳴六画邸とは比較にならないほど規模の小さいこの建物は、無言亭《むごん》と呼ばれる離れで、木陰というには遮蔽《しゃへい》密度の高い、つまり太陽光のほとんど届かない天然ドームの中に佇《たたず》んでいた。

この無言亭に、瀬在丸紅子の一家が暮らしている。一家というのは、すなわち、瀬在丸紅子と、その息子、さらに根来機千瑛の三人のことだ。

根来機千瑛は、瀬在丸家の使用人であった。ただし、現在は一円の手当ても受けていない。なにしろ、瀬在丸紅子には収入が一切ないのだから、使用人など持てる身分ではなかった。

その昔、ありし日の瀬在丸家には使用人が何人もいたのである。この広大な桜鳴六画邸の敷地も屋敷も、すべて瀬在丸家の所有物だった。それが今は何一つ残っていない。人も物も土地も、金も権力も名声も、すべてが失われた。

瀬在丸家最後の令嬢だった紅子は、今年の冬が来れば、ちょうど三十歳になる。小学生になったばかりの一人息子と二人、路頭に迷うことになるところを、見るに見兼ねて、周囲が大いに気を遣《つか》った。それが数年まえのこと。まったく生活力のないこの母子のために、元使用人の根来機千瑛も世話をかって出た。仕事が見つかるまでしばらくの間は、という口約束で一家がこの無言亭に居すわっているのも、そのときの善意に甘え続けていることになる。三年まえより新しい家主となった小田原静江からは、そろそろ離れを明け渡すように、と強く迫られていた。そのことで、機千瑛は毎日やきもきしているのであるが、当の紅子はといえば、一向に気遣うふうでもない。悠然と相変わらずの生活を続けている。

昨夜、紅子は香具山紫子という最近できた若い友達のアパートへ出かけていった。どうやら麻雀だったらしい。夜中の三時過ぎに帰ってきたとき、機千瑛が玄関のドアを開けた。ところが、入ってきたのは紅子だけではなく、香具山紫子も一緒だった。

「飲み直すことにしたから、お酒を出してちょうだい」紅子は簡単に言った。何でも簡単に言うのが彼女のスタイルだった。人工衛星に乗りたいと言いだしたことだってある。

どうやら、そのあと朝まで紫子と二人で語り明かしたようだ。気の合う友人などほとんどいない紅子であったので、ごく珍しいことといえる。紅子には多少の人づき合いが必要だ、と機千瑛は常々感じていたので、香具山紫子のことを歓迎していた。彼女はまだ大学生らしい。若いが礼儀正しい娘で、見どころがあった。

洗濯物を干して、一人で簡単な昼食をとり、食料品の買い出しに近所のスーパまで出かけ、戻ってきてから、紅子の部屋以外のすべての部屋（といっても幾つもあるわけではない）の掃除を済ませた。工具箱を持ち込み、トイレの水道の調子を見てから、ついでにリビングにあるキャビネットの蝶番《ちょうつがい》の緩《ゆる》みも直しておいた。

ようやく紅茶を淹《い》れて、パイプをセットして火をつけたときには、午後三時半になっていた。

ドアの開く音がして、紅子が寝間着《ねまき》のまま出てくる。

両手を上に挙げたまま背伸びをし、痙攣《けいれん》するように躰《からだ》を震《ふる》わせて、紅子は欠伸《あくび》をした。

「おはようございます、お嬢様」機千瑛が椅子から立ち上がって挨拶をする。

「あぁあ……、へっ君は？」

「おぼっちゃまは、朝から図書館にお出かけでございます」

「あ、今日、日曜なんだ」頭を掻きながら紅子が言う。「機千瑛、コーヒー」

「はい、ただいま」機千瑛は頷いて、狭いキッチンに入った。

この無言亭の一階には、二部屋しかない。玄関を入るとすぐこの部屋、つまりリビングルームで、奥に簡単なキッチンが付属している。だから、途中にドアがあるわけではない。一方、反対側の壁にドアがあり、そちらが一階のもう一つの部屋である紅子の書斎兼寝室兼研究室だった。この建物で最も広い部屋だが、それでも十畳ほどの広さしかなかった。キッチンの奥にある小さなドアを入ると狭い倉庫で、そこから梯子《はしご》のような細くて急な階段で屋根裏部屋に上がることができる。この屋根裏部屋を二つに区切って、根来機千瑛と紅子の息子、通称へっ君が使っている。

瀬在丸紅子は丸い椅子に腰掛け、テーブルに両肘《りようひじ》をつくと、両手を頬に当てた。

「ああ、眠い……。お酒がいかんのよね」溜息混じりに紅子は呟く。「無駄な睡眠をしなくてはいけなくなる。胃の消化のために睡眠が必要になるんだ。もっと人間的に生きなくちゃ」

「よくお休みになられることが、なにより人間的かと存じます。差し出がましいことかもしれませんが、美容にも良いと申しますな」

「ふん」紅子は鼻で笑う。「美容とか健康とかなら、何も食べないで点滴うっているのが一番良いのだよ。消化は無駄。そうだ、味覚ほど不思議なものはないな。どうして、食べ過ぎたり飲み過ぎたり、自分の躰《からだ》に悪い塩分や脂肪を美味《おい》しい美味しいと取り過ぎてしまうんだろう？　間違いなく、生きるための障害になっている。不思議だな……。これ、そもそも味覚が麻痺《まひ》しているのだろうか？」

「おそらく、子供の頃には必要だったのでしょう」機千瑛が答える。

「ああ、そうか……、そうだな」紅子は頷く。「その名残《なごり》だというわけか。成長期の栄光を躰が忘れられないってことだね。一度刷《す》り込んだものがキャンセルできない、というのが、地球上の生物に共通する欠点といえる」

「そもそも生き過ぎている、ということですな」機千瑛はコーヒー・メーカをセットしてから頷いた。

「うん、鋭い洞察だ」

「恐れ入ります」

「小田原の連中が今夜パーティをすると言っていたぞ」紅子が窓の方を眺めて言った。ここからは見えなかったが、その南の方角に、小田原の屋敷、六画邸がある。「また例によって、料理を沢山《たくさん》作り過ぎて、食べきれずに残してしまうことになるんだ。あれは無駄だな」

「料理は残るのが礼儀とも申します」

「非合理で嫌いだ」紅子は右手で頬杖《ほおづえ》をしたまま、天井を見上げる。「人間はとにかくものを食べ過ぎる。肉を食べるのもほどほどにすべきだ」

「食べたいために、努力もいたします」

「小田原夫人の誕生日だそうだ」

「え？　ああ、お誕生日のパーティでしたか、おお、そういえば、昨年も一悶着《ひともんちゃく》ございましたな、はい。そうでした、この時期でした」

昨年の六月六日、小田原静江の誕生日パーティの夜は、酷い嵐だった。しかも、東京に出張していた夫、政哉の帰りが遅れたため、静江の機嫌が悪く、それがきっかけで何もかもが散々だったのだ。簡単にいえば、パーティの参加者全員で罵倒《ばとう》し合うほどの大喧嘩《おおげんか》になった。誰と誰が喧嘩をしたのかは既に機千瑛の記憶になかったが、そもそも一風変わった連中ばかりなので一触即発の感は初めからあった。そのことだけは妙に鮮明に覚えている。当然のことながら、瀬在丸紅子は全員を敵に回したといって良い状況だった。根来機千瑛がしたことといえば、テーブルをひっくり返そうとする紅子を羽交《はが》い絞めにして思い留まらせた程度の、些細《ささい》な補佐的行為であったが、それさえも、あとで紅子から徹底的に叱られた。

「いったいお前は誰の味方だ？」と罵られ、一週間ほど口をきいてもらえなかった覚えがある。それがちょうど一年まえのことだった。

そんなわけだから、機千瑛は非常に嫌な予感がした。

紅子の前にコーヒーを差し出す。カップは彼女専用の品で、残っている数少ない瀬在丸家伝来の調度品だった。それを両手で持ち上げ、目を細めて紅子はコーヒーを飲む。前髪のかかる色白の額には真っ直ぐの眉。常に何かに驚いているようにも見える大きく印象的な瞳。人形のように小さな唇は淡く赤い。肩を隠すストレートの黒髪。横柄《おうへい》な口さえきかなければ、無愛想な表情さえしなければ、間違いなく嫁入りまえの良家の令嬢に見えるだろう。彼女よりも、嫁入りまえの良家の令嬢らしく見え、しかも美しい女性を、機千瑛は知らなかった。テーブル越しに紅子を数秒間見るだけで心が和《なご》んだ。これだけが現在、機千瑛が労働の報酬としていただいている唯一の手当てといえる。

「その同じ晩だよ、杁中の例の殺人があったのが」紅子はカップを持ったまま言った。「機千瑛、覚えている？」

「もちろんですとも」突然の話題で驚いたが、機千瑛はすぐに思い出した。

隣町で起こった事件だということもあったが、それよりも何より、紅子の別れた夫、つまり、機千瑛の元主人でもある、そう……、あの煮え切らない唐変木《とうへんぼく》の朴念仁《ぼくねんじん》が、その殺人事件を担当しているのだ。そのこともあって、比較的記憶に新しい。

「殺されたOLはいくつだったか覚えている？」

「いいえ。しかし、確か三十過ぎではなかったかと存じますが」

「そう、三十三歳」紅子はそう言ってまたコーヒーを一口飲む。無表情でガラス玉のように綺麗な瞳だけが機敏に動いた。「それで、そのさらに一年まえの七月七日、つまり、約二年まえの七夕《たなばた》の日にも、実は殺人事件が起きている」

「そりゃ、毎日、どこかで殺人事件くらい起きているでしょうな」

「馬鹿者。話の腰を折るな」紅子は機千瑛を睨みつける。「良いか、これは、あの人から最近仕入れたばかりのネタだ」あの人というのは、紅子の先夫のことである。「よく聞けよ。女子大生が、やはり、この昭和《しょうわ》区内で殺されているんだ。絞殺方法がまったく同じ」

「ほう……」機千瑛はパイプをくわえたまま煙を吐いた。「それは初耳ですな。そのような関連した事件が過去にあったとは思ってもおりませんでした」

「まだあるぞ」紅子は片目を細くして口もとを斜めにする。「さらにそのちょうど一年まえの七夕にも、やはり同じ手口で犯行が行なわれている。場所も、もちろんこの近くだ」

「なんと……」

「そのときは、小学生の女の子が殺された」紅子は眉を僅かに寄せた。

「お嬢様、質問をしてよろしいですかな?」

「良いぞ」

「確かに、同じ手口だと断定できるのですか?」

「それは、そうらしい。どんな手口なのかは、どうしても詳しくは教えてくれなかったが、どうやら、首を絞めるために使ったものが滅多《めった》にない特殊な代物らしい。それがどの事件でも共通しているというわけだな。とにかく、全部同一犯だと断定されている」

「なるほど……。それを昨日、旦那様からお聞きになられたのですな？」

昨日の夕方、ここに唐変木の朴念仁がやってきたのである。仕事は県警の刑事。それで、そんな話題になったのだ。紅子の先夫は一ヵ月に一度ほどの割合でここへ姿を見せる。そのときは、歯がゆいことであったが、機千瑛は紅子の息子を連れ出して出かける習慣だった。この数時間で血圧がどれほど上昇するものか、機千瑛は恐ろしくて計れない。寿命が縮まる思いとはこのことである。この歳になってなお、修行不足を思い知らされるのだった。ただ、昨夜は、帰宅すると既に奴は帰っていた。その代わり、麻雀に紅子を誘うために香具山紫子が訪ねてきたところだった。

「お嬢様……。ひょっとして、さらに、その一年まえにも事件が？」機千瑛は微笑みながら尋ねた。

「いや、それはない」真面目な表情で紅子は首をふった。「それでは、ゼロゼロになってしまう」

「ゼロゼロ？」

「そうだ。ルーレットならいざ知らず」

「あの、どういう意味でしょうか？」

「一昨年殺された女子大生は、二十二歳だった。それから、三年まえに殺された小学生は十一歳だ」

「はあ……」機千瑛は頷きながら考える。「それはまた、調子の良いことで」

「ようするに、三年まえから、十一歳、二十二歳、三十三歳の女性がほぼ一年ごとに同じ方法で、つまり同じ殺人者によって、殺されている。最初の二回は七月七日だ。昨年は、今日と同じ六月六日。この法則でいくと、どうなる？」

「法則？」

「今年の今日、六月六日に殺されるのは、この等差数列に従えば、四十四歳の女性ということになる」

「ちょっと年増《としま》になりますな」機千瑛はそう呟いてから、慌てて言い直す。「あ、これは失礼いたしました。口が滑《すべ》りましたもので、申し訳ございません」

「来年は五月五日のこどもの日に、五十五歳、再来年は同じ日に六十六歳、その次の年は、四月四日に七十七歳、その翌年に八十八歳、その次は、三月三日のひな祭りの日に、九十九歳……。うーん、だんだん、難しくなるな。殺すよりも、被害者を探す方が一苦労だ」

「あの、お嬢様」機千瑛は煙を細く吐き出してからきいた。「そのゾロ目の数字に拘《こだわ》っているというのは、どういった理由からでしょうか？」

「さあ……」椅子の背にもたれかかりながら紅子は腕を組んだ。「昨夜もそのことで議論が白熱した。香具山さんと長話になったのもその話だ。しかし、どう考えても、まっとうな理由は考えられない。おそらくは単なるごろ合わせ」

「ごろ合わせ？」

「そう、遊びだろう」

「遊びで人を殺している、とおっしゃるのですか？」

「遊びで殺すのが一番健全だぞ」紅子はこともなげに答える。「仕事で殺すとか、勉強のために殺すとか、病気を直すためだとか、腹が減っていたからとか、そういう理由よりは、ずっと普通だ」

「お嬢様、それはお言葉が過ぎます」

「では何か？　宗教的な儀式だとか、復讐に燃えるといった恨《うら》み辛《つら》みがあれば、それで正義だとでもいうのか？　復讐ならば正義か？　理由さえしっかりしていれば、殺人を犯しても良いのか？　もしそうならば、殺人の許可証を区役所で発行してはどうだ？」

「少なくとも、人情的には理解できます」

「馬鹿馬鹿しい！　理解などして何になる」紅子は面白そうな表情で機千瑛を睨みつける。

「殺人者の心境を理解して何が嬉しいのだ。何が得られる？」

「嬉しいのではなく、我々一般人の想像の範囲内であった、ということで、まあ、一応は納得ができる、と申しますか、安心するわけですな」

「何を馬鹿なことを……。殺人者の心境が想像の範囲内であることの方が不健全ではないか。それでは、自分もいつか人を殺したくなるかもしれない、と思って落ち着けるというのか？　それよりは、遊びで殺した、全然理解できない、で済ませる方が私は安心だ。人は遊びで生物を殺す。子供の頃、私もよくトカゲを殺して遊んだものだ」

「い！　いつでございますか？　よくも、まあ、そのようなことを！」

「力《りき》むな」立ち上がろうとして腰を浮かせた機千瑛を、紅子が笑って制する。「冗談だよ。悪かった。そんなことはしておらん」

「お嬢様は、機千瑛をからかうのが面白うございますか？」

「面白い」紅子は頷く。「お前は怒る。それが面白い」

「まったく、嘆《なげ》かわしい」機千瑛は精いっぱい紅子を睨んで低い声で呟く。「どうして、そのように、お人が悪いものか」

紅子はコーヒーを飲み干すと、立ち上がって背伸びをした。

「機千瑛、ドレスを出しておいておくれ」

「あ、では……。パーティに出席されるのですな？」

「行く」

「はい、しかし、今夜は確か、香具山様をお招きしたのでは？　そのように、メモ書きがございましたが……」

「もう料理の準備をしたのか？」

「いいえ、これからでございます」

「では、キャンセルだ。彼女も連れていく」

「承知いたしました」

「お前も一緒だ。ちゃんとした服を着るように」歩きながら紅子は言った。

「え？　私もですか？」

「そうだ」彼女はにっこりと微笑むと、自分の部屋のドアを開け、戸口で振り返った。「料理が多いのだから、できるだけ人を集めてやろうと思う。あれは本当に無駄だからな」

「お嬢様がそこまでお気遣いになる必要はないものと存じますが」

「良い。もう決めた。私はもう一眠《ひとねむ》りするから、二時間後に起こしておくれ」

「はい、承知いたしました」

戸が閉まった。

根来機千瑛は小さく舌打ちをする。とんだありがた迷惑だった。今夜はゆっくりと見たいテレビドラマがあったのだ。

だがしかし、機千瑛にとって、紅子の命令は絶対である。それは、チョキがパーよりも強いのと同じくらい疑う余地のない絶対真理なのである。

だが、手ぶらで行くわけにもいかない。主催者自身の誕生日なのだから、何らかのプレゼントなりを持参するのが礼儀であろう。

さて、それを買うための金策は？

そこで行き詰まり、根来機千瑛は煙とともに溜息をついた。

彼はタキシードを仕舞《しま》った場所を思い浮かべ、それから、この際、接触不良のアイロンをまず直すべきか、と故意に別の方向へ考えを向けた。

5

保呂草潤平は午後四時きっかりに桜鳴六画邸の正面玄関の前に立った。地面には大きな石が平面的に組まれていて、水がまかれた直後のようだった。

十分ほどまえに、電話で小田原静江に呼び出された。今日は日曜日だというのに、仕事が幾つか入る日だった。珍しく大きな仕事の依頼が電話であったため、その仕事の算段をしていたところで、今日中に手配しておきたいことを、あちらこちらに電話するつもりでいたのだが、小田原静江から、すぐに来てほしいと言われ、しかたなく、仕事をうっちゃって出てきたのである。

インターフォンがあったが、そのボタンを押すまえに、彼は辺りを見回した。ここへやってくるのは初めてのことだった。

　正門から玄関までは幅の広い真っ直ぐの石畳で、距離はおよそ百メートルほどもあった。途中、右手にはアスファルト舗装された駐車場が一段低い位置にあって、三台の乗用車が駐《と》められていた。反対側の左手には池がある。この屋敷の正門は、昼間はいつも開け放たれていた。子供が庭先に入り込んだりすることがある、という話も聞いている。

　保呂草は建築物には詳しくはない。明治時代か大正時代に建造されたものらしい、という程度の知識しかなかった。しかし、素人目《しろうとめ》に見ても、桜鳴六画邸は不思議な佇《たたず》まいの屋敷だ。一言でいえばエキセントリックとでも表現できるだろうか。左手の正面には二つの円筒形の塔が両側に立ち、その間に広いアーチ状の入口がある。曲面を成す塔部分の側壁は煉瓦《れんが》造で、鋼鉄製の窓のサッシが鮮やかな緑色にペイントされラインを引き締めている。また、中央部のアーチの上には円形の採光窓がはめ込まれ、外側から正確には判別できないが、赤と緑の色硝子《いろガラス》が使われている様子だった。全体として、教会堂を連想させる荘厳さと、天を突く垂直性を主張するデザインで、この一帯は紛れもなくモダンな洋館なのである。

　ところが、それは左半分の話だ。そのすぐ右隣には、白壁の平屋部分が連結し、驚くべきことに、くすんだ黒色の瓦屋根がのっている。一部に羽目板の壁面があるが、これもやはり色は黒い。最下部は低い石垣。そして、木製の細かい格子の窓が腰の高さにずらりと整列している。通常よりも幅の広い三枚の引き戸が並ぶ玄関らしき入口がこちら側にもあった。まるで、料亭か旅館の入口に類似した雰囲気である。つまり、左手の洋館の部分とまったく対等に並列して、和風の玄関が作られているのだった。

このように、まったく形式の異なる二つの建築物が、とても複雑に入り組んだ状態で融合されていた。目を凝《こ》らしてみても、どこにも区切りや境界面は見つからない。物理的には接合され、連結しているのだが、確実に不連続な印象だった。両者の接合部には中間的な緩《かん》衝《しょう》地帯が存在するためか、局所的な違和感を和らげているようだ。全体的に見ると、そもそも何故、二つの建物が繋《つな》がっているのかが、確かに不思議に思えるのだが、部分的な不自然さを具体的にここだと指摘することは難しい。明確な断層といえる箇所がどこにも発見できないほど、上手《うま》く処理されている。いったい、建物の内部ではどのようになっているのだろうか、という疑問が当然にわき起こる。和洋両形式の連結部はどう処理されているのか。少なくとも外部から見ただけではよくわからない。観察する者（特に日本人）を不安にさせる、これが、桜鳴六画邸の最大の特徴だった。

このときの保呂草は知らなかったことであるが、この屋敷のことに詳しい根来機千瑛から後日聞いた話では、もともと建っていた屋敷が桜鳴邸と呼ばれる和風建築で、この部分の大半は、古くは江戸後期からのものらしい。また、明治の中期に外国人技師の設計・指導で増築された部分が六画邸と呼ばれ、小規模ながら三階建ての塔が二つ、吹き抜けの中央ロビィと大広間、さらに書斎、客間を初め、西側の庭に張り出すテラスなどが含まれる。首都圏などには例が多いが、個人の住宅としては極めて珍しい様式のもので、随所に当時の贅《ぜい》が尽くされているとのことだった。

インターフォンのボタンを押そうとしたとき、格子の引き戸が開いて、中から老婆が現れた。

「あ、こんにちは」保呂草は慌てて頭を下げた。

小柄な老婆は顔を上げ、じろりと保呂草を睨みつける。和服に前掛けをしている。髪は真っ白だった。

「どなたですか?」

「保呂草といいます」

「は?」

「保呂草です」大きな声でもう一度繰り返す。「こちらの奥様に呼ばれまして」

「どうぞ、こちらへ」老婆は無愛想に片手を玄関の方へ差し出した。

保呂草は靴を脱いでスリッパに履き替える。広い板張りの廊下を老婆の後ろについて奥へ進んだ。左手に延びる廊下があると、保呂草はそちらの方角が気になった。何故なら、外から見た左半分の洋館部分が、建物の内部ではどのようになっているのかが知りたかったからだ。しかし、洋風の通路や部屋を見る機会はなかった。

しばらく行くと、広い中庭に面した廊下に出た。建物が庭の三面をぐるりと取り囲んでいる。庭に面して右手にガラス戸が並び、保呂草が歩いている廊下は板張りだったが、ガラス戸と反対の左側には、畳が敷かれた細長い通路があった。そのさらに内側が襖《ふすま》で、座敷が幾つかあるようだ。

「この畳の上は歩いてはいけないんですか？」保呂草は左側の畳敷きの部分を指さしてきいた。

「は？」振り返って立ち止まり、老婆はじろりと保呂草を睨む。

「ここは、歩いては駄目なんですか？」質問を繰り返した。

「そこは、駄目じゃ」老婆は簡単に答える。

「どうしてですか？」

「庶民は板の上じゃ」

「庶民？」保呂草は小さく呟く。もちろん、そんな小声は老婆には聞こえなかっただろう。

通路はずっと右半分が板張り、左半分が畳敷きのまま続いている。おそらく、身分の高い者とそうでない者を区別するようにできているのであろう。豊かになるほど、こうした区別が鮮明となるのが、人間の歴史の一つの特徴である。それは、差別といった不合理だけではなく、素直に人間の高貴の現れと考えることの方が自然だ。

老婆がまた立ち止まり、その畳敷きのところに足を踏み入れた。

（なんだ、歩いてもいいんじゃないか）と保呂草は思う。

彼女はそこに膝をつき、座り込んでしまった。皺だらけの両手が延びて、襖がゆっくりと開けられる。

「お客様がおみえになりました」しわがれ声で老婆が言う。

広い座敷の奥に、小田原静江が座っていた。

「保呂草さんですね。どうぞ」

「失礼します」彼は頭を下げ、高貴な者にのみ許された畳に踏み出し、老婆が座り込んでいる横を通り抜けて、座敷の中に入った。

後ろで自動ドアのように襖が閉まった。

中央に大きなテーブルが一つ置かれている。ビリヤード台よりも面積が一廻り大きい。もちろん、座敷机なので高さは低い。その向こう側に小田原静江が座っていた。彼女は白っぽい和服姿で、午前中に会ったときとはまったく印象が違っていた。着物の方が若々しく見えた。

「どうぞ、お座りになって下さい」静江が優雅に微笑む。

テーブルのこちら側に一つだけ座布団が敷かれていたので、保呂草はそこに腰を下ろす。腕時計を見ると四時五分だった。

「とても広いお住まいですね。掃除とか、管理が大変でしょう」

「ええ」静江は軽く頷く。テーブル越しに、二人の距離は二メートルほど離れている。

「あの……」姿勢を正しながら、保呂草は彼女を見る。「まさか、午前中の、家庭教師のこと、ではありませんよね？」

「ええ」静江も一度座り直し、微妙に緊張した表情で頷いた。「実は、つい一時間ほどまえなのですが、妙な手紙を受け取りましたものですから、一度ご相談しようと……」

既に、その封筒はテーブルの上に置かれていた。小田原静江はそれを手に取り、保呂草の方へ差し出す。彼も身を乗り出して、それを受け取った。

「中を拝見してもよろしいのですね？」

静江が頷くのを確認して、保呂草は封筒の中身を出す。数枚の紙が折られて入っていた。いずれもコピィされた新聞記事だった。

後ろの襖が開く。保呂草が振り返ると、手を畳につき、頭を下げてから若い女が入ってくる。湯呑みをのせた盆を持っていた。彼女も和服に前掛けをしている。女中だろうか、と彼は思う。彼女が湯呑みをテーブルに置いて、再び部屋から出ていくまで、保呂草も静江も黙っていた。

「これは、この三年間に、この近くで発生した殺人事件の新聞記事です」保呂草は静かに口をきいた。「僕の記憶では、確か、いずれも未解決だと思いますが……」

「そのとおりです。私も、そんな事件があったことだけは記憶しておりました。でも……、その赤線の部分をご覧になって下さい」

保呂草は視線を落とす。

新聞記事のコピィには、赤いサインペンで線が引かれている部分があった。一枚目の記事は三年まえの七月七日に起こった事件のもので、その日付の部分に赤線が短く引かれている。また、被害者の小学生の年齢、十一歳の部分にも同じように赤線が引かれていた。赤線はこの二ヵ所だけである。二枚目のコピィは、最初のものよりも記事のサイズが小さかったが、二年まえの事件に関するものだった。やはり赤線が二ヵ所に引かれ、日付の七月七日と、被害者の年齢二十二歳の部分がチェックされていた。三枚目のコピィは昨年のもので、これも記事は小さい。赤線が入っている部分は、やはり、六月六日と三十三歳の二ヵ所である。

その封筒には、その三枚のコピィ紙以外には何も入っていない。封筒の表には、「小田原静江様」と宛名が書かれているだけで、住所などの記述はない。裏にも、差出人など一切記されていなかった。

保呂草潤平は、それらを一とおり確かめたあと、ゆっくりと顔を上げた。小田原静江が少し俯《うつむ》き気味に彼を見つめていた。

「つまり、これは何でしょうか？」保呂草は多少おどけた口調できいた。

「わかりません」静江が首をふる。「私には、何のことだかまるで想像がつきません。でも……。今日は、六月六日です」

「ええ」保呂草は頷いた。そして、再び三枚目のコピィに視線を落す。「昨年のこの一番新しい事件と同じ日ですね。三つとも、この近くの事件のようですが……、しかし、たまたま、そういった記事を集めてきただけかもしれません。悪戯《いたずら》をされるような、お心当たりは？」

「いいえ、そんな」静江は身震《みぶる》いするような仕草で答える。強《こわ》ばった表情だった。「もう、なんだか気持ちが悪くて、それで、私、保呂草さんのことを思い出してご連絡したのです」

「誰かにお話になりましたか？」

「まだ誰にも」

「どうして、そんなにご心配なのですか？」

「私、今日で四十四歳になりますの」

第2章　誰も気づいていない　Nobody Knows

「あなたの部屋の片隅で、世にも不思議な魔法が起こるかもしれない。どんな科学でも証明できない現象があなたの目と鼻の先で起こるのだ。しかし、あなたのベッドは少し大き過ぎる。そのため、魔法はベッドの陰に僅かに隠れて見えないだろう。すなわち、それが魔法である」

1

午後五時。夏至《げし》が近く、太陽はまだ高い。

保呂草潤平は、桜鳴六画邸からアパートに戻り、まず、隣の小鳥遊練無の部屋のドアをノックした。

返事がない。ドアを開けてみる。鍵はかかっていなかった。そっと押し開け、中を覗くと、奥の部屋でベッドの上に寝転がっている練無が見えた。

「小鳥遊君、入るよ」保呂草は声をかけて、部屋の中に足を踏み入れる。しかし、練無は相変わらず向こうを向いたままで、保呂草の方を見ようとしない。

近づいてみて理由がわかった。練無は躰《からだ》を揺すっているし、長髪の間からヘッドフォンのコードが延びている。朝方見たままのワンピース姿だった。長髪といってもいろいろだが、練無の髪はかなり長い。具体的にどれくらいかというと、平均して一本が四十センチ。十万本の髪の毛があると仮定すると、全部繋《つな》ぎ合わせて四十キロメートル。ただし、繋ぎ目を無視した場合の計算だ。そして、こういった計算をして喜ぶ趣味は保呂草にはない。

練無が聴いている音楽の高周波成分が、僅かに聞こえてくる。保呂草は、練無の目の前に手を差し出した。

「わ!」弾け飛ぶように練無が飛び起き、壁の方に後退する。「び、びっくりしたぁ……。なんだ、保呂草さん」

「ドアの鍵くらいかけときな。襲われるぞ」

「誰に?」小首を傾《かし》げて練無が真面目な顔できく。

「急なバイトの話があるんだけど、今晩は使えるかな?」

「うん。時間はどれくらい?」ヘッドフォンを外しながら練無が尋ねる。

「だいたい一晩中。朝までずっとだよ。一万円でどうかな?」

「一万三千円。食事付き」

「わかった。ただし、食事の選択権はなし」

「何時から？」

「十分後に僕の部屋で打ち合わせ」

「了解」

「しこちゃんにも頼もうと思ってる」

「彼女、確か……、紅子さんとこで、およばれだって言ってたよ」

「ああ……、知ってる」

保呂草は練無を残してその部屋を出る。廊下を横断し、向かいの部屋のドアをノックした。

しばらく待ったが、返事がない。もう一度ノック。

「しこちゃん！」少し大声で呼んでみる。だが、同じフロアの誰かに聞かれたくなかったので、あまり大きな声は出せない。

ドアが開いて、目の前に欠伸《あくび》をしながら香具山紫子が現れた。黒いTシャツにジーンズ。額にかかる髪を片手で掻き上げ、ぼんやりと保呂草を見る。目の下に雀斑《そばかす》があって、彼女はそこを擦《こす》った。

「なあに？」眠そうな声である。

「今晩、空《あ》いてない?」保呂草はきく。

「デート? それとも、また麻雀?」

もちろん、今までに紫子とデートをしたことなど一度もない保呂草だった。

「バイトだよ」

「え、今晩?」紫子は急に目が覚めたようだ。表情が一瞬で現実的になる。「あ、そうか。ごめんなさい、駄目駄目、私、今晩は先約があるんよ」

「紅子さんとこだろう?」

「え、ええ。あれ、なんで保呂草さんが知ってはるの?」

「紅子さんは、今晩、小田原家のパーティに出席するそうだよ。それで、そこにしこちゃんも連れていく気なんだ。そのことを、小田原家に知らせてきたらしくてね。そいつを僕が聞いたってわけ」

「確かに紅子さんとは約束したけど……」紫子は不満そうな表情である。「小田原家のパーティ? それって何? 私知らんわ、そんなの」

「まあ、いいや。とにかく、そのパーティに君が出てくれさえすれば、それがバイトになるって寸法なんだ」

「どうして? どんなバイト? あ! コンパニオンとかじゃないでしょうね。絶対やらんから」

「違う違う」保呂草は苦笑して首をふった。「そうじゃないよ。えっと……、とにかく五分後に、僕の部屋に来てくれないかな？　打ち合わせをしたいんだ」

「打ち合わせ？」

「ちょっと複雑でね……。小鳥遊君も一緒だ」

「へえ、れんちゃんも、パーティに出るの？　あ、わかった。そうか、あの子がコンパニオンやね？」

「違う違う。全然違う。とにかく、あとで……」

保呂草は自分の部屋へ戻った。

デスクの椅子に腰を下ろし、電話を手前に引き寄せる。電気スタンドにマグネットで止めてある黄ばんだ紙切れを見ながら、そこにあるナンバをコールした。

「はい……。中橋《なかはし》蓄電です」だみ声が聞こえてくる。

「あ、先輩、保呂草です」

「おうおう、久しぶりやんけ。元気かの？　どうしとった？」

「いえ、お蔭様でつつがなく。あの……、小型の無線機を借りたいんですよ。イヤフォン・タイプで目立たないやつ。三人で手放しで会話がしたいんですけど……」

「距離と時間は？」

「距離は、そうですね、せいぜい二、三百メートルかな。時間は、十二時間くらい」

「距離はええけどね、時間の十二時間はちと辛いな。途中でバッテリィ交換してもらわんといかんわ、そりゃ」

「それでいいです。今夜使えますか？」

「今すぐでもＯＫだわさ」

「それ、充電式なんですか？」

「もちろんそうだよ。車の十二ボルトから急速充電で十分ってとこかね。そいで、六、七時間はもつ。だから、充電した予備のバッテリィをもう一つ持っていて、途中で交換すれば問題なし」

「わかりました。じゃあ、えっと、一時間ほどしたら取りにいきますから、お願いします」

「はいはい。よろしく」

保呂草は受話器を置く。

部屋の隅で寝ていたネルソンが起き上がり、背伸びをしてから彼の足もとまで寄ってきた。顔を上げ、じっと保呂草の目を見る。どうやら、外に出してもらいたいようだ。

「悪いけど、ちょっと今、つき合ってる暇がないんだ。独りで行っておいで」

保呂草は、立ち上がってドアを開けてやる。ネルソンはのそのそと廊下へ出ていった。

2

保呂草の部屋は雑多なものでいっぱいである。部屋の隅の壁に立て掛けてあるエレキギターを、小鳥遊練無は何気なく眺めていた。高そうなギターだ。もっとも、それを弾いている保呂草を見たことは、一度もなかった。何かの記念品か、単なる飾りなのだろう。

デスクの上の壁際には、微《かす》かに黄ばんだ色紙が立て掛けてある。漢字で「林選弱桑」の四文字が書かれていた。わざと下手くそに書いたような文字だ。誰の筆によるものなのか練無は知らない。その意味も、保呂草から聞いたことはなかった。

「へえ、そんなの単なる被害妄想じゃないの？」小鳥遊練無は思ったことを口にした。「いくらなんでもさあ、変だよ、そんなの。わざわざ予告したって何の利益にもならないわけでしょう？」

保呂草の説明を聞いて、練無が受けた第一印象は、馬鹿馬鹿しい、という一言だった。過去の事件は本当のことにしても、それと関連づけた予想に関しては根拠がまったく薄弱だし、そんなことを心配して、いちいち警戒していたら大変だ、と思えた。

「でも、事件は全部この近くなんよ」香具山紫子はソファの上で膝を抱え込んでいる。「確かに、根拠といえば、その数字のごろ合わせだけやけど」

「あのさ……」保呂草は小さく頷きながら息を吸った。「そんな議論は無意味なんだ。どうだって良い。真実がどうだなんて知らんよ、僕だって。そんな、数字に縁起かついでる殺人鬼とかさ、いたって、いなくたって、全然関係ないんだ。ただ……、脅迫状かもしれない手紙が来たことは、どうも確からしい。それだって嘘かもしれないよ。単に、パーティの余興として、みんなと一緒にどきどきしたいだけかもね。どっちにしても、僕らには関係のないことなんだ。とりあえず、僕らは、それでお金になれば文句はない。これはビジネス、一晩でいくらになるのか、というビジネスなんだ。言われたとおりのことをすれば、それで良い。UFOが襲ってくるかもしれないから一晩ボディガードをしてくれ、と依頼されれば、もちろん、喜んで僕は引き受ける。値段さえ妥当ならね。そうだな、やくざが襲ってくるというケースの半額でも請け負《うお》うと思うな。まあ、期待値の問題だ。UFOよりは、やくざの存在を信じているからね。とにかく、脅威の対象が実在する確率とは、その程度の関連しかない、ということ」

「本ものの殺人鬼がいたら、どうするの?」紫子が聞いた。「最悪の場合、とても元が取れへんことになるのと違います?」

「前金でもらったから、心配ない」保呂草は首をふった。

「いくらで引き受けたのかな?」紫子が上目遣いで保呂草をじっと見据《みす》える。

「それをきくのはルール違反だよ」素っ気ない表情で答え、保呂草は煙草を取り出して火をつけた。「君たちに支払う金額は既に決定している。不服はないだろう？　今の話を聞いて、不満があるのなら、今のうちに聞いておこう」

小鳥遊練無は肩を竦《すく》めて同意を示す。隣の香具山紫子も黙って軽く頷いた。

小田原静江を一晩護衛する、という仕事だった。彼女は、今夜さえ乗り切れば大丈夫、ということらしい。つまり、六月六日さえ過ぎてしまえば災難は去るだろう、それが依頼人である小田原静江本人の考えなのだ。悲観的なのか楽観的なのか、よくわからなかった。

「だいたい、こんなとこでのんびりしてていいん？　本当に危ないのなら、すぐにも護衛をした方が……」紫子が心配そうに言った。

「大丈夫、今までの事件は全部、夜遅くに発生しているんだ。それに、パーティが始まる七時まで、小田原夫人は、自分の部屋から一歩も出ないと話していた」

「ずっと屋敷の中にいるわけでしょう？」練無は言った。「そんなの、大丈夫に決まってるよ。わざわざ人を殺しにやってくるわけないいもん」

「だから、その議論はやめよう」保呂草は煙を吐きながら言う。「来やしないことなんか、重々承知さ」

「うーん、なんか張り合いないなあ、それ」練無は溜息をつく。どちらかというと、実際に敵が現れた方が面白そうだ、と不謹慎なことを考えていた。

「パーティの間中、室内では、しこちゃんが護衛する。ああ、そうそう、根来さんにも事情を話して、お願いしておいてほしいんだ。ま、心配だったら、だけどね」

「うん、わかった」紫子は真面目な表情で頷く。

「そんならさあ」練無は口を尖らせる。「最初から、しこさんじゃなくて、根来先生に仕事を依頼すれば良いのに」

「大ごとになるだろう?」保呂草が苦笑いして答える。「あの爺さんに話したら、どうなる? それこそ、日本刀とか持ち出したりするかもしれない」

「そんな人じゃないよ」練無は首をふった。

「いいのいいの。任せて。私がうまく話すから」

「で、僕と小鳥遊君は、屋敷の外でパトロールだ」

「え、ずっと? 一晩中?」

「そうだよ」

「夜食は?」練無が掠《かす》れた声で尋ねる。

「用意する」

「あぁあ……、しこさんはパーティで、食いしん坊バンザイなのに、僕は夜露《よつゆ》に濡れて風邪ひいたりするわけ? それ、ちょっと不公平なんじゃない? ねえ、しこさん、替わってよう」

「べえ!」

「ちゃんと、その分、バイト代に色が付けてあるだろうが」保呂草が呆《あき》れ返った表情で言う。「こら、じゃれあうな」

「ねえ、みんな室内で護衛しようよ」

「駄目。それがそうはいかない。依頼人の要望なんでね。ご主人には、我々に警護を依頼したことさえ内緒にしておきたいらしい」

「どうして？　それ、家庭教師のときと同じだね」

「ま、とにかくね、パーティなんて十時頃にはお開きになるだろう。もし万が一、問題が起こるとしたら、もちろん、そのあとだ。さっき、お屋敷の様子はざっと見てきたんだけど、どっちにしてもさ。本当に殺人鬼が来るとしたら、外からやって来るわけで、庭先なんかをうろついているところを事前に取り押さえてしまうのが手っ取り早い。それが一番安全だろう？　こういうのは、なるべく先手を取る方が良い」

「なんで外部から来るって保証できるん？」紫子がきょとんとした表情で尋ねた。「その脅迫状を送りつけたんだって、家族の誰かかもしれへんわけでしょう？　宛名とかなかったって言うてはったもんね。それやったら、屋敷のポストまで自分で封筒を持ってきたってわけで、身近のもんちゃうかってことになるんじゃあ……」

「何を目当てに脅迫するわけ？」練無が独り言のように呟く。「変だよ。全然おかしい。目的がない」

「やめやめ、もう考えるな」保呂草は両手を前で広げる。「いいから、いらんことに頭を使うなよ。ここはバイトに徹するんだ。お金をもらうんだぞ。相手の心証さえ良ければ、それですべて。自分の満足を犠牲にして、その代償として賃金を得る。これが原則だ。わかった？」

小鳥遊練無も香具山紫子も、口を一文字に結び、何度も小さく頷いた。

3

六時を少し回った頃、香具山紫子は、桜鳴六画邸の敷地内を通り抜け、裏手に近いところに位置する瀬在丸紅子の無言亭へ向かっていた。夕方とはいえ、もちろんまだ充分に明るかったが、カラスが庭先に何羽か舞い降りていた。

紫子は、多少窮屈な短いワンピースに、これまた履き慣れないヒールだったので、いつもの半分ほどのスピードでしか歩けなかった。それに、クラシカルな帽子を被っている。実は、つい先日、実家の神戸に帰ったとき、祖母の段取りでお見合いをさせられた。そのときの代償で買ってもらった帽子とワンピースとヒールのセットだった。パーティときいて、この組み合わせ以外に思いつかなかったのである。

「こんにちは」無言亭の入口のドアの前に紫子は立った。ドアは開け放たれていた。

「わぁ、来た来た」紅子が飛び出してくる。「紫子さん、凄いな。素敵。それに帽子も可愛いね。良かった、それなら着替えなくても良い。うんうん、あ、そうそう、あのね……、実はお話があるの。今夜のお食事なんですけれどね……」

「知ってますよ。小田原さんのお屋敷で私もパーティに出るんでしょう?」

「あらまあ……」紅子が顎を引いて目を大きくする。「どうして、それを?」

「保呂草さんから聞いたの。だから、こんな窮屈な格好してきたんですよ。お食事をいただくのには向いてへんけど」

紫子は、ヒールを脱いで部屋に上がりながら、近くにいた根来機千瑛にも軽く頭を下げた。彼には、今夜のことで若干《じゃっかん》の協力を依頼することになっていたので、事情を説明するにはちょうど良かった。同じ部屋で本を広げていた紅子の息子は、いつものことだが、ちらりと横目で紫子の方を見てから立ち上がり、黙って奥へ消えてしまった。愛想のない少年なのである。にこりともしない。紫子はまだ一度もこの少年と言葉を交したことがなかった。

紫子は、小田原静江が阿漕荘を訪れた経緯《いきさつ》から始めて、保呂草が呼び出されて依頼された任務までを簡単に説明した。しかし、仕事とはいえ、保呂草が小田原静江の警護をしなくてはならない理由には説得力がなかった。加えて、自分と小鳥遊練無の二人の役柄も、冷静になって人に説明してみると、実に間が抜けている。紅子と根来に話しながら、紫子は自分でも嫌になってきた。

「ふうん、偶然だね」紅子は腕組みをしながら大きく頷く。「その話、機千瑛ともしたところなの」

「はあ、さようでございますな」根来機千瑛がお茶を並べながら上品に頷く。紅子が一緒にいるときだけは、この老人には別の人格が宿っている。いわゆる憑《つ》きものに近い状態となるようだった。

「きっと、パーティの趣向やないかしら」紫子は言う。「小田原夫人って、そういうことしはる方なんですか？」

「さあ、どうかな」紅子は少女のように首を傾げる。どうも、この人物も外見と中身がほとんど一致しない。「まあ、どうでもいいじゃない。そんなことよりも、お料理に期待しましょう」

「根来さん、そういうわけですから、あの、もしも、万が一のときは、よろしくお願いします」紫子は頭を下げる。

「もしも、といいますと、どういう場合なんでしょう？」根来がにっこりとしてきき返した。

意地悪で言っているのだろうか、と紫子は思ったが、顔には出さない。

「もう本当に、万が一やとは思いますけど、たとえば半狂乱の人間が乱入してくるとか……」

そこまで言って紫子は一瞬考えた。「あ、でも、そんな半狂乱の人が、新聞のコピィを送って予告するわけあらへんし……」

「ないでしょうね」紅子も微笑んで頷く。

「ああ、頭痛いわ。いったい、何がどうして、こんなことになったんやろう」

「まずね……」お茶を一口だけ飲み、湯呑みをテーブルに戻しながら紅子が話す。「これが正常な思考に基づいた、計画的な行為の一環だ、と仮定するなら、最も可能性が高いと考えられるのは、狙いが別にある、ということかしら」

「別の狙いって？」紫子は息を吸い込んで紅子に注目する。

「小田原夫人の身に危険が及んでいると脅かしておいて、それによって注意が向けられなくなる別のポイントを狙ってくる。つまり、宝石とか何か……」

「お嬢様、いささかご冗談が過ぎますな」微笑みながら機千瑛が言った。「それでは、まるでアルセーヌ・ルパンではございませんか」

「あら、意外なものを知っているんだね、お前」

「お蔭様で」

「誰のお蔭だい？」ふっと鼻息をもらして紅子は笑った。「あ、でも、今までで一番説得力があるな」紅子が楽しそうに言う。「実際に、宝石とか金塊とかがきっとあるのね。できれば、マルタの鷹《たか》とかピンク・パンサとかって、気の利いた名前の高価な宝ものがあると嬉しい」

「そんなものがあれば、今どきは、銀行の貸し金庫に預けておりますでしょう」根来が素っ気なく言う。

「しかし、これまでの三件のゾロ目殺人事件では、そんな予告状は存在していない」紅子が急に真面目な表情で澄まして言った。「少なくとも、そんな情報は聞いていないよ」

「わ、ゾロ目殺人事件って呼ばれているんですね」紫子は身を乗り出してきいた。「かっこいい！」

「いえいえ……」紅子は首をふった。「たった今、私が命名したのです」

「なあんだ」

「あの、お嬢様、私の考えをお話してもよろしゅうございますか？」また突然上品になった根来が言う。

「話してごらんなさい」目を細めて紅子が頷く。この二人は芝居の練習でもしているのか、ときどき紫子は可笑《おか》しくなるのだった。

「考えますに、おそらくは今日初めて、保呂草氏に会った小田原夫人が、彼に一目惚れして……、あ、お許し下さい、下世話《げせわ》な表現で大変失礼いたします、その……、まあ、保呂草という男、一見優男《やさおとこ》なれど、なかなかの好男子、一廻りも若いとはいえ、彼のアパートにおける会見がいけなかったのか、はたまた以前より遠くから垣間見《かいまみ》る思慕《しぼ》の類《たぐい》であったのか……、つまりは、息子の家庭教師を依頼するなど、実は、思い余っての口からでまかせ。

とにかく、ふらっとその気になったが哀れ因果でございますな。一度は自宅へ戻ったものの、寝ても覚めても、保呂草様……。ああ、もう一度会いたや、なんとしても会う手立てはないものか、もうそればかりが目の前に走馬灯《そうまとう》のように……」

「機千瑛、もっと、掻《か》い摘《つま》んで話せないのか？」紅子が冷たく言った。

根来機千瑛は咳払いをする。

「いえ、つまりですな。小田原夫人が、保呂草氏の気をひきたい一心で、考えついた狂言ではないかと、私は思うわけでして」

「すごーい。根来さん」紫子は感心して声を上げる。「それそれ、ずばり当たってるんやないかしら。うん、もの凄い鋭いとこついてると思う。絶対それやわ」

紅子は腕組みをしたまま難しい顔だった。根来の方が説得力のあるアイデアを出したことが面白くないのだろうか。

「その、ご主人には内緒にしてくれ、という下《くだ》りが、いかにも怪《あや》しいではございませんか？」駄目押しをするように根来が補足した。

紫子は大きく頷いた。

一方では、実にけしからん、と内心思った。そんなことは絶対に許せない。小田原夫人に対して猛烈に腹が立つ紫子である。

しかし、どうして腹が立つのだろう？

自分は保呂草のことが好きなのだろうか。

それで妬《や》いているのか……。

否、それはない。断言できる。

それに、保呂草は、今、自分の目の前にいる瀬在丸紅子にアタックしようとしているのだ。

アタック？

死語だな……。

「貴女、何をにやにやしているの？」紅子が片手を伸ばして、紫子の目の前で手を振った。

「死んだ誰かと交信中？」

「あの、紅子さん」紫子は姿勢を正し、真っ直ぐに相手を見据えて尋ねた。「保呂草さんのこと、どう思わはります？」

「どうって、お仕事なんだから、しかたがないと思うわ。依頼主に誠意を示すのが、つまりお仕事ですもの」

「いいえ、違います。そういうお話じゃなくて、保呂草さん自身のことをきいているんですよ」

「保呂草さん自身が……、どうかしたの？」

「紅子さんとコンサートに行きたかったみたいでしたよ。どうして駄目だったんですか？」

「ああ……、そのことか」にっこりと紅子は微笑む。もし、地上に天使がいるのなら、外見はきっとこんな感じだろう。「理由が聞きたい？」

「ええ、是非」

「絶対に、言っちゃ駄目だよ」

「ええ、言いません」

「私ね……」紅子は澄ました表情で口に人差指を当て、斜め上を見つめながら、小声で囁《ささや》いた。「保呂草さん、大嫌いなの」

4

保呂草潤平はくしゃみをした。

彼は木製のステアリングを握って、ほとんど骨董品《こっとうひん》ともいえる自動車を騙《だま》し騙《だま》し走らせている。助手席に収まっているのは、小鳥遊練無で、女装のままだった。特に着替える必要がなかったからだ。

「さっきの人、保呂草さんと、つき合いが長いみたいだね？」練無は尋ねた。

「ああ、彼なら、高校のときの電波科学研究部の先輩だよ」保呂草は答える。

「電波科学研究部？　いかがわしいなあ。それって、宇宙からの神秘なメッセージを待っているやつ?」

「まあ、似たようなものだね」

コンビニで弁当などを買い込んだあと、保呂草が車を停めたのは、裏通りにある小さな電気屋の店先で、ペンキの剝《は》げた看板には「中橋蓄電」の文字が読めた。歩道にまで溢《あふ》れるほど、電化製品やオーディオ部品のジャンクが山積みされていて、これらのガラクタのために入口のドアが半分ほどしか開けられなかった。店主の中橋という男は丸メガネの背の高い男である。保呂草は、彼から紙袋に入った品物を受け取り、現金を支払った。三万円だ。どうやら、今夜の見張りに使うためのトランシーバらしい。自分のバイト代の二倍以上の金額だ、と練無は思ったが、気前《きまえ》良くそういった機械類につぎ込んでしまうところが、また保呂草らしい。だから、まったく腹が立たなかった。むしろ、紙袋の中の小さなメカには、練無自身も胸が高鳴るのを感じたくらいだ。

保呂草は今、煙草を口にくわえ、煙たそうにしながら運転をしている。

「盗聴器とか、超小型のCCDカメラとか、まあ、いろいろ役に立つものを貸してくれる」保呂草は、中橋の話を続ける。

「何のために、あの人はそんなもの、持ってるわけ?」

「オタクなんだ」保呂草はこちらを向く。「何のためなんて、関係ない。理由なんかないよ。そういうのが好きなんだ」

「ふうん」

「探偵オタクなんだ。特に探偵グッズに凝っている」

「だったら、自分で探偵すれば良いのに」

「いやいや、そこがちょっと嗜好《しこう》の違うところなんだよ」

「何を借りたの？」

「トランシーバ」

「そんなものいる？」思い切って核心の質問をぶつけてみる。「三万円ももったいないよ」

「大丈夫、必要経費として請求できる」保呂草は右折してステアリングを切りながら言った。「これもテクニックのうちの一つだよ。ある程度は出費があった方が、依頼人も納得するからね」

「ふうん」

（保呂草さんも探偵オタクだ）と思ったが練無は黙っている。

保呂草の車はフォルクスワーゲン・ビートルである。空冷エンジンが後方で唸《うな》っていて、ときどき軽い爆発音を上げた。地面を擦《こす》りそうなくらいマフラが低くぶら下がっていたが、どんな目的でそんなセッティングになっているのか、練無には理解できなかった。まさか静電気を逃がすためではないだろう。ボディの色は、かつてオレンジ色だった色である。

ビートルは、阿漕荘の前を走り抜け、T字路を真っ直ぐ突っ切り、そのまま桜鳴六画邸の正門をくぐった。石畳をゆっくりと進んで、右手へスロープを下る。そこは駐車場で、まだ新しい真っ黒のアスファルトに鮮明な白色のラインが引かれていた。

「さてと、今のうちに、残りのバッテリィを充電しよう」ビートルを駐車させると、保呂草は躰を捻《ひね》って、後部座席の紙袋に手を伸ばす。「あと、四つだから、十分としても四十分かかる」

バッテリィは三つのトランシーバに二つずつ。合計六つあった。中橋蓄電で受け取ったときに、そのうちの二つが既に充電済みであると聞いている。保呂草が取りにいくまでに、その二つは中橋が充電しておいてくれたのだ。

練無は自分の腕時計を見る。六時半だった。

充電の仕方は、さきほど中橋蓄電で練無も聞いた。車のシガーライタを外して、その部分に充電器から延びたコードのソケットを差し込んだ。

「じゃあ、あとは頼む。僕はさきに小田原夫人に会ってくる。それに、ざっと、様子を見てくるから。この二つは持っていくよ」保呂草はそう言うと、トランシーバと充電済みのバッテリィ二つを手に取り、ドアを開けた。「充電ができたら、受信のスイッチを入れておいて。あと……、しこちゃんにも渡さなくちゃいけないから、彼女を見かけたら、ここまで取りにくるように言っておくよ」

「僕は、ずっとここにいれば良い？」練無は尋ねる。

「指示があるまでは」

「わかった」

保呂草は、車から出て、屋敷の方へ歩いていった。

練無は最初にバッテリィを接続し、充電器の小さな緑色のランプが光るのを確かめると、シートを少しリクライニングさせて、頭の上で腕を組んだ。

欠伸《あくび》が出た。

ここは広大な敷地の周囲を高い塀が取り囲んでいる。出入りが可能なのは三ヵ所で、たった今、車で入ってきた南側の正門、北側にある裏門、それに東に一ヵ所小さな通用門がある。正門と裏門は昼間はずっと開いたままだ。明るいうちに閉まっているところは、見かけたことがない。おそらく、屋敷自体の施錠が完全なのか、それともセキュリティ・システムが完備しているのだろう。いずれにしても、たとえ門を閉めたところで、ちょっとした梯子《はしご》があれば、どこからでも侵入することくらい可能である。

十分ほど経った頃、屋敷の東側の庭の小径《こみち》を三人の男女が歩いてきた。香具山紫子と瀬在丸紅子、それに根来機千瑛だった。

「あ、れんちゃん」紫子がビートルに乗っている練無に気がついて近づいてくる。「君、こんなとこで何しとんの？」

「もう、仕事が始まっているの」窓から顔を出して、練無が答える。「保呂草さんに会った？」

「ううん」紫子は首をふる。

香具山紫子は珍しいファッションで、ミニのワンピースに帽子という不思議な雰囲気だった。多少前衛的だが悪くない、と練無は思う。遅れて近づいてきた瀬在丸紅子は、膨《ふく》らんだクラシカルなスカートにフリルのブラウスである。まるでフランス人形が歩いているようだった。

「凄い……」思わず車から降りて、練無は注目した。「紅子さん、良いなあ。お姫様みたいですね。なんか、むちゃくちゃ膨らんでるし」

「それは君のことだ」紅子が言い返す。澄ました表情だった。

「小鳥遊君」根来が難しい表情で言う。「そんな服装で、いざというときに大丈夫かな」

そう言った根来機千瑛にしても、タキシードに蝶《ちょう》ネクタイという極めて平和的な格好である。

「ご心配なく。先生」練無は微笑んで頷いた。

「いざというときは、それで戦うの？」紫子が可笑《おか》しそうにきいた。「そのまえに、変身した方がいいんとちゃう？」

「このスカート、特に奇襲攻撃には抜群に適してるんだよ。足の位置が相手に見えないから、いつ、どこから蹴《け》り出すか、相手は必ず判断が一瞬遅れる。それが命取り」

「何が、命取りやの」紫子が笑った。

「最初の一撃で相手を倒すのが、正攻法なんだ」

「一撃で倒せなかった場合は不利だぞ。よろしい、見てあげよう。ささ、どこからでも良い、突いてきなさい」根来機千瑛は躰を横向きにして腰を落した。

「あ、君たち君たち……」紅子が間に入る。「やめてほしいなあ、こんなところで、二人とも。少しくらい、自分たちが現在置かれた状況について認識したら？」

「れんちゃん、ずっとこの辺にいるん？」紫子が尋ねる。

「そだよ」

「あら、それは可哀想やね。わかった。優しい紫子さんがパーティの御料理、たまに持ってきたげよう」

「ああ、お願い……」練無は両手を合わせて祈りのポーズ。「その優しさを待っていたなり」

世間話をしているうちに、二本のバッテリィの充電が完了したので、練無はトランシーバに一本をセットして紫子に手渡す。彼女は、小さなイヤフォンを耳に入れて、髪に隠した。

「送信は、ここを押して話して」練無は使い方を教える。「それ以外は、ずっとスイッチを切らないこと。あと、このダイヤルで、雑音が消えるぎりぎりにセットするんだよ」

練無は、もう片方のバッテリィを自分のトランシーバにセットし、送信ボタンを押した。

「あ、あ、テストテスト、聞こえる？」

「わあ、凄い……。わかったわかった」イヤフォンで確かめながら紫子は目を丸くして頷く。「れんちゃん、聞こえますか？」

「ＯＫ」

「うわあ、かっちょええ！」紫子がオーバに言う。「これ、むっちゃハイテクやん」

練無はバッテリィを外して、紫子に手渡した。

「はい、これが予備バッテリィね。たぶん、取り替えなくても大丈夫だと思うけど、ひょっとして長引いたときは、そこの小さなライトが点滅するから、そうなったら自分でバッテリィ取り替えるんだよ。できる？　ほら、ここのソケットを差し替えるだけだから」

「これ、どこで手に入れたん？」

「借りものだよ」

「馬鹿馬鹿しいわね。どうして、そんなものが必要なの？」瀬在丸紅子が腕組みをしながら言った。「なんか、遊んでいるとしか思えないな、それ」

三人は、練無を一人残して、屋敷の玄関の方へ歩いていく。再び車の助手席に乗り込んで、練無は、自分の分のバッテリィを充電器にセットした。

5

保呂草潤平は、吹き抜けの高い天井を見上げていた。大きなテーブルが二つ、広間の中央に並べられ、純白のクロスがかけられている。その上にのっているものはまだ少なく、結果的に真っ白な平面が強調されていた。それは運ばれてくる料理が並べられる場所だ。美味《おい》しそうな匂いもする。パーティの準備は既に整っているようである。

数時間まえに屋敷を訪れたときには、この洋館の部分には立ち入らなかった。案内されたのはずっと和風家屋の廊下そして座敷であった。今回は、そもそも入った玄関が、正面から見て左側、つまり、二つの塔の間のアーチ部分。両側からアプローチするロータリィの緩《ゆる》やかなスロープを上がったところに特大のドアがあり、それが開け放たれていた。そこから入って、玄関ホールを抜け、さらにガラスドアを押し開けると、この大広間に出る。

保呂草は、部屋の中頃まで進んで振り返った。二階の廊下の白い手摺《てすり》が見える。その手摺が、両側の階段にそのまま連続して、一階に下りてくる。優雅な曲線だった。階段は左右が白く、中央部は赤っぽい茶色がずっと帯状に続く。壁に掛けられた幾つもの小さな絵は、階段を上りながら鑑賞できるように斜めに配列されていたし、反対の白い手摺の側には途中に二ヵ所、観葉植物の鉢が置かれていた。二階廊下の中央部は、ちょうどバルコニィのように手前に迫《せ》り出し、高い位置からこの大広間全体を見下ろすことができそうだった。その奥、廊下の壁には三つの白いドアが並んでいる。両側の二つは、おそらく二つの塔へ上がるための階段室であろう。中央のドアが、ちょうど玄関ホールの真上に当たる部屋へ続くものと思われる。そこは、二つの塔の間に挟まれた空間で、外から見たときに印象的だった円形のステンドグラスが、その部屋の壁にはめ込まれているはずだ。保呂草は、それを想像した。彼は、その部屋の中をまだ見たわけではなかったが、どれくらいの広さであるかもほぼ把握《はあく》できた。

頭上にぶら下がっているシャンデリアは、黄色く濁った色合いのもので、もし精巧なイミテーションでなければ、年代の染み込んだ相当に価値が付加された代物《しろもの》に見受けられる。

その広間には保呂草の他に、誰もいなかった。たった今、例の耳の悪い老婆(家政婦と思われる)が、「ここでお待ち下さい」と老人特有の濁声《だみごえ》で言い残し、奥の通路へ消えたばかりである。その後一度、若いエプロン姿の女性が、テーブルにキャンドル・スタンドを運んできたが、保呂草を見ても何も言わなかった。彼女は必要以上に忙しそうに振舞い、すぐに出ていった。左手のドア越しかと思われるが、笑い声がときどき聞こえる。おそらく、そちらの控室に既に何人かパーティの参加者が集まっているのだろう。

ぼんやりと周囲を見回しているうち、笑い声が聞こえていたドアが開いて、中から男が出てきた。サングラスをかけ、顎鬚《あごひげ》を蓄えている。がっしりとした体格で、年齢は三十代か四十代。少し足を引きずっているような妙な歩き方だった。季節外れな真っ黒の上下のスーツを着ている。

男は奥へ行きかけたが、保呂草が気になったのか、思い直したように振り返った。

「誰、あんた?」男はきいた。こちらを向いたのでわかったが、ネクタイはしていない。スーツの下は、紺《こん》色のTシャツのようだった。

「僕は保呂草といいます」彼は軽く頭を下げる。「小田原さんの奥様に呼ばれてきたのですけど、ここで待っているように言われたものですから」

「奥様が呼んだ?」そう言いながら、男は一歩こちらへ近づいて、保呂草をじろじろと睨んだ。「へえ……。それはそれは」

何が「それはそれは」なのか、まったく意味がわからなかったが、保呂草は黙っている。

そこへ、奥から老婆とともに、小田原静江が姿を現した。

「保呂草さん、お待ちしていましたわ」多少疲れた表情で、不安定な微笑みを浮かべて静江が近づいてくる。「東尾《ひがしお》さんと、お話をなさっていらしたの?」

「いいえ、何も」東尾と呼ばれた鬚の男は、片手を軽く広げてみせ、もう一度、保呂草を一瞥《いちべつ》したあと、そのまま奥へ消えた。サングラスのため、本当に保呂草を見たのかどうかはわからないが……。

「私の書斎へご案内しましょう」小田原静江は保呂草に近づき微笑む。「こちらです」

彼女が階段の方へ歩きだしたので、保呂草は後についていった。左右両側から階段が延びていたが、二人が上がったのは、右側の階段だった。吹き抜けの広間を左に見下ろしながら二階の渡り廊下に出る。白い手摺が、廊下の中央だけ曲線を描き、広間のシャンデリアに向かって飛び出していた。そのバルコニィの部分に小さな低い長椅子が置かれている。廊下には階段と同じ赤っぽい色の細長い絨毯《じゅうたん》が敷かれていた。

小田原静江は、三つあった白いドアのうち、中央のドアに近づき、鍵を差し入れた。その間、保呂草は、手摺越しに広間を見渡した。テーブルに大きな皿を並べている若い家政婦の姿が見えた。

「どうぞ」大きなドアを開けながら静江が言う。

正面に大きな窓がある正方形の部屋だった。天井がとても高く、窓の上にある円形のステンドグラスがすぐに目にとまる。これは想像どおりだった。渦巻きのような不思議な模様で、赤と青と白の三色を基調としたデザインだ。桜鳴六画邸の前面、洋館の部分の正面から見える円形のステンドグラスがこれである。つまり、この部屋は建物の正面で南に面し、両側を塔に挟まれていることになる。

その窓際には、クラシカルなどっしりとしたタイプの大きなデスクが一つ。そして、高い背もたれの立派なチェア。窓の左横にキャビネット、反対側には書棚。右手の壁際にはソファとテーブル。左手の壁際にはローチェスト。その上の壁に、大きな絵画。ドアの近くに鏡の付いた小さなチェストと椅子。この他にも、足の長いスタンド。足置きとセットになった一人掛けの椅子。高さ二メートルはあろうかという観葉植物。陶器製の大型犬が二匹。人間のミイラが入るのにうってつけの形状をした大型の柱時計。とにかく、どれも最高に高級そうで、その上、何の役にも立ちそうにないことが唯一の共通点のオブジェたちだった。壁紙は金色に近く、天井は反射率の高いメタリックのグリーンである。床の絨毯はおそらく数百万という代物だろう。

いったいここは何をするための部屋だろう、とまず保呂草は思った。少なくとも、麻雀はできそうにない。ビリヤード台が置かれていないのも不思議だ。ルーレットもダーツもなかった。

「ここ、私の部屋なんですよ」小田原静江はソファに座りながら微笑んだ。

「そうでしょうね」保呂草も微笑んだ。「僕の部屋じゃありませんから」

「私以外、誰もここには入れないことになっています。主人もここには立入禁止ですのよ」

「僕は大丈夫なんですか？」

「私が選んだお客様ですから」

「そうですか。それは光栄です」

6

香具山紫子は、瀬在丸紅子と根来機千瑛の後ろに隠れるようにして、正面玄関から建物に入った。玄関ホールを抜けて、奥の大広間に入ると、既にどこからともなくクラシックの音楽が流れ、美味《おい》しそうな料理の匂いも漂っていた。テーブルの上には、大きな皿に整列したオードブルや、さまざまな大きさの銀色の食器が並び、爆発寸前のダイナマイトみたいに湯気を上げているものもある。キャンドルに灯《とも》る小さな炎が方々に反射し、まるで光の速度を計測する実験をしているようだった。

五人の人間がそこにいたので、紫子は順番に観察していくことにした。知った顔は一人もいない。誰が誰なのかまったくわからなかった。ただ、多少意外だったのは、誰も盛装していないこと。部屋の雰囲気に最も相応《ふさわ》しい古風な服装といえるのは、間違いなく、瀬在丸紅子と根来機千瑛の二人だ、と彼女は確信した。

時刻は間もなく七時になろうとしている。

「こんばんは」中年の男性が瀬在丸紅子の前に立った。「今日は、お坊っちゃんはお留守番ですか?」

「はい。そろそろ反抗期かしら。ほんの僅《わず》かな時間でも、私と一緒になんて絶対いたくないだなんて、そんなことを申しますの。もうどうしたら良いものやら……」紅子は優雅な口調で答えた。その声は発声からして日頃とは違っていた。いつもの声がクラリネットなら、今の声はフルートだ。声帯が二つあるとしか思えない。

「こちらは？」男は紫子を一瞥してきいた。

「ええ。奥様には、ご連絡をいたしましたけれど、こちら、私のお友達で、香具山紫子さんとおっしゃるの」

「はじめまして。小田原です」男は紫子に向けて片手を差し出した。「おききしてよろしいですか？」

「え、ええ」紫子は頷く。

「どんなお友達なのでしょうか？」

「あ、えっと、ときどき、ゲームを一緒に……」紫子は握手をしながら答える。麻雀とは言いにくかった。

どうやら、その男が小田原政哉《まさや》のようだ。つまり、小田原静江の夫、小田原家の婿養子になった男である。髪は豊かだが、前髪は幾分白い。躰は大きくなく、身長もヒールを履いている紫子の方が高いくらいだった。年齢は、四十代前半だろうか。確かに異性から見て魅力的な部類の容貌で、響くような低音の声は紳士的で甘い口調だった。

「ごゆっくりと」そう言って、小田原政哉は遠ざかる。背の高いひょろっとした青年と、少女といっても良い娘が立っているテーブルに小田原は向かった。その二人が、彼の息子と娘であろう、と紫子は思った。どことなく似ていたからだ。娘は高校生、息子は中学生と聞いている。小鳥遊練無が家庭教師をすることになったのが、その背の高い息子の方だ。

反対側の壁際に置かれていたソファに、男女二人が座っていた。男の方は顎鬚にサングラス。年齢はよくわからないが、たぶん三十代。女の方は痩《や》せぎすでフレームのないメガネをかけている。ロングドレスを着ていたが、メガネのために台無しだった。彼女も三十代だろう。

「あの人たちは？」紫子は、小声で近くに立っていた紅子に尋ねた。

「東尾さんと浅野《あさの》さん」紅子は答える。「あの鬱陶《うっとう》しい鬚の方が東尾さん。あいつは単なる怠け者だよ。浅野さんの方は、大学の先生。助手だけどね」

「小田原夫人のお友達なんですね？」

「ううん、この屋敷に住んでいるだけ」紅子は面白そうに微笑んだ。「つまり、居候《いそうろう》ってことね。私も、見かけは同じだけど」

紅子は肩を上げて、冗談っぽく眉を寄せる。

「見かけ？　じゃあ、本質は違うんですか？」

「見かけは、誰が見ても居候にしかみえないでしょう？」

「ええ」紫子は頷く。

「実は、本質も同じなの」紅子はそう言ってから、自分で吹き出して、声を上げて笑いだした。部屋の全員がこちらを向く。いつの間にか椅子に腰掛けていた根来機千瑛が、心配そうな表情だった。

広間にいるのは、瀬在丸紅子、根来機千瑛、香具山紫子の三人、小田原政哉、その息子と娘の三人、それに、鬚の東尾と丸メガネの浅野の二人、この他に家政婦らしいエプロン姿の若い女性が一人。合計九人である。

高いところでドアが開く音がした。紫子は振り返ってそちらを見上げる。広間は吹き抜けのため、二階の廊下が見えた。白い手摺越しに、ドアが三つ並んでいたが、その中央の白いドアがたった今開いて、クリーム色のドレスを着た女性が中から現れた。彼女は、手前に張り出した手摺の部分に立った。

「皆様、こんばんは」そう言って、彼女は優雅に軽い会釈をした。メアリ・ポピンズのように、そのまま日傘を広げて飛び降りてきそうな雰囲気である。膨らんだスカートに、首に巻かれたスカーフ。時代がかったファッションだ。小田原静江に違いない、と紫子は思った。

「見て、センス最悪のドレス」横にいた紅子が顔を近づけて、紫子に耳打ちした。小田原静江のドレスに対する評価らしい。紅子の顔を見ると、彼女は口もとを上げて、一瞬不敵に微笑んだ。

今でも、瀬在丸紅子という人格がどうもよく把握できない、と紫子は常々思う。非常に複雑なキャラクタなのだ。はっきりいって、カオスである。

小田原静江は左手の階段から下りてきた。その下で、小田原政哉と子供たちが彼女を迎える。小田原家四人がそこで集合し、そのまま、静江を先頭に、部屋の中央まで進み出た。立つ位置まで予《あらかじ》め決まっているような感じだった。高校野球の開会式みたいに、練習をしたのだろうか、と紫子は考える。

ソファに座っていた東尾と浅野の二人も立ち上がっていた。

「あの、特に何かをするつもりはございません。お料理の準備もできたみたいですし、まずは、シャンパンを……」静江が横を向くと、若い家政婦がボトルを差し出す。「東尾さん、貴方、これ開けて下さる？」

「ああ、はいはい、閉まっているものなら、もう何でも、開けてみせましょう」鬚をさすりながら東尾が進み出て、ボトルを家政婦から受け取った。

軽い音を立てて栓《せん》が弾け飛ぶ。

天井に当たったのか、階段側の壁に当たったのか、よくわからなかった。

家政婦がグラスがのったトレィを持って立つ。小田原静江が手に取ったグラスに、東尾がボトルを傾ける。やがて、全員にグラスが行き渡り、少量ずつの液体が分配された。

「お誕生日おめでとう」グラスを前方へ差し出し、ジェントルな声でそう言ったのは、妻の横に立った小田原政哉だった。

「おめでとうございます」全員が同じ台詞《せりふ》を口にして、グラスを上げる。それから、半分の人間は、グラスをテーブルに置いて拍手をした。

香具山紫子は、少々窮屈さを感じていた。知らない人たちばかりだったし、どこか馴染《なじ》めない、どうにも得体《えたい》の知れない雰囲気があったからだ。冷たいシャンパンはこの上なく美味《おい》しかったし、テーブルに並んでいるオードブルに、すぐにでも手を伸ばしたい、銀色の食器の蓋《ふた》を開けて、中の料理を一刻も早く覗きたい、といった彼女の欲求を、何が抑制しているのか具体的にはわからなかった。雰囲気に飲まれている、といった状態だろうか。とにかく、堪《こら》えている、という表現が似つかわしい。考えてみたら、今日はまだ何も食べていない紫子だった。

「しこさん、聞こえる?」耳もとで突然練無の声がした。

びっくりしたが、紫子は咳をする仕草《しぐさ》でごまかす。口もとに片手をやり、襟《えり》もとに忍ばせた小型マイクに小声で囁いた。「聞こえる……。まだ、何も食べてへん」

「おう。聞こえる聞こえる」今度は保呂草の陽気な声だった。「さあ、今宵《こよい》は長いからね。頑張っていきましょう」

「何を頑張るわけ?」練無がきく声。

そのまま、トランシーバは沈黙した。

紫子は静かに溜息をついてから、思い出したように、片手に持っていたシャンパンを一気に飲み干した。

7

保呂草潤平は、建物の玄関の前のロータリィを見ていた。ようやく日が沈み、辺りはライトダウンしているが、空の高いところはまだ鮮明な紫色である。しかし、西の空を見ると、雨が降りそうな雲行きだった。

「小鳥遊君？」マイクのスイッチを入れて呼ぶ。

「はーい、聞いてますよ」

「正門って、閉まっているかい？」保呂草はきいた。

「あ、うん、さっきね、お婆さんが閉めにきたよ」

「君、そこにいて、何かきかれた？」

「ううん、僕には全然気がつかなかったみたい。この車にも」

「そっちから、建物の正面が見えるだろう？」

「見えるよ」

「丸いステンドグラスがあって、その下に窓がある」

「はいはい。でも部屋の電気が消えているから、あまりよくは見えませんけど」

「そこが小田原夫人の部屋だったよ。さっき中を見せてもらってきたんだ。めちゃくちゃ凄い部屋だった」

「保呂草さん、今どこにいるの？」

「その窓の下。玄関のロータリィのとこ。ちょっと今から、裏手の方へパトロールにいってくるよ。このトランシーバがどれくらいの距離まで届くかも試してみたいし」

「僕は？」

「ずっと車の周辺にいてくれれば良いよ」

「了解」

「正門の通用門も気にして、見張っていてくれ。開いてるんだろう？」

「たぶんね。見てこようか？」

「頼む。あとで良いけどね」保呂草はそう言ってから、煙草を吸おうと思って胸のポケットに手を伸ばしたが、諦《あきら》めることにした。

「れんちゃん、聞こえるぅ？」紫子の声である。

「聞こえるよ」

「いやあ、まいったわぁ。料理、めっちゃ美味しいでぇ。こりゃたまらんなあ。お酒もいっぱいやしぃ。もう鬼のように極楽やわ」

「もうすぐ、こっちは冷めた弁当を食べようと思ってたのに」練無が言い返している。「そんなこといちいち報告すんなよ」

「君、そんな心の狭いことではあかんや。拗《す》ねたやっちゃな」笑いながら紫子が言う。「弁当なんか食べんと、お腹空《す》かしときぃな、そのうち、見繕《みつくろ》って、持ってったげるさかい」

「うわぁ、ありがとう！　絶対待ってる」

「しこちゃん、そこに何人いるの？」保呂草は移動しながら尋ねる。

「えっと……、小田原家の四人と、居候の二人と、うちら三人、あとはお手伝いさんかな」

「小田原家の四人？」

「子供二人と旦那？」

「そうだよ」

「うん、そう」

「あ、じゃあ、爺さんはいないんだね？」

「爺さん？　うん、いないみたい」

「OKわかった」保呂草は頷く。

小田原静江の父、数学者の小田原長治《ながはる》はパーティには出席していないようだ。屋敷のどこかにいるはずだが……。

保呂草は少し歩くことにした。

トランシーバは声が聞こえないときは、とても静かだ。雑音をカットする回路が組み込まれているからである。

夜はまだ長い。

8

香具山紫子は、出ている料理を一とおり食べたところだった。立食というのは、パーティの形式として、なくてはならない最高の条件だ。自分がどれだけ食べたのか、どれだけ飲んだのかが他人には知れない。それが都合が良い。女性なので一応少しくらいはお淑《しと》やかに見せたい、そのくせ実は大食らいである、というジレンマに対して、うまく折り合いをつけてくれるので、この形式が紫子は大好きだ。

ビールには飽きて、今は水割りを飲んでいた。

「料理はいかがですか?」小田原政哉が近づいてきて彼女に尋ねた。甘い発声が、アルコールのためかますますソフトになっている。

「ええ、とても美味しいです。感動しました」紫子は答える。事実そのとおりだと思っていたので、社交辞令ではない。

「さっき、瀬在丸さんからお聞きしたのですが、うちのアパートにお住いだそうですね?」

「ええ、阿漕荘です」

「何か不満はありませんか？」

「あの……」どうも、少し酔ったようだ。自分の頬の表面温度が高いことが自覚できた。紫子は一瞬考えてから話す。「私だけが、女なのに二階なんです。それも、部屋はトイレのお隣。二階は私以外男性ばっかりですから、トイレはわざわざ一階まで行くんですよ。これ、ちょっと不幸やと思いません？」

「不公平ですか？」

「いえ、不幸です」

「ですけど、そもそも二階の方が、安心でしょう？」小田原政哉は、相変わらずジェントルな物腰でテーブルからサンドイッチを手に取って食べた。

「ええ、それはそうですけど……」紫子もグラスに口をつける。

「どういうわけですか、あのアパート、人気がありましてね。本当は取り壊してマンションに建て直したいところなんですけど」

「あ、それは、私が卒業してからにして下さい」

「ええ」小田原政哉は微笑む。「もちろん」

「でも、タイミングが難しいですね」

「そう。いつも満室ですからね。あ、そうだ、良かったら、この屋敷に引っ越してきますか？」

「え？」紫子は顎を引き、上目遣いで相手を見る。小田原政哉の目の方が、彼女の目より下にあったので、上目遣いが微妙に難しい。

「あそこにいる東尾さんとか、あの浅野さん……、あの人たちも、そうでしたね。最初は、阿漕荘にいたんですよ」小田原政哉がそちらを見て言った。瀬在丸紅子が、「居候」と話していた二人のことだった。

「そうなんですか。どうしてまた、こちらに？」

「さあ、どうしてでしょう？」微笑みながら小田原は答える。

髭《ひげ》の東尾は、部屋の中央で小田原静江と話をしていた。丸メガネの浅野は、隅で根来老人と語り合っている。ちょうど、父と娘といった感じに見えた。瀬在丸紅子は、小田原の息子と娘の二人を相手に大げさな身振りで話をしており、二人の若者は大笑いしていた。

部屋をぐるりと見回してから、再び目の前の小田原政哉と視線が合う。何の話をしていたのかも忘れて、紫子はとりあえず微笑んだ。すると、小田原は彼女に顔を近づけた。

「良かったら、本当に、ここで暮らせますよ」彼は紫子の耳もとで囁き、顔を離してから意味ありげにゆっくりと頷いた。

「家賃は？」紫子が尋ねる。

「もちろん、ただです」

「ただ？」紫子は繰り返す。「部屋を一つ貸してもらえるんですか？」

「ええ、お好きな部屋を。空いているところならどこでも」

「あの……」どんな条件なのか、と質問しかけて紫子は黙った。

それから、もう一度、浅野の方を見る。冴えない感じの女性だが、ほっそりとした美人である。次に、瀬在丸紅子を見る。こちらは文句なしのフランス人形。一巡して、また小田原政哉と目が合った。紫子の方を熱心に見つめたまま、まだ微笑みを持続している。根気のある男だ。居候というのは、つまりこの男の……、と想像しかけたが、しかし、紅子に限っては、とてもありえない話だ、と思って中断。

少し酔いが醒《さ》めた。

「東尾さんは、どうして、このお屋敷にいるんですか?」紫子は尋ねる。そうだ、東尾は男である。男の居候だっているのだ。

「どうしてでしょうね」小田原政哉は、今度は少し不機嫌そうな顔になる。「まあ、それは、女房にきいてみないと……」

後半はこれまでにない卑近な声だった。小田原は振り返って自分の妻を見る。紫子もつられて小田原静江を見た。今その隣に立っているのが、黒尽くめの服装の東尾である。

「いかがです?」小田原は再びこちらを向いてきいた。相変わらず粘着力のある視線だった。どうやら、本気で質問しているようだ。

なるほど、そういうことか、と酔った頭で紫子は納得する。

夫婦そろって、そういうわけか……。

「ええ、考えておきます」紫子はようやく返答の言葉を思いついて答えた。それは関西では「あきまへんな」と同義語だ。

9

香具山紫子は、家政婦の一人に大きなタッパを持ってきてもらい、テーブルの料理を一とおり詰めることにした。どの皿も、まだ半分以上の料理が残っている。

「ここの奥様の依頼で、外でパトロールしている友達がいるんです。その子に、料理を持っていってあげたいんです」という説明はしたのであるが、家政婦は不思議そうに首を傾げるだけで、真意が伝わったとは思えなかった。部屋の隅にあるソファの周辺に人々が集まっていたので、紫子のこの弁当作りに気づいた者はいなかったようだ。途中で、若い家政婦がもう一つ小さなタッパを持ってきて、料理を詰める作業を手伝ってくれた。

玄関までその家政婦はついてきた。大きなドアも彼女が開けてくれた。外に出ると、生暖かい湿った空気が、近くのライトで白く淀《よど》んでいた。家政婦が見ていたので、紫子は十メートルほど黙ってロータリィを進んでから、トランシーバに話しかけた。

「れんちゃん?」紫子はマイクに向かって小声で囁く。「今からそっちに行くよ」

「あ、しこちゃん」練無ではなく保呂草の声が聞こえた。

「保呂草さん？　どこ？」

「立ち止まらないで歩いて」保呂草は冷静な声だ。「君のすぐそばだけど……。玄関から誰か見ているかい？」

「ええ、家政婦さんが」

「その二つは料理？」

「うん、そう」紫子は答える。タッパを二つ持っていた。どこかから、保呂草に見られていると思うとなんだか恥ずかしい。「保呂草さんも食べる？」

「僕はいらないよ」保呂草の素っ気ない返事。「小鳥遊君？　あれ、どうしたのかな？」

いつだって、素っ気ない保呂草なのである。特に彼の場合、日が暮れて寂しい時間になるほど素っ気ない、と紫子は常々観察していた。

そのまま、しばらく石畳を真っ直ぐに紫子は歩いた。常夜灯は、最低限の数しかない。正門まで百メートルほどの距離だったが、その間にライトは三つしかなかった。

中間点の駐車場が近づくと、一段低いところにスモールライトを点灯して駐《と》まっている保呂草の車が見えた。駐車場へ下りる短い階段を通り、車の近くまで行く。エンジンはかかっていない。暗い車内がようやく見えるようになる。微《かす》かに音楽が聞こえた。カーラジオをつけているようだ。助手席に小鳥遊練無がいたが、彼は椅子をリクライニングさせて眠っていた。

まず、手に持っていたタッパをアスファルトの上にそっと置く。それから、車のドアを素早く開け、助手席の練無の口もとを押さえつけた。驚いて練無は飛び起きようとしたが、頭が天井に、膝がダッシュボードの下に当たる。

「痛て！」練無はシートに前屈《まえかが》みになって蹲《うずくま》った。

「あほ！　何しとんの！」紫子は怒鳴った。「あかんやん、寝たら！」

「びっくりした、びっくりした」練無は顔を上げる。「痛てて……。ああ、脛《すね》を打った。痛いよう。もう……、どうしてくれるの？」

「せっかく料理持ってきたったのに……、いらんゆうのね？　あーあぁ、そうかそうか！」

「酷《ひど》いや……、しこさん」練無はそう言いながら車から出てきた。膨らんだスカートを捲《まく》り上げ、左の脛に片手を当てている。本当に痛そうだった。しかし、暗闇で見ると実に不思議な光景ではある。

「本当に、痛かったん？」

「めっちゃ痛いよう」泣きそうな練無の声だ。

「そうか、そりゃ、ごめんな」

紫子は地面のタッパを一つ持ち上げ、蓋を開けてから練無に渡す。割《わ》り箸《ばし》も持ってきていた。駐車場に一本だけある常夜灯に比較的近かったので、周囲は多少は明るい。

「蚊《か》に食われん?」

「うわあ、凄いや」料理を一口食べて練無は歓声を上げる。「こんなの食べてんの? 買ってきた弁当半分残して良かった。もうすぐご馳走が来るからって我慢してたんだよ」

「何ゆうてんの、寝てたくせに」

「このソーセージも上等だね」

「保呂草さんの分、残しといたげて」

「あれ、保呂草さん、連絡つかないの?」帆立《ほたて》のフライに食いつきながら練無がきいた。

「玄関の付近にいはったみたい。けど、今はいらんて」

「もしもし……、聞いてるか?」突然、保呂草の声がイヤフォンから聞こえる。

「あ、はいはい」紫子が答える。「今、れんちゃんがお料理を食べてます」

「あとで食べるから、残しといてよ」保呂草が言った。「小鳥遊君、聞いてる?」

「えっと……」紫子が代わりに答える。

「そうかそうか」と言いながら、練無は車のダッシュボードにあったトランシーバを手に取る。「忘れてた」

練無がイヤフォンを付けた。

「君、けっこういい加減な人間やったんね」紫子が言う。

「はい、小鳥遊、ただ今復帰」練無がマイクに向かって言う。

「保呂草さん。れんちゃん、車で寝てましたよ」紫子が報告した。

「寝るなら、今のうちだよ」保呂草の返答は冷たい。「しこちゃん、早めに戻ってくれ。それから、僕の車のスモールライト、消しといて。ラジオも駄目だよ、バッテリィ弱ってるんだから」

「あ、すみません」練無が頭を下げている。トランシーバなのだから、下げたって見えないのに、と紫子は思う。

「わかりました。すぐ戻ります」紫子はマイクに言う。それからスイッチを切り、練無の方を見て囁いた。「なんか、保呂草さん、怒ってなかった?」

小鳥遊練無はトランシーバをポケットに仕舞《しま》っている。

「別に……。でも、本気みたいだね」

「本気って?」

「真剣ってこと」練無は口もとを少し上げる。

「なんで? 殺人鬼がホンマに来るってこと?」紫子は笑いながらきいた。

しかし、寝起きで機嫌が悪いせいなのか、練無は笑わなかった。

10

保呂草潤平は、ロータリィに戻ってきた香具山紫子を見ていた。彼女は、玄関から入るまえに周辺を見回した。たぶん、保呂草の姿を探そうとしたのだろう。ドアが開くと辺りがぱっと明るくなり、また、すぐに暗くなった。

しばらくして、「今、広間に戻りました」という紫子の短い報告がイヤフォンから聞こえてきた。

保呂草は上を向く。さきほどからずっと、彼は見上げていた。今夜は月が出ていない。小田原静江の書斎は電気が消えていた。したがって、窓から外に光は漏れていない。今、彼の周辺は暗く、空気は静止している。

数十分まえに、保呂草は小田原長治を見かけた。この屋敷の当主にして大数学者。七十歳になろうかという老人とはいえ矍鑠《かくしゃく》としており、足取りは若々しく姿勢も良かった。彼は、西側の庭から歩いてやってきた。そして、玄関前のロータリィで立ち止まり、正面のステンドグラスを見上げた。静江の部屋の窓を見ているようだった。保呂草は、身を隠しながら、その様子をずっと窺っていたのである。年老いた数学者は、五分ほどもそうしていただろうか。まるで、そこに幾何学の問題が描かれているかのように、じっと娘の部屋の窓を仰ぎ見たまま動かなかった。

保呂草自身、小さな頃から数学が好きだった。明確なルールのあるものは大概性《しょう》に合う。幼い頃の彼は、いつも片手に見えないピストルを持っていて、ガードレールの横や横断歩道を歩くときには、必ず等間隔に弾を撃ち込んだものである。もちろん、そのピストルは音もしない。見えない弾の跡は、一種のマーキングとなる。いつか、それを頼りに自分は道を辿《たど》ることになるのだ。そんな気がした。今となっては上手く説明できない状況であるが、その頃はそれで大いに納得していた保呂草だ。

探偵になったのも、あるいは、その延長だったのだろうか……。

それとも……。

そう、もっと違う理由だった。

今夜も感じている、この違和感のせいだ。

ときどき、この妙な感覚に、彼は悩まされるのだった。

何か、根拠のない不安。

胸騒ぎ。

不吉な、予感。

本当に根拠がないのだろうか？

無意識のうちに何かを計算しているのではないか？

もちろん、人間の勘とか予知能力といった類の存在を保呂草は一切信じていない。けれど、小さな頃には、それは確かにあったのだ。父が死んだ日も、母が死んだ日も、なんとなく「ああ、今日だ」という予感があった。

それらが、すべての運命を支配する独裁者からの、細《ささ》やかな福祉的サービスとして知らされるものなのか、それとも逆に、そう感じてしまった気の緩みを突いて、死神が通り抜けるのだろうか。子供心に、そんな想像をしたこともたびたびあった。どちらもナンセンスだ。

電車に乗ると、閉まったドアのガラスに顔を寄せて、流れる景色をずっと見ている。線路脇の電信柱が等間隔で後方へ飛んでいく。保呂草は、子供の頃から持っている見えない小さなピストルで、電信柱と電信柱の間に、弾を一発ずつ撃ち込む。リズムを取るように引き金を引いている。大人になった今でも、それをするのだ。もう何の意味もないのに。

やがて、小田原長治はもと来た道を戻っていった。そのときには、保呂草まで何かほっとした。自分が緊張していたのが初めて自覚され、彼は大いに驚いた。それが今から二十分ほどまえ、ちょうど八時頃のことだった。

11

香具山紫子は、広間に戻ってから、また水割りを何杯も飲んだ。さすがに床に視線を落とす回数が多くなり、彼女の躰と精神の一部が酩酊《めいてい》していることが判明したので、再び料理に手を出すことにした。その頃には、テーブルにフルーツや小さなケーキなどのデザートが並び始めていたし、彼女以外のほとんどは小さなコーヒーカップを手にしていた。

「大丈夫ですか？」後ろから声をかけられたので振り向くと、東尾という名の黒い男が立っている。サングラスも鬚もスーツも黒い。鬼のように黒い、という表現が頭に浮かんだが、しかし、鬼は黒くない。馬鹿みたいに黒い。しかし、馬鹿は黒くない。変だな。やはり、酔っているのだろうか……。

「大丈夫って……、私のこと？」

「ええ」

「私のどこが大丈夫じゃないっていうんです？」そのフレーズをしゃべるのが、ぎりぎりの線だった。どうして、こんな発音しにくい言葉があるのだろう。

「さきほどから、そこのプリンをお取りになろうとして、同じ失敗を繰り返しているようにお見受けしましたが」

「プリン？　ああ、この羊羹《ようかん》のことね？」

「プリンです」

「そんなの食べてみなくちゃわからないのと違います？」鬚の男に顔を近づけ、紫子は強く言う。目を細めて、ちょっと脅かしてやった。「食べもしないで、プリンだと言い張るなんて、大人げない」

「じゃあ、羊羹ですか？」

「たぶん」

「僕が取りましょう」東尾はそう言うと、テーブルに積まれていた皿を一枚手に取り、近くの大きなスプーンでそれを器用にのせた。彼は紫子の顔を見て勝ち誇ったように微笑み、

「どうぞ」とそれを差し出した。

「ありがとう」紫子は皿を受け取った。「羊羹ですよ、これ」

「あるいは」くすくすと笑って東尾が頷く。「それが羊羹であるための最も重要な条件は、貴女がそれを羊羹だと言い張っている時間に、それが貴女のごく近くに実在することです」

紫子は小さなスプーンでそれを一口食べた。

「あ、プリンだ」

「ものの存在がいかに曖昧《あいまい》で、危《あや》ういものか……、それが明らかになる瞬間が、往々にして私の自覚される時間に起こる」東尾が平坦な口調ですらすらと話した。「しかし、別の面から捉えれば、その甘い食品は、依然として物体であり、そこにある。それは他の物体の障害としてそこにあり続けるわけで、それを貴女がどう認識しようが、たとえば、私の知ったことではありません」

「東尾さん……でしたっけ？」

「ええ、東尾繁《しげる》といいます」

「ご職業は?」

「職業などという下賤《げせん》なものは、とうに私の人生から切り捨てましたよ」にやりと人工的に笑って、東尾はすっと息を吐いた。「私は詩人であり、私は哲学者であり、私は科学者であり、しかし、それはすべて、私が自称するものではありません。私は、私以外の自称をしません。他人が私をどう捉えるのかは、そのプリンの姿をした羊羹の存在と同じで、一瞬の幻《まぼろし》に過ぎない」

「あの……、私、ちょっと酔っ払ったみたいなんですよ」紫子は顔をしかめて言った。「お話が全然わかりません」

部屋の反対側に、小田原家の四人と瀬在丸紅子、それに根来機千瑛がいた。小田原静江は、彼らに何かを言ってから、一人で階段を上っていった。紫子はぼんやり彼女を眺めていた。静江は、二階の中央の扉を鍵を使って開け、その中に姿を消した。

家政婦と話をしていた浅野美雪《みゆき》が、コーヒーカップを持ちながらこちらへ近づいてくる。紫子は、ついさきほど瀬在丸紅子から彼女を紹介してもらったばかりだった。浅野の顔は真っ白で、アルコールを飲んでいるようにはまったく見えない。

「面白そうなお話だわ」浅野が低い声で言った。「宇宙人の話かしら」

「宇宙人?」東尾が大げさに嫌な顔をする。彼は紫子の方を見て目を丸くした。「そんな話してましたかね?」

「自覚できるものだけが存在している、というようなお話でしたから……」紫子は精いっぱい考えて話した。「まあ、宇宙人の存在も同じといえば同じですね。けど、地球には、地球人以外の宇宙人はいません」

「あら、どうしてそんなことが断言できるの?」浅野がすぐにきいてきた。

「宇宙人ってそんな暇ないと思うんですよ」紫子は答える。「こんな辺鄙《へんぴ》なところまでわざわざ来て、それなのに隠れててもしかたがないでしょう?」

「どうして辺鄙なの?」

「だって、近くに何もないし」

「コンビニとか、ないね」東尾が横から面白そうに口を出した。「木星の裏に、ミニストップくらいあるかもしれないけど」

「太陽系にあるのは、サンチェーン」そう言ったのは瀬在丸紅子だった。彼女は家政婦から新しいグラスを受け取り、こちらにやってきた。グラスには琥珀《こはく》色の液体が揺れている。

「それまで別々の惑星《わくせい》に住んでいた宇宙人が、あるとき、ちょうど中間にある惑星で会うことになったのよ。ずっと電波で交信はしていたから、時間と場所をちゃんと打ち合わせて、それぞれの代表者が一名やってきたの。それでね、二人は、同時に同じ場所に立った。それなのに、あら不思議、二人とも、お互いを見つけられないまま、ついに会えなかったのでした。さあて、どうしてそんなことになったのでしょう？」

「なぞなぞだったの」浅野美雪が顔をしかめる。「紅子さん、あのね、なぞなぞのときは最初にちゃんと、なぞなぞですって宣言してからお話ししてほしいわ」

「そうやって出題に対して文句をつけるのは、咄嗟《とっさ》に答がわからない証拠といえるな」東尾が顎鬚を撫でながら言う。

「そういう東尾さんこそ、時間稼ぎしてる」浅野が言い返した。

「えっと、本当に同じ時間で同じ場所だったんですか？」紫子は尋ねる。急に面白い展開になってきたので、多少慌ててしまった。「お互いに、座標が違っていたとか、単位が違うとかで、空間か時間のどちらかに、ズレがあったんやないんですか？」

「ありません」微笑みながら紅子は首をふった。

「お互いに、形が違い過ぎたんだわ」浅野が一度頷いてから言う。「たとえば、片方は、石か岩みたいな鉱物人間で、もう片方は、液体人間だったわけ。だから互いに相手が認識できなかったんだ」

「いやいや、会うという概念に相違があったんだね」東尾が浅野の前に片手を広げて言った。「どちらかの種族は、相手を見つけることは避けることで、会うことは逃げることだと定義していた。だから、その種族からみれば、見つけられないことは、すなわち会ったことに等しい」

「また、わけのわからないこと言う」浅野が指摘する。

「ああ、駄目……」考え抜いた末、紫子は息を吐きながら首をふった。「紅子さん、私は降参」

部屋の反対側で、静江以外の小田原家の三人と、根来機千瑛がまだ話を続けていた。どすんという鈍《にぶ》い音がした。低い音だったので、音源はわからない。一瞬、広間にいた者は顔を見合わせた。しかし、それきりで、音は続かない。

壁に掛かった年代物の時計が八時三十五分をさしていた。

12

保呂草潤平は、ステンドグラスの下にある窓を見ていた。ついさきほど、部屋の照明がついたばかりだった。

窓際に立った小田原静江を彼は見た。しかし、今はもう、そこには誰もいない。カーテンは引かれていなかった。

「小鳥遊君、聞こえるかい?」小声で保呂草は呼んだ。

「はーい」眠そうな練無の声である。「何ですかあ?」

「そっちからも、正面の窓が見えるだろう?」

「あ、うん。電気がついてる」

　小鳥遊練無は駐車場の車にいるはずである。保呂草のいる場所から、五十メートルほどの距離だ。練無がメガネをかけているところは見たことがない。おそらくコンタクトレンズなのであろう。

「そこから、部屋の中に何か見える?」保呂草も窓を見ながら言った。「僕の位置からだと角度が悪くて、部屋の天井しか見えないんだよ。小鳥遊君のとこからなら、部屋の奥が見えるだろう?」

「見えるよ。でも、人は見えません。窓の近くに、あれは椅子かなあ、大きな椅子の背もたれだと思うけど……、それがあるだけ。あ?　ああ!」

「どうした?」

「今、窓のそばに男がいた」練無が高い声で言った。

「僕のところからは見えなかったけどなあ」

「あ……、電気が……」

　練無のその声より一瞬早く、部屋の照明が消えた。

　保呂草が潜んでいる場所も暗くなった。

「部屋から出ていったのかな?」保呂草は言う。

「うん、たぶん。でも、もう何も見えない」練無がまた眠そうな声で答えた。「ああぁ……。

ねえ、保呂草さん。なんかとってもアンニュイなバイトですね、これ」

「おかしいなあ……」保呂草は囁《ささや》く。彼はずっと上を見上げていた。

「何がおかしいんです?」

「どんな男だった?」

「え? ああ……、さっき部屋にいた人? えっとね、ほとんどシルエットだったから、よくわからない。でも、背が高かった」

「小田原夫人ではない?」

「あ、それはない。見間違えるはずないもの」

「本当に?」

「何がおかしいんですか?」もう一度同じ質問を練無が繰り返した。

「いや……」保呂草はそこで一度溜息をつく。「さっきね、あの部屋には旦那も入れないって言ったんだよ、彼女」

「さっきから、何の話?」突然、香具山紫子の声がイヤフォンから聞こえる。「ごちゃごちゃ言うて、いい加減煩《うるさ》いわぁ。ああ……、私、もう眠い眠い、あーあぁ……」

「しこちゃん、小田原夫人は広間にいるの?」保呂草が尋ねた。

「えぇ?」

しばらく待ったが返答がない。

「しこさん、酔っ払ってるよ、完全に」練無が言った。

「酔ってえへんよ、君、黙っとき！」小声ながら語気を強めて紫子が言う。「えっと……、静江さんだったら、そうそう、ちょっとまえに二階の部屋へ入っていきはった。それっきりやね……。うん、ずっとその部屋の中だよ」

「誰と一緒に入ったの？」保呂草はきいた。

「ううん、誰とも。一人で」

「男の人がさ、誰かその部屋に入ったはずだよ。さっき見えたもん」練無が言う。

「男の人？」紫子はそう言ってまたしばらく黙った。おそらく辺りを見回しているのであろう。「そんなはずない……と思うけどな。だってね、静江さん、自分で鍵を開けて入ったんよ」

「誰か、そのあと入ったでしょう？」練無が言う。

「いや、そんなこと……」

「どっちにしても、部屋のライトが消えたんだ」保呂草は考えながらゆっくりと言った。考えるほど、しゃべり方が遅くなるのが彼の特徴だった。「今その部屋、真っ暗なんだよ。まさか、寝たわけじゃないだろう？　ちょっと、変なんじゃないかな……」

13

「しこちゃん、一度、二階の部屋へ行って、覗いてみてくれないかな。なんか嫌な予感がする」イヤフォンから保呂草の声が聞こえた。

香具山紫子は、広間の壁際に立っている。トランシーバで内緒話をするために、その場の話の輪から抜け出す必要があった。彼女は、壁際にあったワゴンまでグラスを交換しにいく振りをして、そこにいた人々から離れた。

つい五分ほどまえ、小田原の息子と娘が、挨拶をして奥のドアから出ていった。そのときには、既に母親の静江はいなかった。彼女は、二階の部屋に入ったきり出てこない。かれこれ三十分ほどにもなるだろうか。誰も気にしていない様子だったが、パーティの主役が不在の状態がずっと続いていた。

他の者は全員、まだ広間に残っている。瀬在丸紅子はグラスを片手に、小田原政哉と話し込んでいたし、根来機千瑛は、ソファに座り、一人でコーヒーを飲んでいた。東尾繁は階段に腰掛け、携帯テレビのアンテナを伸ばして見ていた。彼のそばに立っているのは若い家政婦の娘で、話の相手をしているようだ。浅野美雪は、香具山紫子と二人で残ったデザートを摘《つま》みながらコーヒーを飲んでいた。紫子が離れたので、浅野は今一人で部屋の中央に立ち、年寄りの家政婦が皿を片づけ始めるのを手伝っている。

幾度か部屋を出入りする者はあった。いずれも奥にある通路に抜けるドアか、右手の厨房へ通じるドアだった。

「香具山さん、大丈夫？」浅野美雪がまた近づいてくる。「今、なんか唸《うな》ってなかった？」

「え、ええ」紫子は咳払いをする。「私って、酔うと、その……、考えるましゃべる人になるんですよ」

「ああ、いるね、そういう人」浅野が真面目な顔で頷いた。

「小田原さんの奥様、どうしたんでしょう？」紫子はそれとなくきいてみた。

「さあ……」と言いながら、浅野美雪は振り返り、二階を見上げる。「さっき、あそこの部屋へ……」

紫子もそちらを見た。白い手摺《てすり》越しに、そのドアの上半分が見える。そこに行くためには、広間の両側にある階段のいずれかを上る必要がある。二階の通路は他の場所へは通じていない。今、その階段の一方、紫子から見て右手の方は、東尾繁が腰を下ろして、塞《ふさ》いでいるし、反対の左手の階段の前には、瀬在丸紅子と小田原政哉が立っていた。

小田原静江の他に、誰かが二階へ上がっただろうか？

紫子はアルコールでぼんやりとした頭を回す。

いや、誰かが階段を上がれば、気づかないはずがない。

トランシーバで保呂草や練無が話していたことの意味が、紫子には今一つわからなかった。詳しくきこうと思ったとき、浅野美雪が近づいてきたため、通信は中断された。

とにかく階段の方へ歩きだす。瀬在丸紅子と小田原政哉の二人が立っている場所まで行く。

「あの……」紫子は、近くにあったテーブルに自分のグラスを置いて、両手を広げた。話に割り込んで申し訳ない、というジェスチャのつもりだ。「奥様はどうされたんでしょう?」

「静江ですか?」小田原政哉が紫子を見て、首を傾げる。

紫子が微笑んで頷くと、小田原はゆっくりと階段を振り向き、二階を見上げた。

「そういえば、ずっと、いらっしゃらないわ」紅子が言った。「お具合でも悪いのではありませんか?」

「いや、そんなことはないと思いますが……」小田原は紅子と紫子を交互に見ながら言う。

「なんなら、呼んできましょうか?」

「あの、私が行きます……」紫子は言った。

「いえいえ、それには及びません」そう言うと、小田原政哉は階段を上り始めた。

彼一人が階段を上っていく。僅かにカーブを描いて二階へ延びる階段の幅は一メートル半ほどで、ちょうど半分ほどの高さに踊り場があった。観葉植物が置かれているのがその部分だ。

小田原政哉は二階の廊下を進み、中央のドアの前で立ち止まった。彼はそこで小さなノックをした。その音が、階段の下にいる紫子にも聞こえる。それどころか、広間にいる全員が、二階を見上げていた。

小田原は、広間の客たちを気にしたのか、しばらくして、もう一度ノックをしてからドアのノブに手をかけた。彼はそれを開けようとしたようだった。だが、ドアは開かない。

「酒本《さかもと》さん」小田原はドアから離れ、手摺越しに、階段の下にいた家政婦を呼んだ。

紫子と紅子のいた場所とは反対側の階段を、酒本と呼ばれた若い家政婦が駆け上がっていく。下から五段ほどのところに、東尾繁が腰掛けていたが、家政婦は、彼の横をすり抜けて上っていった。

彼女が二階で小田原政哉の近くまで行くと、主人は小声で何かの指示をした。その声は聞き取れなかった。家政婦は再び、同じ階段を引き返してきて、慌てて大広間を横切り、奥の廊下へ通じるドアから姿を消した。

瀬在丸紅子がゆっくりと階段を上り始める。これを見て、香具山紫子も後についていくことにした。

二階に上がってみると、渡り廊下の幅は階段とほぼ同じだった。天井が近づき、多少空気が暖かい。廊下の中央部は、幅が一メートルほども広くなり、ベランダのように張り出している。手摺がこれに応じて湾曲《わんきょく》していた。そこに、小さなベンチが一つ置かれている。

「どうなさったの？」瀬在丸紅子が小田原政哉に小声で尋ねた。

それに答えず、小田原は再びドアをノックした。しかし返答はない。彼は首を傾げ、肩を竦《すく》めてから、紅子と紫子を見た。

「今、鍵を取りにいかせています」彼はそう説明した。

さきほど、家政婦の酒本は鍵を取りに出ていったのだ。

「もう、お休みなのではありません？」紅子が悠長な口調で言う。「お疲れだったのではないかしら」

小田原は袖口に手をやり、腕時計を見る。紫子も時計をしていたので時刻を確かめた。九時十分である。休むには多少早い時刻といえよう。小田原政哉も同じことを言いたげな表情だった。

今度は、瀬在丸紅子がドアをノックした。彼女のノックは遠慮がなく、小田原のときよりもずっと音が大きかった。それから、紅子はドアのノブを摑《つか》んで、それを回そうとした。

「静江さん！」紅子が大声で呼ぶ。

紫子と紅子が上ってきた階段を、根来機千瑛と浅野美雪がゆっくりと上ってくる。少し遅れて、反対側の階段を、東尾繁が上ってきた。六人全員がドアの近くに集まった。見下ろすと大広間には、年寄りの家政婦が一人残されている。こちらを見上げることもなく、彼女はテーブルの上を片づけていた。

「いや、きっと寝てるんでしょう」ひきつった表情で微笑み、小田原政哉は言った。「大丈夫です。あの、お戻りになって下さい」

「いや、だってここの部屋さ、誰も入れないっていう例の部屋だろう?」張り出した部分にあったベンチに腰掛けて、東尾繁が面白そうに話した。「一度、中を見せてもらいたかったんだよ。この僕でさえ入れてもらったことがない。この僕でさえだ」

下の広間で扉が開く。そこから酒本が現れた。彼女は、一瞬立ち止まって皆の姿を仰ぎ見て確かめた。それから、階段を駆け上がってくる。

銀色のリングに、同じく銀色の鍵が幾つも付いていた。酒本はそれを主人に手渡した。小田原政哉は、その鍵束を慎重に確かめ、そのうちの一本を選ぶと、自分の前のドアの鍵穴に差し入れた。軽い金属音がして、彼の手首が回転する。

小田原政哉は、黙ってノブを握り、それを捻った。彼はドアを引く。残りの五人は後ろに下がって、一旦ドアから離れた。

大きなドアが軽い音を立てて開く。

その部屋は暗かった。

ドア口に立った小田原政哉の肩越しに、まず紫子の目に入ったのは、正面の四角い窓。室内が暗かったので、その窓越しに、樹の枝が見えた。桜鳴六画邸の正面ロータリィに立つ銀杏《いちょう》であろう。常夜灯によって僅かにライトアップされた枝葉《えだは》が、大きな窓ガラスの向こう側に迫っていた。

小田原政哉は、部屋の中に数歩入り、壁にあったスイッチで照明をつけた。

数秒遅れて明るくなる。

立派な絨毯、そして窓際の大きなデスク。

「あっ」誰かが叫んだ。

それは、紅子の声だった。彼女は紫子のすぐ隣にいた。

「静江！」小田原政哉が部屋の右手の壁際に駆け寄る。

ドアが開いたままだったので、そこに立っていた五人、瀬在丸紅子、香具山紫子、根来機千瑛、浅野美雪、そして家政婦の酒本は、部屋の中の様子がよく見えたはずだ。後ろのベンチにいた東尾繁にも、きっと見えただろう。

小田原静江の書斎は、立派な調度品が並ぶクラシカルな部屋だった。天井がとても高く、正面の大きな四角い窓の上に、さらに円形のステンドグラスがはめ込まれている。戸口から部屋の中を見回した紫子と紅子は、一度顔を見合わせた。

「静江！」小田原政哉の叫び声。

戸口にいた者たちが、部屋の中に飛び込んだ。

ドアが開き、照明がつけられてから、僅かに数秒後のことだった。

右手の壁際のソファに、小田原静江が倒れていた。パーティのときのままのドレス。そこに座って、そのまま横になり、眠ってしまったような自然な姿勢だった。

しかし、彼女の顔色と表情が、そうでないことを示していた。

目についたのは、小田原静江の首に食い込んでいる、白くて細いワイヤかリングのような代物だった。

小田原政哉は、妻の首に取りついている、それを外そうとした。

根来機千瑛が、静江に取りついていた小田原政哉を後ろから引き剝がした。彼は何か叫んだが、紫子には聞き取れなかった。

異様な顔色、そして異様な表情。

その小田原静江を、紫子はじっと見た。

躰が一度痙攣《けいれん》するように震え、その衝撃で、急に周囲の音が聞こえるようになった。

「救急車を！」瀬在丸紅子が叫ぶ。「早く！」

まだ戸口に立っていた家政婦の酒本が頷き、駆け出していった。

紫子が一番、問題のソファから離れた位置に立っていた。

紫子以外の全員は、ソファに倒れている静江を取り囲んでいる。

自分の鼓動の音が、耳の奥で鳴っていた。

呼吸は震えている。

紫子は、唾を飲み込んだ。

「何があった?」保呂草の声だ。トランシーバだと思ったが、振り返ると紫子の後ろに保呂草が立っていた。彼は、既にソファの方へ鋭い視線を向けている。黙って、紫子を押しのけ、保呂草はソファの一群に加わった。

「警察を呼ばなくては……」振り返って紅子が言った。「ああ、保呂草さん、下へ行って、電話をしてきて下さい。この部屋の電話は使わない方が良いわ」

「あ、はい」保呂草は頷く。

「どうして?」紫子は掠《かす》れた声で尋ねる。

突然、彼女の手を保呂草が摑んだ。

彼は、紫子を引っ張って、部屋を出る。

「どうしたの? あの……、えっと……、ひょっとして……」紫子はきいた。保呂草に手を引かれ、階段を下りていた。「静江さん、大丈夫なの?」

「あれは、死んでいる」保呂草が紫子を見ないで答えた。

死んでいる?

そんなことは、とうにわかっていた。

階段の最後の段を下り、保呂草は彼女の手を離した。

「しこちゃん、ここにおいで。いいね?」

「う、うん」

保呂草は、すぐそばの開いたままのドアから出ていった。家政婦が電話をかけているようだ。ヒステリックな声がそちらから聞こえた。

紫子は、くしゃみが出そうだった。鼻水が出ている。彼女はティッシュを出すために自分のバッグを探した。

「しこさん、どうしたの？」練無の声がイヤフォンから聞こえた。

「小鳥遊君、正門を見張っていてくれ」保呂草の指示が、イヤフォンと肉声の両方で聞こえた。「もうすぐ救急車と警察が来る」

「え？　どうしたんです？」練無が尋ねる。

「小田原夫人が、殺された」保呂草が答えた。

練無の返事はなかった。

壁際の椅子にハンドバッグを見つける。ティッシュを出して、紫子は洟《はな》をかんだ。

自分が泣いていることに、やっと気がついた。

第3章　見れば信じる　Seeing is Believing

「いいだろう。お前の言うことをすべて信じようじゃないか」木こりは、そう言うと白蛇の前に座り込んだ。「だが、まずそのまえに、お前は自分の見たものが実在すると、いつから信じるようになったのか、どんなきっかけがお前を変えたのか、是非それを聞かせてくれないか」

1

香具山紫子は、テーブルに残っていた新しいグラスに、ブランディを数センチ注《そそ》ぎ入れ、ストレートで飲んだ。胸が熱くなり、徐々に気分が持ち直した。

隣のホールで電話をかけていた保呂草が戻ってくる。彼は紫子を一瞥してから、階段を駆け上がっていった。

「すぐ救急車と警察が来ます」二階の書斎の戸口に立って、保呂草は中に向かって言った。今まで聞いたことがない緊張した彼の声だった。「状況から考えて、まだ、この近くにいるはずですよね」そう話しながら、保呂草は室内に消えた。

近くにいるはず?

誰が?

紫子はぼんやりと考える。

ああ、そうか……、殺人犯のことだ。

彼女の両眼は、二階の開いたままのドアを捉えている。そこから、口もとに手を当てた浅野美雪が根来機千瑛に支えられるようにして出てきた。二人は右手の階段からゆっくりと下りてくる。自分よりも気分の悪そうな人間を見て、紫子は多少落ち着いた。人が死んでいるのに、他の連中はどうして平気でいられるのだろう。そう、特に、瀬在丸紅子は何をしているのか……。

香具山紫子は深呼吸をしてから決心した。右足と左足を注意深く交互に前に出し、階段を一段ずつ上った。そして、書斎のドアの前まで来て、室内を覗き込んだ。

部屋の右手、静江が倒れているソファの付近に視線が行く。幸い、手前の椅子の背に隠れて、直接には静江の顔が見えなかった。すぐ横に、項垂《うなだ》れた小田原政哉がぽつんと立っていて、その姿勢が、ちょうど部屋の隅にあった電気スタンドに似ている、と紫子は考えた。

妙な連想をするものだ、とすぐに自分自身の思考を不思議に思う。あのスタンドの笠のような柄のワンピースが欲しい。どうして、今、そんなことを考えなくちゃいけないのか。

自分が情けない。

否定、否定。

紫子は、また深呼吸をする。

瀬在丸紅子と保呂草潤平の二人は、正面のデスクの向こう側に並んで立っていた。彼らは小声で何か話をしていた。円形のステンドグラスの真下の位置で、二人の間に大きな四角い窓がある。ついさきほどは、外の銀杏の樹がそこから見えた。今は照明がつけられたため、室内の光景が窓ガラスに反射している。戸口に立っている女の姿が映っていた。それは紫子自身だ。自分が珍しい服装だということを、彼女は急に思い出す。

誰も口をきいてくれないので、紫子はそっと室内に足を踏み入れ、窓際の二人のところまで近づいた。こんな立派な絨毯を土足で踏んでも良いものだろうか、と思う。また、変なことを考えている。

「どこかで落ちないように引っ掛からないかしら？　窓を閉めた衝撃で、この部分が落ちて……。できないかな？」紅子が小声で呟いている。彼女は窓の中央にあるロックの金具に指を近づけて示した。しかし、触れてはいない。注意して触らないようにしているみたいだった。熱いとか、ばい菌がつくとか、ではなくて、犯人の指紋が残っている可能性があるためだろう。それを消さないように注意しているのだ。だんだん紫子の脈拍も落ち着き、現実の状況が飲み込めてきた。

「ですからね、紅子さん」保呂草が愛敬《あいきょう》のある微笑みを浮かべながら首をふった。「たとえそれが可能だとしてもですよ……、僕が、このすぐ下で見張っていたんですよ。ほら、あそこです。見えないかな、あの茂みの辺りですよ。虫ペールをしてね、大変だったんですから。とにかく、この窓を誰かが出入りしたら、見逃すはずありません」

デスクを迂回《うかい》して、紫子も窓際に近づいた。紅子が彼女に場所を空《あ》けてくれたので、ガラスに顔を近づけて、自分の躰で影を作って外を覗いてみた。玄関のロータリィがすぐ真下に見え、大きな銀杏の樹が正面にある。この樹はとても太くて大きい。枝や葉が密集している部分は、二階の窓の位置よりもさらに高かった。したがって、枝の隙間から、真っ直ぐ前方に、正門の付近まで見渡すことができる。小鳥遊練無がいる駐車場も見えたが、今は暗いために、どれが保呂草の車なのかは判別できない。

紫子は顔を離して、窓そのものを観察した。確かに鍵がかかっているのがわかる。この窓は、下半分が、シャッタのように上方にスライドするタイプのものだった。それが今はきちんと下りて閉まっていた。この状態で、小さな閂《かんぬき》状のロックができるような仕組みになっている。明らかに内側からロックされている状態だ。瀬在丸紅子が指摘しているのは、それを窓の外から、つまり、何者かがこの窓から出たあとで、ロックできる方法はないか、ということのようだ。もう一度、顔を近づけてガラス越しに覗いてみたが、窓の外のすぐ下に、僅かな突起部があった。確かに、そこに人が立てないこともないだろう。けれど、紫子には、外から鍵をかけることは絶対に無理だと思えた。

何故、そんなことを話し合っているのだろう？

ああ、そうか……。

ドアの鍵がかかっていたからか。

紅子と保呂草は、殺人犯がどこから逃走したのかを議論しているのだ。

どこから？

紫子は部屋をぐるりと見渡した。

壁、床、そして天井。

ドアと窓以外に、外界と結ばれているような経路はない。

自殺ではないのか？

そう、あの首にあった……。

今度はソファに目が行く。

サイレンの音が近づいていた。

2

家政婦の酒本と保呂草が玄関から出ていった。正門でパトカーを出迎えるためだ。瀬在丸紅子と香具山紫子は、書斎の大きな窓から、赤い回転灯が幾つも正面ロータリィに近づいてくるのを見届けてから、小田原政哉一人を残して、その部屋を出た。

廊下から手摺越しに一階の大広間を見下ろすと、左手の階段の下で、浅野美雪と根来機千瑛の二人がこちらを見上げていた。

「小田原さん」書斎に残っていた小田原政哉を瀬在丸紅子が呼んだ。

小田原はぼんやりとこちらを向く。眉を寄せ、眩《まぶ》しさに目を細めたような表情だったが、どこか朦朧《もうろう》として、焦点が定まらない感じだ。彼は無言だった。

「大丈夫ですか？」紅子が再び声をかける。

ようやく何かに気がついたように、小田原政哉は小さく溜息をついた。そして、ソファに横たわる自分の妻を数秒見届けたあと、今度は正反対の天井を仰ぎ見るようにしてから、ドアまで歩いてきた。

下の玄関が騒がしい。警察であろう。

最初に制服の警官が二名、紫子たちの真下から現れた。すぐに、根来機千瑛の方に近づく。根来が二階を指さしたので、警官たちは、階段を駆け上ってきた。

彼らは、紫子たちをじろりと見てから、部屋の中に入っていく。さらに、救急隊員が数名、広間に現れ、次々に階段を上がってきた。

邪魔になりそうだったので、瀬在丸紅子とともに、紫子は反対側の階段から下りた。書斎の戸口には、小田原政哉が一人で立っている。さらに警官が二人、広間に入ってきて、一人が階段を上っていった。

外では複数のサイレンの音が、また近づいている。

広間を横断して、根来と浅野の二人が紫子たちの方へやってきた。四人は近くのソファと椅子に腰掛けた。

「えらいことになりましたな」根来が渋い顔をして言った。「よもや、お嬢様のおっしゃっていたことが現実になろうとは……」

「機千瑛、余計なことを言うな」紅子が低い声で言う。

「は、申し訳ございません」根来は目を瞑《つむ》って頭を下げた。「無駄口でございました」

玄関側の開けたままのドアから、保呂草潤平と小鳥遊練無の二人が入ってきた。保呂草は、振り返って、二階の廊下を見上げる。練無は紫子たちの顔を見て、ほっとしたような表情を見せた。

二階から男たちの話し声が聞こえ、三人の救急隊員が戸口から現れる。彼らのうち二人は担架を軽々と運んで、階段を下りてきた。そこに固定されているのは小田原静江だった。いや、正確には、かつて小田原静江だった有機物である。もう一人の救急隊員もその後ろに続き、小田原政哉も一緒に下りてきた。この一団が玄関の方へ慌ただしく出ていくと、入れ替わりで、何人かの警官たちが入ってきて、階段を上がっていく。彼らは、戸口で何かを話し、二人が広間に下りてくると、紫子たちの方をじっと見た。

「もう少し、そのまま、そこにいて下さい」年配の一人がそう言った。

もう一人の若い警官に目配《めくば》せして、年配の警官は玄関へ飛び出していった。

広間の中央に若い警官が立った。どうやら、そこが彼の持ち場になったようだ。外ではまたサイレンが鳴っている。救急車のサイレンではない。小田原静江を乗せた車は、まだ発車していないのだろうか、と紫子は思う。

「助かるのかしら？」紫子は、紅子にきいた。

「無理ね」紅子が首をふる。「あれは、もう、亡くなっているのよ」

「でも、生き返ることがあるんじゃ……」

「うん、数十分なら、可能性はあるけれど、どうかな。今、救急車で電気ショックをかけているんじゃないかしら」紅子は淡々と言った。「あそこまでなると、生き返らない方が幸せかも」

「幸せ？」紫子が繰り返す。

「いいえ。それは嘘。でもね、少なくとも、アウトとセーフしかないゲームじゃないの」

紅子の言った意味を考えるため、紫子は黙った。

「外は凄い数のパトカーだ」保呂草が灰皿を持ってきて煙草に火をつけた。「何台くらいいたかな。あ、しこちゃんも、吸う?」

紫子は片手を振って煙草を断った。

「僕が見ただけで八台」小鳥遊練無が答える。「凄いや、あっという間に来るんだ」

座る場所が近くになかったので、練無だけが大きな時計の横の壁にもたれかかっていた。彼は腕組みをして真剣な表情である。だが、服装は完全に少女趣味だったので、極めて違和感があった。知らない者が見れば、とんでもなく機嫌の悪い女の子に見えるだろう。彼の場合、地声が高いので声を聞いても男だとわからない。そう思って、紫子は、前に座っている浅野美雪の顔を窺ったが、彼女は下を向いたままで、小鳥遊練無の存在にさえ気づいていない様子だった。

「しかし、いったい、どうやって……」保呂草が煙を吐き出しながら唸るように言う。「みんな、ここにずっといたんだろう?」

「僕が見た男は誰だったわけ?」保呂草の後ろで練無が言った。「八時半頃だよ。あの部屋に照明がついていたときさ。窓の近くに男が立っていたんだ」

「いいえ、誰もあの部屋には入っていない」瀬在丸紅子が首をふった。「静江さん以外には、誰も……。階段を上がった人さえいなかったと思う。ですから、出入りが可能だったのは、向こう側の窓しかありません」

「それはないですよ」保呂草が小さく首をふった。「窓は一度も開いてさえいない。僕が保証する。そうだよな？　小鳥遊君も見ていただろう？」

「あ、はいはい」練無が慌てて頷いた。「あ、でもでも、僕、自信ないなあ。ずっと目を離さずにいたわけじゃないもん」

紫子が駐車場まで料理を持っていったときも、練無は車の中で居眠りをしていたのだ。あまり頼りになる目撃証言ではなさそうだった。

「保呂草さんだって、きっと目を離した時間があったはずです」紅子が顎に片手をやって話した。「窓の外に、人がぎりぎり立てるくらいの出っ張りがあります。あそこを伝って、雨《あま》樋《どい》がある場所まで行けば、あとは簡単に下りられるわ。見つかりやすいのは、窓を出るときだけ。あとは、暗いからよく見えなかったかもしれない。ほんの短い時間で済みます」

「じゃあ、部屋に入るときも、外から壁伝いに上ったたって言うんですか？」保呂草が苦笑いする。「それを僕が見逃したって？」

「そう……」紅子は簡単に頷いた。「入ったのは、保呂草さんがあそこで張り込むよりも、まえのことだったかもしれないでしょう？」

「うん、それはありえる」保呂草は頷いた。「だけど、一度つけた照明が最後にはまた消えたんだから、あのときは、確かに部屋に誰かいたことになる。もし静江さん自身が照明を消したとしたら、殺されたのは、そのあとになるし、消したのが静江さんでないとしたら、殺人犯が出ていくまえに消したことになる。だから、どちらにしても……」

(ああ、そうか、誰かが殺したんだ)

保呂草の「殺人犯」という言葉で、紫子の心臓の鼓動が再び大きくなった。自分の精神がそれを忘れようとしていたことに気づく。

「殺人犯が部屋を出たのは、照明が消えたあとでなくてはならない」保呂草は自信ありげに続ける。「つまり、やっぱり窓は無理だよ。電気が消えてからは、ずっと僕が見張っていた。一度も他のところを見なかったと断言できる」

「でも、保呂草さん、この建物に入ってきたでしょう?」にっこりと微笑みながら瀬在丸紅子が言う。「だから、ずっとではないわ。持ち場を離れたのは、いつ?」

「ああ、それなら、もう一度照明がついてからだから……」保呂草は答えた。「つまり、みんながあの部屋に入ったときだよね。中に入ったとき、電気をつけたんでしょう? そのあと。僕が持ち場を離れたときには、もう、みんなは書斎にいたことになる」

「えっと、電気がついているときに、窓に男が立つのを見て……」練無が高い声で話した。「それから、すぐに電気が消えたんだ。で、そのあと……、そう、そのあとなら、僕だってずっと見ていた自信があるよ。なんかさ、様子が変だったから、ずっと見てたもん」

「どんな男だった？」紅子が尋ねる。「何を着ていた？　髪形は？」

「うーん」練無は唇を嚙んで首を傾げる。「だって、照明が逆だから影になってて……、男だということしか……」

「女かもしれないわよ」紫子は口をきいた。「ほら、現に、君という例もあるし」

「まあね」練無は簡単に認める。「女の人かもしれない。でも、小田原静江さんじゃないことは確かだよ、さっき、玄関とこで見たけど、あんな服じゃなかったもんね」

「部屋のどこかに、別の出入口がございます」根来機千瑛が口をきいたので、全員がそちらを向いた。

「え、本当？」練無が声を上げる。

「古い屋敷ですからな」機千瑛が頷く。「それくらいの仕掛けはあろうかと」

「ああ……」紅子が横で溜息をついて首をふった。「機千瑛、何を寝ぼけたことを……。あの部屋にそんな仕掛けなどあろうはずがないではないか。あそこは、この私が使っていたのだぞ。忘れたのか？」

「いえ、もちろん、この機千瑛、忘れはいたしません。が、しかし、お嬢様。お言葉を返すようですが、お嬢様もお気づきにならなかったほどの隠し扉が存在したやも知れませぬ」

「愚か者……」澄ました表情で紅子が一度だけ首を横にふった。今までとは声も口調もまったく別人である。「そのように二十年間も気づかずにいられるものか。もしも、そういった仕掛けがあるとすれば、小田原家が最近になって作ったものだ。調べればたちまちに知れよう。政哉氏をあとで問い質《ただ》してみても良いが、まずそんな可能性はない。両側は塔へ上る螺《ら》旋《せん》階段。床の下は玄関ホール。残るは天井裏か？」

「どうして、そんな秘密の通路を犯人が知っていたわけ？」練無がきいた。紫子もそのとおりだと思ったので頷く。

「そう……、良い点に気づいたわね」紅子が急に優しい声に戻って答えた。一瞬で人格が切り替わるようだ。「たとえばね……、静江さんの知り合いだったとか」

3

家政婦の酒本が、途中でお茶を運んできた。彼女は、広間の中央に黙って突っ立っている若い警官にもお茶を差し出そうとしたが、彼は頭を下げてそれを断った。

最初の警官がやってきてから、三、四十分ほど経った頃、私服の刑事が三人玄関から入ってきて、階段を上がっていった。その後、作業服姿の男たちが次々に現れ、重そうなアルミケースを肩に担いで階段を上った。やがて、書斎の中や廊下の付近でカメラのフラッシュが何度も光り始める。

時刻は十時を過ぎていた。

これから何時間もこの場所にいなければならないのだろうか、と紫子は思った。

刑事が二人、一度だけ広間に下りてきて、全員から簡単に事情を聞いた。だが、「あとで、また詳しく伺います」と言い残し、すぐにまた二階へ上がっていった。それきりである。二階の部屋には小田原政哉はいない。彼は妻が救急車で運び出されるときに一緒についていったままである。

少しして、家政婦が二人、二階に呼び出された。若い方が酒本、年寄りの方が白木《しらき》という名前のようだった。

保呂草潤平は押し黙って煙草を吸っていたし、瀬在丸紅子も腕組みをし、目を細めて宙を見つめている。浅野美雪は相変わらず不安そうな表情で唇を噛んだり、指で前髪を触ったり、落ち着かない視線を皆に向けていたが、その隣では、根来機千瑛がソファにもたれかかり、口を開けて居眠りしていた。

東尾という鬚の哲学者の姿が見当たらなかった。いつからいないのだろう？　警察が来るまえに、既に彼の姿はなかったような気がする。

香具山紫子は立ち上がって、小鳥遊練無のそばへ行く。練無は階段に腰を下ろしていた。広がったスカートから僅かに出た彼の足は、ピンク色のスニーカを履いていた。そんな恥ずかしい靴は、紫子だって持っていない。

「しこさんが僕のところに料理を持ってきてくれたの、あれ、何時頃だったっけ？　覚えてる？」

「ちょうど八時くらいやったと思うけど」

「あのときはさ、二階の書斎、まだ真っ暗だったよね」練無が言う。

「あれは八時五分だ」保呂草が煙草を口にくわえたままソファから立ち上がり、二人の方へやってきた。「その五分まえ、ちょうど八時頃……、あの窓の下に、小田原長治博士が立っていた。しばらく窓を見上げていたよ」

「それ、誰？」紫子はきいた。

「大数学者の先生さ」保呂草が答える。

「あ、知ってる。静江さんのお父さんだよ」練無が補足する。

「そう」保呂草が頷く。「その爺さんが立ち去ってから、しこちゃんが玄関から出てきたんだ。小鳥遊君のところへ料理を持っていった、それが八時五分頃だ。で……、戻ってきたのが二十分頃だったかな」

「私ら、十五分も話してました？」

「あのあと、しこさんがここへ戻ったとき、まだ、静江さんは広間にいたの？」練無がきいた。

「うんとぉ……、えっとぉ……」紫子は考えながら唸る。「あ、そやそや、おったわおったわ」

彼女たちが今話をしている場所……、この場所で、小田原家の家族四人が集まって話をしていた。紫子が外から戻ったとき、確かに静江はまだここにいたのである。

「静江さんが二階に上がったのは、たぶん、香具山さんがここに戻ってきて、その十分くらいあとだったと思う」ソファに座っていた瀬在丸紅子がこちらを向いて言った。「私も一緒にお話をしていたから、覚えているの。香具山さんは、あの辺で……」紅子は手を伸ばして部屋の中央を指さした。「東尾さんに絡《から》まれていたんじゃなくて？　えっと、プリンを食べていたでしょう？」

「あ、そうそう」紫子は頷く。「そうなんよ。あのとき、静江さんが階段を上がっていって、鍵を自分で開《あ》けはって、あの書斎に入ったんやわ」

「だいたい八時半ってことだね」練無が言った。

「えっと、ご主人が鍵を開けて、私たちがあそこに入ったのは、九時十分やから……」紫子は言う。それは自分の腕時計を見た覚えがあった。「四十分の間に、あんなことになったんですね」

「静江さんがあの部屋に入ってすぐ、何か音がしたでしょう？」紅子が言った。

「どんな音？」練無がきいた。

「どすんっていう低い音だった」紅子が答える。

「あ、そう、そうやわ」紫子も思い出した。「うわぁ、ひょっとして、あのときが、そう？」

想像するだけで、胸が苦しくなった。すぐ隣の部屋で、殺人鬼が人の首を絞めたのだ。

「確かに、八時半頃、部屋の照明がついた」保呂草が灰皿で煙草を揉《も》み消しながら言う。「それから、そのもの音なら、僕も聞いた。でも、音がしたあとも、電気はしばらくついたままだった。小鳥遊君、どれくらいの時間、窓が明るかったかな?」

「えっと、少なくとも二十分か、三十分くらい」練無が目を丸くして言った。「男の姿が一瞬だけ見えて、それからすぐ暗くなってしまったんですよ。あと、みんながここに入ってきた部屋が明るくなるまで、そうだなあ、五分か十分くらいだったかなあ」

「ということは……」瀬在丸紅子はソファから立ち上がり、皆がいる方へ歩いてきた。腕組みをしたままで片手を顎に当てている。わざとらしいポーズだったが、彼女の場合は実に絵になった。「八時半に書斎に入った静江さんは、八時三十五分頃に殺された。そのとき、ソファに押し倒されたのか、それとも何かを争ったのか、音が聞こえたわけね……。で、犯人はそのあとも、九時近くまで、ずっとあの部屋に潜んでいて、最後はお行儀良く電気をちゃんと消して帰っていった、ということになるわ」

「あの……、どこから、どうやって帰っていったん?」紫子がすぐに質問した。

「さあね……、姿が消せるのかしら」紅子が口もとを斜めにして、首を大げさに傾けた。

「ハクション大魔王みたいに」

「紅子さん、冗談はやめて下さい」紫子が訴える。「私、真面目にきいてるんですよ」

「真面目に答えるにはね……、まだ若干、情報が足りないな」紅子が澄ました顔で答えた。「たとえば、死因は何？　死んだのはいつ？　本当に他殺なの？　本当に鍵がかかっていた？　窓は取り外せない？　部屋の中に隠れる場所はない？　まだ誰かいるかもしれないわ」彼女はそう言って、オーバな素振りで両手を頬に当てる。「一つでも、正確に答えられる人はいます？」

4

玄関側のドアから、一人の男が入ってきた。

ライトグレィの麻のスーツを着て、少し長めの髪も灰色だった。四十代だろうか。不精《ぶしよう》髭《ひげ》の顔は、いかにも眠そうな目つきで印象的だ。彼は瀬在丸紅子を見て立ち止まり、意味ありげに片方の眉を持ち上げた。

男が右手の人差指を立てる。「上か？」

「そうよ」紅子が優雅な口調で答えた。

「見た？」男はきいた。

「見ました」紅子が頷く。

「首のを？」男は自分の首に手をやって白い歯を見せる。

「ええ、とても風変わりなネックレスでしたわ」紅子も自分の首に手をやる。

静江の首に食い込んでいた白く細いベルトのようなものを、紫子も思い出した。

「プラスティックだ」男は低い声で言う。なかなか響きの良い声だった。

「ええ、ナイロンです」紅子が優しく言う。

「ぎざぎざがついていただろう?」

「ええ、そうよ」

「間違いない……。俺のヤマだ」にっこりと男は微笑んだ。

「そうね、お幸せに」紅子も微笑む。

男は、やっと瀬在丸紅子から目を離し、そこにいた者全員を順番に見た。まるで写真を撮るように一瞬で相手を観察できるようだ。彼は最後にもう一度紅子を見て、口もとを約五ミリほど持ち上げ、他の者たちには解読不能な信号を紅子だけに送ると、軽い足取りで階段を駆け上がっていった。

「誰です?」保呂草がきいた。

「なんなの、あれ」紫子も同じ質問をした。

「私の、まえの旦那様です」恥ずかしそうに俯《うつむ》いて紅子が答える。「愛知県警の捜査一課の警部なの」

「わぁん、めちゃくちゃかっこいいや」練無が言った。

「同感やわぁ」紫子は溜息とともに小声で囁く。力が抜けている。

「ええ、それはそうなの」そんなことは当たり前だ、という表情で紅子が頷いた。まるで少女のように顔を赤らめている。見ている紫子の方が恥ずかしくなって、血圧が上昇した。

「しこさん、中年趣味だったっけ？」練無が紫子を見て舌打ちする。

「それは君やろ」紫子は言い返す。

「あの……、どうして、その、別れたんです？」保呂草が言いにくそうに尋ねた。よくそんな大胆な質問が、このタイミングでできたものだ、と紫子は心中、保呂草に拍手喝采《かっさい》である。

　紅子は完璧に微笑んだまま、その質問を完璧に無視した。場が膠着《こうちゃく》する。

「あのあの、お名前は、なんというの？」紫子は紅子にきいた。「もしかして、再婚されているの？」

「いいえ、彼、まだ独身よ。名前は林《はやし》さん」よくぞここまで、というあどけない表情を紅子は見せる。「ハヤシさんって、あのね、木を横に二つ並べて、ハヤシと読むのよ」

「それくらい知ってますよ」笑いながら紫子が言う。

「あら……、だって、変わっているでしょう？」ますます無邪気な笑顔の紅子。「あの漢字……」

「紅子さんが一番変わってる」練無が高い声でつっこんだ。

5

林がその書斎に足を踏み入れたとき、室内には既に七人の男たちがいた。そのうち五人は鑑識課科学班の連中。残りの二人が、林の部下の渡辺《わたなべ》と立松《たてまつ》で、警部補と巡査部長である。彼ら二人は部屋の右奥に立っていた。林は、鑑識の作業員たちの邪魔にならないように気をつけて歩き、二人の方へ近づいた。渡辺と立松が軽く頭を下げる。渡辺が三十代、立松が二十代であるが、二人とも既に林よりも髪が薄い。林は今年でちょうど四十。髪も白いものが混じり始めていた。

「被害者、どうでした?」渡辺が小声できいた。

「駄目だ」林は一度だけ首を横にふる。「たった今、連絡が入った。殺人事件だ。立松、鑑識の連中と一緒に病院へ行ってくれないか。被害者の旦那をこちらへ連れてきてほしいんだ。くれぐれも丁重《ていちょう》に」

「わかりました」立松が頷いて部屋から出ていった。

「外は?」渡辺が窓を見ながらきく。「足りていますか?」

「うーん、まあ、できることをする以外にない。一応は手配したよ」そう答えてから、林はデスクの方へ歩いていく。「遠くへは行っていないはずだ。もともとが、この辺《あた》りが奴の縄張りなんだから」彼は鼻息をもらす。「きっと今頃、クーラが効いた部屋に戻っているか、シャワーでも浴びているところだろう。あるいは、どこか遠くへドライブか」

「殺したあとってのは、そんなもんなんですか？」

「さあね……。しかし、一年に一回とは、まったく律儀《りちぎ》なものだ」

「よく、その、抑制ができるもんですね」渡辺はデスクまでやってきて、手袋をした右手で引出《ひきだし》を開けながら言った。「普通じゃないですよ」

林は黙っていた。そのとおりだと思ったからだ。

普通じゃない。

三年まえからこの近辺で発生している一連の殺人事件。それが、今年も起こった。予定どおりだった。

三年まえの七月七日に十一歳の少女が殺された。その翌年は同じ七月七日に二十二歳の女子大生が、そして昨年は六月六日に三十三歳のＯＬが殺された。いずれも、同じ区内、半径三キロメートルの範囲内に収まる。

今日は六月六日、被害者の小田原静江は四十四歳の誕生日を迎えたばかりだった。

これで四人目。

もちろん、他にも殺《や》っている可能性は高い。一年に一度だけという方が不自然なので、そう指摘する関係者も多い。手口を変え、場所を変えて、別の事件を起こしているかもしれない。捜査本部でもその見方が主流だったが、しかし、具体的にそれらしい事件を指摘することはできなかった。

この一連の事件の特徴は、数字だ。

七月七日、六月六日、十一歳、二十二歳、三十三歳、四十四歳。殺人犯が何かの縁起を担いでいるのか、そこがわからない。不可思議なゾロ目の数字。いったい何の意味があるというのだろうか。

もちろん、そういった状況の共通性だけが問題なのではない。さきほど病院で確認してきたばかりであるが、小田原静江の命を奪った凶器がやはり、過去三回の事件と同じものだった。

被害者の首に巻かれていたナイロン・プラスティック製のベルトが決定的な証拠品なのである。それは、極めて特殊なものだった。色は白っぽく、断面の形状は四角形。太さは約八ミリ×四ミリ。ベルトの一方の側には、歯車のようなぎざぎざの段がつけられている。ちょうどズボンのベルトのように、片方の先端には、同じ材質でできた四角い穴の開いた部分があり、反対側の先端をこの穴に通してリング状にして用いる。穴に通した一端をそのまま引っ張ると、ベルトは絞まって、リングは小さくなるが、歯車の部分が引っ掛かるため、緩む方向には戻らない機構になっている。つまり、一度絞めつければ、もう二度と緩まない。

このリングのベルトを外すには、ペンチで切断するしか方法はない。素手では引きちぎることはとうてい不可能だ。

荷物の梱包《こんぽう》に使用される用具であると最初は考えられた。だが、調べてみると、それは、大規模な配線工事に用いられる専用のパーツであることがわかった。地下やビル内のダクトを通る電話線や各種のケーブルなどを束にしたり、簡易に固定したりするときに、この特殊なベルトが使われるらしい。長さも太さも何種類かのものが製造されているが、今回の事件に用いられたのは、いずれも、長さが六十センチほどのものだった。

当然ながら、どこでも手に入る代物ではない。だが、こういった工事に関わった者ならば、誰でも数本持ち帰ることは簡単である。この種の工事は意外に多く、また関連会社も非常に沢山ある。どこもこの程度の消耗品をいちいち管理などしていない。特に危険なものでもないからだ。これまでにまだ四本しか使われていない。凶器の出もとを辿《たど》る捜査は今でも細々と続いていたが、完全に行き詰まっているに等しかった。

また、この一連の殺人事件が、同一犯の手によるものであることは、新聞にも週刊誌にも書かれていたとおりだ。しかし、絞殺に用いられたこの特殊な凶器に関してはまったく極秘のままで、公にされていない。この点は特別に注意して情報が取り扱われていた。したがって、今回の殺人も、同一人物による犯行であることは間違いない。他の誰かが、一連の殺人事件の手口を真似ることは、犯人自身から凶器を分けてもらうか、やり方を教えてもらわないかぎり、不可能なのである。

小田原静江は発見されたとき、既に心臓が停止していた。九時十分頃である。その十分後に救急車が到着し、応急処置を行いながら、病院へ運ばれたが、蘇生することはなかった。体温等による大まかな死亡推定時刻は八時半頃。司法解剖によって、さらに絞り込んだ推定が可能になるだろう、と鑑識から聞かされていた。

そもそも、被害者、小田原静江が殺人現場となった書斎に入ったのが、八時半頃だったという（家政婦や他何人かがそう証言しているようだ）。それから発見されるまでの僅かに四十分の間に、何者かがこの部屋に侵入し、彼女の首を絞め、そして逃走したことになる。

現在、桜鳴六画邸の敷地内を捜索し、同時に、この近辺を中心に非常線が張られている。一年まえのＯＬ殺しのときも、死体の発見が比較的早く、捜査陣は大いに期待したのであるが、結局、獲物は網にかからなかった。林は、左手の時計を見ながら、今回も無理だろう、と思った。常に悲観的な判断をして、安全側の予測をするのが彼の基本的なやり方だった。

渡辺が殺害現場の状況を中心に、これまでにわかっていることを説明した。簡単な報告は既に聞いていたが、口を挟まないで部下の話を聞きながら、林は部屋の方々に目を配った。鑑識の係員たちは、ソファとドアの付近を中心に作業を進めているようだ。

入口のドアは一つ。これは内側で施錠されていた。小田原静江がこの部屋に入るときには、自分の鍵を使って開けている。その鍵は今、窓際のデスクの上に置かれたままだった。

彼女は、部屋に入ってすぐ、その鍵を使ってドアを内側からロックしたものと考えられる。ドアの外側からも内側からも、同じ鍵を使って施錠できるタイプのロック機構だった。

被害者の夫である小田原政哉が、この部屋を開けるときに使ったのは、家政婦が保管していたスペアキーだった。静江本人が持っていたものと、このスペアキー以外に、この書斎の鍵は存在しない、ということである。

ドアの対面に大きな窓が一つ。この窓も内側から施錠されていた。窓ガラスなどを取り外した形跡はなく、また、鍵の近くにも不審な跡は何も残っていない。その窓の上には円形のステンドグラスがあったが、これは完全にはめ殺しのもので、建物の外側から短時間で取り外したり据え付けたりすることは絶対に不可能だった。

大規模な捜索はまだ行なわれていないが、天井裏や床下などに抜ける出入口は、今のところ見つかっていない。

被害者は部屋に入って右手壁際のソファに倒れていた。一見して他に外傷はなく、絞殺されていることは明らかだったが、もちろん、これも、精密な検査がまだ行なわれていない現段階では死因は断定はできない。しかし、状況から考えて、自殺でないことだけは確かだ。

ドアを一つ隔てた一階の大広間には大勢の人々がいた。小田原静江がこの部屋に入って間もなく、どすんという低い音が聞こえた、という証言があった。だが、それ以外に悲鳴や争ったようなもの音に気がついた者は一人もいない。プラスティックのベルトで首を絞めつける以前に、何らかの方法によって一瞬で被害者の意識を失わせた可能性が高い。昨年のOL殺しのときには、鈍器による殴打が、絞首に先行していた。殴って気を失わせ、そのあとでゆっくりと首を絞めて殺す。過去三回の殺害方法は、ほぼこの手順に準じている。出血が見られなかっただけで、今回も同じ手口が使われた、と考える方が妥当《だとう》であろう。パーティの参加者たちが聞いたもの音は、あるいはそのときのものだったのかもしれない。

「どういうことでしょうね?」渡辺は目の下を指で擦《こす》りながら言った。「ドアか、それとも、窓か」

渡辺がきいているのは、犯人が侵入し逃走した経路についてである。まだ目撃者からの詳しい事情聴取を行っていないので、正確なことはいえないが、ドアの鍵の件が勘違いではなく、本当のことならば、極めて不自然な事態となる。それを先回りして、渡辺は心配しているのだろう。自分が心配性な分、部下たちは楽観的な人間の方が良い、と林は常々思っているのだが、どうも、うまい組合せに当たらなかった。

「入るときは、おそらく窓からだろう」林はそちらを見て言った。自分でも特にそれを信じていたわけではない。とりあえず口にして、相手の意見を引き出そうとした。「これくらい、上がってこられるんじゃないか?」

「それが……」渡辺が苦々しい表情で首をふった。「窓の外で、ずっと見張りをしていた奴がいるんですよ」

「見張り？　見張りって、なんで？」

「それも、二人もです。どうやら、雇われたようですね、その……、被害者自身に」

「雇われた？　じゃあ、何か？　自分の危険がわかっていたと？」

「さあ、そこらへん、まだこれからですけど」渡辺がうんうんと頷いて息を吐いた。「なんだか知りませんが、どうも胡散臭《うさんくさ》い奴らが、揃《そろ》ってましてね」

「下にいる連中か？」

「はい……。その、探偵だっていう男と、その相棒の女装している大学生、その二人が、外からここを見張っていたそうなんですよ」

「へえ、確かに胡散臭いな、そりゃ」林は頷く。

瀬在丸紅子のことを言うべきかどうか、林は迷っていた。紅子が事件に深く関係しているのであれば、担当を下ろされる可能性がある。今はそれが一番の心配事だった。

6

香具山紫子はやっと煙草を吸う気になった。自分の煙草は持ってきていなかったので、保呂草から一本もらって火をつけた。

「れんちゃん、眠そうな顔してるわぁ」紫子はソファに深々と座っている練無に言った。彼は無言で頷く。

「しこちゃんは、そろそろ目が覚めてくる頃?」保呂草が横からきいた。

そのとおりだった。アルコールが醒めたせいもあるだろう、煙草の煙をゆっくりと吐き出すごとに頭がクリアになり、しだいに事件のことを順序立てて考えよう、という気持ちがわいてきた。

広間の隣にある控室に、一人ずつ呼ばれて事情聴取が行われた。一人が二十分ずつ程度だっただろうか。それでも、全員が終了するのに三時間近くかかった。既に六月七日の午前二時になっている。

広間に残っていたのは、保呂草潤平、瀬在丸紅子、小鳥遊練無、香具山紫子の麻雀四人組。家政婦の酒本の姿が見えなかったので、紫子と練無で勝手にキッチンに入って、コーヒーを淹《い》れてきた。酒本は自分の部屋に戻っていたようだ。その後、着替えをして再び現れたが、一度、刑事に二階の書斎に呼ばれ、コーヒーを運んだ。その後は、キッチンに籠《こ》もったまま出てこない。もう一人の年寄りの家政婦、白木はかなりまえから姿が見えなかった。

二階の書斎には、刑事たちと一緒に小田原政哉がいる。今はドアが閉められていたので話は聞こえなかった。病院から戻ってきたときの憔悴《しょうすい》しきった小田原政哉は、一廻り小さく見えた。

小田原の息子と娘は、パーティ以来見かけていない。ひょっとして、彼らはまだ事態を、母親が死んだことを、知らされていないのだろうか、と紫子は思った。

東尾繁は、警察に呼び出されてしぶしぶやってきた。どうやら、相当にこういった権力機構が嫌いな様子だった。あそこまで非協力的な態度を露《あらわ》にしなくても良さそうなものなのに、と紫子でさえ感じたくらいだ。刑事たちの質問にも何も答えなかったのかもしれない。控室での質問が終了すると、黙って広間から出ていってしまった。

浅野美雪はさきほどまで一緒に話をしていたが、疲れたので休むと言い立ち上がった。そのとき、根来機千瑛も席を立った。瀬在丸紅子が、もう帰れと命令したからだ。離れの無亭に自分の息子が一人でいることが心配になったのであろう。だが、紅子はそんなことは一言も口にしなかった。

この広間にも、作業服を着た男たちが二人歩き回っていた。制服の警官が戸口のところに立っている。

香具山紫子に質問をしたのは、紅子の先夫の林という名の刑事である。おっとりとした表情で髭が濃い。頭髪は幾分白く、ネクタイは曲がっていた。しかし、低い声がとてもよく響く。それが魅力的だった。

書斎に小田原静江が入ったとき、それを見ていたか。他にその部屋に入った者はいなかったか。何かもの音を聞いたか。静江の素振りで気になったことはなかったか。そういった当然予想される質問が一段落したあと、林は、目を細め、横目で紫子を見据えると、こうきいた。

「トランシーバを使っていたそうですね？」

「あ……、はい」紫子は答える。保呂草か練無が話したのだろう。内緒ではないはずだ。

「保呂草さんの助手を、まえにもしたことがありますか？」

「はい、あります」

「以前に、何度くらい？」

「えっと、三回です」

「どんな仕事をしましたか？」

「張り込み調査の交代要員です」紫子は答える。「私は昼間の係りで、私が見ている間は、保呂草さんが寝てるんです。だいたい、昼間は相手だって会社だから何も起きません。万一会社から出てきた場合は、一応できるだけ後をつけて、保呂草さんに電話するんです」それは、浮気の調査だった。そういった仕事以外にも、ビラ配りなどを引き受けたこともある。

「小鳥遊さんも一緒に？」

「はい、彼の方がずっと多いと思います」

「小田原夫人は、保呂草さんに何かを依頼した、と言っていましたか？」

「ええ、だって……、だから、張り込んでいたんですよ」

「いえ、そうではなくて、直接、小田原静江さんが、貴女にそのことを話しましたか？」

「えっと……」紫子は考える。「いいえ。そんな話はありませんでした」

まるで保呂草が犯人だとでも言いたげな口調だったので、ダンディな林の株が少し下がった。しかし、わからないでもない。そこにいた関係者の中では、客観的に見て、保呂草が一番疑われやすいタイプだろう。きっと、警察がイメージしている犯人像にも、彼が一番近いのに違いない。屋敷の中にいたのならともかく、玄関口に潜んでいたのだから、疑われてもしかたがない。小鳥遊練無だって同じだ。彼も一応、若い男性である。見かけはどうあれ、本質は男なのだ。

けれど……、と紫子は考える。

もし、万が一、ひょっとして、保呂草か練無のどちらかが、あるいは二人ともが、殺人犯だったとしたら、小田原静江を殺害するために、窓から出入りしたことになる。その場合、殺人現場である書斎を、密室に仕立てた理由は何だろう？

意味がないのではないか……。

ドアの鍵を開けておけば、そちらから誰かが侵入したと考えさせることができる。いや、窓の鍵を開けておいて、そこを誰かが出入りしたことにすれば良い。不審な人物を目撃したと二人で口をそろえて証言する手もある。

「密室にしたのは、どうして？」紫子は呟く。

「問題はそこだ」保呂草は煙を吐きながら話した。彼はさきほど、新しい煙草を自分の車まで取りにいったばかりだった。「どうして、犯人はわざわざ密室を作ったのか……、それが最大の問題だね」

「こっちのドアに鍵をかけたのは、誰も入ってこられないようにするためなんじゃない？」練無がきいた。

「でも、結果的には、すぐに入られてしまったわけよ」紅子が言った。「確かに、鍵を取りにいく数分間に逃げられる、という効果はあるかもしれないけれど」

「どこから逃げるの？」紫子が尋ねる。

「私は窓だと思う」紅子はそう言って、保呂草をちらりと見た。「でも、保呂草さんが否定するわ」

「うん、それはありえない」保呂草は口もとを斜めにした。「天井裏だろうね」

「もし、天井裏に逃げたんやとしたら……」紫子はここだとばかりに言った。「確かに、ドアは鍵をかけとくやろね。時間稼ぎになるさかい。せやけど、なんで窓を開けておかんかったわけ？　窓から逃げたと考えさす方が、犯人にとっては、ずっと都合がいいんと違います？」

「まあ、香具山さん……」紅子が目を丸くして黙った。

「え？　何か……」紫子は首を傾げる。

「あ、いえ……」紅子は口に手をやって微笑んだ。「とても筋の通った推論だったわ。少し驚いただけよ」

「私だって、たまには頭使うこともあるんです」紫子は答える。

「もう帰っていいのかなあ」欠伸をしながら練無が両手を挙げる。「どっちにしたって、詳しいことがわかんないから、しかたがないよ。これ以上、僕らが議論したってどうにもならないじゃん」

「そうね、ちょっと詳しい話をきいてくる」瀬在丸紅子が立ち上がった。

「あ、あの……」保呂草が彼女に何か言おうとした。

「ちょっと皆さん、お待ちになっていてね」

紅子はそのまま階段を上がっていった。

7

瀬在丸紅子は、小さくノックしてから、ドアをそっと開けた。

書斎の中に顔を覗かせる。右手のソファに、林と小田原政哉、それにもう一人頭の薄い刑事が座っている。鑑識の係員が二人、デスクの向こう側で窓を開けて何かを調べていた。

「あの……」紅子は微笑みを作りながら、背伸びをした。

ようやく、林がこちらを向く。彼はぴくっと反応して立ち上がると、わざとゆっくりと歩いてきた。

「何ですか?」彼は低い声で紅子にきいた。

「ちょっとお尋ねしたいことが、とても沢山あるんです」

「とてもききたいことが、少しだけある、という意味ですか?」

「逆ですわ。言ったとおりの意味です」紅子は面白くなって唇を噛んだ。

林は振り返り、ソファの方を見た。

「少し休憩しましょう」林は言う。「小田原さん、よろしかったら、お休みになって下さい」

ソファで小田原政哉が首をふった。

「外で煙草を吸ってくる」林はそう言って、ドアから出ようとする。紅子は飛びのくように後ろに下がった。

外に出てドアを閉めた林は、通路を横断し、手摺に寄りかかって下を見た。紅子も同じようにして下の広間を見る。階段を下りた近くで、保呂草たち三人が紅子を見上げていた。

林は無言で紅子を睨み、階段の方へ歩き始める。彼女は慌てて後を追った。

二人が下りた階段は、保呂草たちがいる場所とは反対側だった。ちょうど下り切ったところに控室のドアがある。そこが、さきほど事情聴取に使われた部屋だ。林はそのドアを開けてから、首をひょいと曲げて紅子に合図した。そこに入れ、という意味らしい。言葉でいえば良いのに、と彼女は思う。

「他のみんなは駄目?」紅子は小声できいてみた。

「馬鹿」林が低い声で言う。

紅子は大げさに肩を竦め、林がドアを閉めるまえに、広間の反対側でこちらを注目している三人にウインクした。

「いったい何だ？」部屋が密閉されると、林がすぐにきいた。

「そんな横柄な口をきかれる覚えはありませんわ」林の前方一メートルに立って、紅子は睨み返す。

「君が呼んだんじゃないか。理由を言いなさい」煙草に火をつけ、灰皿を手前に引きながら、林はテーブルに軽く腰を掛けた。

「だから、お尋ねしたいことがいろいろあるのです」

「今じゃなくてもいいだろう」

「いえ、今なの」

「何だね？」

「いいわ……」紅子は椅子を引いて腰掛けた。「じゃあ、まず、死因は何でしたか？」

「小田原静江のことか？」

「当たり前です。クレオパトラの死因をこんなところできいてどうするんですか」

「あれは毒殺だ」林は煙を吐く。

紅子は黙って一秒ほど目を瞑った。林はクレオパトラの死因について述べたようだ。つまらない冗談だったし、しかも間違っている。癖になるから、笑ってはいけない。

「絞殺」林が真面目な顔で言い直した。

「死んだ時刻は？」

「八時半。誤差は前後二十分ってとこかな」

「貴方の事件なの？」

「そうだ」林は頷いた。久しぶりの煙草が余程美味しいのか、それとも、追い続けている犯人の久しぶりの犯行に興奮しているのか、いずれにしても、久しぶりに満足している林の表情だった。

「あの首に巻かれていたベルトが、いつも使われている凶器なのね？」

「そう」

「日にちも、被害者の歳も」

「ゾロ目」

「二階の部屋で何か見つかりました？」

「何も」

「ペンチか、ニッパがなかったかしら？」

「ああ、あのベルトを切った道具だね？」

「そうです」

「よく見ているな。普通そこまで観察できるものじゃない」

「お答えは？」

「ない。あの部屋にはなかった。それが自殺でない証拠だ」

「外は？」

「今のところ連絡なし」

「どうやって部屋から出たと思われます？」

ふっと鼻息をもらして微笑むと、林は首をゆっくりと横にふった。

「調べたの？」

「今やっているよ」彼は煙草を口に運んで笑いを嚙み殺した。「そんなことより、紅子……」

「呼び捨てはやめて下さい」

「悪い……」林は片手を前に出して広げる。「あの保呂草という男は、君の知り合いか？」

「ええ」紅子は頷く。

「探偵だと聞いたが……」林は自分の煙草を煙そうにして目を細める。「小田原夫人に護衛を依頼された、と話している。しかし、彼女がどうして自分の身の危険を感じていたのか、それを奴は言わないんだよ」

「おそらく、脅迫状でしょうね」紅子はすぐに答える。

「どうして？」

「それ以外にありませんもの」

「犯人が、小田原静江に予告の手紙でも送ったというわけかい？」

「そうとも限らない」紅子は首をふった。

「じゃあ、何なんだ？」

「いろいろな可能性が考えられるわ。犯人のことを密《ひそ》かに知っている人物が、犯人の次のターゲットを察知して、それを未然に防ごうとした、とかね」

「警察に知らせてくれれば未然に防げる」

「いろいろ事情があったかもしれないわ」

「他には？」

「静江さんはまったくの狂言で、自分が狙われていると語った。ところが、偶然にも、本ものの犯人に狙われていた」

「それは面白いな」林は少し微笑んだ。「しかし、その狂言の目的は？」

「保呂草さんに近づきたいため」

「ああ、なるほどね」林は笑うのをやめて頷いた。「それは、もっともらしい……。他には？」

「少しはご自分でお考えになったらいかがです？」

「考えてもしかたがないよ」林はまた笑った。「それよりも、事実に目を向けなくちゃならん」

「どんな事実です？」

「人が四人も殺されている」

「それで？」紅子は首を傾げる。しばらく待ったが林は答えない。「そうやって正義の心をめらめらと燃やすわけですか？　そうしないと仕事に意義が見出せないの？」

「違うよ」林は首をふった。「しかし、少なくとも、しばらくの間は眠気は覚める」

「正義って、煙草と同じね」

「じゃあきこう。君は、あの密室に関して、何か答を持っているのかい？」林は煙草を灰皿で消しながら尋ねた。「君のことだから、もう幾つかアイデアがあるのだろう？」

「あまり上品なおっしゃり方ではありませんわ、それ」紅子は微笑む。「そうですね、たとえば、現時点で発見されていないアクセス経路は存在しない、と仮定しましょうか？」

「へえ、そんな仮定をしても平気なのかい？」

「それくらいでフリーズするほど、視野が狭くはありませんの」紅子は口もとを上げてみせた。

「自殺じゃないぞ」林は面白そうな顔で言う。「それに、あの部屋にまだ殺人犯がいるなんてのも駄目だ」

「あら、どうして駄目なの？」紅子は言い返す。「自殺はありえないにしても、あの部屋にまだ犯人が潜んでいる可能性はゼロではありません」

「それが君の答か？」くすくすと笑いながら林は立ち上がる。「さあ、男にはまだ仕事があるんだ」

「またそういうことをおっしゃる」

「まだ仕事がある女もいるだろう」

「ステンドグラスはお調べになった？」

「ああ、あの丸いやつか？」

「ええ」

「どうして？」

「ハンダを溶かせば、外側からガラスを外すことができるかもしれないわ」

林は黙って頷いた。言葉が出なかったのだろう。

「人は通れないにしても、真下の窓の鍵をかける工夫ができたかもしれません」紅子はつけ加えた。「あと……」

「何だ？」

「犯人が、あの部屋に立ち入らずに、殺害を行った可能性を検討すべきでしょうね」

「遠隔操作か？」

「いろいろ考えられます」

「たとえば？」

「あのプラスティックのベルトは、実はもっと長いものかもしれません。遠くから引っ張って、最後に切ったのかも。あるいは、モータか何かで巻き取って、首を絞めることだってできます」

「しかし、誰が、あれを首にかけたんだ？」

「それは二とおりあります」

「一つは、小田原夫人自身だ」

「ええそう」

「もう一つは？」

「誰でもできるわ」

「誰でも？」

「そう」紅子は頷く。「静江さんが書斎に入るまえに首につけたのなら、誰だって可能です。彼女、髪が長いし、それに一見ネックレスみたいに見えないことはないから、余程近づいて見ないかぎり、気がつきません」

「待て待て、状況がよくわからんなあ」

「ええ、確かに」紅子も頷く。「今は、単に可能性を羅列《られつ》しているだけのことですもの」

「ああ」林は頷く。「もう、行かなくちゃ」

「ええ」

「何か、他に言いたいことは？」

「ありません」紅子は微笑んだ。

8

小鳥遊練無はまた欠伸を嚙み殺した。

紅子が戻ってきて、先夫であり刑事である林から仕入れたばかりの情報を聞かせてくれたが、どれも、想像どおりの事項を確認できたに過ぎなかった。その後、二階から若い刑事が一人下りてきて、そこにいた四人に対して簡単な質問をもう一度した。ほとんどの内容は、さきほどの事情聴取のときの繰り返しで、まったく退屈な時間だった。そういうわけで、欠伸を我慢していたためか、練無は頭が痛くなった。

刑事の他に制服の警官が一人いて、手帳に何かを書き写していた。メモだろうか、と練無は思ったが、話していることをすべて書き取っているとはとうてい思えない、手の動きが悠長な速度だった。それに、今度は一人ずつではなく、広間にいた全員に対して質問がなされている点が不思議である。ひょっとして、ただの雑談なのだろうか。

そこにいたのは、保呂草、練無、紫子、紅子、それにキッチンから出てきた家政婦の酒本の五人だ。刑事が質問したので、彼女が酒本由季子《ゆきこ》という名前であることがわかった。若いといっても、二十代後半か三十代である。痩《や》せた不健康そうな女性だった。酒本は、しきりに練無の方を見ては顔をしかめている。彼のファッションに対して気に入らないことがあるようだ。そんなことは、練無にしてみれば慣れっこだった。

「あの部屋に入ったとき、本当に中には誰もいませんでしたか？」髪の薄い刑事がまた同じ質問をした。ソファは満席で、彼だけが立っていた。

「誰かが隠れていたというんですか？」紅子がおっとりとした口調できき返す。「もし、そんな危険な真似を犯人がしたとするなら、その理由をどうお考えなのか、是非伺いたいわ」

「まあ、理由はともかく……」刑事はひきつった笑顔を作る。「可能性としてありえるかどうかの問題なのです」

「ドアは手前に開きますから、ドアの陰に隠れることはできないでしょうね」保呂草が面白そうに言った。

「あそこのデスクの下に隠れていれば、見つからないかも」練無が発言する。

「そうやね、あそこか……」紫子はひょうきんに上目遣いをする。「それか、ソファの後ろかな。あ、でもソファは無理やわ。すぐにみんなが押しかけたから」

「皆さんが死体に気を取られている隙に、デスクに隠れていた人間が部屋から出ていった、という可能性はありませんか？」刑事が事務的な口調で質問した。

「あの……、私は戸口にずっと立っていました」家政婦の酒本由季子がおずおずとした様子で口をきく。「その、皆さんが、ソファの奥様のところへ集まったときも、私だけは戸口にいたんです」

「誰か出てきましたか？」刑事がきいた。

「誰も、そんな人は見ていません」

「ずっといたんですか？」刑事は酒本を睨みつける。

「あ……、あの……」彼女はますます首を竦めてしまった。「旦那様が救急車を呼べとおっしゃったので、電話をかけるために一階に下りました」

「じゃあ、そのあとはドアには誰もいなかったわけですね？」

「僕がいましたよ」保呂草が片手を軽く持ち上げる。「僕がここへ入ってきたら、ちょうど、酒本さんが階段を駆け下りてくるところでした。それで、僕は二階に上がったんです。皆さん、ソファのところに集まっていましたけど、僕は部屋に入って、すぐにデスクと窓を確認しました」

「そう、私もそのとき確認しました」紅子がつけ加える。

「最初、部屋の中に入ったのは……」刑事が手帳を捲《めく》る。「小田原政哉さん、瀬在丸さん、香具山さん、浅野さん、東尾さん、根来さんの六人でしたね？　間違いありませんか？」

　全員が顔を見合ってから頷いた。

二階のドアが開き、中から林と小田原政哉が現れる。二人は階段を下りてきて、広間にいたみんなを見た。小田原は無言で軽く頭を下げる。全員がそれに応え、頭を下げた。誰も何も言わなかった。小田原は林を一瞥し、彼が頷くのを確認してから、奥へ通じるドアから部屋を出ていった。

「さて、皆さんも、ひとまずお帰りになってけっこうですよ」林は両手を擦り合わせるようにして、全員に笑顔を見せた。「ご協力に感謝しています。我々は朝まで……、いや、今日はたぶんずっと、になると思いますが、ここにおりますので、何か思い出したり、話していないことに気づかれたら、いつでもおっしゃって下さい。あ、それから、もし遠くへ行かれるような場合には、ご面倒ですが、事前にご連絡いただけると助かります」

午前三時だった。

練無たち四人は立ち上がり、玄関に向かう。

玄関前のロータリィには、相変わらず警察の車が何台も駐車されていた。十台以上ある。それに、敷地内のいたるところで明るいライトが点灯しており、人影が動いているのが見える。練無は眠かったし、それにお腹が空いていた。

銀杏の樹の下で辺りを見回してから、保呂草が立ち止まった。

「みんな……、小田原静江さんが受け取った脅迫状のことは話さなかったのかい？」保呂草が小声できいた。近くに警官がいないか、彼はまた後ろを振り返った。

「保呂草さんはしゃべらはったの？」紫子がきき返す。

「いや……」保呂草は首をふった。「いつかわかることとは思うけど、一応、依頼主のプライベートな情報だからね。簡単には漏らせないことになっている」

「そのわりには、私やれんちゃんには、しゃべりまくりやん」紫子が普通の声で話したので、また、全員が周りを見る。「私、紅子さんにも、根来さんにも話したよ」

「しこちゃん、警察に話した？」保呂草が尋ねる。

「ううん」紫子は首をふった。

「小鳥遊君はしゃべった？」

「僕、口堅いからさ」

「あ、じゃあ誰も言ってないのか」保呂草は頷く。

「言ってほしかったわけ？」紫子がきく。

「私がそれとなく話しておいたよ」紅子が横から言った。「脅迫状じゃないのかっていう可能性としてね。だから、きっと、そのうちきかれると思うわ」

保呂草が小刻みに頷いた。

「そのまえに、脅迫状を見つけるだろうな」彼は囁く。

「でも、そんな手掛かり、何の足しにもならないわ」紅子は上を向く。練無もつられて上を見たが、どんよりとした空で、星はほとんど見えなかった。

「保呂草さん、落ち込んでるの?」紫子は保呂草の両肩に後ろから手をのせる。「なんか元気ないよ」

「当たり前だよ」保呂草は溜息をついた。「これで落ち込まなかったら人間じゃない。僕の依頼主が殺されたんだからね」

「あ、そっか……」紫子が口をぽかんと開ける。

練無は気づいていた。

自分も多少の責任を感じている。駐車場なんかで見張っていないで、ずっと小田原静江を守っていれば良かったのだ。自分と根来の二人で護衛していれば、きっとこんな結果にはならなかっただろう。防ぐことができたはずだ。彼はそう思った。

桜鳴六画邸の正門は閉まっていて、通用口に警官が二人立っていた。保呂草と紫子が並んで歩き、後ろから練無と紅子がついていく。

「あれ?」練無は気づいて横を歩いている紅子を見た。「紅子さん、おうち反対じゃあ……」

瀬在丸紅子の自宅は、屋敷内の北側の離れ、無言亭である。他の三人は阿漕荘に向かっているわけだが、彼女だけは逆の方向のはずだった。

「うん」腕を組んで歩いていた彼女は、にっこりと微笑んだ。「ちょっと夜歩きしようと思ってさ」

「夜歩きですか?」練無にはその言葉が面白かった。

「小鳥遊君のとこ、お酒置いてある?」紅子は小声になる。前を歩いている二人に聞こえない、という配慮のようだ。

「あ、ええ。ビールくらいなら」小声で答える。

「今から一回りして、君のところまで、夜歩きするよ」紅子は顔を近づけて耳打ちした。

「あ、そうですか……」練無は呆れて肩を竦《すく》めた。

9

瀬在丸紅子は、保呂草と紫子の二人には別れの挨拶をした。彼女は一度、桜鳴六画邸の正門の中へ消えた。どうやらフェイントを仕掛けるつもりのようだ。

正門の外にも警察の車が沢山駐《と》まっている。

三人で阿漕荘まで歩きながら、練無は後ろが気になってしかたがなかった。

時刻は三時を過ぎていたが、三人ともこの時刻ならまだ宵《よい》の口《くち》という種族である。しかし、さすがに疲れていたのだろう、保呂草は「じゃあ」の一言だけ、紫子は両手でパーを作って見せただけで、それぞれ自分の部屋に入った。

練無は、急いでブラウスとスカートを脱いでTシャツとジーパンに着替えた。化粧を落して顔を洗っていたら、背後で気配がして、ノックもせずにドアが少しだけ開いた。

瀬在丸紅子の大きな目が覗いている。

練無がタオルで顔を拭《ふ》きながら頷くと、彼女は忍び込むような仕草で部屋に入ってきた。

「ごめんなさい」彼女は小声で言った。「あの二人に気づかれたくなかったの」

「どうして？」

「お邪魔かと思ったから」紅子は練無の後について部屋の奥まで入る。「だって、保呂草さんと香具山さん、今からデートなんじゃないの？」

「え？」練無は口を開ける。「まっさかあ」

「あら、そう？」低いテーブルの近くの大きなクッションに紅子は座った。そこは練無の席だったが、しかたがない。「小鳥遊君の部屋、けっこう綺麗じゃない。お掃除が好き？　綺麗好きなんだ」

「綺麗好きですよ」練無はベッドに腰掛ける。「すぐビールを飲みますか？　それとも……」

「それとも、なあに？　他に何か出るものがあるの？」

「オニオンスープくらいかな」

「うわぁ」紅子は両手を前で合わせる。「それは素敵」

「一昨日作ったのが冷凍してあるだけです」立ち上がって練無は冷蔵庫まで行く。缶ビールを二つ、そして、冷凍庫からタッパを一つ取り出した。

「面白い話、してほしい？」紅子は両手で頬杖をして、真っ直ぐに練無を見ていた。

「宇宙人がね、ある惑星に集合して、スポーツ大会をしたの」真面目な顔で紅子は話す。「ドッジボールで決勝に勝ち残ったのは、手長《てなが》星人と顔デカ星人のチームでした。手長星人は、とにかくリストがあるから、鋭いボールを投げられるわけ。それにひきかえ、顔デカ星人は、全身が顔だから、手足は短くて、とても不利です。さて、どっちが勝ったでしょうか？」

「それ、問題ですか？」練無は顔をしかめる。

「そうよ」

「顔デカ星人」練無は電子レンジのボタンを押してから答える。

「理由は？」

「だって、そこまで勝ち残ったってことは、それなりに何か理由があったんでしょう？」

「どんな？」

「あ！」思いついて、練無は笑えてきた。「わかった。顔面セーフ？」

「キスしてあげるから、こっちにいらっしゃい」紅子が微笑んで手招きする。「貴方、頭良いわね」

練無は缶ビールを紅子に手渡し、自分もそれを開けて口をつけた。

「あの……」再びベッドに腰掛けて練無は言った。「なぞなぞ出すために来たわけじゃないでしょう?」

「違うよ……。ただでビールを飲むためだもん」

「保呂草さんか、しこさんのことを聞きたいの?」

「回転速いわね」紅子は首を傾けて髪を振った。「保呂草さんが貴方に口止めするまえに、聞いておこうと思ったの」

「何を?」

「駐車場から、あの部屋の窓が見えたと言ったわね。貴方、視力は?」

「コンタクトしています」

「本当に、誰も窓を出入りしていない? 壁に張りついていたような人、見ていない?」

「見てませんよ」練無は頷く。「僕が見たのは、窓の中にいた男だけ」

「小田原静江さんは見なかった?」

「いいえ、一度も」

「それじゃあ……」そこで瀬在丸紅子は缶ビールを口に運んで傾ける。「保呂草さんが言っていた……、小田原長治博士はどう? 八時頃、あの窓を下から見上げていたって、彼、話していたでしょう?」

「えっと、それは二つの理由で見えなかったの」練無はビールをテーブルに置く。「一つは、僕がいた駐車場、少し低いから、玄関ロータリィの付近にいる人は見えません。二階の窓ならしっかりと見えるけど、低いところは死角になるんです。もう一つの理由は、その頃、僕は居眠りをしていました。たぶん、十分くらいだと思うけど、八時過ぎに香具山さんが料理を持ってきてくれるまで、うとうとしてしまって……」

「ということは、その時間なら、誰かがあの窓から侵入した可能性があるわけね?」

「保呂草さんが嘘をつく理由があれば……、そう」練無は頷く。「だけど、出てこられないよ。そのあとはばっちり見張っていたもの」

電子レンジが鳴ったので、練無は立ち上がった。オニオンスープが温まったようだ。

「紅子さん、保呂草さんを疑っているの?」食器を棚から出しながら練無はきいた。

「警察は疑っている」紅子は簡単に頷く。「保呂草さんが、犯人を見逃した可能性が一番高いわ」

練無は、スープをテーブルまで運んだ。

「ありがとう」紅子が嬉しそうに見上げる。「良いお婿さんになれるわね」

「じゃあ、警察は、犯人が窓を出入りしたと考えているんですね?」練無は紅子の向かい側に座った。クッションがなかったので、絨毯の上だった。

「だって、反対側は、広間から丸見えでしょう?」紅子はスプーンでスープをかき混ぜている。「何人もいたわけだし」

「でも、それがかえって盲点だってことはないかなあ?」熱いスープを一口すすってから練無は言った。「僕はそこにいたわけじゃないから知らないけど……、とにかく、ずっと全員が二階のドアを見張っていたわけじゃないでしょう？　それに、下から見上げているわけだから、二階の廊下に這《は》い蹲《つくば》っていれば見えないよ。ドアを少しだけ開けて、そっと廊下に這い出せば、きっと誰も気づかないうちにできたんじゃない？」

「でも、階段を下りてこられないわよ」

「うーん、それは、そうだけれど……」

「停電もなかったしね」にっこりと微笑んで紅子が言う。「とても美味しいわ、これ」

練無も黙ってスープを飲む。

もう一度、頭の中で自分の考えをまとめようとしたが、無理だった。どこにも抜け道はないように思えた。

「やっぱり、ドアも窓も駄目じゃないかな」練無は呟く。

「つまり、自殺？」紅子が先回りして言った。

「自殺じゃない、という具体的な証拠があるの？」練無はきいた。「あれって、自分ではできないものかな？」

「首を絞めたプラスティックのベルトね？　ええ、あれは、首を絞めるために握りしろが必要で、絞め上げたあと、余分だからその部分が切断されていたわ。つまり、そこまで犯人は神経質というか、きっちりしたことが好きな性格なのね。その切断にはペンチとかニッパとかの工具が必要なんだけれど、あの部屋ではまだ見つかっていないみたい。切断したベルトの切れ端もないわ。それが、自殺を否定する具体的で決定的な証拠といえるもの」

「だけど、誰か他の人がそれを持ち出した可能性があるんじゃあ？」練無は紅子を見つめて言った。

紅子は一瞬彼を睨み返し、それからゆっくりと瞬いた。「小鳥遊君、こっちへいらっしゃい。キスしてあげる」

「大丈夫です」練無は吹き出した。

「何が大丈夫なの？」紅子もくすっと笑った。

「いえ、してもらわなくても平気です」

「その構文、論理的に意味があるかしら？」

「とにかく遠慮します」練無は片手を振る。

「他の人間が、ペンチとベルトの切れ端を持ち出す理由は？」

「それは……、他殺に見せたいから」

「こっちへいらっしゃい」

練無は可笑しくなって、くすくすと笑いだす。「もっとビール、飲みますか？」

「お願い」首を約二十五度傾けて、紅子は澄ました顔で答えた。

彼は立ち上がって冷蔵庫へ行く。もう二本、冷えた缶ビールを持ってきた。

「そもそも、その、一年に一度、数字の縁起を担いで人を殺しているっていうの……」彼はそこで目を回した。「それこそ、ちゃんとした理由があるのかなあ」

「それはこの世の法則」紅子は二つ目のビールを開けてから答える。

「法則って？」

「理由は必ずある」紅子は頷きながら言った。「ただし、その理由が、言語として他人に伝達可能かどうか、あるいは、たとえ伝達可能であっても、他人の共感を得られるかどうか、という問題が残るだけなの」

第4章　寝れば遠のく　Sleeping is Leaving

僅かに遺された歴史の記録を辿ることによって行き着く道理がある。その時代における最も複雑な概念が、社会の意表をついて幾つも結び付き、再現がほとんど困難なほど極めて緻密に絡み合い、結果的に、これ以上は望みようもなく複雑な形態、連係、組織が芸術的な極致で造形されることになる。これほど明確でかつ単純な道理は他にないだろう。

1

小鳥遊練無がベッドで目覚めたのは十時過ぎだった。ドアを叩くノックの音が聞こえたような気がした。起き上がって、前日に食べ残したアイスクリームみたいにどろっと曖昧《あいまい》な自分の頭を振っていると、もう一度、ノックがあった。

「開いてるよ」彼は声を出す。

「私だよ」ドアが開いて入ってきたのは、香具山紫子だった。白い大きなTシャツにジーンズである。「まだ寝てた?」

「ふう……」練無は、テーブルの上のタマゴ形の時計を見ながら大きな溜息をついた。

今朝、瀬在丸紅子が彼の部屋を出ていったのが午前五時頃だっただろうか。もう夜は明けていた。それから眠ったのだから、睡眠時間はほぼ五時間。自分には少し足りないが、非人間的といえるほどではない。

「コーヒー切らしちゃったりなんかしちゃってさ」紫子がわざとおかしなアクセントで言う。機嫌が良さそうだ。「淹れたげる代わりに、飲まさして」

「うん、どうぞ」練無はまだベッドの上でぼうっとしている。

紫子はキッチンへ行き、作業を始めた。既に、練無のキッチンに関しては紫子は充分に把握している。

「あ、そうそう、れんちゃん。今朝、紅子さんここへ来とったでしょう?」紫子がペーパフィルタを箱から出しながら尋ねた。

「あれ、どうして知ってるの?」

「あのあと……、私、煙草買いにもう一度出たんよ。そしたら、紅子さんの靴が下にあったもん。もしかして、保呂草さんところか思って、どきどきしたわぁ、ホンマ。そしたら、ここから話し声が聞こえたから……」

「僕だったら、どきどきしないわけ？」

「そやね、全然しません。何の話やったん？」

「あの人、ビールを飲みたかっただけだよ」練無は起き上がって首をふった。「ひょっとして、紅子さん、貧乏だから自分でビールも買えないとか？」

「あ、うん、当たってるかも」

「え、本当に？」

「ようわからん、あの人のことは……。で、何の話やったん？」

「うん、事件の話……、けっこう真剣だったよ」

廊下でドアの開く音がした。隣の保呂草のようだ。すぐに練無の部屋のドアがノックされた。

「開いてまーす」

「おはよう」ドアを開けて、保呂草が顔を覗かせる。「おや、しこちゃん、これはこれは……朝からどうもお邪魔さまでした」

彼はドアを閉めようとする。

「あ、保呂草さん」紫子が彼を呼び止める。「ちょっと！」

「え？ 何？」

「朝刊見せて」紫子は立ち上がって、ドアの方へ歩いていく。「昨日の事件、載ってる?」

「ああ、載ってるよ」保呂草は頷く。「僕さ、今から出かけなくちゃいけないんだ。まえから決まっていた大事な仕事でね。新聞ならあげるから、ネルソンを散歩させといてくれない? 寝坊しちゃって、時間がないんだ。あと……、六画邸に駐めたままの僕の車さ、こっちへ持ってきておいてくれないかな。これ、キーね。今日一日は使わないから、二人でどこかデートしといで。ただし、ガソリンは自前で入れること」

保呂草は自動車のキーを紫子に差し出した。受け取ったものの、紫子は免許を持っていないので、保呂草が仕事を依頼しているのは、明らかに練無である。

保呂草は、自分の部屋から新聞を持ってきた。

「夕方七時頃には帰ってくる。夕食を奢《おご》るから、良い子で待ってて」そう言い残し、保呂草はドアを閉めた。廊下を歩いていく音が遠ざかり、階段を駆け下りる音に変わる。

新聞はさきに練無が読んだ。その間に、紫子が二人分のコーヒーをテーブルに運んできた。

「なんだ、これだけ?」練無は思ったことを口にした。新聞に書かれていることは、実に表面的な事柄ばかりで、しかも取り扱いも小さい。三面の端《はし》の窮屈なスペースだった。

「あの時間じゃあ、まだこれくらいしか書けなかったんよ、きっと。ぎりぎりで……」

紫子も記事を読み始める。

練無は熱いコーヒーを飲んだ。いつも自分で淹れるものより少しマイルドだったので、一口飲んで、ちょっと驚いた。普通の生活の中に、たまにある小さな発見である。

「本当やわ。過去の事件との関連についても、なんも書いてない」しばらく読んでから紫子が言った。「こういうのって、公表しないもんなんか？」

「マスコミにどこまで情報を漏らすか、それを決定する会議が、たぶん今日くらいに行われているんだよ」

「ああ、なるほどな」紫子が目を丸くして頷く。

「殺人現場が密室状態だったってことも書いてないよ」

「そやね……。それって、一番トピックスやのに」

「こういう記事読むと、犯人は怒るだろうなあ」練無はコーヒーを飲みながら言った。

「せっかく、苦労してやってるのに、もっと正当に評価してほしいって思うんじゃないかな」

「犯人て、そういう目立ちたがりぃなん？」

「そりゃそうだよ」

「ほんじゃあ、警察は逆に事件の詳細を公表しないで、犯人を思いっ切り苛《いら》つかせる作戦に出ているわけやね」

「そうかも」練無は頷く。「だけど、下手に苛つかせたら、また事件を起こすかもしれないし……」

「ああ、そうか、難しいな」

「難しいよ」

「そやけど、事件起こしてくれへんかったら、いつまでたっても、解決せえへんわけよ」紫子は膝を抱え込んだ。「現に、昨年まででやめとけば、迷宮入りだったかもしれへんわけでしょう？　ついつい今年もやってしもたん……。犯人にとっては、状況は悪くなる一方やと思う」

「そうかな……」

「コーヒー飲んだら、紅子さんとこへ行こ」

「なんで？」

「事件の話がしたい」

「いいけど……、あ、だけど、学校は？」

「授業あるの？」

「そりゃ、あるよ」

「可哀想にな」

「しこさんだって授業あるでしょう？」

「さあなぁ……、私の大学、まだやってるかしら」

2

桜鳴六画邸の正門には、野次馬が十数人集まっていて、まだ警官が二人姿勢良く立っていた。門の外にはもうパトカーは一台も駐まっていない。全部敷地内に入ったのだろうか、と練無は思った。香具山紫子が、屋敷の離れに住んでいる瀬在丸紅子を訪ねるのだと警官に説明して通してもらった。

練無と紫子、それに散歩に連れ出したネルソンも一緒だ。この犬は歩くのが著しく遅いため、二人とも何度か立ち止まって、待ってやらなくてはならなかった。後ろから、とぼとぼと下を向いたままついてくるネルソンだ。

「元気ない犬やなあ、こいつ」紫子が振り向いて言う。「ちょっと珍しいで、こんなん」

「ネルソンなりの哲学があるんだよ」練無は微笑む。

通用門から敷地内に入ると、やはり、石畳の上に十台以上の車が列を成していた。また、駐車場にも保呂草のビートルの隣に黒いワゴン車が五台駐まっている。今朝、ここを通ったときにはなかった車だ。さらに捜査が進展しているのだろうか。

駐車場の横の道を歩いていると、再び警官に呼び止められた。

「ああ、君は昨夜いた子だね?」ヘルメットの警官が紫子を見て言う。「どこへ行くの?」

「裏庭の離れです」紫子が答える。

警官が頷いたので、二人はまた歩きだす。

「お巡りさん、れんちゃんには気づいてへんなあ」紫子が面白そうに言う。「ほら、私を見てみい。昨日と全然違う服着てんのに、ちゃんと同じ人格として認識されているわけだ。それが、君の場合、全然別の人間だと思われてるんよ。どういうことかわかる？」

「何が言いたいの？」練無はむっとしてきく。

「つまりやね、昨日の君は、人格として認めてもらわれへんかもしれんちゅうこっちゃね。けっこう虚《むな》しいやろ？」

「別に」練無は首をふる。「他人に認識してもらえることが、そんなに嬉しい？　道路標識じゃないんだからさ」

「可愛い格好してるとか、短いぴちぴちのスカート穿いてるとか、そういう概念だけがピックアップされてしまうんよ。まあ、これも一種の女性問題、性差別なんだなあ。君がたまたま少女趣味だもんだから、男ながらにして、この難しい問題にぶち当たってるわけ」

「何かにぶち当たってるつもりなんて、僕ないけど」

「惜しいな」

「何が？」練無は紫子を見る。

「男にしとくのが」紫子はそう言って笑いだす。「なんちゃって、またまた、言っちゃったりしてしまったさ、はは、紫子さんも人が悪いよ、てやんで！」

「やめてくれる？　そのパターン」

「なんで？　チャレンジやん。私もいつまでも関西弁オンリィではいかんと思うてんねよ」

「鬱陶《うっとう》しいだけだよ」

「まあまあ。君、怒りっぽいな。今日はあの日か？」

「どうして、僕の前だと、そういう口をきくわけ？」

屋敷の東の庭を通り抜けて、北側の森に出る。個人の住宅の敷地の中とはとうてい思えない広さだった。やがて、木陰に佇《たたず》む小さな建物が見えてきた。気象観測の百葉箱《ひゃくようばこ》が膨脹して人が住める大きさになった、といった印象の建築物だ。そこが、瀬在丸紅子たちが暮らしている無言亭である。

木製のステップを上がって、玄関のドアをノックしようとしたが、すぐ横の窓が開いていて、中にいた根来機千瑛がこちらに気がついた。

「あ、先生、おはようございます」小鳥遊練無は根来に頭を下げた。彼にとって、根来は拳法の師匠である。

根来が玄関のドアを開けてくれた。

「おはよう」根来は機嫌の良さそうな表情で出迎える。

「おはようございます」紫子が挨拶した。

ネルソンは玄関の外で腰を下ろし、這《は》い蹲《つくば》ってしまった。既に寝る体勢に入っている気配である。

二人は犬をそこに残して部屋の中に入った。練無はそこが初めてだった。思っていたよりもずっと狭い。バンガローといった方が当たっている。

「紅子さんは？」紫子がきいた。

「まだ、お休みになられている。昨夜はあんなことがあったのだから、当然だよ」根来が答える。彼は片手にパイプを持っていたが、火はついていないようだった。「お嬢様に用事なら、また出直してきた方がいいと思うがね。午前中に起きてこられることはないだろうから」

「用事というほどのことでもないんです」紫子が答える。「ええ、ちょっとだけお話をしたかっただけで……」

「今朝、僕のところでビールを飲んで、五時くらいに帰られたんですよ」練無がテーブルの近くの丸椅子に腰掛けながら言った。

「ああ、小鳥遊君のところだったのか……」根来は頷く。「うん、お帰りが遅いので心配していた」

「どうして、れんちゃんのところだったのかな？」紫子が首を傾げる。

「この近辺には、警察は来ないんですか？」練無は窓の外を見て尋ねた。

「そうだね、たまに見かける」根来はライタでパイプに火をつけようとしている。「犬とかを連れて歩いているな」

　突然、練無の後ろでドアが開いた。出てきたのはネグリジェ姿の瀬在丸紅子である。

「あ、お嬢様」煙が出ているパイプを慌ててテーブルに置き、根来機千瑛が立ち上がった。

「あ、あの、お召しものが……」

「おはよう、香具山さん、それに小鳥遊君」紅子は無表情でそう言うと、二度ほど大きく瞬いた。「推理大会をするつもりだろう？　なら、私も混ぜて」

「そんなつもりありません」紫子が答える。

「ああ……、保呂草さんがいないのか」紅子は頷いた。

　彼女は、テーブルのところまで来て、そこにあった煙草を手に取った。一本抜き取ったところへ、根来がライタに火をつけて差し出す。紅子は根来を一度も見ないまま、煙草を吸い、煙を細く吐き出した。

「そうだ」紅子は上を向き、煙草を持った左手の肘《ひじ》を右手で支えるポーズ。「保呂草探偵と、うちの林も呼んで、六人か……。よし、今夜、ここで六人でパーティだ。根来、いいね？　すぐ手配しなさい」

「今夜ですか？」根来がきき返す。

「あの、パーティって、何のパーティです？」練無も尋ねる。

「推理大会やん、決ってるわぁ」紫子が愉快そうに叫んだ。「そう、お酒とお料理は各自が持ち寄りってことにしましょう」

「不謹慎じゃない？　それって」練無は発言したが、自分でそう感じているわけではなかった。

外から短い口笛が聞こえた。

立ち上がって窓から眺めてみると、小柄な老人が小径《こみち》に立っている。どうやら、玄関の前に寝そべっているネルソンを呼んでいるようだ。犬に向かって、おいでおいでをしていた。

「誰です？　あのお爺さん」紫子が外を見ながらきく。

「ああ、小田原長治さんだよ、数学者の」根来が答えた。

3

保呂草潤平はその頃、《青年の家》（固有名詞である）の会議室で講習会の受付をしていた。それが、今日の仕事だったのだ。講師は市内の国立大学の助教授で、保呂草の友人の友人。その先生に情報関係の話をさせることを企画して、客を集めたのは保呂草だった。講習料は一人二万円。午前と午後で計四時間だから、高くはない。どうせ会社の支払いなのだから関係ないともいえる。集まったのは十六人。講師の先生には十万円、会場費は公共施設なので一万円以下。資料のコピィ代や郵送料を差し引いても一日で十五万円程度の儲《もう》けになる。この種のイベントを、保呂草は一年に何回か開催していた。

会議室の外の廊下で、煙草を吸いながら、保呂草は昨夜の事件のことをぼんやりと考えている。

何だろう、起源は？

イメージできるものは……。

そうだ。

デパートの屋上にあったゲーム。

子供の頃にやった。

ライフルを構えて、奥に見える動く標的を狙う。

息を止めて、引き金を引く。

そう、あのタイミングだ。

どことなく、似ている。

会議室の中がざわつく。やがて、ドアが開いて、中から何人かビジネスマンたちが出てきた。腕時計を見ると十二時五分まえ。少し早めだが、お昼休みになったようだ。

彼は立ち上がって、部屋の中に入った。ホワイトボードの前で、スーツ姿の女性がOHPフィルムを片づけていた。

「先生、どうもお疲れさまです」保呂草は愛想の良い笑顔を作って頭を下げた。

女は、銀縁のメガネを片手で上げ、保呂草を見てから軽く頷いた。

彼女は志儀木綿子《しぎゆうこ》という。保呂草が、今日の講習会の講師を依頼したN大学の工学部電子工学科の助教授だ。保呂草よりも一廻り以上年配だが、見た感じはそれほど老《ふ》けてはいない。

「お食事の準備ができていますので……」彼はそう言って、志儀にもう一度頭を下げた。

二人は、地下のラウンジまで下りて、テーブルにつく。席も食事も、もちろん予約してあった。

「あまり多くないですね」志儀木綿子が煙草に火をつけながら言った。

「ええ、このところ不景気ですから」保呂草は答える。彼女は、今日の聴講者が少ないと言っているのだ。どちらにしても、講師料には関係がない。儲けが減るのは保呂草である。

料理が運ばれてきた。

「昨夜は、突然、お約束をキャンセルして、申し訳ありませんでした」保呂草はナプキンを広げながら言った。「ちょっと、大変なことになったものですから」

「いえ、かまいませんよ」志儀は少し微笑んだ。「何があったのです?」

「昭和区であった事件、ご存じないですか?」保呂草はステーキをナイフで切りながらきいた。「女性が屋敷で殺されたという……」

「さあ……」志儀は首をふった。「何か変わった事件なの?」

「そこに、僕、たまたまいたもんですからね」

「まあ、偶然?」

「いえ、偶然とも、ちょっと違うんですけど」

「そのことで、私との約束を?」

「ええ、申し訳ありませんでした。とても抜け出せない状況になってしまいまして……。あの、後日、また改めて……」

実は、昨日の夜、講習会の打ち合わせという名目で、志儀木綿子をレストランに招待する予定だったのだ。これは、一種のサービスというか、営業行為であった。既に彼女にこの仕事を依頼するのは三度目で、保呂草にしてみれば、志儀木綿子は持ち駒として比較的貴重な部類に入る。昨日、朝になって、急に小田原静江がアパートに現れ、午後には、桜鳴六画邸に呼び出された。急遽《きゅうきょ》、静江の警護をすることになり、そして、そのあとは、あのとおり、である。

「あ、ひょっとして……、桜鳴六画邸の事件のこと?」

「あ、ご存じじゃないですか」

「それなら知ってる。私の講座の助手が、そこにいるのよ」

「え?」

「そこの屋敷にね、間借りしているの。で、そうそう、今朝、電話してきたんですよ、大学に出ていけませんって。まいるわよね、そんなの急に言われたってさ。私だって、ここすっぽかせないでしょう？　研究室は空っぽだもの」

「あの、その助手の方というのは、何とおっしゃるんです？」

「浅野君……。浅野美雪。保呂草さん、もしかしてご存じ？」

「ああ、ええ」保呂草は大きく頷いた。「そうですか、志儀先生のところのね……。へえ……。いや、奇遇ですね」

「なんか、電話でごちゃごちゃ言ってたな。なんでも、部屋に入っていって、そのまま出てこなくなったら、中で殺されていたんだって？　冗談じゃないわよね」

「いえ、それが、まさにそのとおりなんですよ」

食事をしながらだったので、話のテンポはスローペースだったが、保呂草は昨夜の事件の様子を簡単に志儀に説明した。彼女は途中で何回も質問をしたが、その都度、保呂草は、一つのことだけを除いて丁寧に答えた。例外は、今回の事件が、過去三年間にこの近辺で発生した一連の事件に関連があるという点だった。そこまで話す必要はないだろう、と彼は考えた。当然、保呂草が探偵として雇われていたことも一切内緒だ。パーティに呼ばれて、たまたま居合わせた、ということにして事情を説明した。

「ふうん」口もとを上げて、志儀木綿子は首を傾げる。「本当に他殺なわけ？　それともさ、その部屋のどこかに仕掛けがあったとか？」

「他殺は間違いないようです」彼はそれだけ答える。

文字どおり小田原静江の息の根を止めたナイロンベルトは、絞めつけられたのちに、余分となった端の部分をペンチで切断されていた。自殺でないことだけは明らかだ。

「あそこの屋敷、何年かまえに一度だけ行ったことがあるのよ。浅野君のところへね、遊びにいった。ほら、おかしな女がいない？　ひらひらのドレスを着ているの。その彼女が、実はあの屋敷のもともとの持ち主だったっていうじゃない。華族だか貴族だか知らないけどさ、今は落ちぶれて、単なる居候みたいな感じで、お情けであそこに住まわせてもらっているようね。ところが、その人、大学でも何度か会ったことがあるの。どうして、うちの大学の中をほっつき歩いてるんだか、知らないけどさ」

「ええ、その人なら、よく知ってます」保呂草は思わず微笑んだ。間違いなく瀬在丸紅子のことだろう。貴族だという話は初めて聞いたが、根拠のない話でもなさそうだ。

「あの女が犯人じゃないの？」志儀はコーヒーカップを持ちながら軽い口調で言った。「ほら、怨念《おんねん》っていうの？　恨《うら》み辛《つら》みみたいなものね。なんか、凄い美人なんだけど、浮き世離れしててね、なんていうのかな、ちょっと、こう、きてるかなっていう、感じだったわよ」

そのとおりだと保呂草も思う。しかし、表情に出さないように、笑いを嚙み殺した。

「でも、状況が状況ですからね……」彼は期待せずにきいてみた。「先生なら、どうお考えになりますか?」

「だからね、その元貴族の彼女だけが、その屋敷の秘密の仕掛けを知っているわけなんだ。それがばれない自信があったからこそ、この機会に利用した」志儀木綿子はそこで肩を少し上げる。「駄目かな?」

「仕掛けがあったら、見つかるでしょうね」

「何も見つかってないの?」

「いや、今日も捜査しているはずですけど……」

4

小田原長治は、無言亭の入口前のステップに腰を下ろし、皺《しわ》だらけの手を伸ばして、ネルソンを撫でた。

「なんじゃ、元気のない犬じゃな、こやつ」彼は練無と紫子を見上げる。二人は、玄関のドアを開けたままにして立っていた。「こりゃ、持ち主が悪い奴に違いない」

「私たちの犬じゃありません」紫子はネルソンの横で膝を曲げてしゃがみ込む。「あの、小田原長治先生ですよね?」

「そうだよ」

「えっと、あの、昨日の夜は……」紫子はそこまで言って、老人の顔を覗き込んだ。

小田原長治は紫子を一瞥して、やがて微笑んだ。「ああ、わしの娘が死んだ」

紫子は目を見開いて頷く。上を向くと練無も真面目な表情でこちらを睨んでいた。

「ああ、紅子さんは、おらんのか？」室内を覗き込んで、小田原長治がしわがれ声を大きくする。

「あ、先生。お嬢様はただ今、着替えに……」根来が出てきて頭を下げた。「先生のお姿をご覧になるや、慌てて、部屋に飛び込んでいかれましてな」

「着替えだと？　ふん、何をいうておるか、馬鹿馬鹿しい」犬の頭を撫でながら小田原は鼻で笑った。「ああ、では、そうじゃな、お茶を所望《しょもう》しよう。娘が死んだのだよ。根来君。よっこいしょっと」彼はゆっくりと立ち上がった。「ああ……、まったくな。わしよりさきとはのう、ままならんものではないか」

「どうも、なんと申し上げて良いものか」根来が頭を下げる。

「何も申す必要などない。とにかく、熱い茶を出せ」

小田原長治は部屋の中に入り、勝手にテーブルの椅子に腰掛けた。練無と紫子も、中に戻ってドアを閉めたが、立ったままだった。根来機千瑛は大慌てで、キッチンへ駆け込んだ。

「君らは、紅子さんの知合いか？」

「はい」練無が答える。紫子も一緒に頷いた。

「若いな……」小田原はそう言って微笑んだ。「紅子さんに、いろいろ教えてもらいなさい。素直であれば、それで良い」

「は？　何を……ですか？」紫子が尋ねる。

「いろいろだ」

　ドアが開いて、紅子が出てきた。

「ごめんなさいね、先生」彼女は小田原長治の近くまで行き、老人の片手を取って、膝を折った。ふわりと膨《ふく》らんだ淡い紫のワンピースだった。

「静江のことで無駄な慰めは無用だぞ」小田原が紅子を睨んで言う。

「とんでもないことになって……」紅子は深刻な表情を見せ、老人の前の椅子に腰掛けた。

「ええ、でも、あの人が、捜査を担当していますのよ」

　あの人、というのは林という名の刑事のことだ。

「誰がやったのか、わかっていない様子だったが」小田原は指でテーブルを軽く叩きながら言った。「馬鹿な連中だな」

（え？）と紫子は思う。

　彼女は隣の練無を窺った。彼も横目で紫子を見ている。

　根来が、カップを運んできた。どうやら紅茶のようだった。紫子と練無は、罰で廊下に立たされている小学生みたいに、窓際に並んでいた。

「そんなとこに立ってないで、こちらに座ったら？」紅子が窓際の若い二人に言う。

「あの……」紫子はテーブルに近づき、紅子の隣に座りながら、小田原長治の顔を覗き込む。「誰がやったのか、わかっていないって……、それって、警察のことですよね？　あの、じゃあ、小田原先生は、あの……」

「要点をはっきり言いなさい」紅茶のカップを口に運びながら、小田原が言う。口の廻りは白っぽい不精髭が伸びていた。

「殺人犯が誰なのか、先生はご存じなのですか？」紫子は言い直した。

「ああ、そういう質問か」小田原はそう言ってから、紅茶を一口飲み、ゆっくりとテーブルにカップを戻した。

小鳥遊練無は小田原長治の隣に恐る恐る腰掛ける。偉大な数学者は、練無をじっと見据え、最後は口もとを少しだけ上げてから、紫子の方を向いた。

「お嬢さん」彼は急に真面目な表情になった。「私の娘を殺した人間が何者か、それを知りたいのかね？」

「え、ええ」紫子は震えるように頷く。

「何故知りたい？」

「え？　いえ、だって……、どうやってあれをしたのか、不思議だからですけど」

「どうやったのか、という疑問と、誰がやったのか、という疑問は、同義ではない。どちらが知りたいのかな？」

「あ、えっと、両方です」紫子は顎を引いて、唾を飲み込んだ。「先生は、ご存じなんですか？」

「やったのは、わしの知らない男だ」小田原は答える。「だから、そいつが誰なのか、わしには答えようがない。そもそも、どんな人物なのか、わしは知りたくもないな。興味はまったくない。それで娘の命が戻るわけでもない。男のことを理解したところで、わしの精神の平静が取り戻せるわけでもないのだよ」

「男ですか？」紅子が横から尋ねた。

「男だ」小田原は即座に頷く。

紅子は無言で小田原を見つめたまま、僅かに首を傾げた。

「わしは、そいつを見た。だから、男だと言ったのだ」数学者は再びカップを持ち上げて、ずるずると音を立てて紅茶を飲んだ。

「窓の外から見たのですね？」隣の練無が質問した。

「ああ、そうだよ」小田原長治は横の若者に顔を向ける。「あの部屋の窓から、一瞬だが、姿が見えた」

「僕も見ました」練無が頷く。

「どんな感じの男でしたか？」紅子が質問する。

「さあ、よくはわからん」

「でも、知らない男だって、先生、おっしゃったじゃありませんか」優しい口調で紅子が言った。

「そうじゃった、そりゃ、確かなこととは言えんな。もうずいぶん長く生きてきたから、知っていた顔も、見たことのある顔も、あるいは忘れてしまっておるやもしれん」

「服装は、どんなふうでしたか？」紅子がきく。

「覚えておらん。いや、見ておらん」小田原はカップをテーブルに戻した。「だいたいの話は警察から聞いておるし、わしが見たことも、あの刑事らには、きちんと話した。あれは、なかなか頭の良さそうな男じゃないか。さすがに紅子さんが、選んだだけのことはある」

「それで、先生は、どんな解釈をしていらっしゃいますの？」紅子が表情を変えずにきいた。

「何がだね？」

「その男が、静江さんの書斎から、どうやって外へ出たのか、という問題です」紅子が説明する。

「いろいろなケースが考えられるな」小田原長治は微笑み、紫子と練無を順番に見た。「しかし、そんなことはどうでも良いことだよ。考えるだけ、無駄というものだ」

「あの、たとえば、どんなケースがありますか？」紫子はたまらなくなってきいた。「私、残念ながら、一つも思いつかないんです。一つでも可能性のありそうな方法が、もしあるのなら、それを信じます」

「そうじゃな……」小田原は紫子を見据える。まるで、カエルを睨んだ蛇《へび》の目のように、彼の瞳は冷たかった。「たとえば、静江が倒れていたソファの中を調べたかな？」

「え？」

「冗談じゃよ」鼻を鳴らして、小田原は笑った。「さあ、ごちそうになった。どうもありがとう」

彼はテーブルから立ち上がる。カップの紅茶はまだ半分ほど残っていた。

「あ、先生、ごゆっくりしていって下さい」紅子が立ち上がりながら言う。

「いや、もう充分に寛《くつろ》いだ」小田原は、根来の方を見て片手を挙げる。「あ、どうも、すまんかったね。とても美味しかった」

小田原長治は玄関のドアを開けて、そのまま振り向きもせずに出ていった。戸口まで見送った紅子は、両手を頭の後に回してから、天井を見上げて、深呼吸をした。

「変な人だね」練無がテーブルの席から言う。「数学者って、みんな、あんなふうなのかな」

「ソファの中に、人が入っていたってこと？」紫子は両手で頬杖をしている。「えっと……、ずっとあそこに犯人がいたってこと？　だって、警察も来たわけだし……。おかしいわぁ、そんなの、ありえんわぁ。だけど、死体の真下に隠れるっていうのは、盲点といえば盲点や、確かに……」

「小田原政哉さんが、あの書斎で一人きりになった時間が一瞬だけどあったわ」紅子がテーブルに戻ってきた。「ほら、保呂草さんが警察を迎えに出ていって、あのとき、私と香具山さんと小田原さんの三人だけが、あの書斎にいたでしょう？　それで、私と貴女がさきに廊下に出て、広間を眺めていたら、警察の人が入ってきたのよ。つまり、小田原さんだけが、書斎の中に残っていた。あのとき、ソファの中に潜んでいた人間を逃がすことができたかもしれないわね」

「逃がすって、どこへですか？」練無が質問する。

「窓かしら」

「ああ、そうか。小田原さんが鍵をかけ直しておいたわけですね？」練無は椅子の背にもたれて腕組みをしている。

「そんなの無理やわ、絶対」紫子は首をふった。「だって、廊下とはいっても、私たち、振り向いたら正面に窓が見える位置にいたんやし。何秒間あったかっていうくらい短い時間だし、そんなのできっこないわぁ。だいたい、ソファにそんな人が隠れられるようなスペースがあったんですか？」

「そう……、静江さんの死体が上にのっているしね」紅子は澄ました表情で軽く頷く。どうやら、彼女も自分の仮説を本気で信じているわけではなさそうだった。

「くうっ！　もっと、ちゃんと聞き出しとくんやったわ、もう！」紫子はそう言って、息を吐く。「いろいろなケースが考えられる、だなんてカッコつけて。いろいろあるんなら言いなさいよ、って」

「そう？　小田原先生も幾つか思いつかれただけのことでしょう？」紅子は窓の方を見て呟いた。

「どういう意味です？」紫子がきいた。

「だって、私も、現に幾つか思いついたもの」紅子は、ゆっくりと紫子の方を向き、にっこりと微笑んだ。

「話して話して」紫子が身を乗り出す。

「そうね……。でも、保呂草さんや、林さんにも、聞いてもらいたいし……」カップを両手で持ち、優雅に紅子は紅茶を飲んだ。「今夜、お話ししましょうね。パーティをするのよ、ここで」

「あの刑事さんも呼ぶの？」練無がきいた。

根来がキッチンで顔をしかめているのを、紫子は見た。

5

保呂草潤平は、タクシーに乗っている。講習会が三時に終了し、たった今、講師の志儀木綿子を大学まで送り届けたところだった。今日の仕事はこれで終わりだ。自分の車で来なかったのは、送迎にはタクシーを使った方が印象が良いからである。

交差点を過ぎたところでタクシーから降りた。外は蒸し暑い。保呂草はネクタイを緩め、大きな鞄《かばん》を肩にさげ、細い路地に入った。表通りとその路地の角が学習塾の三階建てのビルで、その隣が木造二階建ての傾いた店舗、中橋蓄電であった。

ガラス戸を開けて店内を覗く。

「おや」丸いメガネの店長の中橋が奥で顔を上げた。

「借りたもの返しにきました」後ろ手に戸を閉めながら保呂草は言う。

「なんや、ごっつい、いかした格好してるやんけ」

「今日は、ちょっと別件の仕事があったもんで」

鞄を足もとに下ろし、中から、トランシーバとバッテリィの入った紙袋を取り出し、それをカウンタの上に置いた。

「ちゃんと役に立ったかい？」中橋が尋ねた。

「いや」保呂草は首をふる。「それが、残念ながら、大失敗。でも、こいつのせいじゃないですよ。これは、良かった」

「ふうん」中橋はトランシーバを取り出して確認している。「大失敗って、儲《もう》け損ねたっていう意味？」

「それもあるけど、もっと深刻」保呂草は口もとを上げる。「もう、きかないで下さい」

「ああ」鼻息をもらして中橋は微笑む。彼は、カウンタの上の機械類を片づけ始めた。

保呂草は煙草に火をつけて、振り向く。外をなにげなく眺めると、向かいの建物のガラスに反射して、隣の学習塾が映っていた。「那古野《なごの》ゼミナール」という看板。チェーン店というのだろうか、市内に幾つもある小中学生向けの塾だった。

この塾の経営者こそ、小田原静江、その人だったのである。その彼女は昨夜死んだ。そして、今日も、子供たちは塾にやってくるのだ。社会の歯車というのは、一つが欠けたくらいでは、絶対に止まらない。相変わらず動こうとするものだ、と保呂草は思った。

左手の腕時計を見る。まもなく四時。子供たちが塾にやってくるのには時刻がまだ早い。

「昨日の殺人事件、新聞で読みました？」保呂草は煙を吐き出しながらきいた。

「いや……」中橋が答える。「どこの？」

「僕のアパートの隣ですよ。ほら、桜鳴六画邸っていう旧家の豪邸なんですけど、知りませんか？」

「へえ……、いや、知らんね」中橋は無表情で首をふった。

6

小鳥遊練無が保呂草の車を移動させている間、香具山紫子は、桜鳴六画邸の正門の付近で待っていた。移動させるといっても、アパートの裏に路上駐車するだけのことで、どちらかというと、この桜鳴六画邸の敷地内の駐車場に置かせてもらっている方が合法的だったが、ネルソンの散歩とともに、保呂草から頼まれた仕事だからしかたがない。

ビートルのエンジンはなかなかスタートしなかった。

「バッテリィかな」運転席で小鳥遊練無は言った。「ポンコツだもんなあ」

何度目かの挑戦で、ようやく不規則に回り出した。ネルソンは、ビートルの助手席に乗せられて、練無と一緒に行ってしまった。

警官が正門に二人立っていたので、紫子は先手を打って事情を説明した。彼らは、頷いただけで、彼女には関心がないみたいに、そっぽを向いてしまった。

正門から数メートル離れたところで、塀にもたれて、煙草に火をつけたとき、自転車に乗って浅野美雪がこちらにやってくるのが見えた。

五メートルほど近づいたところで、浅野は自転車から降りた。

「どうしたんです？　こんなところで」彼女は眩《まぶ》しそうに目を細めてきいた。半袖シャツにジーンズで、昨日よりもむしろ生き生きとした様子だった。

「ええ、ちょっと友達を待っているんです」紫子は答える。

「大学は？」

「今日はお休みです」実は、ほとんど毎日行っていない紫子である。

警官たちがこちらを見ていた。

「私も、今日は仕事休んじゃった」浅野が小声で言う。「でも、なんだか、余計に滅入《めい》っちゃって、気晴らしに喫茶店に行ってきたところなんですよ」

浅野美雪は、国立大学工学部の助手である。昨夜、確かそう聞いた覚えがあった。彼女は、軽く頭を下げて、桜鳴六画邸の正門の方へ行こうとした。

「あ、すみません」紫子は彼女を呼び止める。「今日は、お屋敷の中、どんな様子です？」

「さあ、どうかしら。小田原さんには会ってないけど」浅野が答える。「ええ、そういえば、私、誰にも会ってないわね、警察の人以外には」

「まだ、沢山いるんですか？　警察は」

正門の前に立っている警官を、二人は見た。

「そりゃあ、もう」浅野は頷く。

「浅野さんは、去年、一昨年の事件のことはご存じですか？」紫子は尋ねた。

「何のこと?」メガネの奥で少し目を大きくして、浅野は紫子を見据える。「去年?」

「あ、いえ……」紫子はごまかして微笑む。「警察から聞いてないんですね」

「ええ、何も」彼女は不安そうに首をふった。

「いずれ聞くことになりますから、今、話しましょうか?」

「ええ」浅野は小さく息を吐いて微笑んだ。彼女から見れば、香具山紫子はまだ大学生。その紫子の言い方が可笑しかったのかもしれない。

「昨夜の殺人事件は、過去三年間、毎年この近辺で発生している一連の事件と、まったく同じ手口だったんですよ」

「ああ、そうか……、何か、そう、それらしいこと言っていたわね。ふうん。それで?」浅野が意外に軽く受け答えをする。

「小田原夫人は、四人目の被害者になるんです」紫子は説明する。「だから、この四人にどんな関係があったのかが、問題になりますよね」

「どんな関係があったの?」浅野が首を傾げた。

「さあ……」紫子は首をふる。「全然、さっぱり」

「なんだ」浅野美雪が顎を上げた。片手をメガネに持っていく。「何かあるのかって、期待しちゃったじゃない。あ、でも、その……、えっとね、昭和区で以前にあったんだけど、小学生の女の子が殺された事件。うん……、もう三年まえになるかな。それ、まだ解決していないと思うんだけど、それがね、私がバイトで教えていた子だったのよ」

「名前は何というんです？　歳は？」

「うん、高木《たかぎ》さん、高木理香《りか》さん。小学校の六年生だったわね」

「バイトって、家庭教師ですか？」

「いいえ、塾の先生。小田原さんの塾に、非公式に雇われていたの。つまり、内職ね。那古野ゼミナール」

「あ、じゃあ、小田原さんとも、つながりがあるんだ」紫子の声は少し大きくなった。「うわぁ……。それ、発見やわぁ」

「発見？」

「いえいえ」紫子は首を小刻みにふった。「なんでもありません。そうですか。えっと……、それじゃあ、他には？　あとの二人の被害者は知りませんか？」

「あの……、私は、その事件がどんな事件なのかも知らないのよ」浅野が口を斜めにして言った。「今の高木さんの事件だって、貴女の言っている一連の事件とは、別じゃないの？」

「あ……、そうですね」紫子は顔をしかめて頷く。

そうだ……。その過去の事件に関して、紫子自身ほとんど何も知らない。被害者の名前だって覚えていない。

「ごめんなさい、もう、行くわ」浅野はそう言って、片手を少し上げる。

「あ、どうも、すみませんでした」

「また、いつかゆっくり……」

浅野美雪の後ろ姿を眺めていると、背後から駆けてくる足音が聞こえた。振り向くと小鳥遊練無である。服装が変わっていて、また、例の膨らんだスカートだった。

「おまたせ！」練無は紫子の前で立ち止まって、水兵のように敬礼をした。

「遅いわぁ！」紫子はそう言って息を吐く。「車置きにいくだけやと思ったら、なんやの、それ、着替えてきたん？　お化粧もしてるやん」

「だって、パーティなんだもん」練無が歩きだしながら言った。

「私はこのままか？」紫子が言う。

「しこさんは良いよ、そのままの方が魅力的だもん」

「おお、そうかそうか」紫子は歩きながら練無に顔を近づける。「可愛いな君は。その減らず口さえたたかんかったらな」

7

林は、殺人現場の書斎にいた。

時計を見ると五時を回っている。デスクの後ろの窓際に立っていたが、太陽はまだ高い。

玄関前の銀杏の大木から、白っぽい地面にくっきりと落ちた影が延びていた。その庭先では、鑑識の連中が汗を拭いて何かを話し合っている。

室内には彼しかいない。部下の渡辺と立松は、たった今、部屋を出ていったところだった。

捜査は進んでいる。いろいろなことが明らかになった。それらをまとめると、実に信じられないことであるが、何も犯人を示すような痕跡がない、世界中の何人《なんぴと》もこの犯行を行うことができない、という結論になりそうだった。

こんなに手際《てぎわ》の良い犯罪がありうるものか、と彼は思い、また同時に、正直なところ、実に感心した。

天才的というべきであろう。

遺留品は被害者の首に残っていたベルトだけだ。指紋などは皆無《かいむ》。現場の書斎からも、屋敷の中からも、そして、敷地内からも、周辺からも、不審なものは発見されていない。不審な人物や車などを見た、という目撃者もいなかった。

そもそも、どうやって、この部屋の鍵をかけたのだろう？

合鍵があれば可能だが、ドアの外は吹き抜けの広間である。そこには、ずっと大勢の人間がいたのだ。窓の鍵を外からかけることも、工夫すれば可能かもしれない。だが、こちらも探偵とその助手が見張っていたという。部屋の隅々まで調べてみたが、今のところ、天井裏や床下への抜け道はなく、壁にも隠し扉などの仕掛けは見つかっていない。もちろん、室内に人間が隠れるスペースなどどこにもない。もうそれらは断言できる事実といって良かった。

ドアは開いたままになっていたが、ノックの音がした。振り返ると、根来機千瑛が姿勢良く立っていた。

「旦那様、入っても、よろしいでしょうか?」

「ああ、どうぞ」林はデスクを回って根来の方に歩いていく。「根来さん、いい加減に、旦那様はよして下さいよ」

「はあ……」軽く頭を下げ、にこりともしないで根来は頷いた。「お嬢様からのご伝言をお伝えしに参りました」

「何ですか?」

「今夜ですが、その、細《ささ》やかな夕食会を開きますので、旦那様にも、是非とも、ご出席いただきたいと、くれぐれもよろしくお願いするように、と仰せつかってまいりました」

「今夜って、今から?」林は口を開けた。

「さようでございますな」

「だって、僕、今、仕事してるんですよ」

「そこを何とか」

「冗談じゃありませんよ。そんなの、しめしがつきません。みんな寝る時間も食事の時間も惜しんで働いているんですから」

「そこを何とか」根来は同じ台詞《せりふ》を繰り返す。「お嬢様のたってのご要望でございます」

「夕食会？　何をする気なんです？」

「おそらくは……」根来は小さく咳払いをした。「昨夜の事件のことで、ディスコカッションをなさるおつもりかと」

「ディスカッションですね？」

「さようで」

林は舌を打って、根来を見据《みす》える。老人も林をじっと見つめたまま不敵な表情を崩さない。

この男は俺のことが嫌いなのだ、という確信にますます磨きがかかる。林は唾を飲み込んだ。

「わかりました」林は頷いた。「事情聴取という名目で出かけましょう。そのかわり、僕の他にもう一人、刑事を同行させますよ。職務上、一人では行けません」

「旦那様はたぶん、そうおっしゃるだろうから、それでも良いとお答えしなさい、とお嬢様に言われております」

「それはそれは……」林はまた舌を打つ。「相変わらず、ですね」

「相変わらずでいらっしゃいます。では……。七時からでございますので、よろしくお願いいたします」根来はそう言うと視線を落し、そのまま一礼して部屋から出ていった。

別れた女房のところに行く、と部下に話を切り出すのが面倒だな、と林は思った。煩《わずら》わしいことである。できれば、渡辺と立松の二人に行かせたい、と正直なところ思う。しかし、それでは、紅子からどんな報復を受けることになるか知れたものではない。

再び窓際に立つと、ちょうど玄関から出てきた根来機千瑛が歩いていく後ろ姿が見えた。

事件の担当から降ろされることだけが心配だった。関係者に、元身内《みうち》がいる、という状況が許容されるかどうか、難しいところである。ひとえに、紅子自身がどれくらい事件に関係しているのか、にかかっているといえるだろう。既に三年も追いかけているヤマだ。大丈夫だとは思うのだが……。

紅子の性格からして、必要以上に積極的な関与をしてくる可能性が多少ある。それが、もっとも恐ろしい。そんなことになったら、最悪である。自分の立場がない。実は、これまでにも、紅子には連続殺人事件の話を聞かせていた。彼女と会ったときに、それくらいしか、自分には話のネタがなかった。それだけの理由だった。まさか、こんな事態になるとは思いもしなかったのだ。

今さら後悔したところで、しかたがないか……。

林は腕時計を見る。片づけなければならない細かい仕事がまだ幾つかあった。彼は部屋から出て、階段を駆け下りた。

8

瀬在丸紅子の無言亭で行われるパーティのために、小鳥遊練無と香具山紫子は、料理の材料をスーパで買い出しする役を仰せつかった。二人は、根来から渡されたメモ書きのとおり買いものを済ませ、お腹が空いたので余ったお金でたこ焼きを買った。今、練無と紫子は、スーパの隣の神社の境内《けいだい》でベンチに腰掛けて、それを食べているところ。二人の足もとに鳩が数羽近づき、歩き回っている。

「ふうん、それじゃあ、三年まえに殺された小学生って、那古野ゼミナールの生徒だったんだね」練無が紫子の話を聞いて頷く。

「そう、やっぱり、何かつながりがあるんよ」

「どっちにしてもさ、被害者は四人とも、この近辺の人間なんだから、どこかで接点があったかもしれない」

「そうそう。そこらへん、林さんに、ちゃんときいとかなあかんな。うう……、あの刑事さんにまた会えると思っただけで、躰が震える。どないしょ」うっとりとした表情で紫子が溜息をつく。

「これ食べていい?」爪楊枝で最後のたこ焼きを刺して、練無がきいた。

「いくつ食べた?」

「四つ……かな」

「嘘や。れんちゃん五つ食べたって。私、まだ四つやも」

「じゃあ、これあげる」練無は手を引っ込めた。「しこさん、乙女してるときとの落差が激しいよ」

「ほんじゃま、お言葉に甘えまして」紫子はたこ焼きを口に入れる。

「紅子さん、何かとっておきのアイデアがあるみたいだったよね。やっぱり、秘密の出入口かなあ?」

「当ったり前やん」たこ焼きのせいで口籠もりながら紫子が言った。「それ以外に可能性ってあらへんと思う」

「あ……」練無が立ち上がった。

彼が見ている方を紫子も眺める。境内の奥の石段の付近に、老人が一人歩いていた。

「あ、あれ、小田原博士やね」紫子が囁く。

老人は、そこで膝を曲げ、片手を前に差し出して、何かをじっと見ている。彼から数メートル先に、黒い猫が一匹いた。

紫子も立ち上がった。スーパで買った荷物はベンチに置いたまま、二人は小田原長治の方へ近づく。

猫は途中で紫子たちに気づき、黄緑色の両眼をこちらへ向けた。そして、瞬発的に走りだし、石段の陰に消えてしまった。

「こんにちは」小田原長治に紫子は声をかける。

「ああ……」立ち上がりながら小田原は二人を見た。「おや、紅子さんのお友達の……、えっと」

「香具山です」紫子は名乗った。名前を言うのは初めてである。

「そちらはお友達かな？」

「あ……。ええ」紫子は練無を見てから、慌てて頷いた。小田原長治は、練無の女装に気づいていないのだ。説明が面倒なので、このままにしよう、と練無も横目でしきりに合図を送ってきた。

「さっきの黒いの、野良猫ですか？」紫子は尋ねる。

「あれは、デルタという名でな」小田原は嬉しそうに微笑んで、片手を自分の額に持っていく。「目の上のところに、白い三角があるのだよ。それで、そう呼ばれておる。とても賢い奴で、どうやら、この近辺ではボスのようだ。うちの屋敷にもよく来よる。しかし、はは、黒猫のデルタとは、はは、愉快な名前ではないか」

「はあ……」紫子はつられて微笑んだが、特別に愉快だとは思えなかった。数学者の考えることは難しい、と思う。

　もう一度、猫が消えた辺りを見回してみたが、デルタの姿はもうなかった。

9

瀬在丸紅子の無言亭に集まったのは、全部で八人だった。

　瀬在丸紅子、根来機千瑛、香具山紫子、小鳥遊練無、それに紅子の息子で小学六年生の通称へっ君の五人で料理の準備を始めた。途中で、段ボール箱に入った缶ビールを抱えた保呂草潤平がやってきた。これで六人。そして、すっかり準備が調った七時ジャストに、刑事が二人現れた。

「ありがとう、来て下さって」紅子が両手を前に差し伸べて、林に近づく。剣道の選手のように僅かにそれをかわして、林はテーブルに近づいた。もう一人の刑事は三十代のがっしりとした体格の男で、「渡辺です」と名乗った。

　へっ君は、アルミのトレィにのせた皿に、自分が食べる料理を勝手に取り、ミルクを大きなグラスに注ぎ入れると、奥のドアから出ていった。自分の部屋で楽しみなことでもあるのだろう。にこにことして、部屋から出ていくことが無上の喜びだ、といった様子だった。

　残りの七人の大人がテーブルの回りに集まった。椅子が一つ足りなかったが、紅子が自分の部屋からキャスタのついた椅子を持ってきて、自分がそれに座った。

「それでは、まず、乾杯いたしましょう」紅子はグラスにビールを注ぎ入れてから言う。「皆さん、よろしくて？　誰のためでもなく、何のためでもなく、誰にも願わず、何も祈らず、乾杯！」

全員がグラスを持ち上げ、口に運ぶ。

小鳥遊練無は、香具山紫子と並んで、テーブルと壁に挟まれている席に座っていたが、ちょうど、瀬在丸紅子が彼の正面だったので、手を伸ばして、グラスを軽く接触させ合った。料理は既にテーブルに並んでいる。昨夜の小田原家のパーティに比べると、非常に安上がりな、アットホームなメニューだ、と紫子が愉快そうに言ったが、練無にはそれでもご馳走に見えた。

「まず、林さん」紅子はグラスをテーブルに置くと、両手を合わせて自分の顔に近づけた。「捜査の進捗《しんちょく》状況を、私たちに教えて下さらないかしら」

「ええ」テーブルの窓際の方の端に座っていた林は、横目で部下の渡辺を一瞥し、俯き気味の姿勢で息を吸った。「もちろん、お話しできることは、すべてお話ししますよ。でも、言えないことも、当然あります。そうですね、質問してもらった方がいいでしょう。何でもきいて下さい」

「犯人が誰なのか、それに……、どうやって、部屋があの状態になったのか、その二点ですね」保呂草が煙草に火をつけながら言った。彼は紅子の隣に座っていたので、林とは対角線上の反対の位置になる。

「今のところ、どちらも不明です」林は軽く首をふった。

「死因の確認は?」紅子が尋ねる。

「例のベルトによる絞殺」林が答える。「他に外傷はない」

「あの……」紫子が片手を挙げた。「書斎から外に出られるような秘密の経路がありませんでしたか?」

「ありません」待ってました、といった表情で林は答える。「それは、けっこう入念に調べました」

「窓から外に出たところに、何か痕跡はありませんでしたか?」紫子が続けて質問した。

「まったくありません」林は隣の渡辺を見た。

「あの窓は、外から鍵をかけることは不可能です」渡辺が事務的な口調で説明する。「一応、窓の外の、あの、庇《ひさし》の上にある段に、人が立てるので、あそこも調べてみました。しかし、最近、誰かがあの窓の外に立ったというような形跡は、見受けられません」

「窓じゃないよ」練無はビールを飲み干してから言う。「僕と保呂草さんが見てたんだもの」

根来が立ち上がって、キッチンの方に何かを取りにいった。

「結局、その条件のもとで……、警察が今、何を考えているのか、当ててみましょうか?」

瀬在丸紅子が、林と渡辺の方を向いて、楽しそうな弾んだ声で言った。真っ白なブラウスから覗いた首もとに、銀のネックレスが光っている。練無は、紅子のクラシックな衣裳《いしょう》がとても気になった。そんな服装を自分もしてみたい、と思ったからだ。

「いや、まだ具体的に何かを考えているわけではない」林は難しい顔になった。

「あの書斎には、出入口は一つしかないんですもの、結論も一つだわ」紅子はそこまで言うと、グラスを口に運んで傾けた。ちょうど、根来が戻ってきて、新しいビールをテーブルに置いた。「つまり、広間にいた全員を疑っているわけでしょう?」

「え?」紫子が声を上げる。「どういう意味?」

「ああ、そうか」保呂草がくすくすと笑いだす。「全員がグルだってわけか。それはいい」

「え、それじゃあ……、みんなで小田原夫人を殺して……」紫子がそこまで言って黙る。

「合鍵で、ドアの鍵をかけてね」紅子があとを続けた。

「正直にいうと……」両手を広げて、林は苦笑した。「そう、瀬在丸さんの言ったとおり……。現状で考えられる可能性は、それしかありません。たぶん、まだ見落としている情報があるためだと思いますけどね」

林が、先妻である紅子のことを「瀬在丸さん」と呼んだので、練無は少し驚いた。横を向くと紫子もこちらに視線を向け、二人は眼差しを交す。もちろん、紫子は別の理由で練無を見たのかもしれない。

「皆さん、どうぞ、召し上がって下さい」根来が腰を浮かせて、片手で示す。まだ、誰もテーブルの料理に手をつけていなかった。

紅子が立ち上がり、サラダを自分の皿に取る。他の者も、手近のものに手を伸ばした。

「その、全員が犯人だという場合、動機はどうなるんです?」紫子はきいてみた。「一人の人を全員が憎んでいたっていうんですか?」

「お金だね」保呂草がピザを口へ運びながら答えた。「おそらく、小田原政哉さんに全員が買収されている、というような状況かな。そうなると、僕が雇われて庭で見張っていたのも、全部、計画的に配置された人員だったってことになるね」

「そんなこと絶対にありません」紫子は林の方を見て言った。

「ええ」林は口もとを上げる。「ありえない。それは重々承知していますよ。なにしろ、瀬在丸さんがグループの一人ですからね。彼女がいなかったら、私もその線を疑ったかも知れません。でも、彼女がいる以上、その可能性はゼロですね。この人がお金で動くことはありえない」

「私だって、お金に目が眩《くら》んで、偽証くらいしたかもしれませんわ」紅子がわざとらしく目を回しながら言った。

「何か機械的な仕掛けを使った、という可能性はどうでしょうか?」保呂草がナプキンで手を拭きながらきいた。

「あ、僕も、それを考えているんですけど」練無は慌てて発言する。

「へえ……、どんな？」紫子が横から尋ねた。

「じゃあ、小鳥遊君の意見をさきに聞こう」保呂草が話を譲った。彼はまた煙草を吸おうとしている。

練無は持っていた箸をテーブルに置いて、膝の上に両手をのせた。全員が彼の方に注目していたので、急に顔が熱くなり、心臓の鼓動が速くなるのを感じる。

「えっと……」練無は話を始めた。「つまり、部屋の状況からして、誰かがあそこへ侵入して、殺人を犯したあと、また出ていくなんてことができたとは、どうしても思えないんです。となると、無人で、それができるような仕掛けがあったのではないか、と考えてみたんです。あの、小田原さんの首に巻きついていたベルトは、ぎざぎざがあって、歯車を使って絞めつけるのに適していると思いませんでしたか？　だから僕、機械を使って首を絞めたんじゃないかって……」

「そんな機械、なかったよ」紫子が指摘する。

「うん」練無は一度頷いた。「つまり、あの部屋から、その機械をどうやって持ち出したのか、という問題になるんだけれど、それはまだ考え中。でもさ、人を一人消してしまうよりは簡単だよ。せいぜい、そうだなあ、これくらいの大きさでしょう？」

練無は両手を広げて、メロンくらいの大きさを示した。

「同じ意見だ」保呂草が煙を吐き出しながら頷いた。「小鳥遊君の言ったとおり、あのナイロンベルトは簡単な道具を使って絞め上げるようにできている。つまり、歯車とかみ合うような形状の突起が片面にあるのもそのためなんです。今日、たまたま中橋蓄電という知合いの店で、良く似たベルトを見つけたんで、もらってきました」

保呂草はポケットから小さな白い紐のようなものを取り出した。プラスティック製の細いベルトで、太さは三ミリ程度。小田原静江の首に巻きついていたものよりも、二回りも細かったが、良く見るとまったく同じ機構のものだとわかる。

「サーボモータとギアを組み合わせて、バッテリィとラジコンの受信機を取り付ける。遠隔操作で、人の首を絞めるだけのパワーがある機械を作ったら、どれくらいの大きさになるか、ときいてみたら、十センチ立方ほどもあれば充分だ、ということでしたよ。その中橋蓄電の店主に、実際に作れるかってきいたんだけど、彼なんて言ったと思います？」保呂草はそこで微笑んだ。「五万円で引き受けるって」

「余分のナイロンベルトを切る機構も組み込めるんですか？」林が、保呂草を睨みつけるような表情で質問した。

「もちろん、それも確かめましたよ。つまり、人の首を絞めて、あの状態にしたあと、機械は床に転がり落ちるわけですね」

「それを、誰かが……、あのとき部屋に入った誰かが、拾って回収したんだね」練無が言った。「まだ、あのときは部屋にあったんだけど、誰も気づかなかったんだよ」

「まあ、ちょっと……」片手を広げて、保呂草が練無を睨む。「それはそれとしてさ。問題は別にある。小田原夫人が、その機械をどうして自分の首につけたのか……、そこが大問題だ。なんだって、そんな得体《えたい》の知れない人殺しマシンを、ネックレスの代わりに頭からかぶったりする？」

「あ、そうか……」練無は頷いて、溜息をつく。「つまり、自殺ってこと？」

「そうなっちゃうよね」保呂草は頷いて、灰皿で煙草を叩く。「しかし、もし自殺するなら、なんだって、そんな大掛かりで、紛《まぎ》らわしい方法を選択したんでしょう？」

「それはつまり、他殺だと思ってもらいたい動機があったんよ」紫子が発言した。

「いや、もし、他殺を偽装したいのなら、密室になんかしない」保呂草が指摘する。「ね、矛盾しているだろう？」

　紫子は無言で頷いた。練無も、頭の中が混乱してきた。

「あ、紅子さん……」練無は思い出して口にした。「何か、良いアイデアがあるって、言ってましたよね？」

「うん、まあね」紅子は首を傾げて、微笑んだ。

10

瀬在丸紅子は煙草に火をつける。隣の保呂草が、自分の煙草を消した灰皿を彼女の方へ差し出した。外はすっかり暗くなり、網戸に張りついている昆虫たち以外、何も見えない。部屋の片隅では、年代物の扇風機がかたかたと音を立てながら首を振っている。

紅子は煙を吐き出すと、何か考えをまとめるように、一瞬だけ俯き、再び顔を上げた。

「私の考えた可能性は、機械を使わない」紅子はそう言って、保呂草を見た。「たぶん、保呂草さんか小鳥遊君が、その殺人機械のアイデアを話すだろうと予想していました。林さんもきっとそう。同じアイデアを持っていたでしょう？」

林は僅かに目を大きくして強《こわ》ばった表情を見せたが、やがて、口もとを少し上げ、小さく頷いた。

「そんな機械を使うなら、もっと別の場所やタイミングを選んだのではないかしら？　密室なんか作らないで、どこかに逃走する経路を残しておいた方が得策でしたね。たとえば、窓。窓さえ開けておけば、そこから犯人が逃走したものと考えられます。機械を使って人を殺して、捜査の目を窓へ向けさせる。実は、殺人者は広間にいた。これが、正しい機械の使い方というものでしょう？」紅子はそこまで言うと、また煙草を口にくわえる。「それに、機械を回収するなんて、一番危険な行為を最後に残しておくかしら？　それが失敗したら、どうやって殺人が行われたのか全部わかってしまうし、その機械を製作した人に結びつく有力な手掛かりを残すことにもなります。うん、これくらいにしておこうかな」

紅子は立ち上がって、窓際の方に歩いていった。煙草を片手に持ったままだったが、窓辺に置かれた鉢植えの横にも、真っ赤な缶の灰皿があった。彼女はそこで煙草を叩いた。膨らんだコットンのスカートに、フリルのついたブラウス。何よりも、紅子の人形のような容姿が、煙草に不似合いだった。今、彼女が説明している内容は、さらに相応《ふさわ》しくない。

「書斎は、出入りができない密室だった。それなのに、首を絞められた人が倒れていた。彼女以外に誰も部屋に入っていかなかった。ね……、どうかしら？　皆さん、この条件を疑っていらっしゃるのでしょう？　何か見落としがある、どこかに間違いがあるって考えている。でもね、一度素直に、与えられている条件を鵜呑《うの》みにしてはどうかしら。全部正しい、と思うのです。そうすると、たった一つの可能性が見えてくるわ」

「自殺じゃなくて？」紫子が尋ねる。

「いいえ、他殺という条件も正しいことにするの」紅子はにっこりと微笑んだ。「あら、どなたも気づかない？」

全員がそれぞれの顔を見合ったが、誰も発言しなかった。

「そう、変ね……」紅子は少し困った顔をする。「私だけ？　それじゃあ、もしかして、間違っているのかしら……」

「どんなアイデアなんですか?」刑事の渡辺が尋ねた。

「小田原静江さんは、あの部屋の中で首を絞められたのではない、という可能性です」紅子は言った。「書斎の鍵を開けて、あそこに入る以前に、既に首を絞められていたの」

「え?!」練無と紫子がほぼ同時に声を上げる。

「どういう意味です?」保呂草がきいた。

刑事たちも目を見開いた。

「そんなに驚かないで。自信がなくなってきちゃったわ」紅子は大きな目を天井に向けて、口を小さくした。「つまりですね、彼女は、あの部屋に入るまえに首を絞められて、その状態のまま、部屋の鍵をかけて、中で亡くなったのよ」

「誰が首を絞めたんです?」保呂草が質問した。

「さあ、そんなこと、私知らないわ」紅子が澄まして答えた。「でも、あの広間にいた誰かよ。静江さん、首のところにスカーフを巻いていたでしょう?」

「あれ、そうでしたっけ?」紫子は思い出すような表情で呟く。

「そのスカーフなら、書斎で見つかっている」林が説明した。

「広間にいらっしゃるときは、静江さん、ずっとスカーフをしてらしたわ。それが、あの部屋のソファで見つかったときには、首には例のベルトがあるだけでした。スカーフはなかった」紅子は窓際に立ったまま話した。「つまり、広間にいるうちに、誰かが彼女の首にナイロンベルトを巻きつけて、絞め上げたのです。それで、慌てて階段を上がり、彼女は書斎に逃げ込んだ。中から鍵をかけて、ついに息絶えた……。いかがです？」

「そんなぁ！」紫子が高い声を上げる。「だって、首を絞められたのに、黙って書斎まで逃げ込んだんですか？」

「隠したかったのね」紅子がすぐに答えた。「あそこにいる人たちには、知られたくなかったから」

「そんなことって、可能なんです？」練無は林の方を見て尋ねた。「首を絞めつけられているのに、どれくらい動いていられるの？」

「さあね」林は首をふった。「鑑識にきいてみないと……。しかし、つまり、呼吸の問題なんだから、冷静に行動すれば、そりゃあ、一分や二分は可能なんじゃあ……」

隣の渡辺刑事もすっかり度胆《どぎも》を抜かれた表情で、呆然としていた。保呂草も難しい顔で、紅子を見据えている。

「あのとき、あそこにいた誰に、それが可能だったか……」紅子はゆっくりと話した。「そこまでは、残念ながら、私にはわかりません。まさか、こんなことになるなんて思ってもみませんでしたし、私、酔っ払っていましたし、ずっと静江さんを監視していたわけでもありません。でも、ええ、静江さんが抵抗しなかった、という点は注目に値します。それが、犯人を割り出す最大の条件となるでしょう」

「はい」紫子は、授業中の学生のように片手を挙げた。「紅子さん、それは、可能性としてありえません。だって、小田原夫人は、紅子さんたちと一緒にお話をされていたじゃないですか。階段を上がっていく寸前まで、皆さんと一緒だったと思います」

「そうね」紅子は頷いた。「実は、私の記憶もそのとおりなの」

「はい」今度は練無が手を挙げた。「あの、僕も一つ、言いたいことがあります」

「窓から見えた人影でしょう？」紅子が優しく言った。

「え、ええ」練無は頷く。「そうです。絶対に見たんです。小田原博士もそう言ってましたよね。紅子さんの言ったとおりなら、書斎に誰かがいたことにならないでしょう？　矛盾します」

「はいはい」落ち着いた様子で紅子は首を縦にふる。まるで幼稚園の先生のような博愛に満ちた笑顔だった。「あなたたちの言うとおりですよ」

「え、じゃあ……」紫子はちらりと練無を見てから言う。「今までの話は？」

「うーん」紅子は小さく口を結んで、笑窪《えくぼ》を作る。彼女は、保呂草を見て、それから刑事たち二人を見た。「そうね……。正直なところ、これが正解とは思えませんね。何か、ちょっとした修正で繕《つくろ》えるかしら？　それとも、根本的に間違っているのかしら？」

第５章　不思議再び　Mysterious Again

何事も一回ではもの足らない。二回目以降があって初めて一回目の重要さに気づく。二回目になって初めて、最初を第一次などと呼ぶことにもなる。かように人間とは認識のために事例の繰り返しと適度なインターバルを要求するものなのだ。それはつまり、呼吸、すなわち息をつく暇、といって良いだろう。歴史は常に、ご丁寧にもこのルールを律儀に守ってきた。

1

事件から一週間が過ぎた。

小田原家の葬儀もつい昨日執り行われた。小鳥遊練無は香具山紫子と一緒に桜鳴六画邸に足を運び、一時間ほどの葬儀に参列した。保呂草は仕事で都合が悪く、前日の通夜に出かけたようだ。瀬在丸紅子の姿も見かけなかった。

先週、紅子の無言亭で開かれた多少風変わりな夕食会のとき以来、練無は、紅子や根来たちに会っていない。向かいの部屋の香具山紫子は、二度ほど警察から電話があった、と話していたが、不思議なことに、練無にはそれがない。警察から呼び出されることもなかった。つまり、あの夜、広間にいた人々が疑われているのだろうか。それとも、問題のドアを見ることができた、その目撃証言が重要視されているのだろうか。自分も、殺人現場に人影を見た数少ない目撃者なのに、警察が今一つ相手にしてくれない。それが多少残念だった。

いずれにしても、テレビなどで扱われているわけでもなく、新聞にもその後は何も報道されていない。つまり、事件の捜査がどう展開し、どの程度まで進展しているのか、まるでわからなかった。

練無と紫子は、過去三年間に発生した一連の事件の新聞記事を保呂草から見せてもらった。彼はそのコピィを小田原静江から預かったと話し、探偵としての倫理上の問題で、警察には内緒にしてほしい、と前置きした。だが、図書館へ行って調べれば、簡単に手に入る情報である。

新聞記事に書かれていたことは実に僅かだった。要約すると、誰がいつどこで殺されたか、という内容しかない。

三年まえの七月七日の夜、昭和区内の住宅地にある公園で、高木理香（当時十一歳）が絞殺された。発見されたのは翌日の未明。彼女は学習塾から九時過ぎに帰宅する途中だった。所持品および衣服には異状はなく、暴行の痕もない。

二年まえの七月七日の夕方、同じく昭和区内、山崎《やまさき》川に架かる小さな橋の下（階段で容易に下りることができた）で、井口由美《いぐちゆみ》（当時二十二歳）が絞殺死体で発見された。殺されたのは、この日の午前二時から四時頃と推定されている。彼女は私立大学の四年生で、アパートで一人暮らしだった。就職の面接のために前日上京しており、帰宅は深夜遅かったことが確認されている。発見された現場は彼女のアパートから数百メートルのところだった。彼女の場合も衣服に乱れはなく、所持品もすべて異状がなかった。アパートにも盗難の痕はない。

一年まえの六月六日の夜に殺されたのは、久野慶子《くのけいこ》（当時三十三歳）である。発見されたのは夜遅くなってからで、場所は、勤務先と彼女のマンションの途中にある寺院の境内《けいだい》だった。死亡推定時刻は八時前後で、いつもどおり退社し、マンションまで歩いて帰る途中で襲われたことになる。

先週、瀬在丸紅子の無言亭で、彼女の先夫だった林が語ったこと、それに保呂草が調べて、話してくれたことを総合すると、これら三件の殺人は、使用されたナイロンベルトが同一のものであることを初め、完全に同じ手口であり、つまり同一犯と判断せざるをえない。共通しているのは、窃盗や性的暴行の形跡がなく、殺人の目的がまったく不明なこと、目撃者がいないこと、犯人のものと考えられる遺留品がナイロンベルト以外に何もないこと、など絶望的なものばかりだった。

事件が起きた日付が、二回目のときに問題となった。また、被害者の年齢に関する特異な法則に警察が気づいたのは、三回目の事件、つまり昨年になってからだという。もちろん、意味も、その意図も、まったく理解できない。

「おそらく、単なる遊びなんでしょう」と林は渋い表情で話していた。

四人の被害者には、どんな関係があったのだろう?

彼女たちにはお互いに面識があった、という情報はこれまでに得られていないそうだ。一つだけわかっているのは、最初の被害者である高木理香が、小田原静江が経営する那古野ゼミナールの塾生だったという点くらいである。しかし、他の二人には、この線の関係は見出せない。林の言葉どおり、単なる遊びならば、無作為に選ばれている標的なのだろうか。

警察がとことん調べても、関係が見つけられない、ということは、本当に関係がないからだろうか。だが、少なくとも犯人は被害者の年齢を知っていたのだ、と練無は考える。

彼は、今、大学から自転車で帰宅する途中だった。時刻は五時半。まだ暑かったが、自転車が走っている間は風が当たって涼しい。

練無は疲れていた。

午後の演習が冷房の故障した教室であったので、大いに体力を消耗したのだ。おまけに、朝は寝坊したために、また、昼は提出ぎりぎりのレポート作成のために、今日は食事をする暇がなかった。したがって、現在、既に限界に近い状態、倒れそうなくらい空腹だった。すぐにでも何かを買って食べたかったのだが、運悪く極度の金欠でもあった。先週の事件のせいで、小田原家の家庭教師のバイトの話は消し飛んでしまったし、銀行にあるはずだと思っていた僅かな預金も、先月買ったワンピースの支払いで消えていた。それをすっかり忘れていたのが大誤算で、昨日、銀行にお金を引き出しにいって、ようやく気がついた。思わず立ち眩《くら》みがしたほどショックだった。

財布にはもうジュース二本を買うほどの金額しか残っていない。外食することもできない。帰宅して、スパゲッティを茹《ゆ》でるか、御飯だけは炊いてお茶漬けにするか、とにかく炭水化物だけで、なんとか急場を凌《しの》ごうと考えながら、ペダルを踏んでいる。香具山紫子に借金を頼むしかないか、とも思う。

緩やかな下り坂のカーブを走り抜けたところで、道路の反対側を歩いている瀬在丸紅子の後ろ姿を発見した。紫色のパッチワークのワンピースに、透き通るような白いブラウスを重ねている。この近辺で彼女以外にそんなカントリィな服装をしている女性はいないので、間違いなかった。

「紅子さん！」ブレーキをかけながら、練無は声をかける。

瀬在丸紅子はスカートを広げて振り返る。胸に紙袋を抱えていて、長細いフランスパンが一本飛び出していた。

「こんにちは。今日は男の子の小鳥遊君だね」紅子はにっこりと笑って、いつもの角度で首を傾ける。「学校の帰り？」

「ええ」練無は自転車から降りて頷く。「紅子さんは、お買いものですか？」

「うん、そうなの。実は、根来が風邪《かぜ》で寝込んじゃって。まったく、だらしがないわ。躰《からだ》鍛えているくせに、夏風邪なんてひいちゃうんだもの」

「先生、大丈夫ですか？」練無にとっては、根来機千瑛は尊敬する師匠である。「お見舞いにいった方がいいかなあ」

「来なくて良い」紅子は簡単に首をふる。「あ、だけど、遊びにくるのは歓迎だよ。ご馳走してあげようか？」

　練無は思わず唾を飲み込んだ。「行きます行きます。あの、僕、今凄くお腹が空いてて、倒れそうなくらいなんだけど、すぐ行っていいですか？」

　くすっと紅子は笑う。

「いいわよ。どうして？　まさか、ダイエットってことはないよね？」

「たまたま、食べる暇がなくて」

「あ、このパン、食べる？」

「はい、食べます」

2

香具山紫子は、保呂草潤平のビートルの助手席に乗っていた。午前中は駅前で、不動産屋のティッシュを配った。ティッシュをもらったくらいで一戸建ての住宅を買いたくなるものか、と疑問に思ったが、依頼された仕事に不満はなかった。そのあと、午後は、同じ会社のビラを団地のポストに入れて回る仕事である。もちろん、保呂草が仕入れてきたバイトで、紫子の女友達を一人誘って三人でこなした。今は、その帰りだ。友達はついさきほど地下鉄の駅で降ろしたところ。したがって、今はビートルに二人しか乗っていない。

紫子は、ちらちらと運転している保呂草を見る。頼りない感じではあるが、理知的で適度に暗いところが紫子好みなのだ。わりと露骨に表明しているのだが、今のところ完璧に無視されている。それが少々憎らしい。

「夕食はどうするの？」保呂草がきいた。

「保呂草さんは？」

「特に予定はないけど……」信号待ちだったので、保呂草は煙草に火をつけた。「どこか、その辺で食べていこうか？」

「賛成」躰を揺すって紫子は答える。

考えてみると、小鳥遊練無が一緒で、三人でコーヒーを飲むことはたまにあったのだが、保呂草と二人だけで食事をした経験は一度もない。アパートの保呂草の部屋で一緒にカップラーメンを食べたことが例外といえば例外だ。

「どんなとこがいいかな？」

「雰囲気の良くって、落ち着いてて、ちょっとダークな感じで、周りが遮蔽《しゃへい》されてて、声が聞こえなくって、店員とかあまり来なくて、うーん、そんなところ」

「違うって。食べたいものは何？」

もの凄く際疾《きわど》い洒落《しゃれ》た返答が頭に浮かんだのだが、とても口にできなかった。ハリウッドの女優なら言えたかもしれない。紫子は一人でくすくすと笑いだした。

保呂草が不思議そうに、紫子を見る。

結局、阿漕荘のすぐ近くにあるステーキハウスに寄ることになった。

道路を見下ろす窓際のテーブルについて、料理を注文する。七時近い時刻であったが、まだ、外は明るい。平日のためか、店内の客は少なかった。

保呂草は、また取り出した煙草に火をつける。

「ああ、そうそう……。小鳥遊君も呼んでやろう。まだ、飯食ってないならだけど」そう言って、保呂草は立ち上がった。

「もう、食べてるに決まってる」紫子は言う。

しかし、保呂草は既にテーブルから離れ、煙草をくわえたまま、レジの方に歩いていってしまった。電話をかけにいったのだ。

余計なことを……、と紫子は思う。

練無が帰っていないことを切《せつ》に願った。このまま二人で食事をして、できれば、アルコールを少し飲んで、そして……、アパートに帰ったら、きっと練無がやってきて、麻雀になるな。駄目だ。アパートじゃないところへ行かなくては……。

考えを巡らしているうちに、保呂草が戻ってきた。

「いなかった」彼はそう言って、シートに腰掛ける。「変だな、今夜は見たい番組があるとか、確か言っていたけど……」

「ほっときましょうよ」

「ひょっとして、紅子さんのところかな」煙を吐きながら保呂草が言う。「まあ、いいや」

そうは言ったものの、保呂草は考えている様子で、窓の方向へ顔を向けたまま、口をきかなくなった。瀬在丸紅子のことを考えているのだろうか、と紫子は思った。

「あの……、事件のことなんやけど」彼女は、保呂草の気をひこうとして話し始める。「四つの連続殺人の真の意図がどこにあるのか、ちょっと私なりに考えてみたん、聞いてもらえます?」

「あ、うん」外を見ていた保呂草がこちらを向く。

「よくミステリィなんかにあるじゃないですか。本当は殺したかった人は一人だけで、あとの殺人はカモフラージュだった、というやつ。つまり、数字のゾロ目に何かの意味があるみたいに見せかけているんやないかって思うの」

「それは、僕も考えたよ」保呂草は表情を変えずに頷いた。「で、その場合、どの殺人が本命だと思う？」

「三通り考えられる」紫子は左手の指を三本立てた。「まず、第一パターンね。これは、最初に何かのきっかけで、小学生の女の子を殺してしまって、たまたま、その日が七月七日で、歳が十一歳だと、あとあとになってわかった。それで、それをごまかすために、自分から遠い、わざと関係のない人を毎年選んで殺すことにしたわけ」

「それはないよ」保呂草は口もとを斜めにした。「捜査の目を他に向けさせるためなら、一年もとても待っていられない。ごまかすなら、すぐに次の殺人をしなくちゃね」

「じゃあ、第二パターンね」紫子はなんだか嬉しくなって、表情が緩んだ。保呂草が自分を真面目《まじめ》に見つめてくれているからだろうか、と思う。「えっと、犯人の真の標的は、四人目の小田原夫人だった。三年まえから殺そうと決めていたわけ。つまり、四十四歳の彼女の誕生日が六月六日だから、それに合わせて、意味のない殺人を事前に三回繰り返した。そうすることによって、彼女を殺したい動機を持っている自分が、警察から疑われないようにカモフラージュした」

「たとえば、誰？　小田原夫人を殺す動機を持っている人って」

「たぶん、旦那さん」紫子は答える。「離婚の危機だったとか、財産の問題だったとか、あるやないですか、そういうのって」

「三年もよく待てたもんだね」笑いを堪《こら》えるような表情で保呂草が言う。「うん、でも、ないとはいえない」

　ウエイタがスープを運んできた。保呂草は煙草を灰皿で消した。二人はナプキンを広げ、スプーンを手に取る。

「三つ目は？」保呂草がスープを一口飲んでからきいた。

「四者択一の問題で、どれを正解にするのか。最初と最後は目立つから、二つ目か三つ目にする」紫子は滑《なめ》らかな口調で話した。「三年もは待てない、でも、一年なら待てるかもしれないでしょう？　たぶん、二人目の女子大生が本命だったんじゃないかしら。その動機を隠すために、まず小学生を殺して、そして一年後に本懐《ほんかい》を遂《と》げた。あとは、それを薄めてごまかすために、OLを殺して、小田原さんも殺したの」

「あまり合理的な行為とは思えないな」保呂草は、紫子をじっと見据える。照明のためか、いつもよりもずっと精悍《せいかん》な表情に見えた。「隠したいのなら、もう少し、人目につかないところで殺したら良かった。死体さえ見つからなければ、本格的な捜査は始まらないよ」

「でも行方不明になったら、真っさきに疑われる人物だったのかもしれない」

「そんな人物なら、どうしたって疑われるよ。既に疑われているだろう」

言い返せなくなって、紫子は視線を落してスープを飲んだ。保呂草は既にスープを平らげ、また新しい煙草に火をつけている。

「保呂草さんは、何か考えがあるの?」

「ない」左手に煙草を持ち、煙たそうに目を細めて、保呂草は首をふった。「だけど、なんとなく、こうなのかな……、それなら、わからないでもないなって、思うことならあるんだけど」

「え、どういうふうに?」

「僕ね……」頬杖をして、保呂草は少しだけ、紫子の方に顔を近づける。「私学の小学校に通っていたんだ。バスに乗って」

「うわぁ、お坊っちゃまやったんね」

「で、だいたい毎日、運転手さんのすぐ後ろのシートに座って、外を眺めていた。そんなときね、僕の右手は、突然光線銃になって、電信柱の姿に化けた宇宙人を全滅させなくちゃいけなくなったりするんだ。そういう指令が突然下りてくるわけ」

「どこから?」紫子は微笑んで唇を噛んだ。

「それは、秘密だ」保呂草は真面目な顔で答える。「そういった指令が全宇宙から男の子に与えられるんだよ。銀行の建物の前に、デジタルの時計があったね。それに、地下鉄の駅の入口にも、日付と時間のデジタル表示があった。その数字が全部そろう瞬間を見たくて、いや……、それを見ろという指令を受けてるんだ。それでわざと具合が悪いと嘘をついて、学校を遅刻したことだってある。たぶん、十一月十一日十一時十一分十一秒だったんだろう」

「難しいわぁ」紫子はついに吹き出した。「そんな、わかりません、全然。難しいよう、それ。保呂草さん、むっちゃ面白い話やとは思う。けど、結局は、どういうことなんです？」

「そこんところが、僕もわからない」保呂草も表情が崩れる。彼は煙草を持った片手で口を隠した。「だけどさ、言いたかったのはね、数字がそろっているとか、関係ない人を殺してしまうとか、そういうことが、そんなに不思議なことじゃないって意味なんだけど」

「不思議じゃない……」紫子は眉を顰《ひそ》める。「どうして？　私には不思議だよ」

「なにしろ、宇宙からの指令だからね」

「大人になっても？」

「ああ、不思議じゃないね」保呂草はにっこりと微笑んだ。

3

桜鳴六画邸の駐車場で、黒いセダンの運転席に林は座っている。ドアを開け、片足を外に出して、煙草に火をつけた。助手席では、渡辺が額の汗を拭いていた。もう一人の部下である立松は、缶コーヒーを買いに屋敷の正門から出ていったところだ。ジュースの自販機がすぐ近くにある。駐車場には、警察関係のワゴン車がもう一台駐まっていた。鑑識課の連中がまだ作業をしているようだった。

林は、数時間まえに本部から戻ってきた。桜鳴六画邸の住人たちの様子を一とおり見てきたところである。小田原政哉、その娘の理沙《りさ》と息子の朋哉《ともや》、小田原長治、それに、家政婦の酒本由季子と白木冨美子に会った。浅野美雪は大学に出勤しているため不在。また、東尾繁も屋敷にはいなかった。

渡辺と立松は、この近辺の聞き込み調査を切り上げて帰ってきたところである。事件を多少なりとも解決に向かわせるような情報は、一つとしてない。希望の光はまだ見つからなかった。

立松が戻ってきた。彼は車の後部座席に乗り込み、林と渡辺に冷えた缶コーヒーを手渡した。林はドアを閉めて、エンジンをかける。クーラが冷たい空気を吐き出し始めると、渡辺もサイドウインドウを上げた。

冷たいコーヒーを喉に流し込む。三人とも小さな溜息をついた。

「なんか、面白い話、ありませんか?」後から立松がきいた。彼はもうコーヒーを飲んでしまったようだ。

「うん、一つだけ、小粒のやつがある」林はバックミラーをちらりと見た。「久野慶子が行く予定にしていた講習会があっただろう？　覚えているか？」

久野慶子は、一年まえの六月六日に殺された三十三歳のＯＬである。マンションの彼女の部屋にあったカレンダにマークがしてあった。六月十二日、殺された日の次の週だった。調べてみると、その日、コンピュータ関係の講習会に出席する予定で、聴講料は会社から既に支払われていた。

「その講習会の講師がＮ大学工学部の志儀助教授」林は続ける。「志儀木綿子……、女の先生だ。で、その同じ研究室の助手が、浅野美雪」

「え、そうなんですか。へえ……」立松が声を上げる。「そりゃ、けっこう奇遇ってやつですね」

「それくらいあるんじゃないすか」助手席の渡辺が言った。「狭い限られた地域で四人も殺されているんだから、どっかかんかで、それくらいのつながりがあっても不思議じゃないでしょう。第一、その講習会には、結局行かなかったわけですよね？　会うまえに死んじまったんだから」

「でも、高木理香と小田原静江の関係だって、初めてだったじゃないですか」立松が言い返す。

三年まえに殺された最初の被害者、高木理香の通っていた学習塾が小田原静江が経営していた那古野ゼミナールだった、ということが、四人目の被害者にして初めて現れたリンクだった。三人目の被害者、久野慶子が出席する予定だった講習会の講師の助手が、四人目の被害者の家に住んでいる。

確かに、限りなく弱いつながりではある。だが、ないよりはましだ、と林は考えていた。

「それを言うなら、井口由美は、香具山紫子と同じ大学だ」渡辺が後ろを振り向いて立松に言った。「そんなの、弱い弱い」

井口由美は二人目の被害者、二年まえの七月七日に殺された女子大生である。当時二十二歳。今回の事件で現場に居合わせた香具山紫子は、現在十九歳。同じ大学といっても、五歳も年齢が離れている。もちろん、井口由美に面識がないことは香具山紫子に確認済みだった。

林はコーヒーを飲み干し、安全ベルトをかける。車はゆっくりと駐車場から出て正門に向かった。制服の警官が敬礼するのに、林は片手を軽く挙げて応え、表通りに出るためにハンドルを切った。

阿漕荘の前をゆっくりと通り過ぎる。例の何でも屋の保呂草潤平という胡散臭《うさんくさ》い男や、香具山紫子、それに小鳥遊練無といった面々が住んでいる薄汚いアパートだ。紅子が彼らとつき合っているようだが、どうも気に入らない。林は、アパートの二階の窓を見た。一番端の二つはいずれも閉め切られている。クーラなどないのだから、それは、保呂草も小鳥遊も不在だということを示していた。

最初の交差点で、信号のため停車したとき、向かい側の角にあるファミリィ・レストランの駐車場に、見慣れた柿色のフォルクスワーゲンが見えた。

「あれ、やっこさんの車ですね」助手席の渡辺が言う。

信号が青になったので右折して、そのまま速度を上げた。

「あの保呂草って野郎が一番怪しいですよね」後から立松が言う。「絶対何か隠してますよ。小田原静江から、何か聞いているに違いないんだから……」

4

無言亭のリビングのテーブルで、小鳥遊練無は瀬在丸紅子と向き合っていた。屋根裏部屋に、紅子の息子と根来機千瑛がいるはずだが出てこない。紅子の長男はメガネをかけていて、色白の優しそうな少年だ。ついさきほど、食事をしに下りてきて、自分の分を食べ終わるとさっさと席を立ち、「失礼します」と礼儀正しく練無に頭を下げて、部屋を出ていった。紅子は梅干の入ったお粥《かゆ》を作って、根来のところへ運んでいき、しばらくして戻ってきた。

「へっ君にうつらなきゃ良いけどなあ」彼女はテーブルに座りながらそう言った。「あ、小鳥遊君、食べて食べて」

「もう、満腹です」練無はお辞儀をする。「ワンピースだったら、こんなに食べれなかったと思う」

「どうして、いつもは女の子の格好をしているの?」

「さあ……」練無は首を傾げる。「よくきかれますけどね」

「だいたい私と同じサイズかしら?」紅子は煙草に火をつけてから、練無を見る。「今度、何か、トレードしようか、ワンピの」

「あ、それ良いですね」練無は頷く。グッドアイデアだと思う。

窓の方で小さな音がした。練無がそちらを見ると、網戸の外に黒い猫が座っている。窓辺の僅かな幅しかないところに飛び乗って、部屋の中を覗いているようだった。

「あ、あいつ、えっと、デルタ」練無が言う。

「あら、知っているの?」紅子は立ち上がって、キッチンの方へ歩いていく。彼女は冷蔵庫を開けてから戻ってきた。手にソーセージを持っていた。「阿漕荘にも出向いているわけ?」

「あ、いいえ」練無は首をふる。「名前は、小田原博士に教えてもらったんです。そこのスーパ・クマナカの隣の神社で」

紅子が窓に近づき網戸を開けると、黒猫は飛び退いた。紅子はソーセージのビニルを剝《む》いて窓辺に置き、再び網戸を閉める。彼女は戻ってきてテーブルにつき、火のついたまま灰皿に置いてあった煙草を取り上げた。窓でまた小さな音がして、黒猫の姿が一瞬見えた。練無は立ち上がって確めたが、ソーセージはもうなかった。

「とても立派な猫でしょう？」窓を見ていた紅子は、満足そうな表情で練無に視線を向ける。「気品があるし、面構《つらがま》えが精悍《せいかん》だよね」

「誰が名前をつけたの？」練無が座り直してきいた。

「さあ。デルタって……」彼女は自分の額に人差指を当てる。「ここに白い三角があるから」

「黒猫のデルタとは愉快だって、小田原博士が言ってたけど」練無は先週のことを思い出して話す。

「愉快？」紅子は目を丸くして首を傾げた。「小田原先生が？」

「うん、そう、愉快だって」練無は頷く。

そのまま、人形のように紅子は五秒ほど動かなかったが、急に大きな瞳を上に向け、口を小さく開けると、「ああ……」と小声を漏らし、次の瞬間には、初めて天使に出会ったといわんばかりの笑顔を見せた。

「どうしたんです？」練無はわけがわからなかったので、素直に尋ねた。

「神様が下りてきたわ」紅子はくすっと笑う。

「何か思い当たることでも？」

「いいえいいいえ」笑いながら紅子は首をふった。「いいの。大したことじゃないわ」彼女はテーブルから身を乗り出して、練無に顔を近づける。「それよりもさ、小鳥遊君。お酒飲みにいこうか」

「あ、でも、僕、お金持ってないから」

「大丈夫、ツケが利くところがあるの。なんかさ、私、ぱっと騒ぎたくなっちゃった。歌でも歌ってこよう！」

「え、ええ……」

5

「ねえ、保呂草さん？」紫子は適度に計算した甘えた声で言った。

「何？」

「どこか、飲みにいきません？　なんか……、このまま帰るの、もったいないなって……」

ステーキハウスから数百メートルであったが、阿漕荘までビートルで戻ったところだった。アパートの横の路地に駐車場所を見つけて、保呂草は車を停めた。どこかに行くつもりは毛頭なさそうだったので、紫子は思い切って自分から切り出したのである。

しかし、少しタイミングが遅かった。保呂草は既にドアを開けて車の外に出ている。しかたがないので、紫子も助手席から降りた。もう一度、保呂草の顔を窺《うかが》うと、彼は、無言で遠くを見ている。

「保呂草さん？」紫子はもう一度、小声で呼んだ。

「ちょっと、待って」保呂草は答える。その言い方が冷たかった。彼はこちらを見ない。

紫子は車のドアを閉めて、フロントを回って保呂草の方へ行く。彼の見ている方角には、桜鳴六画邸の正門があった。

「今、出ていったの、小田原さんだね」保呂草は独り言のように呟いた。

「え？」紫子は答える。「小田原政哉さん？」

「なんか、様子がおかしかったなあ」保呂草は歩きだす。

紫子は保呂草の後についていった。表通りまで出ると、桜鳴六画邸の正門から右手に向かう歩道に、歩く人影が見えた。既に辺りは薄暗かったが、ちょうどそこに立っていた電信柱にライトが灯っていたので、ズボンを穿いた黒っぽい服装の人物であることはわかった。その人影は足早に東の方角へ消えてしまった。

保呂草が走りだした。紫子もそれを追う。

交差点が近づくと、桜鳴六画邸の正門に立っていた警官がこちらを見たので、保呂草は急にゆっくりと歩いた。紫子も、彼に追いついて、並んで歩く。

角を曲がったところで、五十メートルほど先を行く人物が見えた。二人は道路を横断する。

「何が変なの？」紫子は歩きながらきいた。

「時計を気にしていたことと、辺りを見回していたこと。それに、この時間に出かけるのに、小田原さんなら、車を使うんじゃないかと思ってね」保呂草が淡々と答える。

彼は道の端を歩きながら、後ろを振り向いた。

「警察は尾行しないのかな」

「小田原さんを?」

「うん」保呂草は無表情だ。「あ、しこちゃん、もう帰っていいよ」

「保呂草さんは?」

「ちょっと、夕涼みで、散歩してくる」

紫子は息を飲む。なんだか鼓動が速くなっていた。

「私も行く」

6

暗い歩道を保呂草と紫子は歩いた。道路をたまに自動車が行き来するだけだった。前方約五十メートルほどのところを男が歩いている。彼は一度だけ後ろを振り返った。幸い、そのときは、紫子たちのいた場所が暗かったので、気がつかれずに済んだようだ。

大通りに出て、人通りが多くなる。保呂草は駆け足に近い速度になり、紫子もそれに従った。角に小さな書店のある交差点で、男は信号待ちをしている。距離は僅かに十五メートルほどになった。

　間違いなく、小田原政哉だった。ズボンのポケットに両手を入れている。二人は自販機の陰に身を隠して、しばらく待った。

「こういう尾行とか、よくするの？」紫子は小声できいた。

　保呂草は口もとを少しだけ上げて頷く。だが、彼の目はずっと小田原政哉を捉えていた。

　時刻は八時に近い。

　信号が変わり、横断歩道に人が流れる。小田原政哉は歩きだす。保呂草と紫子も少し遅れて、道路を渡った。

　商店街のアーケードの手前に、スーパマーケットの照明が眩しい。小田原はその手前で曲がり、細い道に入った。二人は駆けだして、その曲がり角まで急ぐ。

　暗い道だった。片側には自動車が連続して駐車されている。歩いているのは小田原だけだ。距離はやはり、十メートル余り。

　歩きだそうとする紫子の前に保呂草が片手を出した。少し待てという意味のようだ。確かに、距離が近過ぎるかもしれない。

　三十メートル以上離れたところで、二人は尾行を再開した。駐車している車の陰に隠れるように注意しながら、なるべく暗い場所を選んで歩く。前方の小田原は道の真ん中を歩いている。後ろを振り返ることもなかった。

スーパマーケットの裏手の駐車場が右手に過ぎ、左手は神社だった。その境内の入口の付近に、電話ボックスが立っている。そこだけは少し明るかった。しかし、神社の境内は対照的に暗い。大きな樹が生《お》い茂っている。

小田原は、その闇の中に入っていった。

石畳がうっすらと白く浮かび上がり、常夜灯の白熱電灯が一つ光っている。紫子はそこをよく知っていた。つい先週も、小鳥遊練無と二人でたこ焼きを食べた場所である。だが、そのベンチは闇の中にすっかり消えていた。

公園のように起伏がない敷地が見通し良く広がっている。周囲は樹木に囲まれ、それらが、街の明かりを遮断《しゃだん》していた。

石畳から少し逸《そ》れた場所に、保呂草は足を踏み入れ、紫子も彼の影のようについていく。小田原政哉との距離は三十メートル。彼は、境内の奥へゆっくりと入っていった。

他に人影はない。

「おみくじでも引きにきたんかしら?」立ち止まった保呂草の耳もとで紫子は囁いた。気がつくと彼女の両手は、保呂草の右手を摑んでいて、自分でも少し驚いた。だが、「これも何かの縁」という言葉が浮かんでくる。思わず口にするところを思いとどまった。

暗闇をさらに進んだ。

足もとがよく見えないので、気をつけて歩かねばならない。途中で小さな屋根のある手洗い場があった。それを迂回《うかい》して、二人は先へ進む。既に道路の入口から五十メートル以上離れていた。後ろを見ても誰もいない。

　二つ目の常夜灯に照らされている明るい場所で、小田原政哉は立ち止まった。保呂草は近くの小さな木の陰になるように、頭を下げる。その後ろで紫子も息を殺す。

　白い壁の建物が一つ、ぽつんと建っていた。

　蔵というのか、つまり、倉庫のような小屋だった。前面に両開きのドアがある。それを開ければ、自動車が充分に入れるくらいの大きさだ。窓はないが、高さから見て二階建てである。瓦の三角屋根で、両側にとても大きな樹があるため、その枝葉が屋根のほとんどを覆っていた。建物の背後は小高く地面が盛り上がり、森が続いている。そちらの方向は住宅地で、数十メートルのところに道路があるはずだが、もちろん何も見えなかった。

　突然、爆竹《ばくちく》の音が鳴った。

　紫子は保呂草の背中にしがみつくように躰を寄せる。

　音は後方だ。

　振り向くと、神社の入口の辺りに、小学生か中学生くらいの子供たちが数人見える。彼らが歓声を上げた。

「うわぁ、びっくり」紫子は小声で囁く。

　彼女は保呂草の顔を窺った。

彼は、既に小田原政哉に視線を戻している。紫子もそちらを見た。

小田原政哉は、騒いでいる子供たちを気にしている様子だったが、倉庫の扉に近づき、その片方を手前に引いた。とても重そうな扉だった。

彼はその中に入った。

「あの建物、何かな?」紫子はきく。

「トイレじゃないことは確か」保呂草は紫子を見ないで答えた。

また、子供たちが歓声を上げる。

爆竹の音。

人数は三人だ。

向こうからこちらは見えないだろう。保呂草と紫子は暗い場所にいる。また、倉庫に入っていった小田原政哉にも、子供たちが気づいているとは思えない。

倉庫の扉は少しだけ開いたままだった。爆竹の方を見たのは僅かに一瞬で、再び紫子は倉庫の入口に注目する。小田原は出てこない。

照明がついた。開いたままの扉から光が漏れている。

ぱん、と高い爆音が鳴る。

また爆竹だ、と思った。

けれど、それは単発で、しかも音質が違っていた。

子供たちの方を振り向いて見る。彼らも、その音で静まり返っていた。

音は倉庫の方角からだ。

保呂草が頭を上げる。

「何？　何の音？」紫子は後ろからきいた。

「わからない」保呂草が答える。

紫子は辺りを見渡す。

それっきり音は聞こえない。

遠くから微《かす》かに自動車の騒音。

子供たちも、もう騒いではいない。

紫子は額に汗をかいていた。

保呂草は黙って歩きだす。

声をかけようと思ったが、言葉を思いつかない。彼女は、保呂草の後についていく。彼は
もちろん、倉庫の開いた扉に向かって一直線に進んでいた。

数メートルまで近づいたとき、
倉庫の明るい室内が見えた。

人が仰向けに倒れている。

それが、見えた。

紫子は息を飲む。

保呂草は扉に近づき、その戸口で立ち止まった。

彼の背中に紫子は近づく。

頭だけを横から出す。

倉庫の中を覗いた。

もう一度見た。

小田原政哉が倒れている。

ドアから数メートル奥だった。

倉庫の中は、がらんとした空間で、蛍光灯の白く濁った光だけが充満している。隅々まで見渡せるほど、何もなかった。天井も高いが、本当に何もない。

保呂草は、倉庫の中に入った。

彼は、倒れている小田原政哉の横に跪《ひざまず》いた。

紫子はついていけない。

「どうしたの?」戸口から紫子は声をかける。「ね、大丈夫なの?」

保呂草は答えない。

「保呂草さん?」

「救急車を呼ばなくちゃ」保呂草が低い声で呟いた。

彼は立ち上がり、天井を見上げる。紫子も一歩だけ倉庫の中に入って、室内の四面の壁を見た。

窓はない。

高い天井からぶら下がっている安物の蛍光灯が一つ。

「頭を撃ち抜かれている」保呂草は紫子のところまで来て、耳もとでそう囁いた。

「え？」紫子は保呂草の顔を見る。それから、倉庫の奥の小田原政哉へゆっくりと視線を移す。

「死んでる」保呂草が言った。

「そんな」紫子は口に手を当てる。

えっと……、死んでるって？

どういうことかしら……。

次の瞬間には、目で見ている情景と思考がようやくシンクロして、背中に悪寒《おかん》が走った。

何でも良いから、温かいものにしがみつきたい。

保呂草は扉から外に顔を出して、周囲を見回している。

保呂草が自分の方を向いてくれるまで、紫子は息を止めていた。

「近くにまだ殺人犯がいるかもしれない」保呂草は扉を片手で閉め、振り向いて紫子を見た。真剣な眼差しだった。「大丈夫？　しこちゃん、しっかりして」

「うん、ええ、もちろん」紫子は息を飲み込み、頷いた。目頭が少しだけ熱くなる。

「電話をかけてくる」保呂草は言った。「ここで、待ってて」

「え？」

「すぐそこだ」保呂草は外に出ようと、扉に手をかける。

「私、ここに一人でいるの？」

「恐《こわ》い？」

「恐いことは、ないけど……」それは嘘だった。

「恐かったら、この扉を開けないこと」保呂草は、初めて微笑んだ。「外の方が危険だ」

「くう……」紫子は思わず顔をしかめる。「もう！」

保呂草は扉を開けて出ていった。

紫子は、すぐにそれを閉める。だが、完全に閉めてしまうのは恐かったので、数センチだけ開けたままにして、保呂草の後ろ姿を見ていた。彼は道路の方へ走っていく。子供たちがいる方角だ。電話ボックスも見える位置にあった。

扉の外の地面。

すぐ近くだ。

何かが、動いた。

もう少しで悲鳴を上げるところだった。

「あぁ……」溜息が漏れる。「びっくりした」
黒猫が、紫子を見上げていた。
額の白い三角。
デルタだった。
室内から漏れる光の筋に、黒猫のデルタが入る。
次の瞬間、その光が消えた。
猫の目だけが、暗闇に残った。
二つの目。
黄緑色の光。
そして、ぼんやりと、白い三角だけが浮かび上がる。
暗闇の三角。
紫子は、短い悲鳴を上げた。
室内の照明が消えたのだ。
咄嗟《とっさ》に保呂草を見た。
彼は、子供たちのところで、何か話をしている。
どうして、電気が消えたのだろう。
停電？

振り向いて、暗闇を見る勇気はない。
とにかく、ここを出よう。
出なければ……。
扉を押して、外へ出ようとしたとき、彼女の首に、何かが巻きついた。
え？
どうして？
デルタの黄緑色に光る目を見たま……、
香具山紫子は、自分の首にかかったものを外そうとした。
声も出せなかった。
意識が遠のく。
膝が折れる。
黒猫のデルタが、歯をむき出していた。
意識は暗闇と同化する。
彼女はそのまま倒れた。

7

「さっきの音、聞いた？」保呂草潤平は、爆竹で遊んでいた少年たちに尋ねた。

三人は、保呂草に声をかけられたのが意外だったのか、黙っている。しばらくして、一人が頷いた。

「何かあったんですか？」声変わりした低い声で少年の一人がきいた。

保呂草は振り向いて倉庫を見る。扉が僅かに開いているようだ。細く光が漏れていた。

「いや」保呂草は答える。

彼は少年たちから離れ、電話ボックスへ行く。そこは明るかった。警察に電話をかける。

「こちらは愛知県警本部です」滑《なめ》らかな女性の声だった。

「もしもし、あの、えっと、昭和区の広見《ひろみ》町のスーパ・クマナカの隣です。神社があるんですけど、そこで人が殺されています」

「貴方のお名前は？」

「僕は、保呂草といいます。今、見つけたばかりです。すぐ来てもらえますか？」

「怪我《けが》をしているのですね？」

「いや、もう心臓は止まっています。死んでいますね。でも、撃たれたばかりだから、間に合うかもしれない、救急車をお願いします」

「わかりました。その場所にいて、危険はありませんか？」

「えっと、たぶん……」保呂草はそう言いながら、倉庫の方を見た。

ついていたはずの照明が消えていた。

「あれ？」

「どうしました？」

保呂草は、受話器を投げ出し、電話ボックスから飛び出した。

8

小鳥遊練無と瀬在丸紅子は、スーパマーケットの店先でたこ焼きを買った。最後の客だから大サービスだ、と鉢巻をした男が言ったが、いったい何がどれくらいサービスなのかわからなかった。そろそろ店仕舞いするようだ。店内の客も少ない。

結局、ツケが利くと紅子が言っていた店は定休日だった。彼女の奢《おご》りで缶ビールを買って、一本ずつ飲んだものの、中途半端なアルコール量のため、頭が痛くなりそうだった。現に、紅子はそう口にした。だが、彼女もそれ以上の資金を持っていなかったようだ。二人の持っているお金を出し合って、たこ焼きを四百円分、買ったところである。確かに、いつもより量が多いような気もした。

たこ焼き屋の前で待っているとき、爆竹の音が聞こえた。それを聞いて、紅子は「何が好きって、私、花火が一番好きだな」と言った。練無は、彼女なら浴衣《ゆかた》が似合うだろう、と想像した。自分も浴衣が着てみたい、とも思った。

たこ焼きを受け取って、練無は紅子を見る。

「家に戻りますか？　それとも、どこかで食べていく？」

「温かいうちに食べようぜ」紅子は答える。

十も歳上なのに、どきっとするほど、幼く見える瞬間が彼女にはあった。服装のせいでもなく、言葉遣いのせいでもない。仕草だろうか、表情だろうか。とにかく、アンバランスな人格、目まぐるしく入れ替わる人格、スリリングで、スピーディで、サイケデリックだ、と練無は感じていたが、もちろん、それが嫌ではない。それどころか、とても羨《うらや》ましい。とても好ましい。

「そこ曲がったところに、公園があるよ」練無は言った。

「うわぁ、夜の公園？」紅子が高い声を出す。

「あ、あれ、神社だったかな……。ベンチがあるから、そこで食べましょう」

角を曲がって、辺りが少し暗くなると、瀬在丸紅子は、道路の真ん中でくるくると回った。白いワンピースのスカートが遠心力で広がる。彼女はくすくすと笑いだした。

「ご機嫌ですね」練無も可笑しかったが、笑いを堪《こら》えている。

「うん。とってもとってもご機嫌だよう」紅子は回るのを止めて答えた。「夜の公園で男の子と二人きりで、たこ焼きだもんね」

酔っているのかな、と練無は思った。

サイレンの音が遠くで鳴っている。

中学生くらいの少年たちとすれ違う。三人だった。じろじろと、紅子と練無を見ていく。自分は男なのだ、と練無は自覚する。最近としては珍しい心境だった。少年たちはそのまま行ってしまった。

「でも、もうちょっと飲みたかったわよね」紅子は可笑しそうに囁いた。「やんなっちゃうよなあ、貧乏なんだもん、私ってさ」

「昔はお金持ちだったの?」

「そうだよ」紅子は大げさに頷いた。「私が生まれるまえは、もっともっとお金持ちだったの」

「どうして、林さんと離婚したんですか?」突然思いついた質問を練無はそのまま口にした。しゃべってから、自分も酔っていると思った。

「さあねぇ……、どうしてかしら」紅子はこちらを見ずに答える。「まあ、性格の不一致ってやつ? いや、やっぱり、すべては、貧乏になったのがいけなかったのよね。どうしても、お金が足りないと、素直になれないことってあるじゃない」

「ふうん……」練無は頷く。「浮気とかじゃなくって？」

「どっちの？」

「そんなこと、僕、知りませんよ」

「そうね、浮気するなら、私だと思ってたもんな」

「林さんが浮気したの？」

「うーん……」紅子は唸る。「浮気なら、許せたけれど……」

「どっちが別れたいって言いだしたの？」

「当然、私だよ」こちらを見て、紅子は口もとを上げ、人差指を自分の鼻に当てた。子供のように悪戯《いたずら》っぽい表情だった。

サイレンの音が近くなった。

神社の入口まで来る。向かいのスーパの駐車場には、既に車の数は少ない。

境内は思っていたよりもずっと暗い。たこ焼きを食べるには、暗過ぎたな、と練無は思う。電話ボックスの近辺だけが明るかった。

「あれ？　受話器が外れてる」練無は、ボックスの中の電話を見て言った。電話ボックスのドアを開けて、彼は、ぶら下がっていた受話器を掛け戻す。

「ここ？　ここで食べるの？」紅子がきいた。「暗いわね」

「うん、駄目ですね。じゃあ、やっぱり……」

「いえ、暗い方が良いの」

「わ、それって、恐い発言かも」練無はおどけて言う。

二人は石畳をしばらく進み、境内の中央付近にあるベンチに並んで腰掛けた。練無がたこ焼きの包みを開けた頃、サイレンの音がすぐ近くまでやってきた。

やがて、道路の方に赤いライトが見え、パトカーが神社の入口のところで停まる。

「わぁ……、何だろう」練無は言った。

「スーパで何かあったのかしら?」紅子もそちらを見て言う。

パトカーの様子を見ながら、まず、たこ焼きを一つずつ食べた。口の中に入れてから、まだ熱かったので驚く。紅子を見ると、彼女はさすがに一口では食べなかったようだ。

パトカーから降りた警官が二人、真っ直ぐに神社の境内に駆け込んでくる。彼らは途中でベンチに座っている練無たちに気がつき、近づいてきた。

「どうしましたか?」警官の一人がきいた。

「え? いえ……、何ですか?」練無はきき返した。

「あの、保呂草さんという方は?」もう一人の警官が尋ねる。そう言いながらも、彼らは暗い境内を見回している。

「保呂草さん?」練無は手に持っていたたこ焼きを落しそうになった。「え? 保呂草さんって？」

「お知り合いですか？」警官が尋ねる。「警察へ電話をかけられた方です」

違う音色のサイレンがもう一つ近づいてくる。救急車がすぐ近くまで来ているようだ。

境内の奥の方で音がした。

暗闇に白い光が見え、建物の扉が開いたみたいだった。

「こっちです！」と叫ぶ声がして、その光の中から男が一人出てくる。

「わ、保呂草さん」練無は立ち上がる。膝にのせていたたこ焼きは、両手に持っていたが、隣にいた紅子も立ち上がり、彼女は、そのたこ焼きが落ちないように両手を差し出した。

二人の警官たちは、保呂草の方へ駆けだしていった。練無と紅子もそちらに歩いていく。

表の道路に大型の救急車が入ってきたようだ。既に、道路には野次馬が数人集まっていた。

「人が殺されている」保呂草が警官にそう話すのが、練無にも聞こえた。

保呂草が出てきたのは、倉庫のような建物だった。大きな両開きの扉の片方が、今、人が一人通れるほど外側に開いている。

保呂草は、再びその中に入っていった。警官がそれに続き、さらに、練無と紅子がその後ろから室内を覗き込んだ。

「しこさん！」練無は驚いて声を上げる。

跪《ひざまず》いた保呂草の前に、仰向けに寝そべっているのは香具山紫子だった。彼女は眠るように目を閉じ、血の気が引いたように青白い顔をしている。

「とにかく、救急車を、早く!」保呂草が叫んだ。

警官の一人が、外へ飛び出していった。もう一人の警官は、倉庫の奥へ行き、そこに倒れている男を見下ろしている。

練無もそれを見た。

顔が見えた。

小田原政哉である。

額から血を流していた。

瀬在丸紅子は、倉庫の中に入り、保呂草の隣でしゃがみ込んで、香具山紫子の額に手を当てていた。

「何があったの?」練無は一歩前に出てきいた。自分の声が部屋中に反響して、夢を見ているようだった。

「まだ、温かい」奥の警官が立ち上がり、こちらを見て言った。「拳銃の音を聞きましたか?」

「ええ」保呂草が顔を上げて答える。

死体の体温のことを話している、と理解するのに数秒かかった。

「しこさんは？」練無はきいた。

「生きているよ」保呂草がこちらを見ないで言う。

紅子が立ち上がって、奥の死体を見にいった。

「あ、触っちゃいかん。出ていって下さい。あんたら、だめだめ！　早く出ていきなさい」

警官が大きな声を出す。

外から足音が聞こえた。さきほどの警官が戻ってきて、扉をさらに引き開けた。担架を持った二人の救急隊員が中に入ってくる。

「こちらです」保呂草が立ち上がる。「人工呼吸をしました。なんとか、息は吹き返したようです」

救急隊員の一人は、香具山紫子の首に手を当て、彼女の顔に耳を近づけた。

9

病院のロビィで三人は待った。

練無が持っていた冷めたたこ焼きを三つずつ食べた。警官が何人か途中で現れ、さらに三十分ほどたった頃、見慣れた顔の刑事が二人やってきた。林の部下の渡辺と立松だった。

「保呂草さんは？」年配の渡辺がきいた。

練無は無言で指をさす。

保呂草は、練無や紅子から少し離れたところで一人ベンチに座っていた。煙草を吸うために、そちらにいたのかもしれない。とにかく、彼は病院に来てから一言も口をきかなかった。

刑事たちは保呂草のところへ行き、低い声で質問を始める。保呂草はさらに低い声でそれに答えた。練無にはほとんど聞き取れなかった。

白衣の医師が看護婦とともに現れる。練無と紅子は立ち上がった。保呂草もこちらにやってきた。

「大丈夫ですよ」若い医師は頷いてから微笑んだ。「後遺症もたぶん心配ないでしょう。もう、意識もしっかりとしています。迅速《じんそく》な処置だったようですね」

「良かった」溜息混じりに保呂草が呟く。

そんな感情の籠もった保呂草の表情を、練無はこれまでに見たことがなかった。

「話せますか？」立松がきいた。

「ええ、じゃあ、五分くらいにして下さい」医師は頷く。

五人は、医師と看護婦に従って、明るい治療室に入った。ベッドの上で、香具山紫子は白いシーツをかけられていた。中にいた看護婦に医師が頷くと、彼女は、紫子の顔にのせられていたプラスティックの酸素吸入器を外した。

香具山紫子は練無たちを見た。にっこりと笑う。

顔色がピンクに見えた。

首に包帯が巻かれている。

「もう大丈夫よ」紅子が紫子の片手を取って言った。

「ありがとう」ゆっくりと紫子は頷いた。「紅子さんと、れんちゃん、わざわざ来てくれはったの？」

少し掠《かす》れた声だった。彼女は軽く咳をする。

「偶然ね、あそこに行ったんだよ」練無が答える。

「相手は誰です？　どんな奴でした？」渡辺が練無の後ろから尋ねた。

そういう質問はまずいんじゃないか、刺激するようなことは紫子のために良くない、と練無は思ったので、振り向いて渡辺を睨んでやった。

「何も……」紫子は目を大きく見開き、弱々しく溜息を一度つく。「電気が消えて、すぐ、後ろから襲われたんです。それだけ……。ああ、私、これで死ぬんやわ、て思った。それだけです。あ、猫がいました」

「猫？」立松がきき返す。「倉庫の中にですか？」

「いいえ、外」紫子は答える。「私、戸口に立って、外を見ていたの」

「倉庫には、他に誰がいました？」渡辺がきく。

「誰も」枕に頭を埋めたまま紫子は首をふろうとした。

「じゃあ、誰かが入ってきたんですね？」

「いいえ、誰も」

「でも、電気が消えたんでしょう？」

「明かりが消えたのは、僕も見ました」保呂草が言った。「警察に電話をしているときで、それで、変だと思ったので、倉庫に急いで戻ったんです」

「戻って、倉庫の電気をつけたんですね？」渡辺がきいた。それは、紫子ではなく、保呂草に対する質問だった。

「いえ、そのまえに……、その、彼女が倒れていたので……」

「誰か見ませんでしたか？　倉庫に戻るまでの間、誰かが出てくるところを見たでしょう？」

「暗かったから、わかりません」保呂草は答える。

「いや、常夜灯がある。見えたはずです」立松が言う。

「誰も見ていません」保呂草はそう言ってから、息を吐いた。

「倉庫の中にも誰もいませんでしたか？」立松がさらにきいた。

「もちろんです」保呂草が頷く。

「そう……」紫子は片手を自分の首に持っていき、包帯の上から喉首を確かめるように触った。「誰もいなかった、ええ、確かにいなかったのに、電気が消えて、倉庫の中から襲われて……。ロープみたいなものだったような……。あそこって、窓、なかったかしら？」

「ええ、窓はないわ」紅子が答える。

「猫がいて……、電気が消えた。暗闇に、白い三角が見えて、そう、そのあとすぐ……」紫子は急に目に涙を溜める。「保呂草さんって、呼ぼうとしたのに、声が出なくて。もう……、保呂草さん、私が見えなかった？　どうして来てくれなかったの？」

「すまなかった」保呂草は言った。「全部、僕のせいだ。もう、犯人は逃走しているとばかり思ったし。まさか、戻ってくるなんて……」

「ううん、誰も戻ってきてなんかいない」紫子が少し高い声を上げる。「だって……、私、戸口にずっと……」

「でも、電気を消したんでしょう？」練無がきく。

「あ、小田原さんは？」紫子が突然きいた。「小田原政哉さんは？」

「亡くなりました」渡辺が答えた。「警察が駆けつけたときには、既に亡くなっていました」

「これも、先週の事件と関係があるんですか？」紫子は喉に手を当てたままだった。「同じ犯人がやったの？」

「はい」渡辺が顔をしかめて頷いた。「おそらく」

「どうして、それがわかるんですか？」紫子が尋ねる。

「ええ……」渡辺は、一度前歯を見せて、息を大きく吸った。「香具山さんの首を絞めたベルトが、現場に残っていたんですよ。例の、ナイロン製のやつでした」

10

小田原政哉は、別に来た二台目の救急車で運ばれていったらしい。同じ病院ではなかった。香具山紫子の短い面会が終了すると、渡辺と立松は病院から出ていってしまった。現場に戻ったのか、あるいは、小田原の運ばれた病院へ向かったのだろう。入れ代わりに、林が現れた。

「やあ」と軽く挨拶をして片手を挙げ、ロビィに入ってくるなり、辺りを見渡し、トイレに行った。その様子を見て、紅子がくすくすと笑っていた。何が可笑しいのか練無にはわからない。

林が戻ってくると、保呂草がもう一度最初から事件のことを説明しなくてはならなかった。

林が全員の分の金を出して、自販機で飲みものを買った。保呂草は煙草を吸いながら、事件の様子を話し、練無も何が起こったのかが初めて理解できた。

「例の倉庫は、祭の山車《だし》を入れておくためのものらしいですよ」林は言った。「それが、たまたま別のところへ行ってましてね。修理をしているんだそうです。で、ずっと空っぽだったってわけです」

その倉庫には、入口が正面に一つしかない。両開きの大きな扉を開き、さらに扉の上の部分を撥ね上げて、山車を出し入れするように作られている。外側に閂《かんぬき》をかけ、さらに錠前を通してロックすることになっていたが、半年ほどまえから、中の山車がなくなったため、掃除道具の保管くらいにしか使われていない。このため、閂や鍵もかけられていなかった。

前面と背面の壁の高い位置に、換気口がある。雨が降り込まないように外側にはトタン製のフードが取り付けられていた。もちろん、人は通れない。

「庇《ひさし》の上に乗って、猫がその換気口を通るらしい」林は説明した。

「しこさんも、猫の話をしていましたね」練無が言う。「ほら、あの黒猫のデルタを見たって……」

「僕は、見なかったけど」保呂草は煙を吐きながら言った。

「銃声を聞いて、すぐ見にいったんですね？」林が尋ねる。

「ええ、そうです」保呂草は頷く。「最初は子供の爆竹かと思ったんですけど、音が違っていたし、方向も違う。それで、倉庫を見にいった。そうしたら、あのとおりです」

「誰も倉庫から出てこなかったの？」紅子がきく。

「誰も」保呂草は首をふる。

「外から撃ったんでしょうか?」林が言った。「まあ、ちゃんと調べれば、撃った距離が、だいたいはわかりますけど」

「裏側の壁の換気口かしら?」紅子はシートに腰掛け、腕を組んでいる。「だけど、そのあと、香具山さんが襲われたんだから……」

「それ、そこなんだ」保呂草はそう言いながら何度も頷く。「僕が電話ボックスまで行って、警察に電話をかけて、戻るまで、そうだなあ、一分か、長くても二分だと思う。距離は、五十メートルもない。しこちゃんは扉の近くに立って、外を見ていたって言っていた。誰かが外からやってきたら、気がついたはずだ。それなのに、電気が消えて、後から襲われたって……」

「スイッチはどこにあったっけ?」練無が途中できいた。

「入って、右手の壁ですね。入口から三メートルほど中になります」林が答える。「確かに、戸口で道路側の方を見ている香具山さんの真後ろになります。でも、僅か三メートルですからね、スイッチを消すまで、彼女が気づかなかったなんて……」

「別のところで消したのかもしれない」練無は思いついたことを話した。「送電線を切るとか……、ブレーカを切るとか」

「僕が戻ったとき、真っ暗だったから、手探りで、そのスイッチを探したんだよ」保呂草が言う。「で、照明がついた。ということは、そのスイッチで消したってことだろう?」

「そのとき、何かべたべたした感じがしませんでしたか？」林が尋ねた。

「え？」保呂草が片目を細めてきき返す。「べたべた、ですか？　いや、別に……。どうしてです？」

「照明のスイッチなんですが、テープかシールの糊《のり》の跡が残っていました」林が低い声で言った。

「どういうことです？」保呂草が真剣な表情になる。

「いや、まるでわかりません」林は首をふった。

しばらく、全員が黙る。

「香具山さんは、戸口に倒れていたんですね？」林は質問を再開した。

「そうです」保呂草は頷く。

「扉は？」

「僅かに開いていました」

「香具山さんを、さきに見つけたんですか？　それとも、蛍光灯のスイッチをさきに探したんですか？」

「変なことをききますね」保呂草は苦笑した。「なんか、僕が疑われているみたいじゃないですか」彼は灰皿で煙草を揉《も》み消した。「まあ、いいでしょう。えっと、まず、彼女が倒れているのを見つけました。でも、暗かった。声をかけても反応がない。心臓は動いていたけど、息をしていなかった。動かして良いものかどうかもわからない。怪我をしているのかどうかもわからない。だから、まず、照明のスイッチを探しました。確か、そこらへんだ、という覚えがあったんです」

「お友達が死んでいるかもしれないのに、電気のスイッチとはね……」林が静かな口調で言った。「いえ、とても冷静な判断ですな」

保呂草はきょとんとした表情から、諦めたように微笑んだ。

「ええ……、驚きましたよ。ただ、これでも、自分にできる最善のことをしたつもりです」

彼は話しながら急に真面目な顔に戻り、林を睨みつけた。「状況から、頭を殴られたのではないか、という可能性が最も高かった。もし、そうならむやみに動かせない、と思ったんです。扉を開けて、外の明かりを入れる手もあったけど、でも、スイッチの位置をだいたい覚えていた。だから、壁を探して、それを見つけました。十秒もかからなかったでしょう。それで、すぐに彼女に……」

「人工呼吸をした」林があとを続けた。「実に、適切な処理でしたね。以前に経験が？」

「ええ、海水浴場やプールの監視員をしたことがありますので。講習とかも受けました。人形じゃなくて、本ものの人間でしたのは、えっと、三回目ですね」保呂草は胸のポケットからまた煙草を出す。「成功したのは、彼女が初めてです。三度目の正直ってやつですか。とにかく、警察に電話をかけたあとでしたから、もう自分にできることは、それしかないって考えました」

「首に、ベルトは？　かかっていなかったの？」紅子が尋ねる。

「かかっていませんよ」保呂草が答える。彼はライタを出して火をつけた。「ベルトがあったと、刑事さん話してましたね。そんなものが落ちていたなんて、僕、気づかなかったけど」

「首を絞めただけで、外してしまった、ということ？」紅子が不思議そうに首を傾げる。「いつもとは、違うような気がするわ」

「後ろから襲うわけだから、輪《わ》っかにして頭を通すなんてできなかったんじゃないかな」林が両手でジェスチャを交えて説明する。「つまり、ベルトを輪にしないで、両手で持って、後から絞めつけた。相手が気を失って、抵抗しなくなってから、輪を作って、もう一度、いつもどおり絞めるつもりだったんだろう」

「僕が来るのに気づいたんだ」保呂草が煙を吐いた。「電話ボックスから飛び出すとき、でかい音を立てたような気がする。とにかく慌てていたから。僕が来るのを見て、犯人は、しこちゃんの首にベルトを巻き直すのを諦めて、逃げ出したんだ」

「保呂草さんが駆けつけるまでに、逃げたっていうの？　誰か倉庫から出てきました？」紅子がきいた。

「いや……」保呂草が煙に目を細める。それとも、自分の話したことの矛盾に困惑している顔だったかもしれない。「そうか、いや、僕は誰も見ていない」

「誰かが倉庫から出ていったとしたら、保呂草さんが、電話をしているときじゃないかしら?」

「そう、それ以外にない」保呂草は頷く。「紅子さんの言うとおりですね」

「でも、どうして香具山さんの首にベルトを通さなかったの? いくら奇襲だったとはいっても……」紅子は独り言のように呟く。「何故、自分のシンボルともいえるベルトを、そんな、投げ出しておいたりしたのかしら? いつもと違うわ」

「だって、ピストルを使って射殺したんだよ」練無は言う。「小田原さんを殺した方法が、もう、全然いつもと違うし、それに今日は六月十二日なんだから……。えっと、小田原政哉さんは何歳ですか?」

「確か夫人とは一つ違いだから、四十五歳かな」林が答える。

「ほら、全然数字もばらばら」練無は口を尖らせる。「変だよ変だよ。ひょっとして、別の事件なのかも」

「ベルトは?」紅子がきいた。「とても珍しいものなんでしょう?」

「あれは、間違いない」林が頷く。「類似のものじゃない。同じものだ」

「小田原さん、自殺じゃないの?」練無は、また思いつきを話す。

「真正面から頭を撃たれている」林は淡々と言った。「自殺する人間は、あの角度はやらないね。第一、現場に銃がない」

「薬莢《やっきょう》は？」保呂草がきいた。

「ありました」林は答える。「お詳しいですね？」

「一応、探偵ですので」保呂草が口を斜めにした。

11

結局、保呂草は、林と一緒に警察へ行くことになった。保呂草は諦めた表情で肩を竦め、練無と紅子にこう言った。

「人工呼吸したことは、しこちゃんには内緒だよ」

深夜になり、香具山紫子の両親が病院に到着した。彼女の実家は神戸である。瀬在丸紅子と小鳥遊練無は、紫子の両親に挨拶だけして、病院を出ることにした。十一時半だった。

「えっと、ここって、どこ？」病院のロータリィから表通りに出ると紅子がきいた。

来たときは、練無と紅子の二人は、紫子と一緒に救急車に乗ってきたのだ。保呂草は警官と一緒にパトカーだった。今も、ロータリィにパトカーが一台駐まっている。警官が、香具山紫子のところにいるからだろう。

「あ、そうか！　お金がないんだぁ」練無も気づく。

この時刻だから、バスはない。タクシーに乗るにも金がない。

「林の馬鹿たれが！」紅子が足を前方に蹴《け》り上《あ》げる。「送ってくれても良さそうなもんじゃないか」

「あ、頼んできましょうか？」練無は立ち止まった。病院にいる警官に頼めば、なんとかしてくれるかもしれない。「それとも、電話しますか、十円ならあるけど」

「根来先生に電話しても……、結局、タクシーで迎えにくるわけだから、お金が余分にかかる」

「根来先生、病気だし」

「いい、もう……。歩こう。警察がノーマークってことは、私たち、殺人鬼に襲われないってことね」

「僕がついてるから、大丈夫」

「おやまあ、カッコ良いこと言うな」紅子は腰を落して空手のポーズをとり、にっこりと微笑んだ。「そうか、これなんだ」

「あれ？　紅子さん、できるんですか？」

「拳法はちょっとね。私、日本舞踊ならできるけれど」

「日本舞踊？」練無は紅子を見て、着物姿を想像しようとした。しかし、咄嗟のことでうまくいかなかった。

「小鳥遊君が頼り。方角はわかる？　歩いてどれくらい？」

「えっと、そうだなあ、一時間はかからないと思う。自転車で、よくこの辺りまでなら来るから」

「まあ、のんびり歩こう」

空は曇っていて星が見えない。明日は雨かもしれなかった。病院前のメインストリートを、ときおり車が通り過ぎる。横断歩道を渡り、二人は緩やかにカーブする坂道を登り始める。

「香具山さんが助かったことで、なんだかハッピィな感じだけれど、小田原さんのところは大変だよね、ご両親が殺されたんだから」

「うん」練無は頷く。「高校生と中学生？　上が女の子でしたね？」

「あ、小鳥遊君、知らないんだ」

「こんなことがなかったら、僕、家庭教師のバイトをするはずだったんですよ。その、えっと、男の子の方だけど」

「朋哉君ね。へえ、それ、どんな経緯《いきさつ》なの？」

練無は、先週のことを話した。小田原静江がアパート阿漕荘に訪ねてきた朝のことだ。

「ふうん、そんなことがあったんだ」紅子は歩きながら頷く。「家庭教師なら、小田原長治博士にお願いすれば良かったのに」

「数学だけならでしょう？」

「お父さんの政哉さんだって、塾の数学の先生だよ」

「ええ、だから、そういうのが逆に嫌だって、本人が言ったみたいなんです」

「神経質な子だからね」

「そうなんですか？」

「うん、以前に、うちのへっ君と一緒に遊んでくれたことがあるんだけど、なんか、うまくいかないみたいだった」紅子は肩を竦めて上を向いた。「あ、でも、あれは、へっ君の方が問題だったのかもしれないか。はは、親馬鹿だから……」

坂道を登りきり、遠くの街の細かい光が見えた。空気が湿っているためか、ぼんやりと霞んでいる。

「香具山さんって、保呂草さんが好きなの？」紅子は話題を変えた。

「ええ、たぶん」

「やめた方が良いな」

「え？　どうしてです？」

「あの人……、保呂草さんね、全然、香具山さんのこと、見てないもの。私ね、どういうわけか、こういう目利きには自信がある」

「実は、僕もそう思う」練無は言った。「保呂草さんが好きなのはね……」

「うわぁ、流れ星だ！」紅子は高い声で叫び、片手を挙げる。「見た見た？　小鳥遊君、今の見た？」
練無は紅子が指さした空を見る。
星など一つも見えなかった。

第6章　退屈再び　Uninteresting Again

昨夜の嵐は自分の起こした大波に飲み込まれてしまったのだろうか。自分の罪に苛《さいな》まれる鮑《あわび》のように海深く沈んだのだろうか。湿った帆がどんな小さな風も捉え、鏡のように平らな大海原は、生命の数ほど無限の光を反射したが、海はいつだって包み込んだ過ちを二度と見せようとはしない。我々は再び希望と忘却を繰り返す退屈に満ちた「人間」の日々を送ることになった。

1

事件から三週間が過ぎた平日の昼過ぎ。

林は、無言亭のリビングで瀬在丸紅子とテーブル越しに向き合っている。二人の息子はまだ学校から帰ってきていない。かつての執事、根来機千瑛は、紅茶を並べるなり、不機嫌そうに買いものに出かけていってしまった。

勤務中だ。

林は、脱いだ上着を隣の椅子の背に掛けていた。そのポケットから煙草を取り出す。

「私にも一本いただけないかしら?」紅子が言った。

林は、箱を揺すって、彼女にそれを差し出す。ライタは重い金属製の愛用品で、いつだったか、紅子が「ヘビメライタ」と名づけたものだった。林は自分の煙草よりもさきに、火をつけたライタを差し出した。紅子が身を乗り出して、それをもらった。

「再婚なさらないの?」椅子の背にもたれて最初の煙を吐き出すと、紅子は冷たい口調できいた。

「ああ……、もう少しさきだと思う」林は煙草に火をつけてから答えた。

「例の方?」

林は長く細く煙を吐き、視線を窓の外に向ける。外は雨だった。湿度が高く、鬱陶《うっとう》しい。

「お話しになりたくないのね?」

「聞きたいのか?」

「いいえ、聞きたくありません」紅子は口をへの字にして首をふった。

「この紅茶、酷《ひど》いな」林はカップを持ち上げる。「腐ってるんじゃないか?」

「ええ、そうみたい」

「飲まない方がいい」

「飲んでないわ」

林は、足を組み直し、煙草を口へ運ぶ。

「事件の話をしよう」姿勢を正して切りだした。どちらにしても、それ以外に長続きする話題はない。「捜査本部は既に人員削減だ。今年も駄目だって言ってる奴もいる。これまでに一人ずつ三人やられた。今年は三人襲われて、一人は助かった。このままじゃ、犯人《ホシ》の六戦五勝ってことになる。とにかく、何も残っていない。最高の手際《てぎわ》だ。完全なエリートだよ」

「爆竹をしていた中学生は見つかりましたか？」

「ああ、三人ね。でも、空振りだった。拳銃の音は聞いたと言っている。それだけだね。誰も何も見ちゃいない。保呂草さんが電話ボックスに入ったんで、やばいんじゃないかと思って逃げだしたんだよ。自分たちが警察に怒られるんじゃないかって」

「それだけ？」

「それだけだ」林は溜息と一緒に煙を吐いて頷く。

「四人の被害者の関連は？」

「結びつかない。最初の高木理香が、那古野ゼミナールに通っていた、というそこまで。確かに、小田原政哉は、最近でも数学の講義をたまに担当したそうだ。講師が急な都合で来られなくなったときなんかにね。小田原静江よりは、塾生に接触していた可能性が幾分高いかもしれん」

「浅野さんとか、東尾さんも、塾の講師をしたことがあるって聞いたわ」

「ああ……」林は頷いた。小田原家の居候、浅野美雪と東尾繁の身辺に関しては、警察も念入りに調べ上げた。浅野は国立大学工学部の助手、東尾もやはり私立大学の非常勤講師をしている。「浅野は数学と理科、東尾は国語と社会だったそうだ。特に、浅野の方は、三人目の被害者の久野慶子と、僅かながら、つながりがある」

「え、どんな？」

「浅野の大学の同じ講座の助教授が、昨年、久野慶子が聴講を予約していた講習会の講師だった。助教授の名前は志儀木綿子」

「あ、私、知っています」紅子が小さく口を開ける。「志儀先生なら、二、三度お会いしたことがあるわ」

「しかし、その程度の関係ならね……、どこかで誰かとつながっている。事件に関係があるとは思えない」

「最初の小学生は、当時十一歳よね」紅子はそう言って、煙草を吸った。「ということは、今生きていれば、十四歳、つまり、小田原朋哉君の同級生かもしれない」

「そう、学年は同じだ」

「朋哉君は、当然、那古野ゼミナールの塾生だったのでしょう？」

「今はやめているらしい」林は答える。「中学生になってから、さすがに恥ずかしくなったんだろう。自分の両親が経営する塾なんだから」

「それで、静江さん、保呂草さんのところに家庭教師を頼みにいったんだわ」

「え？　その話は聞いてないな」林は身を乗り出す。「いつのこと？」

「きっと、面倒だから話してないのね」紅子は微笑む。「保呂草さんが斡旋して、小鳥遊君が一旦は引き受けたそうよ。あ、そうそう、静江さんは、そのことを旦那様には黙っていてほしいって、そう言ったんですって。あの夫婦、うまくいってなかったのは確かね」

「そんなこと、確かとはいえないな」林はそれだけ言って黙った。少し考えたかったので、また窓の外を眺める。

　相変わらず、雨が落ちる一定のノイズ。無言亭は古い木造だったので、ちょっとした雨も大雨に聞こえる。網戸の外には、すぐ近くに立つ銀杏《いちょう》の樹が見えるだけで、遠くの風景は白く霞んでいた。

「どうして、香具山さんが襲われたのかしら？」紅子はきいた。

「そう、そこだ」林は彼女に視線を戻す。「それがわからない。二人目の被害者だった井口由美が、香具山さんと同じ大学の先輩になる。だけど、彼女たち、お互いに面識があった様子はない。そもそも、あの場所に、保呂草さんと香具山さんが出向いたのは偶然だ。犯人が最初から計画していたことではない」

「でも、何かの不都合があったから、襲ったわけですよね。殺す必要はなかった。気を失えば、それで事が足りた、ということ？」

「そうなるね」林は頷いた。紅子と話をしていると、自分の考えがどんどん具体的になり、曖昧な部分が取捨選択されていくのである。だから、ここに来ているのだ。林は改めてそう思った。

「小田原さんが殺されたのも、もともとの予定になかったことじゃないかしら。何か、緊迫した不都合があったからこそ、綺麗なルールを破ってまでして、不本意な殺人を犯した。しかも、いつもとは違う方法で」

「その考え方が有力だ。だが……」林は灰皿に煙草を押しつける。「もう一つ、とんでもないアイデアがあるよ」

「当ててみましょうか？」

「ああ」

「小田原政哉さんが、連続殺人の犯人だった、という可能性です」紅子はすぐに答えた。「これまで四人を絞殺したのが、彼だったのよ」

「そうだ」林は呆れて頷いた。「かなわないな、君には」

「良かった、その可能性を警察が検討していないんじゃないかって、心配していました」

「そこまで馬鹿じゃない」

「では、アリバイも調べたのね？」頬杖をついて、紅子はまだ煙草を吸っている。

「まず、今年の事件ではアリバイは万全と見て良い」

「今回は除外して」紅子が言う。「駄目よ、あんなの、世界中の人がアリバイありだもの。完全な密室だったんですから」

「君らしくない、弱気の発言だね」

「昨年とか、一昨年は？」

「もちろん調べた」林は頷く。「去年の六月六日には、小田原政哉は、東京に出張していた」

「あ、そうだ、その日……、やっぱりパーティがあったの。彼の帰りが予定より遅くなってね、静江さん、機嫌が悪かったわ」

「東京の出張先から夕方にはこちらに戻る予定だったそうだ。それが、伊豆の地震で、新幹線が二時間遅れた」

「うんうん、そうだったわ。おまけに台風だったから、復旧が遅れて……。記録を調べたのね？」

「ああ、調べた。間違いない」

「でも、彼が電車に乗っていた証拠なんてないでしょう？」

「それはない。しかし、そのときは、まだ警察に目をつけられていたわけじゃない。一年もまえから、アリバイの用意をしておくなら、地震や台風なんて偶然に頼らなくても、もっと別の方法がありそうなものだ」

「たまたま地震と台風が来たから、それに便乗したのかもしれないわ」

「まあ、いいさ。とにかく、久野慶子が殺されたのは八時頃で、その時刻には、まだ小田原政哉は新幹線に乗っていた。したがって、彼は一連の連続殺人の犯人とはなりえない」

「と、警察は判断したのね？」

「一応……」林は頷く。

「一昨年は、どう？」

「それは無理だった。三年まえも同様」

「アリバイが実証できないのね？」

「そうだ」

「つまり、昨年のアリバイだけ？」

「そうなる」

「確固としたアリバイとはいえないのに、その判断は時期尚早じゃないかしら？　だってね、あの倉庫に落ちていたナイロンベルト、いかにも、この人が連続殺人犯ですって、言わんばかりに置いてあったような気がする。そう見えませんでした？　小田原政哉さんが連続殺人犯だということに気づいた人物が、彼を殺したんじゃないかしら？」

「少々ドリームが入っているな。どうして、そのまえに警察に知らせない？」

「ええ」紅子は頷いた。「それはね……」

「ああ、その人物が、小田原政哉の手下だったからか」

「そうです」にっこりと微笑んで紅子は首を傾げた。「貴方カッコ良いわ。まだまだ切れ味充分」

「つまり、連続殺人は複数犯で、今回は仲間割れか」

「ありえないストーリィではないでしょう?」

「いや、ありえないな」林は首を横にふる。「あんな、趣味的な殺人が複数犯だなんて、絶対にありえないよ。あれはどう考えても、個人の歪《ゆが》んだ……美学ってやつだ」

「言いきれる?」

「言いきれる」

「そうね……」紅子はテーブルを見た。そして、ゆっくりと上目遣いに視線を上げる。「貴方の言うとおりです」

「さて、もう行かなくちゃ」林は立ち上がる。「これ、ご馳走さま」顔をしかめて、彼はテーブルの上のカップを指さす。

「ええ」紅子はくすっと笑った。二人ともほとんど飲んでいなかった。

林は上着を着て、玄関に向かう。傘はドアの外に置いてあった。

「ああ、思い出した」額に片手を当てて、林は振り返る。

「キスかしら?」

「違う」林は笑えなかった。「小田原の家政婦がおかしなことを言いだしてね。えっと、酒本田季子と白木冨美子……」彼は、頭の中のリストから、まず名前を読み取った。「えっと、若い方が、酒本由季子だね。彼女、今、実家に戻っている」

「おかしなことって、何?」

「幽霊を見たって言うんだ」

「いつ、どこで?」

「あの、パーティのあった日だよ」

「六月六日ね」

「小田原静江の死体が発見されたときだ。君もそうだが、みんな書斎に入っていった。その戸口に、彼女は立っていたんだけど、そこで、自分の目の前にふっと幽霊が現れたって……」

「酒本さんがそう話したの?」

「ああ、それも、最近になってだ」林は口もとを上げる。

「え、どういうこと?」紅子はテーブルから立ち上がり、林に近づく。「酒本さんは、幽霊を書斎の中で見たの?」

「そう、あの部屋の中を男の幽霊が歩いていた、と話している」

「だって、私たち、そこにいたのよ」

「ああ、誰も幽霊に気がつかなかったって言うんだ。えっと、君とか、小田原政哉、香具山紫子、あと……」

「みんな、書斎にいたわ。浅野さん、東尾さん、それに根来もそう……。酒本さんだけが、戸口に立ったままで、中に入らなかったの」

「君たちが死体を取り囲んでいるとき、みんなの後ろを、幽霊が歩いていたそうだ」

「よして……、気持ち悪い」

「僕の作り話じゃない」

「あ、だけど、男の幽霊っておっしゃったわ」

「彼女がそう言ったんだ」

「どんな服装だったって？」

「覚えてないそうだ」林は面白そうに首をふった。「どんな靴を履いていたかも、一応きいてみたが、もちろん覚えてない」

「幽霊が、靴を？」

「一応だ」

「その幽霊は消えたの？」

「そう、知らないうちにいなくなったそうだ」

「知らないうちに？」紅子は目を丸くする。「どうして、そんなものを見ているときに、知らないうち、なんてできるわけ？」

「知らんよ、僕は」

「信じられない……」

「信じる奴はいない」

「いえ、酒本さんの性格が信じられないの」紅子は首をふる。「よくそんな大切なこと、今まで黙っていられたものだわ」

「大切？　そうかな？」

「だって、小鳥遊君も、それに、小田原長治博士も、その幽霊を見ているのよ」

2

香具山紫子は、退院して三日目に阿漕荘に戻ってきた。二日間は実家にいたのだが、すぐに退屈になって、こちらに出てきてしまった。

今、小鳥遊練無の部屋でコーヒーを淹れている。駅の近くで買ってきたケーキがあった。生憎《あいにく》、保呂草は出かけていた。

練無はクッションにあぐらをかいて座っている。テーブルの上に難しそうな本を何冊も広げていた。レポートを書いていたようだ。

「林さんとか、来ない？」キッチンから紫子はきく。

「うん、最近来ない」練無は答える。彼はジーパン姿で、髪を後で結んでいる。男の子モードだった。「なんで？」

「病院には何度か来はったもん」

「だから？」

「なんで私のとこにだけって思った」

「そりゃあさ、しこさん、殺されるところだったんだよ。犯人に接触して生きている唯一の人間なんだから」

「そうか……」カップにコーヒーを注ぎながら紫子は頷く。彼女は二つのカップを両手に持って、テーブルまで移動した。「そやけど、全然、役に立たん証人やったと思うわ」

「何か覚えてない？」

「それそれ、二百五十回くらい、それ言われたもん」

「匂いとかは？」

「匂い？　ああ、それは、ちょっと目新しいやん」紫子はカップを持ち上げる。「さすがに警察も、それはきかへんかったな」

「何か、覚えてるの？」

「全然、まったく、これっぽっちも」紫子は首をふる。「あんね、れんちゃん。私、いきなり、小田原さんの死体を見てるんよ。もう、そんな、ごっついパニックやん。信じられる？　どばって血流してるんよ。でーんて死んでるんよ。その人と二人っきりで同じところにいたんよ。頼りの保呂草さん、さっさと出ていきはるし、もう、くうぅってお腹痛くなってん」

「首を絞めた相手は男？」

「それもわからんわぁ」紫子は口を尖らせる。「だけど、女の人ってことはないんと違う？」

箱からケーキを取り出して、皿にのせる。三つのうち二つだった。もう一つは保呂草の分だったが、今食べてしまった方が、ケーキのためには良いか、と紫子は考える。

練無はレポートを諦めたらしく、それらの用具をテーブルから片づけ、代わりにケーキとカップを手前に引いた。

「僕さ、一つ考えたんだけど」カップに口をつけて彼は言った。「まだ誰にも話してなくて……」

「え、なになに……。推理？」

「うん」練無は頷いてカップを置き、腰を上げて、今までもたれていたベッドに腰掛けた。その方が話しやすいのだろうか。何かポーズをとろうとしているようだ。「つまり、連続殺人の犯人が、小田原政哉さんで、彼がすべて一人でやったんだって考えたんだけど……」

「一人で何をやったん？　じゃあ、私を襲ったのは誰？」

「それも小田原さん」練無は膝に肘を立て、両手を頬に当てる。「いい？　つまり、自殺なんだ」

「自殺はいいけど、私を襲ったのは……」

「最初、しこさんが見たときは、小田原さん、まだ死んでなかったんだよ」練無は紫子を真っ直ぐに見据えて言った。

「死んだ振りをしてたっていうの？　そんなことありえんわ。頭から血流してはったし、保呂草さんだって確認したんだから」

「違う違う」練無は首をふる。「なんていうのかな、傷のショックで一度は心拍が停止しても、何かの拍子で動きだすことがあるんだよ。それが、たまたま、起こっただけで……」

「えぇ！　ちょ、ちょっと、やめてんか、そういうの。めっちゃ弱いねんから」

「真面目な話だってば」練無は表情を変えない。「だからさ、暗闇でしこさんの首を絞めたのは、小田原政哉さんだったんだよ。大怪我をしていたのに、起き上がって、もちろん意識もほとんどなくて、朦朧《もうろう》としたまま、しこさんを襲ったの。だから、完全にはできなかった、朦朧とした意識のせいでね」

「うわぁ……、あかんわ、それ……。もう、今夜悪い夢を見る。くうぅ、絶望やん。もおう、どうしてくれるの！」

「どうして恐いの？　結局は小田原さんは死んじゃったんだよ。死体が見つかってなくて、まだどこかを歩いている、とかだったら恐いけど。正常に力尽きて、死んじゃったわけだから、恐くないよ」

「そんな朦朧とした状態で、人の首を絞めるか？」

「そう、なんとなく、惰性《だせい》だったんだね」

「もう一回、部屋の奥まで戻ったの？　私、見てないけど、小田原さん、奥の方に倒れてはったんやろ？」

「そう……、なんとなく、惰性で戻ったんだよ」

「ピストルは？　自殺したんなら、ピストルがあるはずやん。まさか、朦朧としたまま、なんとなく惰性でピストルを遠くまで投げ捨てたん？」

「ふふふ」

「警察かて、あの近辺は探したと思うけど」

「そこなんだなあ」練無は指を立てる。「そこが考えどころなんだ」

「うわ、君、さらに考えたん？」

「デルタだよ」練無はそう言うと、顎を少し上げて自慢そうな顔をした。「猫のデルタが、ピストルを運んだんだ」

「まっさかぁ」紫子はすぐに言った。「猫が持っていったって、警察が見つけるわぁ」

「だから、ずっと遠くまで持っていったの」練無は断定するように語尾を強調する。「それに、たまたま拾った人が隠し持っている可能性だってある」

「なんで？　猫がピストルなんか持っていってどうするん？」

「そんなこと知らないよ」練無は少し向きになる。「いいじゃない、そんなこと、どうでも。とにかくさ、これで不思議の説明が全部つくんだから。倉庫を誰も出入りしていないのに、しこさんが襲われたっていう不思議が一挙解決だもん」

「蛍光灯のスイッチは？　あれも朦朧とした小田原さんが、私に見つからないうちに、消したっていうん？」

「うん、そう、惰性……かな」

「変やん、そんなの。そんなゾンビみたいな人が、なんで抜き足差し足で、電気まで消さなあかんの？」

「うーん」練無は唸った。「まあ、少しは、変かもしれないけどさ」

「私、ようは知らんけど、ピストルってけっこう重いんと違う？　そんな、猫がくわえて持っていけるもんなん？」

「そうか……。うん、もういいや。やめたやめた。いただきまーす」練無はベッドから降り、再びクッションに腰を下ろしてケーキを食べ始める。

紫子も黙って自分のケーキを食べた。

練無が話したストーリィを頭の中で思い描いたが、やはり不自然だ。あの状況が、どうしたら現実的な認識になるだろう。自分の恐怖の体験が半分は夢だったのではないか、とまだ疑っている紫子であった。

3

廊下からノックの音が聞こえた。

「あれ、しこさんのとこじゃない？」練無がフォークを片手に言う。

香具山紫子は立ち上がって、ドアまで行き、廊下を覗いた。向かい側の自分の部屋の前に、若い女性が立っている。化粧品のセールスウーマンだろう、と一瞬思ったが、彼女がこちらを振り向いて、そうでないことがわかった。

「わあ、こんにちは」紫子は頭を下げる。

大学のクラブの大先輩、早川奈緒実《はやかわなおみ》だった。

「あれぇ、香具ちゃん、部屋こっちだったっけ？」

「あ、いえ、そっちが私の部屋ですけど、今、ちょっと、こちらの友達のとこで……」

「あ、別に長居はできないの、仕事の途中だから」奈緒実は微笑んだ。確かに、大学生時代の彼女とは程遠い、ビジネスライクなファッションだった。化粧も青年の主張的に決っている。

「あ、どうぞどうぞ、ちょうどいいわ。ケーキが一つあるんですよ。コーヒーとケーキ」

「こっちの部屋は……」奈緒実は表札を見る。「小鳥遊さん？」

「あ、ええ、私の子分みたいな奴でして」

「もしかして、男の人？」

「あ、ええ、半分くらい」

紫子に勧められて、早川奈緒実は遠慮がちに練無の部屋の中に入った。

「こんにちは、香具山さんの子分で、半分男の小鳥遊といいます」練無は立ち上がって頭を下げた。

「すみません」奈緒実は笑いながら頭を下げたが、紫子の方を見て囁いた。「香具ちゃん、やっぱ、悪いわ」

「私の部屋なんか、とても入れたもんじゃないんですよ。だから、絶対こっちの方が綺麗やと思います。保証します」

「香具ちゃん、怪我したんでしょう？　村マサから聞いたんだ。電話しても通じないし、先週も一度、ここへ来たんだけど、いなかったから……」

「村マサっていう人がいるの？」練無が小声できく。「もしかして刀職人？」

「私、今日戻ったところなんですよ。もう躰は大丈夫です」紫子は、練無を無視して答える。「あ、今、コーヒー出します」紫子は立ち上がり、キッチンへ行く。「れんちゃん、ケーキ出して」

「香具山さんの先輩ですか？」練無は箱からケーキを取り出しながらきいた。

「はい、クラブの先輩です。早川といいます。ごめんなさい、本当に突然お邪魔してしまって……。すぐ帰りますから」

「いいえ、どうぞ、ごゆっくり」練無は微笑む。「良かったですね。香具山さんの部屋は入れたもんじゃありませんから。彼女、部屋でトカゲを飼ってるんですよ。体長一メートルくらいあって……」

「嘘ですよ」紫子がキッチンから言った。

「本当は鰐《わに》の赤ちゃん」練無が微笑む。

「私、この向かい側の、今の香具山さんの部屋にいたんですよ。このアパートに住んでいたの。懐かしいわぁ」奈緒実は部屋を見回して言った。「ねえ、二階は女子が少ないんじゃない？」

「今は、私一人になっちゃったんですよう」紫子が答える。

「私が卒業したとき、香具山さんが入学してきたんだから、全然、それまで知らなかったのに、あとで聞いたら、同じ部屋だったの。もう、すっごい偶然でしょう？　まあ、大学の学生係が斡旋したんでしょうけど」

「香具山さんって……、クラブ、何してるんです？」練無がきく。「あ、わかった、応援団？　長刀《なぎなた》？　それとも、レスリング？」

「茶道部です」早川奈緒実が答えた。

「サドーブ？　ていうと……、スウェーデンの戦闘機」

「それはサーブ」キッチンから紫子が低い声で言う。「誰がつっこめる思うてるの？　そんなマイナ」

「よく知ってるなあ、しこさん」練無は呟いた。

「君、お正月にプラモデル作ってたやん」紫子が答える。

「しこさんが、茶道部とはね、超弩級《ちょうどきゅう》の青天の霹靂《へきれき》」

「私、もう卒業して二年になるんですけど、毎年二回は茶会で会うから、彼女と知り合ったのも、卒業してからなんですよ。あの、小鳥遊さんは、香具山さんとは、もう長いんですか？」奈緒実はにこにこしながらきいた。

「長いって、何がですか？」

「おつき合い」

「うわ、とんでもない」練無は首をふった。「あ、あの、そんなストイックな関係じゃありません、僕たち」

「れんちゃん、それ、使い方間違ごうてる」紫子が言う。「逆やん、それじゃあ」

「洒落《しゃれ》ですか？」奈緒実が笑う。

「奈緒実先輩、違うんです」紫子は、コーヒーのカップをトレイにのせて戻ってきた。「どうぞ、お粗末ですが……。特に安物のこのカップ、不躾《ぶしつけ》ですがご勘弁下さい」

「ちょっと……」練無が横から言う。「勝手に人の部屋で……」

「ご丁寧にありがとう」二人を交互に見て、奈緒実が頭を下げる。「でも、凄い仲が良さそうだわ」

「先輩、よく観察して下さい、こいつ」紫子は腕を真っ直ぐに伸ばし、練無の鼻先を指さす。「見てわかりませんでしたか？　ちょっと、普通の男と違うでしょう？　私、奥床《おくゆか》しいから、こういうことはっきり言えませんけれど……。あ、ほらほら、あれあれ」

今度は、窓際にぶら下がっているワンピースを紫子は指さす。

「え？」奈緒実は、フリルのワンピースを三秒間眺めてから、じわっと練無に視線を移す。

「ああ……、じゃあ、半分って……、そういう意味？」

しばらく日本海溝のような沈黙があった。

早川奈緒実はケーキを食べ、コーヒーを飲む。

「で、結局、怪我は大丈夫だったのね？」奈緒実は、ようやく話題を見つけた、といった表情で紫子の方に躰を向ける。「今週の週刊誌に書いてあったこと、あれ本当なの？」

「え、週刊誌？　あの、どんな？」

「なんか、四年連続で殺人事件が起こっているとかいう。香具ちゃんが襲われたのも、その連続殺人事件の関係なんでしょう？」

「そんなこと、週刊誌に載っていたんですか?」紫子は高い声を出す。「うわ、そんな知らんわぁ。だって、それって、警察も内緒にしているはずやったんじゃあ……」

「うん、少なくとも新聞には報道されていない」練無が言う。

「出版社に、犯人と名乗る男から直接電話があったんですって」奈緒実が説明した。「それで、採り上げられたのよ。そこの雑誌だけだもの、載っているの。スクープだって、大騒ぎ」

「どんな内容なんですか?」練無がきいた。

「えっと、六月六日とか、七月七日に毎年人を殺してるんでしょう? それも、殺された人の年齢が十一、二十二、三十三、四十四って……。私、本当かなって思ったけど……」

「あ、それ、ええ……」紫子が躰を揺すった。「どうしよう? れんちゃん、これ、言っちゃっていいのかなあ?」

「もう言ってるのと同じだよ、それ」練無が頷く。

「それ、本当なんですよ」紫子は、奈緒実に向き直って頷いた。「そのとおり、もう四人も殺されているんです、同じ犯人に。私が襲われたのも、たぶん、その犯人だって警察は言ってます」

「やっぱり、そうなんだ。私、びっくりして……」奈緒実は深刻な表情で頷いた。「だってね……、実は、井口由美さんっていう私の友達も、そうだったから……」

「え？」練無が声を上げる。「井口さん？」

「そう、二年まえに亡くなったの。私と同じ講座の子で、通り魔に襲われたんですよ」

「通り魔？」紫子がきき返す。

「そのときは……、そう」奈緒実は頷いた。「だって、何も理由がないし、思い当たることも全然なかったんだよ。とっても大人しい子だったし……。でも、あれが、そんな連続殺人だったなんて、初めて聞いたから、もう本当にびっくり」

4

保呂草潤平は、仕事中である。桜鳴六画邸の事件とはまったく関係のない仕事、しかし、珍しく探偵らしい仕事だった。

広角と望遠のカメラ二台を持って、ある人物を一日中追い回す、という不健全な仕事（といって、仕事の大半は不健全だが）であった。追跡対象になっている相手は、四十代後半の男性で、午後、自分の会社に出勤してきた。たぶん、忙しくなるのは日が暮れてからだ。現在は、同じビルの一階にあるラウンジの入口に一番近い席で、週刊誌を読みながら監視をしている。もっとも、出てくるときには、相手は立体駐車場から車を出すことになるので、保呂草には、路上駐車の自分の車に飛び乗る時間的余裕が充分にあるものと予想していた。いつでも店を出ていけるように、コーヒー代も既にテーブルの上に用意してある。

　週刊誌に掲載されている「ゾロ目連続殺人の怪」という見開き二ページの記事を、保呂草はもう三回も読み返した。「この記事を書くことになったきっかけは、一本の謎の電話からだった。彼もしくは彼女が何者なのかわからない。単に過去の殺人事件の新聞記事をつなぎ合わせ、空想を膨らませているだけのマニアなのか、それとも、本当にそのすべてを実行した殺人鬼なのか……」という文章が太字になっていた。

　また、ロビィに目をやって確かめる。尾行中なので、誌面に集中するわけにはいかない。彼は吸っていた煙草を灰皿に押しつけ、席を立った。レジのそばに緑色の電話がある。その前に立って、手帳を広げてから、コインを入れる。番号を押して、しばらく待った。

「あ、あの……、福島《ふくしま》さんをお願いしたいんです」保呂草は相手が出るなり言った。「那古野の保呂草といいます」

　受話器を耳に当てたまま、ロビィを見ながら待つ。

「はい、お電話代わりました、福島です」知った声だった。

「もしもし、保呂草だけど」

「へえ、珍しいな……。何年ぶり？」

「さあ、二年ぶり、いや三年かな」保呂草は言う。

「なにい？　どうした？」

「今週の週刊キリンの記事を読んだんだけど、えっと、那古野で起こっている連続殺人の記事ね。あれを書いた星山《ほしやま》っていう人に、話を聞きたいんだ。できるかな？」

「俺だよ。その星山っていうのが、おれのペンネームなの。他にもあるよ。大勢、書き手がいるみたいに見せてるんだ」

「うわ、そう……」保呂草は声を上げる。「いやぁ、そりゃ好都合。あのさ、電話を受けたっていうのは本当なのかい？　その犯人って奴から……」

「おお、そうよ。俺が直接受けた」福島が言う。「すげえだろ。スクープだよ、スクープ。なんたって、うちだけだよ。来週には全部の雑誌が取り上げるかもな」

「電話してきたの、どんな奴だった？」

「ああ、それがさ、何ていうの、声を変える機械があるのかな。それとも、何か吸ったりするのかな、とにかく、全然普通の声じゃないんだ。警察から、何度も何度もきかれたけど、まあ、どっちかといえば、男かなっていうくらい」

「どんな話だったの？」

「いや、一方的に向こうがしゃべった、というか、たぶん、録音テープだったね。二分くらい、しゃべりっぱなしで。重要な情報を話すから、よく聞けって。俺もう、メモしっぱなし。とにかく、何月何日にどこで誰が殺された、何月何日にどこで誰が殺されたって、繰り返したんだ。そいつを全部自分がやったたって言ったね。だけどさ、新聞に書いてあること以外、具体的なことは何も言ってない。そこんところが、ちょっとな、どっちかなって感じだよ。まあ、警察も本気にはしてないかもな」

「警察がそう言ったの？」

「いや、そこまでは」

「福島は、どう思う？」

「フィフティ・フィフティだね」笑いながら福島は言う。「なんで？　お前、この事件となんか絡《から》んでるんか？」

「ああ、絡んでいるような、いないような……」保呂草は淡々と答える。「まあ、依頼主のことは言えないから」

「依頼主？」

「そこまで。駄目だよ。ノーコメント」

「なんか、面白いネタないか？　この事件の関係で、再来週はどーんと六ページいくつもりなんだけど」

「うーん、また、そのうち」保呂草は言う。「ありがとう。また電話する。今、ちょっと張り込み中なんで」

「張り込み中？　バックに音楽かかってないか？」

「うん、喫茶店で張り込み中なんだ」

「優雅だなあ、探偵って」福島は笑う。「あいよ。またな」

受話器を置いた。

ロビィに変化はない。保呂草は、腕時計を確認してから、煙草に火をつけ、テーブルに戻った。

窓の外は雨が降りそうな雲行きだった。表通りのガードレールに寄せて駐まっている自分のビートルを見る。黄色のランプを点滅させていたので、バッテリィが心配だった。

5

早川奈緒実は、ケーキを食べコーヒーを飲んで、帰っていった。練無はキッチンで三人分のカップを洗っている。

「君はホントまめやの」紫子が言った。彼女は、練無のベッドに腰掛けて脚を組んでいる。頭の後ろに両手を回し、少し疲れた表情で首を左右に曲げていた。「使ったら、そうやってすぐ片づけんと、気済まん質《たち》なん？」

「しこさん、大丈夫？」練無はタオルで手を拭いて戻ってくる。「ちょっと疲れてない？」

「うん、突然、先輩が来たから、ちょい緊張したんよ」

「ベッドで横になって休んでもいいよ」

「言うか？　女の子に」紫子が笑う。

「でもさ、凄い話を聞いちゃったね」練無はクッションに座りながら言った。「紅子さんとこに話しにいこうかな」

「あ、うん」紫子も身を乗り出す。「私も、紅子さんに久しぶりに会いたい」

「大丈夫？　休んだ方が良いよ」

「平気」

凄い話というのは、もちろん、週刊誌に連続殺人の記事が載っている、という早川奈緒実から聞いた情報のことである。さらにもう一つ、奈緒実が帰り際に漏らした内容が、二人にはとても重要に思えた。それは、奈緒実の友達だったという井口由美のちょっとしたエピソードだった。

井口由美は、父親の勤務先の関係で、小学校の六年間をカナダで過ごしたため、英語がネーティヴに近い。その関係で、一度、那古野ゼミナールの夏休み講座でバイトをしたことがある、というのである。小学生向けの英会話の講座だったらしい。早川奈緒実は他の科目を受け持ったので、それを覚えていた。こういった、塾の講師のバイトは、非公式である。塾側も一大学生がバイトで講師をしていることを公表したくない。したがって、記録が残らないことが多いという。

この事実は、今まで無関係だった二人目の被害者、井口由美を、小田原政哉や小田原静江に結びつける。最初の被害者、高木理香も那古野ゼミナールの塾生だった。また、三人目の被害者である久野慶子は、志儀木綿子の講習会の予約をしていた。その志儀助教授の助手が浅野美雪という細いリンクで、小田原家と一応つながっている。これらは、紅子から練無が仕入れてきた情報だった。

「週刊誌も買っていかな」紫子が立ち上がった。

「紅子さん、いるかなあ？」練無は時計を見る。夕方の五時である。

「この時間なら、絶対いる」紫子は頷いた。

電話が鳴る。

「はい、小鳥遊です」練無が受話器を取った。

「あ、保呂草だけど……」公衆電話のブザーが鳴ってから、保呂草の声が聞こえた。「あのさ、悪いけど、ネルソンを連れ出してやってほしいんだ。今夜は帰れそうにないから。鍵はいつものところだから。お礼は今度する。じゃあ、頼んだよ」

「あ、保呂草さん、待って」練無は引き止める。「週刊誌に、事件の記事が載っているらしいんですよ。えっと……」

「ああ、それならもう買って読んだよ。ついさっき、出版社にも電話して確かめた」

「うわ、さっすが速攻」

「それがなんと、驚いたよ。僕の知り合いだったんだ、その記事を書いた奴がさ。あ、ちょっと、ごめん、またあとで詳しく話す。もう、切るよ」

電話が切れた。

「保呂草さん？」紫子がきく。「いつ帰ってくるって？」

「今夜は帰らないって」

「ああ、なんだあ」紫子が残念そうな顔をした。「また、浮気調査かなんか？」

「さあ……」

二人は廊下に出て、保呂草の部屋の鍵を開ける。鍵はいつもドアの上に置いてあった。これ以上に見つかりやすいところはない、という、誰もが思いつく一般的で平均的で常識的でありふれたスペシャルな隠し場所である。おそらく相手の裏をかこうという戦法に違いなかった。

部屋の中で寝ていたネルソンを起こし、彼を連れて外へ出る。ネルソンはリードをつながなかったが、二人についてきた。

二人と一匹は、桜鳴六画邸へ向かう。

近頃では、正門の付近にもパトカーが駐まっていることは珍しくなった。もちろん、パトカーではない警察関係の車が、敷地内の駐車場まで入っていたのかもしれないが、少なくとも外見上、桜鳴六画邸あるいは小田原家は平常に戻りつつある。両親を失った高校生と中学生の子供たちがどうしているのか、練無は知らなかった。生活のフィズィカルな面だけならば、祖父、小田原長治が健在だし、家政婦もいるのだから、不自由はないかもしれない。

不自由？

よくわからない言葉だな、と練無は思った。

「ね、どうして、不自由っていうのかな？」歩きながら練無はきいた。

「何ゆうてんの、君」紫子がこちらを向いて目を細める。

「どうして、非自由じゃないいんだろう」練無は考えながら、言った。「名詞なら、不、じゃなくて、非、がつくはずでしょう？　自由って、最初は動詞だったのかな」

「どうでもいいことを」紫子が鼻息をもらす。「よくそういう、どうでもええことを思いつくなぁ」

「不思議だと思わない？」

「うーん。ま、私の解釈としては……」紫子が微笑む。「きっと、昔の日本にはなかった言葉なんよ、自由って。だから、使い方がようわからんうちに、広まってしもうたん」

桜鳴六画邸の敷地内を歩いたが、誰にも会わなかった。

無言亭が見えてくる。

玄関先で根来機千瑛が洗濯ものを片づけていた。二人は頭を下げて挨拶した。

「やあ、香具山さん、もう大丈夫のようだね」根来がにこにこしながら言う。「ちょっとふっくらして、顔色も良くなったよ」

「それ、太ったってことですか?」口を尖らせて紫子が言う。

「いやいや」根来は笑った。「小鳥遊君、毎日ちゃんと走っているかね?」

「はい、先生」練無は頷く。

「根来さん、私の質問、はぐらかしてません?」

「いやいや……」根来はまた笑う。

「紅子さん、いますか?」練無は窓の方を見てきいた。

「お嬢様なら、お部屋でただ今、ご研究中だ。お忙しいんじゃないかな」

「いいぞ! 入ってこい!」という声が建物の中から聞こえた。紅子の声だ。

根来は洗濯ものを抱えたまま、首を竦める。

練無と紫子は、既に座り込んでいるネルソンをそこに残して、玄関から入った。リビングでは、紅子の息子が何かを食べながら本を読んでいた。

「へっ君、こんにちは」紫子が近づく。「君、何読んでるの?」

彼が食べているものは、コーンフレークのようだ。皿にミルクが残り、スプーンが沈んでいる。へっ君は、読んでいた本を持ち上げて、紫子に表紙を見せた。

「プリンキピア?」紫子がゆっくりと発音する。

「へえ、ニュートンだ」練無が後ろから言った。

「天才やな、この子」紫子が躰をのけ反らせる。

ドアが開いて、瀬在丸紅子が顔を出した。

「おう！　君たち……、来たか来たか」紅子は薄汚れた白衣を着て、頭の上に丸いレンズのサングラスがのっていた。

「こんにちは」練無は頭を下げて挨拶し、紅子の部屋を覗きながら言った。「あの、そっちは、紅子さんの仕事部屋？　研究中って、何の研究なの？」

「入りたまえ、ボーイ・アンド・ガール」ドアをさらに開けて、紅子は二人を招き入れる。

練無も紫子も、初めて入る部屋だった。

いつも、この部屋から紅子は出てくる。寝間着のままのことも多い。書斎兼寝室なのだろう、と想像していたが、今、一歩足を踏み入れて、予想外のその光景に二人は呆然となった。

広さは隣のリビングよりも広い。奥行きがあった。しかし、窓は南側の一つだけだ。

室内は異様に暗い。

そこは、一言で表現するなら、実験室か工場だった。

部屋の中央には三つの木製の机が等間隔に並んでいて、その表面は、すべてさまざまな物体で覆い隠されている。それが何なのか、固有名詞を用いて具体的に説明できないが、一言で表現すれば、機械だ。メータ、ライト、ダイヤル、銅線、基板、真空管、トランス、アルミシャーシ、コイル、無数のスイッチ。天井からは何十本というコードが垂れ下がっている。色とりどりで、真っ直ぐのものも、スパイラルになっているものもあった。奥の机には、むき出しの小型のブラウン管が二つ並んでいて、そのすぐ上では、ガラス管の中でオレンジの放電光が揺れている。キーボードもある。スピーカも大小そろっている。煙草の煙が、熱帯の小島にかかる雲みたいにうっすらと漂っている。

戸口に立つ白衣の瀬在丸紅子は、片手にラジオペンチを持っていた。

ドアがある側の壁は一面の本棚。途中にスライドする短い梯子がある。よく見ると、書籍のほとんどは背表紙が日本語ではない。その本棚の上部にも、作りかけなのか、あるいは分解されたあとなのか、機械類がぎっしりと石垣のように積まれていた。

しかし、最も異質な部分は、ドアから一番遠い一角にあったベッドだろう。それは、アラビアン・ナイトにでも出てきそうな、屋根のついた凝《こ》った代物で、透き通る薄い布のカーテンが、周囲に垂れ下がっている。部屋にある他のすべての物体と、このベッド一つが、ちょうど天秤《てんびん》で釣り合うほどの存在感だった。そのコーナだけが、タイムスリップで出現したかのように、まさに異次元の空間なのだ。

「そこに椅子がある」紅子はラジオペンチを白衣のポケットに仕舞ってから指をさす。安ものの丸い椅子が窓際に二つ置かれていた。「紫子さん、お久しぶり。良かった、元気そうじゃない」

「あの、何してはるんですか、ここで」紫子は立ったまま、呆然とした表情で尋ね、唾を飲み込んだ。「紅子さんって、いったい、何者なんです?」

「僕も、同じ疑問を持ちました」練無が片手を広げてつけ加える。「これって、ただのガラクタじゃないよね?」

「機千瑛!」窓に向かって紅子が叫ぶ。「コーヒー出して」

「承知いたしました」外から根来の声が応える。

「そうか、二人ともここ初めてだった?」

二人は無言で頷く。部屋の中には見るものが多過ぎて、既に練無の視覚は八割がた使命を放棄していた。

「うん、まあ、ちょっと研究っていうか……」紅子が微笑みながら答える。

「何の、研究なんですか?」練無は椅子に腰掛けてきく。

「いや、研究なんて、たいそうなものじゃないか」紅子は笑った。「ちょっと、趣味で……、いろいろ試してみたりしているだけだよ。うーん、エクスペリメンタルなホビィなの」

「何かを作ってはるんですか?」紫子もまだ視点が定まらない様子だ。

「そう、お金がないから、全部自作」紅子は木製の机の上に腰を掛け、肩を竦《すく》めた。「ハードでは、最近は、そうね……、記憶媒体に凝ってて、高速アクセス・メモリとか、D／Aコンバータにちょっと浮気してて、通信系でも、デジタル変調や、マイクロ波関係の同調システムも多少やっているわ。だけど、時代はソフトだからなあ。そうね、ソフトの一押しは、波形認識ってところかな。まだ幼稚で使いものにならないけれど、あと十年もすれば、音にも光にも電波にも、おそらく同じシステムが世界中で使われるでしょう。うん、ちょっとしたアイデアがあってね……。ああ、でも、まあいいや」

「あの、ようするに、いったい何なんですか?」紫子が眉を顰《ひそ》めて尋ねる。

「やめましょう、話は専門的になるだけ。泥沼よ」紅子がにっこりと笑う。「あ、ハンダ鏝《ごて》切らなくちゃ」

紅子は奥の机に行き、スイッチを幾つか操作し、頭の上のサングラスも置いて戻ってきた。

「今は、レーザ関係の計測器を作っているの」紅子は言った。

「レーザ?」紫子が言葉を繰り返す。彼女は練無を見た。

練無はぶるぶると首をふってから、紫子に顔を近づけ、「干し葡萄《ほぶどう》じゃないよ」と囁いた。

紫子が無言で睨み返す。

ドアがノックされ、根来がトレィにコーヒーカップを三つのせて入ってきた。

「おや、やけに早いな」紅子が言う。「いつ淹れたコーヒーなの?」

「たまたま、タイミング良く」根来はそれだけ答え、紫子たちの前の小さなテーブルにトレィごと置き、頭を下げて、そそくさと引き返していった。

「さってと……」紅子は、本棚の近くにあった椅子を引きずってきて、練無たちの近くに腰掛ける。「えっと、用件は？」

瀬在丸紅子は白衣のポケットから煙草を出す。後ろを振り向き、デスクに手を伸ばしてライタを取った。小さな炎が彼女の白い顔を照らし、その形の良い唇から煙が細く吹き出すまで、練無も紫子も、見蕩《みと》れていた。

「なあに？」紅子は顔を傾けた。「事件のこと？　その顔からすると、何か進展があったのね？」

6

保呂草潤平は、男を尾行している。つまり、仕事中だった。会社を出た相手の人物は、自分の車で郊外へ向かって移動中だ。どうも、このまま自宅へ帰るような雲行きである。ようするに、こうして一日が平穏に、しかし、保呂草にとっては無駄骨に終わろうとしている。信号待ちになったとき、ふと、斜め左前方に停まっているタクシーに目をやって、彼は驚いた。二人の男女の横顔が見えたのだ。

保呂草はさっと顔を下に向けて、できるだけシートに深く座り直した。もう一度そちらを覗き見る。間違いなかった。

一人は東尾繁だ。桜鳴六画邸に居候している自称哲学者。そして、もう一人は小田原理沙、小田原政哉の娘である。

その二人がタクシーの後部座席に乗っている。

交差点の近くのパチンコ屋の豪勢な照明のおかげで、車内の二人がよく見えた。

信号が青に変わる。

前を走るセダンはみるみる加速して離れていく。

どうしようか、一瞬迷う。

だが、保呂草の右足はアクセルを踏み込まなかった。彼は軽く舌を鳴らしてから、フェンダミラーを見て、左の車線に移った。

「ま、いいさ」独り言を呟く。

どうせ、奴は、このまま帰宅するのに違いない。今夜はここまでだ。

彼の車は、問題のタクシーの二台後ろにつく。

次の交差点でタクシーは左折した。

保呂草のビートルもゆっくりとそこを曲がる。一車線の道だった。タクシーのすぐ後ろになったので、車間を三十メートルほど離す。

既に市外である。大学が幾つかこの近辺に移転して、道路が整備され、商店もできた。新しい地域だ。地下鉄が延長されてできたターミナル駅も近い。今走っているのは、新興の住宅地を抜ける道だった。

タクシーはやがて停まる。保呂草は、行き過ぎて、細い道で左折して停めた。すぐにライトを消す。夜だからできた芸当である。昼間なら、こんな目立つ車では危険だ。そもそも、車好きなら、空冷エンジンの音だけでばれてしまうだろう。

保呂草は、車内で躰を捻り、タクシーの方を窺った。

道路の反対側にあるストアのライトで、辺りは比較的明るい。タクシーが停まっているのは、二階建てのアパートの前だった。この建物も真新しい感じで、駐車場には数台の車が見えたが、どれも若者のものらしい車種である。

ようやく、二人が降りてきた。さきに小田原理沙、そして、東尾繁の順だった。理沙はセーラ服だ。東尾はアパートの方へ歩きだし、理沙がその後ろについていく。二人が階段を上がる靴音が小さく響くのが聞こえた。

女子高生が中年の男と二人だけでタクシーに乗ってやってくる。状況も、場所も、時刻も、一般的とはいえないだろう。

そう思って、保呂草は溜息をもらす。

一般的？

おかしな言葉だ。

平均的？　日常的？　健康的？　道徳的？

まあ、何でもいい。

おそらく、港で船をつなぎ止めておく、あのロープのようなものだ。航海中はまったく不要なのに、故郷に戻ってきたときは、それがないと流される。

保呂草は車から降りた。

時計を見る。

八時半。

東尾が非常勤講師をしている私立大学を、保呂草は思い出す。そう、この近くだった。ということは、アパートは、彼が借りているものなのか。

二階で照明がつき、クーラのモータが回りだす音が鳴った。

保呂草はゆっくりと歩く。

駐車場を横切り、アパートの階段の下まで来る。そこにステンレス製のポストが並んでいた。部屋は全部で八つある。二階の四号室に、「東尾」の名前を見つける。

保呂草は胸ポケットから煙草を取り出し、ライタを手で覆って火をつけた。

(さて、どうするか……)

立ち入った秘密を偶然にも目撃してしまった。

いや、偶然なのは最初だけで、後をつけてきたことは故意である。確かめたい、と思ったから来たのだが、確かめて、どうなるものでもない。それならば、どうして、仕事を途中でほっぽり出してまで、こんなところへ来たのか。

煙を吐き出したとき、空腹に気づく。

道路の向かいにあるストアで何か買って食べよう、と思って歩きだそうとしたとき、その店の前に立って、こちらを見ている男がいることに気がついた。保呂草は暗闇に身を隠す。

ほっそりとした少年だ。

明るかったので、すぐにわかった。

小田原朋哉である。

向こうはこちらに気づいただろうか、と咄嗟《とっさ》に考える。保呂草は煙草を吸っている。だが、こちらはそれほど明るくはない。距離はかなりある。相手の視力はどの程度だろう。そもそも、彼はどこを見ているのか。

第一、小田原朋哉は、自分のことを知らないのではないか、と保呂草は思い至った。保呂草は彼のことを知っていたが、向こうはこちらを知らないだろう。

保呂草は自然な素振りで出ていった。横目で少年の方を見たが、顔を決してそちらへ向けない。歩道を信号のある交差点まで歩き、青信号を待って横断歩道を渡った。

案の定、小田原朋哉は保呂草の方を見ていなかった。彼は一心に向かいのアパートを見つめている。そう、視線は、僅かに上を向いている。二階の窓に向けられているのだ。

保呂草は、わざと朋哉のすぐ近くを歩き、彼を観察しながら、店先の灰皿で煙草を揉み消した。自然な動作で、ストアの中に入る。雑誌のコーナで本を広げ、立ち読みをする振りをして、ガラス越しに朋哉の後ろ姿を見張った。

道路のこちらから見ると、アパートの窓から室内の一部が見えた。さきほど照明がついたばかりの東尾繁の部屋だ。二階で明るいのは、その一室だけだった。人影は見えない。

雑誌を一冊、それに缶ジュースとサンドイッチをレジまで運び、金を払った。その間も、保呂草は店の外に立っている少年から目を離さなかった。

袋を持って外に出る。途中までは来た道を戻り、今度は、道路脇に寄せて駐めてあったビートルまで歩いた。

店の前の少年はまだ立っていた。自分のいる場所が充分に暗くなったところで、振り返る。この位置からはアパートの窓は見えない。保呂草は、サンドイッチの封を破り、それにかぶりつく。ジュースを開けて飲む。車の屋根の上に、缶を置き、煙草に火をつけた。

少々自分自身に呆れている。

何のためにこんな無駄な時間を過ごしているのだろう。

金にならない。ためにならない。面白くもない。という「3ない」のパターンだ。

煙草をゆっくりと味わい、サンドイッチも食べてしまったら、ここを立ち去ろう、と心に決めたとき、否、決めようとしたとき、道路の反対側にいた少年が走りだした。

道路を横断し、彼はこちら側へやってくる。

アパートの方に近づく。

すぐに、小田原朋哉の姿は見えなくなった。

保呂草は残りのサンドイッチを口の中に放り込む。二、三歩進んでから引き返し、ビートルの屋根の上に立っていた缶ジュースを摑む。それを飲みながら、アパートの方へ歩いた。口の中でサンドイッチとジュースがミックスされ、流動食となり、喉を通る。ジュースを飲み干した。

煙草の最後の一吸い。それを消す。

結局、煙草が一番美味《うま》い。

小田原朋哉の姿は見えなかった。

階段を上がったのだろうか。

保呂草は、二階の窓を見る。異状はない。

階段の下まで来たとき、ドアの閉まる音が聞こえた。

つづけて、男の喚き声。

女の悲鳴。

何かが倒れる大きなもの音。

保呂草は、階段を二段飛ばしで駆け上がった。

二階の通路でも、彼の足音が響く。

二〇四号室の玄関の扉が、僅かに開いていた。

「やめて！」という女の高い声。

その扉を開けて、中を覗く。

玄関には、男性と女性の靴が一足ずつ。明るい部屋はさらに奥で、途中にもう一枚、開いたままのドアがある。

「こんばんは……」大声でそう言いながら、保呂草は土足のまま中に入った。

明るい部屋はリビングルームだ。

テーブルが手前にあり、その横に小田原朋哉が立っている。奥には、絨毯が敷かれた一角に小さなソファ。そこに東尾繁が座っていた。右手にもう一部屋ある。その部屋との境目に、小田原理沙がいた。

三人とも保呂草を見た。

「あ、突然、すみません」保呂草は悠長な口調で言った。「保呂草です。どうも、こんばんは」

東尾繁は凍りついたような表情で、中腰になる。

小田原理沙は、両手を口に当てたまま目を見開いている。

振り向いた小田原朋哉は、両手でナイフを握っていた。

「それ、仕舞いなさい」保呂草は距離一メートルのところにいる朋哉に言う。「よこせと言っているんじゃない。君のポケットに仕舞いなってことだ」

「邪魔するな」震えた声で朋哉が口をきいた。「か、帰れ」

保呂草は片手に持っていたジュースの缶を軽く投げる。山なりに飛び、朋哉の目の前にそれが行く。朋哉はナイフを持った右手でそれを避けた。保呂草は頭を後に下げ、躰を半分捻《ひね》って、右足を朋哉の胸に突き当てる。少年は弾け飛んだ。

もの凄い音。

缶が飛び、人が倒れる。

小田原朋哉は、窓際まで飛ばされた。

理沙の目の前を通り、保呂草は突進する。

ナイフを持った朋哉の右手首を保呂草の左手が掴み、躰で彼の左腕を押さえる。保呂草の右手は、朋哉の顎を捉えた。

「ナイフを離しな」低い声で保呂草は言う。

朋哉は痙攣《けいれん》するように何度も動こうとした。体重を預け、保呂草は関節に少し力を入れた。

ナイフが床に落ちる。

「い、痛い！」朋哉が呻《うめ》く。

保呂草は左手を離し、ナイフを拾った。そして、すべての拘束をゆっくりと解く。彼は朋哉から離れ、後ろに二歩、下がった。

小田原朋哉は倒れたまま、顔を腕で覆い、泣きだした。

「保呂草さん、どうして、ここへ?」ソファから立ち上がった東尾繁がきいた。笑いたいのか、泣きたいのか、それとも怒りたいのか、判然としない複雑な表情だった。

保呂草は、床に転がっていた自分の缶ジュースを拾い、部屋の隅にあったごみ箱に投げ入れる。

小田原理沙が、一度隣の部屋の奥へ引っ込み、鞄を手に持って現れた。彼女は保呂草を一瞥し、彼の横を通り抜けた。玄関まで行き、靴を履き始める。

「帰るんですか?」保呂草はきいた。

理沙は立ち上った。顔を上げ、保呂草を見る。彼女は無言で頷いた。

「あんたの弟だろう?」保呂草は言う。「一緒に帰ったら?」

理沙は一人で出ていった。

玄関のドアは開いたままだ。

階段を駆け下りる音だけが外から聞こえた。

「あ、あの……、保呂草さん」東尾が言う。

「何です?」

「何をしに、ここへ?」

「ビールありますか?」保呂草は冷蔵庫を見てきいた。

「あ、ええ……、あの……」東尾が目を丸くして頷く。

「いただいて良いですか？」保呂草はそちらを指さして尋ねる。その手はまだナイフを持っていた。

「ええ、どうぞ」東尾が小刻みに首を動かす。

「おい！」保呂草は倒れている朋哉に近づき、片手を伸ばした。「起きなさい。悪かった、ちょっと力の加減を間違えたんだ。勘弁してくれ。こっちだって、怪我をしたくない。必死だったんだよ」

小田原朋哉は、保呂草の手に引っ張られて起き上がる。

「ナイフをポケットに仕舞いな」保呂草はナイフを折りたたみ、朋哉に手渡す。そのまま、彼は冷蔵庫に向かい、扉を開けてビールを探した。

扉の内側に、三本入っていた。ペットボトルの麦茶もある。

「小田原君、ビールは？」保呂草はきいた。

朋哉はまだ渡されたナイフを持ったまま、突っ立っていた。彼は顔を上げ、保呂草を見て、少し遅れて首をふった。

「麦茶もあるよ。腐るまえのやつだ」保呂草は、ペットボトルを取り出した。残りは僅かだった。彼は、朋哉の方にそれを投げる。

朋哉は麦茶を受け取った。それから、思い出したように、ナイフをズボンの後ろのポケットに仕舞う。

保呂草は缶ビールを開けて、それを飲み始めた。途中で、冷蔵庫の扉に気がついて閉める。

東尾繁は黙って保呂草を見ていた。彼はソファに大人しく座っている。小田原朋哉はペットボトルの蓋を開けて、それをラッパ飲みした。彼は顔中に汗をかき、前髪が濡れるほどだった。

保呂草は空になったビール缶をごみ箱に捨てる。

「ビール、あと二本ありますから」保呂草は東尾に言った。ソファで東尾が目を丸くする。「まあ、今夜はこれで我慢して下さい」それから、少年の方を見る。「さあ、帰ろうか」

小田原朋哉は頷いた。

保呂草も朋哉も土足のままだったので、玄関からすぐに外に出られた。東尾は出てこなかった。

扉を閉めて、階段を下りる。

外の方が多少は涼しい。

歩道に出て、交差点の方へ少し歩き、ビートルまで戻った。

「僕の後をつけてきたんですか?」朋哉は下を向いたまままきいた。

「違うよ」保呂草は答える。「東尾さんをつけてきたんだ」

「どうして、東尾さんを尾行していたんですか？　警察じゃないんですか？」朋哉は首を傾げる。

「ああ、そうか。この車を見て、警察じゃないって思ったんだね」保呂草は微笑む。「警察じゃないよ。だから、心配しなくていい。僕は、阿漕荘に住んでいる、ただの探偵だ」

「探偵？」

「そう」

「探偵って……」

「他に説明できない商売だよ」

「でも……、僕……、東尾さんを殺そうとしたんですよ」

「そう思い込もうとしているだけ」

「でも……」

「いいから、乗りなさい」運転席のドアを開けて保呂草は言う。

朋哉は助手席に乗り込んだ。

保呂草も運転席に座ってキーを捻る。空冷エンジンが軽快に吹き上がった。

「東尾さんを、尾行していたのは、どうしてですか？」

「理由？」

「母と父の事件に関係があるんですね？」

「悪いけど、煙草吸うよ」窓を開けながら保呂草は言う。「それから、ベルトしてくれないかな」

「あ、すいません」朋哉は頷いてから、シートベルトを探して、かける。

保呂草は、ゆっくりと車を出した。

「二つほど忠告して良いかな?」保呂草は煙草に火をつけてから言った。

「ええ」朋哉は顔を上げる。

「人の車で送ってもらうんだから、お礼くらい言った方が良い」

「あ、どうも、ありがとうございます。さっきは、すみませんでした」

車は大通りに出た。

「あと、一つは?」朋哉が尋ねる。

「いや……」煙を吐き出しながら保呂草は鼻息をもらした。「やめとくよ。悪かった。忘れてくれ」

7

外はすっかり暗くなった。瀬在丸紅子の部屋は照明が分散しているためか、それとも障害物が多いためなのか、天井が暗い。

「そうなんだ……」紅子は煙草に火をつけて、書棚にもたれている。彼女だけが立っていた。

「小田原朋哉君が、いろいろな意味で被害者たちと関係している、という点は私もちょっと気になっていた」

「え？　朋哉君？　息子さんですね？」練無は驚く。早川奈緒実の友人だった井口由美が、那古野ゼミナールの講師を担当したことがある、という話をしたところだ。第二の被害者である井口由美と小田原政哉あるいは小田原静江との極めて頼りないリンク。ところが、意外にも、紅子が口にしたのは、彼らの息子、小田原朋哉だった。

「紅子さん、それ、どういうこと？」練無は尋ねる。

「最初の被害者が、朋哉君と同じ学年だったってこと」紅子は軽く頷いて答えた。「当時、小学六年生でしょう？」

「え？　だから……？」紫子がきいた。彼女は練無の隣で椅子に座っている。

「林さんから聞いたんだけれど、亡くなった高木理香さん、とっても成績が良かったらしいの」紅子が説明する。「中学受験、それとも将来の高校受験、大学受験？　それは知らないけれど、朋哉君にはライバルになるわけよね」

「塾の？　え？　まさか……、そんなことで？」紫子は膝を両手で抱える。「いくらなんでも……」

「そう？」紅子は目を大きくして口もとを少し上げた。「じゃあ、どんな動機だったら、殺人に相応《ふさわ》しいと思う？」

「人が人を殺すというのは、なんていうか、ある程度のリスクを見越した判断があるんじゃないですか？」紫子が真面目な顔をして答える。

「そういうのも、あるでしょうね」紅子は頷く。「それから、もちろん、あとさきを考えない、衝動的な突発的な殺人もある」

「ええ、でも、今回は違います」紫子は首をふる。「とても計画的です。そうなると、自分が得られる価値と、何かを失う可能性があるというリスクを、比較するはずだから……」

「でも、その価値というのは、人それぞれだよ」紅子はにっこり微笑んだ。

今日の瀬在丸紅子は白衣姿のためか、男性的だった。口調もいつもと少し違っている。もっとも、彼女はいつだって同じではなかった。人格が沢山あるとしか思えない、と練無はいつも紫子と話していた。

「友達でとってもよくできる子がいる」紅子は続ける。「その子には絶対に成績では勝てない。じゃあ殺しましょう。この発想は素直で自然だと思うな」

「自然って……」練無は思わず口を挟む。「紅子さん、それはちょっと……」

「自然だからって、それを私が認めるとは言ってない」紅子は微笑んだまま続ける。「でも、不自然ではありません。恋人や身内を殺されたから、その仕返しで相手を殺す、という仇討《あだう》ちの場合と大差ないね。お金が欲しいから人を殺す。自分の立場が危ういから人を殺す。それとどこが違うかな？　ちょっと面白いから人を殺すのも、何かに思い余って人を殺すのも、同じことだよ。ハエを叩くとき、何を考える。復讐？　それとも、不都合の排除？　それとも、面白いから？　でも、どんな理由にせよ、手を振り下ろせば、一つの生命は消えるんだ。どこに一線があると思う？　我々に区別できるとしたら、それは、殺すか、殺さないか、の違いしかない」

「そうかなあ……」練無は溜息をついた。「なんだか、そんな簡単には割りきれないよ。なんか、悲しくなっちゃう。だって、やむにやまれず犯した殺人っていうのは、情状酌《しゃくりょう》量の余地があると思う」

「ある……」紅子は頷いた。まるで、練無がその意見を口にすることを予期していたかのようなレスポンスだった。「確かに、社会の理解を得て、刑が軽くなるような殺人が存在するみたいだね。けれど、それは、逆に見れば、つまり、死刑と同じで、人が人を裁いていることになるのだよ。そういった殺人を認めることは、正義のためなら戦争を許容し、正義のためなら死刑を許容することへ進む可能性がある。正義という名前の理由さえあれば、人を殺しても良いことになる。その理由がないものは駄目だ、という理屈になる。では、正義って何だい？　理由とは何だい？　たとえば……、そう、正当防衛は許されているよね？　自分が殺されそうになったら、相手を排除できる。抵抗しても良いことになっている。ところが、それは物理的に不可避な場合だけで、精神的な攻撃には適用されない。精神的にどんなに痛めつけられても、相手を殺してはいけないことになっている。これ、どうしてだと思う？　人によっては、精神的な攻撃の方が耐えられない、という人格だってあるんじゃない？　その答は簡単。つまり、精神的なダメージが測れないから。定量的に観察できないから。すなわち、躰なら怪我が見えるのに、精神の怪我は見えない。ただそれだけの理由です。そもそも、人間の作り出したルールなんて、まだその程度のレベルなんだ」紅子は腕組みをして、天井を見上げる。「テレビの時代劇なんか、主人公が悪者を切り捨てるけれど、あれも殺人だよ。あれは、正義かな？　大衆は、良い殺人と悪い殺人がある、なんていう作りものの価値観を見せられて、それを信じている。完全な妄想。完全な洗脳。とても大きな間違いだと私は思うな。危険な思想だとさえいって良い」

「どうして、そんな間違いがまかり通っているんです？」紫子がきいた。「私、紅子さんの言うてはること、正しいと思えてきた。でも、なんで、今はそんな社会になってるんです？」

「その枠組みが、今までは安全だったからだと思う」紅子は肩を竦めた。「生活に余裕のない時代、絶対的な富、つまり物質とエネルギィの総量が不足して、人々全員には行き渡らなかった時代には、ルールが相対的に脆弱《ぜいじゃく》になるし、人の存在自体の価値も低い。とにかく動物的に強引に生きようとする人たちや、考えなしで生きている人たち、考える余裕さえない人たちが多かった。だから、これは善、これは悪、という時代劇的な単純な価値観で人々をコントロールするのが手っ取り早かったわけ」

「あの、ちょっと、話を戻して良い？」練無は上を向いて、思考をまとめる。「小田原朋哉君が、この連続殺人事件の犯人だって、紅子さんは言っているの？　彼が小学校六年生のときに、最初の殺人を犯したってこと？」

「まさか、そんな……」紫子が首をふった。

「おそらく、最初の殺人は、シリーズではなかった」紅子は腕を組んだまま窓際まで歩いていく。「最初は、衝動的な要素が強かったはず。どうしても殺したかった。あるいは、その人物を消したかった。この二つのどちらかだったでしょう」

「え？　何の二つ？」練無はきき返す。

「殺したいか、それとも、個人を消したいか」紅子はすぐに答える。「殺人の動機は、この二種類しかない」

「それ、どう違うんですか？」紫子がきいた。

「殺すという行為自体に、求めている幻想が含まれているのか、それとも、特定の人格が消滅することを望んでいるのか。すなわち、前者の破壊対象は肉体であり、後者は精神が目標になる。フィズィカルかメンタルかの違いね。前者は、おそらく現代の趣味のハンティングに近い動機だし、後者は、本来のハンティングと同じ動機ともいえる」

「鳥を撃って、すかっとするか、それとも、邪魔だったり、食べたいから撃つのか、ていう違いってことか……」練無は言った。思わず顔をしかめてしまった。「なあんか、あまり愉快な比喩じゃないなあ。気持ち悪くなってきた」

「そうだよ、今頃気づいたの?」紅子はくすっと笑う。「愉快な話なんて、ずいぶんまえからしていないわよ。勘違いしていたの?」

「あ、すみません」練無は頷く。「僕が鈍感なんです」

「君は確かに鈍感やと思うわ」紫子が横で言う。「私、紅子さんにききたいんですよ。その二つの動機のうち、どちらが、より危険ですか? やっぱり、私は、前者の方が異常だと思う。殺す行為が気持ち良いって思うわけだから……」

「邪魔なものを排除する、という場合は、自明だと思うけれど、では、食べるために殺す、というのが正常かしら?」紅子は少し口調を和らげた。「ええ、つまり、それを食べないと自分が餓死してしまう、という正当防衛で鳥を撃つわけ。その種のハンティングは許される、神も許してくれる、という思想は、歴史的に見ても根強いな。確かにそれはある。人間は、牛や豚を殺して食べているし、他人の利益を搾取《さくしゅ》して、自分の生活を守る。それは、日常にとても近い行為だよね。それに比較して、趣味のハンティングは、人間だけがする行為だわ。だから、それは、より人間的な行為といわざるをえません。とにかく他の動物には真似ができないんだもの。人間だけが思考し、言葉を話し、子孫に歴史情報を伝達し、哲学を構築し、科学を築いた。あらゆる芸術を生み、それを美しいと感じ、美しいものを愛した。

もし、これが人間性だとしたら、意味もなく他の生命を奪う行為は、これと同じ部類に入るものだ、と私は確信している。だから、より人間的で、より高尚で、より芸術的で、より純粋な動機といって良いでしょうね。ただし、その実行を認めるわけにはいきません。それは、忘れないでね。それを高尚だといっても良い。美しいといっても良いわ。それなのに、実行だけは、絶対に認められない。何故だかわかる？」

「わからない」練無は首をふった。

「わかりません」紫子も首をふる。

「答は簡単よ」紅子はにっこりと微笑んだ。「私は、自分が殺されたくないからです。それ以外に理由はないわ。私は、もう少しやりたいことがあって、もう少し生きていたい、という極めて個人的な希望を持っているの。勝手で我儘《わがまま》だけど、そうなんだからしかたがないわ。つまり、それだけ。それだけなのよ。だから、その、美しいかもしれない殺人を、私は認めるわけにはいかないの。それは、私のエゴです。私が殺されたくないから、みんなも殺さないで、という自分に都合の良いことを主張しているわけ。そのエゴが集まって、社会のルールを作っているだけのことなんだ。これは、正義でもなんでもないわ」

「うーん」練無は腕を組んで唸る。「難しいよう」

「うん、わかんなくなってきた」紫子も顔をしかめて首をふった。

　ドアがノックされた。

「はあい」紅子が答えると、根来機千瑛が顔を覗かせる。

「お嬢様……、ご夕食は、いかがいたしましょうか?」根来は紅子に尋ねた。

「あ、僕たち、もう……」練無は立ち上がる。

「どうも、長居して、すみません」紫子も立ち上がった。

時刻は八時近い。コーヒーだけで長話をしてしまった、と練無は思った。

「へっ君は?」紅子が根来にきく。「お勉強かしら?」

「おぼっちゃまは、既にお食事をご自分で済ませられました。なんでも、学校の宿題があるとか、おっしゃられまして……」

「まあ、何を食べたの?」

「牛乳とコーンフレークです。これが一番好きで、幸せだとおっしゃいました」根来が悲しそうな表情を見せた。

「まあ、本当に……、あの子は天使よね」紅子は目を細める。「本当のご馳走がどんなものなのか、一度、へっ君に見せてあげなくちゃ……。あ、私は、トーストで良いわ。根来、一緒に食べましょう」

「はあ……」根来は頷いてから、練無と紫子の方を見た。「お二人も、パンでよろしければ……」

「あの、いえ、僕たち帰りますから」練無は頭を下げる。

「小鳥遊君、遠慮しなくて良いのよ」紅子は、両手を一度軽く叩いた。

「私、今度、へっ君のためにご馳走を作りにきますね」紫子は言った。「あまり、自信はないけど……」

「やめてよ、冗談だってば、冗談」紅子は笑う。「ああ、可笑しい……、なに深刻になっちゃってるの、二人とも。言っときますけれど、私ね、全然そんなこと気にしてないのよ。食べものなんて、人間の価値には関係がありません。美味しいものをいくら食べても、人間は偉くも賢くもならないのよ。そんなことで僻《ひが》んでなんていません。生きていくための栄養さえ取れれば、何でも同じ。ただの燃料なんですから」

「でも、へっ君は、ちょっと可哀想だもの」紫子が小声で言った。緊張したみたいな声だった。

　練無はびっくりした。紫子が目に手をやったからだ。珍しい。何か彼女の感情のツボにはまったのだろう。

「大丈夫、誰の息子か知っている？」紅子は唇を噛んで微笑んだ。「あ、そうだね、どこか飲みにいこうか？」

「お嬢様！」根来が片手を広げる。

「あ、じゃあじゃあ、私の部屋で！」紫子が急に声を弾ませた。「ウイスキィを親父様から一本もらってきたの。保呂草さんと一緒に飲もうと思ったんやけど、良いわ。食べるものだってありますよ」

「しこさん、それ、今まで言わなかったじゃん」練無は冗談っぽく言う。「ショック……。僕なんか眼中にないんだ」

「あるか」紫子は練無の方に頭を寄せる。

「よし！　行こう行こう」紅子は片手を伸ばしてVサインをする。「根来はどうする？」

「お留守番を」にこりともせず、根来は頭を下げる。顔を上げると、練無たちを睨みつけていた。

第7章　何が本当か　What is True?

シンクレア伯父は、壁の割れ目から外を覗き見て、大きな黒い猫が遠ざかっていくのを確かめてから、両手で前歯を抱えるようにして、くくっと笑ったのだ。

「良いかね、猫が我々を目の敵にしているなんてこと、先祖の誰が言いだしたのか知らんが、根拠などどこにもないのだよ。崇高な我が一族がだ、猫に恨まれるようなこれぽっちの振舞いでもしようものか。え、そうじゃないかね？」

1

無言亭を出て、小鳥遊練無、香具山紫子、瀬在丸紅子の三人は、桜鳴六画邸の敷地の中を歩くことにした。阿漕荘へ行くには、正門まで庭を通り抜ける方が近道だからである。ネルソンの姿はなく、既に阿漕荘に帰ったようだった。

しかし、歩きだしてまもなく、やはりどこかに飲みにいこう、という話になった。こういったことは理由もなく簡単に変更されるものである。繁華街まで歩こうか、と紅子が言いだしたのがきっかけだった。

「だって、紫子さんに悪いもの」紅子は言った。

「あ、駄目なんだ。飲みにいくって、僕、金欠だった」練無は顔をしかめて言う。「しくしく」

「私もお金なんか持ってない」紅子は澄ました表情のまま頷く。「大丈夫、ツケの利くお店があるの」

「以前もそれで失敗してない？」練無はそう言ってから、飛び跳ねて躰を一回転させた。

「れんちゃん、エネルギィ余っとるようやね？」紫子が冷たい口調で言う。「お金ならありますよ。実家でお小遣いもらってきたから。怪我するのも、たまにはお得ね。よっしゃ！私が奢《おご》りましょう」

「あ、だめだめ、それはいけないわ。紫子さんの全快祝いなんだから」紅子が言った。

「ゼンカイって」練無がくすくすと笑う。「全部、壊れてるって書くんだよ」

「君は水だけ飲んでな」紫子が片手を練無の方に伸ばす。その動作を予期していたように、練無は後方に飛び退き、そのままバク転した。着地してから、わざと大きく肩を上下させて、ポーズを取った。「ね、ほら、これ、似てない？」

「何に似てるっていうの？　ばっかみたい」紫子が高い声を出す。「ホント、自意識過剰、君は。そんなふうだから彼女がでけへんのだ」

「綺麗なお月様ね」紅子が左の空を指さした。

突然の紅子の言葉に、練無と紫子は少し遅れて笑いだした。

「何が可笑しいの？」紅子は首を傾げてきく。

「あ、いいえ。ごめんなさい」紫子が首をふる。「紅子さんって、あんまり浮き世離れしてはるから」

「だって、もうすぐ七夕《たなばた》様でしょう？」紅子は空を見上げる。「天の川も、最近見えにくくなったわね」

「子供のときさ、短冊《たんざく》に書かされたよね。願いごととか」練無は言う。「しこさん何て書いた？　質実剛健《しつじつごうけん》？　綱紀粛正《こうきしゆくせい》？」

「そんな難しい字が書けると思う？」紫子は首をふる。「シツジゴーケンって何？　ああ、根来さんみたいな職業が、憲法に合致してるってか？」

「つまらないや。わざとぼけちゃって」練無は口を尖らせる。

「小鳥遊君は短冊に何て書いたの？」紅子がきく。

「僕はね、未完成って書いたことがある」

「未・完・成？　ひえぇ、どこの小学生や？　おじん臭い。どうせなら、当たって砕けろ、とか、虻蜂《あぶはち》取らず、とか、もっと青春したら？」

「僕ってさ、神童だったからね」練無が眉を上げて横目で紫子を見た。「その当時から、謙虚に自分を見つめていたんだよね」

「ああ……、ちょっときてる感じやわ、それ」

「私は、月に行けますように、って書いたわ」紅子が言う。

「うわぁ！」練無が声を上げる。

「かぐや姫みたいに、ですか？」紫子が尋ねた。

「ううん、アポロでね」紅子はにっこりと頷く。

「うわあぁ……」紫子と練無が声をそろえて唸《うな》った。

既に屋敷の南側まで来ていた。

正門の横の通用門から外に出る。ひっそりと静まり返った道路の先に阿漕荘が見えた。

「保呂草さん、まだやん」アパートの方を見て紫子が言う。

二〇二号室に照明は灯っていない。道路に面している東側の二階は、向かって右から、一号室が小鳥遊練無、二号室が保呂草潤平の部屋である。香具山紫子の部屋は二〇六号室で、練無の向かいの西側になり、表からは見えない。

その阿漕荘の前の道路を、一台の車がこちらへ近づいていた。だが、三人は気にしないで、それとは直角の道へ歩きだす。桜鳴六画邸の正門の前でその車は停まった。聞き慣れた空冷のエンジン音でようやく気づく。見慣れたビートルだった。

　助手席のドアが開き、背の高い少年が出てきた。彼は、車の方に頭を下げてから、桜鳴六画邸の通用門の中に姿を消した。

　練無たち三人は、ゆっくりとそちらに戻る。

　エンジンが止まり、運転席のドアが開いて、保呂草が立った。

「これは、皆さんお揃いで……」彼はそう言いながら、煙草を出し、ライタで火をつけた。「どちらへ？」

「保呂草さん、お久しぶり！」紫子が彼の近くまで駆け寄り、声を弾ませる。

「元気そうだね」保呂草は微笑む。「もう大丈夫？」

「ええ、お蔭様で」紫子が嬉しそうに言った。「今から、私の全快祝いで、飲みにいくところだったんですよ。しかも、私の奢りで。皆さん貧乏だから」

「悔しいけど、そのとおり」練無が言う。

「悔しくはありませんけれど、そのとおりよ」紅子が言った。

「それじゃあ、一緒に行こう。僕が奢りましょう。もしかして、一番お金持ちかもしれないし」

「大賛成！」紫子が両手を挙げる。

「朋哉君、どうしたの？」紅子がきいた。

保呂草の車から降りたのは、小田原朋哉だったのだ。練無もそうだと思っていた。どうして、保呂草の車に乗っていたのか、ちょっとした謎といえる。紅子が質問したのは当然で、練無もそれをききたかった。

「いや、偶然……、会ったもんだから、乗せてきてあげただけだよ」保呂草は煙を吐く。

「今夜は、張り込みだったんじゃ？」練無は尋ねる。

「うん、途中で見失ってね」保呂草は肩を竦めた。「えっと、車で行くかい？　乗っていいよ」

「あ、でも飲むんでしょう？」紫子が言う。

「飲んだら、車を置いてくれば良いさ」保呂草は簡単に言った。「点検に出したばかりで、こいつ絶好調だからね」

保呂草は、ビートルのボンネットを叩いてから、運転席に乗り込んだ。女性二人が後部座席に、助手席には練無が滑り込む。

「見てな、これが一発始動ってやつだ」保呂草はそう言って、エンジンをかける。

軽いセルモータの唸りのあと、エンジンが吹き上がった。

「別人のようだろう？」保呂草は練無に言う。「ちょっと無理して、大きめのバッテリィに乗せ換えたんだよ」

「もう、気にしなくて大丈夫なんだ」練無は言う。保呂草の車はしょっちゅうエンジンがかからなくなったのだ。

「あの事件のあとだったか、朝、仕事に行こうと思ったら、かからなくて、泡食ったよ」車を出しながら保呂草が言う。手に持った煙草の煙が窓の外に消えていく。

「あ、そうそう、僕が移動させたときも怪しかった。なんか元気ないって感じで。あれってさ、あのときのトランシーバの充電のせいじゃない？」

保呂草の車でトランシーバのバッテリィを充電したのである。

「ああ、そうか」保呂草は頷いた。「なるほど、けっこう電気を吸われたってことか」

「れんちゃんが、ライトを消し忘れてたんや」紫子が後ろから言った。「保呂草さんに指摘されてん。それに、君、居眠りしとったしな。ほんまに、人が死んだいうのに」

「その話はもうよそう」保呂草が言う。

「あ、そうや、保呂草さんね」紫子が身を乗り出して、練無の横から顔を出した。「七夕の短冊に、子供のとき、何書きはりました？」

「さあ……」保呂草は笑いながら首をふる。車が信号待ちになった。「どうして？」

「そういうめっちゃ健全な話題で、ここまでぶいぶいいわせてきたんです」紫子が答える。

「紅子さんは凄いですよ。月に行けますようにって、書きはったって」

「子供のときね……」保呂草は煙草を吸う。「七夕なんて、やらなかったな。覚えがないよ」

「じゃあ、今なら何て書く？」紫子がきく。

「うーん」信号が変わったので保呂草は車を出した。

「しこさんは、執事合憲」練無が説明する。「執事は日本国憲法に違反しないって」

「四文字熟語、あかんのよ、私」紫子が後ろで言った。「四面楚歌《しめんそか》とか、呉越同舟《ごえつどうしゅう》とかね」

「大雨警報とか、運動音痴とか」練無が続ける。

「林は弱き桑《くわ》を選ぶ」保呂草は言った。「知ってる？」

「え？」紫子がきき返す。

「何です、それ？」練無も聞き取れなかった。

「林は弱き桑を選ぶ」保呂草は繰り返す。「林選弱桑《りんせんじゃくそう》、林が、選ぶ、弱い、桑、と四文字で書くんだ。弱い桑がある場所に、茂みができて、他の木でいっぱいになる、という意味」

「ああ、それって、保呂草さんのデスクにある色紙だ！」練無は思い出した。

「え、わかんない。どういう意味？」紫子がきく。

「金持ちだけど思想の弱い人の周りに、ある種の集団が形成されるってことかな」

「サロンみたいな？」練無が言う。

「あの、そんなのを、七夕の短冊に書くんですか？」紫子は笑いだした。「ああ、ごっつい保呂草さんらしいわ、それって」

　紫子が笑っているのを見ようと、練無は振り向いた。後部座席で、彼女は背中をシートにぶつけ、のけ反って笑っていた。

「あれ、紅子さん?」練無は小声で言う。

瀬在丸紅子は、車窓に頭をもたれさせ、眠っていた。

2

居酒屋の奥のテーブルで、四人は席についた。最初はビールだったが、途中から日本酒になる。店内はクーラが軽く利いているようだった。練無の隣に紅子が、その向かいに保呂草。彼の隣で練無の向かいに紫子が座っている。

「ああ、幸せやわ。ひっさしぶりやもんね」紫子が焼き鳥を頬張りながら嬉しそうに目を細める。彼女は既にほんのり頬を染めていた。「ホンマ、生きてて良かったわぁ」

「根来もへっ君も来れば良かったのに」紅子が呟く。「保呂草さんに会えるなんて思わなかったから」

「それって、お金の出所のことですか?」保呂草がきいた。

「ええ、そう」紅子は屈託《くったく》なく頷く。「私のツケが利くお店、残念ながら、老人と未成年者は入れないの。そこへ行くつもりだったから……」

「それ、どんなとこなんです?」紫子が面白そうにきく。「いかがわしいんだぁ、きっと」

「ええ、そうです」紅子はまた簡単に頷いた。「そのとおり」

「このまえは、休みだったね」練無が紅子に言った。

「うわ、れんちゃんと紅子さん、二人で行こうとしたわけ?」紫子が顎を引いた。「すすんでるぅ!」

「そうそう、あの日だよ」練無は、湯豆腐の皿を片手に持って掻き込んでいる。「しこさんが襲われた日。お店が休みだったから、僕ら、たこ焼きで諦めて、あの神社に行ったんだ」

「へっ君が心配だから、私、電話してくるわ」紅子は立ち上がって、店の入口の方へ歩いていった。

「あんときは、私と保呂草さん、ステーキだったんよ」自慢げに紫子が顎を上げる。彼女は、テーブルの上で片手を横に動かした。「つまり、そっち側が貧乏チームで、こっち側がお金持ちチームやん。今日だって、だいたいそうやもな」

「しこさん、飲み過ぎ」練無が言い返す。

「お金持ちやもん、飲んだかてかまへんも。君こそ、ちょっとは慎《つつし》みなさいよだぞ、人のお金なんやから」

「あ、そうだ」練無は思い出す。「早川さんって、保呂草さん知ってる?」

「早川さん?」保呂草は煙草に火をつけながらきいた。彼だけはまったくアルコールに対して変化がない。「どこの早川さん?」

「しこさんのまえに、二〇六号室に住んでた人」練無は言う。

「ああ、彼女。うん、えっと……、奈緒実ちゃんだったかな」保呂草は答えた。

「その早川さんが、今日来たんだよね」練無は紫子を見て言う。

「さあ、飲むぞう」紅子が戻ってきた。「何のお話？」

「私の先輩の早川さんっていう人が……」少々虚《うつ》ろな表情で紫子が説明する。「第二の被害者の、えっと、井口由美さんとお友達だったの」

「へえ……」保呂草は煙を吐いた。「そういえば、その井口さんって子、しこちゃんと同じ大学だったたね」

「那古野ゼミナールで英語の講師をしたこともあるの、その井口さんって人」紫子が言う。

「つまり、その被害者も、小田原家とつながっていたってことね」

「最初の被害者は、塾生だった」保呂草は真面目な表情で言う。「えっと……、三番目の被害者は？　どうつながってる？」

「そのOLが行こうとしていた講習会の講師の先生が、浅野さんの講座の助教授なんだよ」

練無は、頭を整理しながら話した。「その先生の名前は、えっと……」

「志儀助教授だろう？」保呂草は細く煙を吐いた。「ああ、そのことならね……、うん」

「そのことなら、何なんです？」紫子が横から躰を寄せる。

「あの、素敵」紅子が突然言った。

「は？」練無が横を向いた。

「えっとね……」紅子は大きな瞳をぐるりと一度だけ回す。「つまり、あいうえおかきくけこを、五つずつ並べて、それをマトリクスにして、斜めに読んでいくと、あきすての、になるでしょう？　その五文字を並べ換えると、あの素敵、になるのよ」

「だから……、何なんです？」紫子が顔をしかめて、紅子を覗き込むように見る。まるで、目の前にカメレオンでもいるみたいな表情だった。

「明日の敵、にもなる」保呂草が煙を吐きながら言った。

「もう！　なんなの？　みんな酔っぱらい？」紫子が叫ぶ。「ああ、やめてやめて、気持ち悪い。私も頭がぐるぐる回ってきた。そういう意味のないこと言わんといて下さい」

「マトリクスって、今は習わないの？」紅子が紫子に尋ねる。彼女は依然として真面目な表情を崩さない。酔っている様子は微塵《みじん》もなかった。「行列よ。線形代数」

「セン・ケーとダイ・スー」紫子は口を尖らせる。「香港の男優と女優さんの名前？」

「まだ酔ってないぞ、しこさん」練無が言う。

「マトリクスは、行と列をサブスクリプトにするから、さっきの、あいうえおの行列の場合、あは一・一、いは一・二、うは一・三、ていうふうに、二次元なら二つ添え字をつけるわけよ」紅子は箸《はし》を片手で持ち、宙に文字を書くようにして説明した。「そうすると、あが一・一、きが二・二、すが三・三、てが四・四、のが五・五になるわけ。つまり、あきすての。これを並べ換えて、あの素敵、もしくは、明日の敵」

「だっからあ！　いったいそれが、どうしたっていうんです？」紫子が目を瞑《つむ》って首をふった。「いちいち、にいにい、さんさん、よんよんが、どうしたんです？　何の意味があるんです？」

「あ、事件の？」練無が囁く。

「マトリクスって子宮のことだよ」保呂草が横から言う。

「シキュウ？」紫子は彼の方を向いて目を開けた。

「女性の子宮」保呂草が答える。「実に、数学者というのは、洒落《しゃれ》た連中だ」

「事件の被害者の年齢が、十一、二十二、三十三、四十四になっているのと、関係があるんですね？」練無は質問した。紅子が話し始めたなぞなぞに、練無は興味を引かれる。ただ、自分の頭がアルコールのせいでぼんやりとしているのが、多少残念だった。

「今のところ、何も関係ない」紅子はくすっと笑う。「でもね、これが、黒猫のデルタなんだよ」

「え？」練無は思わず声を上げた。「どうして？」

「小田原博士がそう言ったのでしょう？　黒猫のデルタ、愉快な名前だって」紅子は横の練無を見た。

「え、ええ」練無は頷く。

「あ、それそれ！　私も、それ聞いた」紫子も目を見開いた。

保呂草はくすくすと笑いだした。

「保呂草さん、ご存じだったの？」紅子は滑らかな声で彼に尋ねる。午後の紅茶を誘うような優雅な笑顔だった。

「ええ、まあ……」保呂草は頷くと、悪戯《いたずら》っぽい微笑を紅子に返す。

二人はじっと眼差しを交したまま、数秒間動かなかった。

3

香具山紫子が最後に発した言葉は「ああ、もう最低」であった。そう呟いて、紫子は膝を立て、そこに顔を埋めたまま。それっきりだった。しばらく、他の三人は気づかなかったが、十分しても紫子が動かないので、隣の保呂草が顔を近づけて覗き込んだ。

「寝てるみたいだ」彼は小声で報告した。

さらに十分ほど経った頃、突然、紫子は保呂草の座っている方に倒れ込んだ。顔を天井に向け、小さく口を開けたまま寝息を立てている。

しばらく放っておいた。しかし、紫子は起きそうになかった。しかたがないので、声をかけてみたり、躰を揺すったりしたのだが、まったく反応がない。

さらに時間が経ち、その居酒屋を出ることになった。なんとか、紫子に靴を履かせ、店の外までは連れ出したが、彼女は自分の体重の半分も支持できない状態だった。ずっと、練無が紫子を支えている。彼の方が紫子よりも躰が小さいので、妙な光景だった。

保呂草が煙草を持っている片手を高く挙げて、タクシーを停めた。

「小鳥遊君」彼は、練無に金を渡しながら言った。「しこちゃん頼む。送っていって」

「うん、いいですけど……、保呂草さんたちは？」練無は、保呂草を見て、次に紅子を見てからきいた。

「私はもう少し飲んでいく」紅子がさきに答えた。

「というわけ」保呂草が言った。

「あ、いいないいな」練無は紫子を支えたまま口を尖らせる。

タクシーの中に香具山紫子を押し込み、練無は、二人に向かって舌を出してから自分も乗り込んだ。

車が走り去る。

保呂草が紅子をちらりと見た。

「煙草いただけます？」紅子は言った。

保呂草は胸のポケットから箱を取り出し、それを振って一本だけ飛び出させる。紅子がそれを手に取ると、今度は金属製のライタを出して火をつけた。太い力強い炎だった。

「ありがとう」紅子は煙草を吸い込み、深呼吸するように細く吐き出す。

「どうします？」保呂草はライタをポケットに仕舞ってから尋ねた。「どこへ、行きますか？」

「私のお友達がやっているお店。ここから歩いて、十分くらいかな」

「行きましょう。車は明日取りにきます」保呂草は、居酒屋の裏に駐めてある自分のビートルを指さして言った。

二人は並んで歩く。

丸い月がさきほどよりも高いところに上がって、高層マンションの屋上のすぐ上に見えた。その光は溶けたようにぼんやりと拡散している。それだけ、空気が湿っぽいのだろう。暖かいのか、冷たいのか、よくわからない。すべての意志を迷わせる大気だった。

歩道橋を渡った。この世の孤独を象徴するようなもの、それが夜の歩道橋だ。下をくぐり抜けていく車。白と赤の流れるライト。黄色の点滅。階段に響く靴音。塗装と戦う錆《さび》。アスファルトに書かれた白い文字。傾いた道路標識。折れ曲がった自転車。政治家のポスタ。英会話教室の看板。遠くからリズムだけが聞こえる音楽。コンクリートブロックの歩道。

自分の靴を紅子は見ていた。

すぐ横で、保呂草の大きな靴が動いている。

交互に足を前に出して、
歩く。

右足。

左足。

呼吸。

鼓動。

思考。

思考。

思考。

「紅子さんにとって」保呂草がようやく口をきく。「もう、今回の事件は、片《かた》がついたのですか？」

「まさか……」紅子はまだ下を向いて歩いていた。「そんなことはありません。これは、片が綺麗につくような、単純な事件ではない……。そうでしょう？」

「うーん」保呂草は上を向く。「そもそも、人殺しって、何なんでしょうね？」

「何かしら……」

「僕は、それが知りたいな。人を殺してはいけない、ということになっているけど、でも、虫や植物は殺しても良い。意味もなく殺しても罪にならない。魚や鳥、牛や豚も殺されますね。じゃあ、人間はどうか……、日本だけで一年に何万人もの人が自殺しています。事業に失敗して、受験に失敗して、恋愛に失敗して、人は自殺する。それはつまり、誰かが成功したからではありませんか？　人は人を蹴落《けお》として這《は》い上がろうとする。良い成績を取り、良い業績を上げ、人より得をし、人よりも幸せになろうとする。それで、敗れた者のうち何人かは、死んでいく。そうじゃありませんか？　だとしたら、僕らは誰だって、知らず知らずのうちに、間接的に他人を殺していることになる。誰も殺さないでいたいのなら、勉強をしたり、仕事をしてはいけない。お金を儲けたり、得をしてはいけない。幸せになってはいけないことになる。戦争みたいな単純でわかりやすい人殺し以外にも、同じような殺し合いは、日常的に行われている。そうじゃありませんか？」

「だから、人を殺しても良い、とおっしゃりたいのかしら？」紅子はゆっくりとした口調で尋ねた。

「いいえ、違います」保呂草は首をふる。「人類という種族が繁栄するために、仲間どうしの直接的な殺生《せっしょう》を慎《つつし》むようなルールを決めた。それはそれで合理的な考え方、つまりは、省エネルギィの一環として評価できます。モラルとか、そういう馬鹿みたいな価値観で論じようとは思いませんけどね」

「私も、そう思うわ」紅子は顔を上げて優しく微笑んだ。

「沢山の固定観念が作られる。どんどんどんどん、その固定観念で人間は鈍化《どんか》していく、それが、歳を取るってことだ。何故か？　それが一番安全で、楽ちんだからです。人を殺すことは道徳的でない。年寄りはいたわるべきだ。友情は美しい。努力は報われる。こういうのって、いったい何でしょう？　どこの誰が、こんな陳腐《ちんぷ》な法則を考え出したんでしょうね？　まあ、人類の九十九パーセントは、こういった理不尽《りふじん》さも鵜呑《うの》みにできる鈍い連中ですから、彼らを統治するために、一応のガイドラインを作っておかなくてはまずい……、そう、たぶん、そんな発想だったんでしょう。世の中には、テンプレートが必要なんです。定規《じょうぎ》がないと、線も引けない連中が多い。何かないと不安なんです。自由な思考、自由な価値観を持つことが恐い。そんな連中で溢れているんですよ」

「保呂草さんは、一パーセントの種族なの？」

「そうです」保呂草は頷く。「ずばり言いましょう。貴女だって、そうだ」

「テストで、わざと間違えたことがありますか？」紅子はきいた。「貴方には、きっとあるわね。あまりいつも百点を取っていては、友達から妬《ねた》まれる。そう考えて、わざと間違えた経験があるでしょう？」

「面白いことを言いますね」保呂草はくすくすと笑いだす。

「あるのね？」

「ええ」

「ほら……」紅子は頷いた。「本当は勉強なんてしなくたって、平気なの。実力テストなんて、何もしなくても、充分。それなのに、友達を不安にさせないように、家族を安心させるために、机に向かって、勉強した振りをする。そうでしょう？」

「紅子さんも、そうでしたか？」

「ええ」紅子は下を向いたまま頷いた。「今までに、この話をしたことは一度もありません。誰にも話せない。話したら間違いなく反感を買うだけなの」

「僕もそうでした」保呂草も下を向いた。「それに、今みたいな話を、他人の口から聞いたのも、これが初めて。僕と同じ思いをしている人がいるなんて、思いませんでした」

「いいえ、思ったはずよ」

「え、ええ……、そうですね。想像はしました」

紅子は黙って微笑んだ。

「驚いたな……」保呂草は溜息をつく。

「驚いたわ」紅子が繰り返す。

「紅子さんが、その、そんなにセーブしている人だなんて」

「思わなかった？」紅子は顔を上げて、保呂草の方を一瞬だけ見た。「思わないでしょうね。私だって、貴方をそうは見ていませんでしたもの。ちょっと、その、変わった方だって、そう思っただけ」

「同じく」

「お互いに、上手《うま》く装《よそお》っていたものね」

「ええ」

「普通に計算してしまったり、普通に覚えているままに書くと、いつも百点になります」紅子は無表情で淡々と話した。「最初のうちは褒《ほ》められる。でも、だんだん、友達は私のことを怪物みたいに言うようになる。もっと酷いときは、何か不正をしている、と思われたこともあるわ。そういうことまで全部計算できるようになって、ああ、力を出してはいけないんだ、ということを知りました。きっと、足の速い人は、本当はもっと速いのに、化け物扱いされないように、セーブして走っているんだわ。マラソンの選手だって、わざと苦しそうに演技をして、みんなに褒めてもらおうとしているんだわ。私、子供の頃、ずっとそう思っていました。今でも、半分は、そう信じています」

「僕も、そうですよ」保呂草は立ち止まった。

紅子も足を止める。

「この道で、大丈夫ですか？」保呂草はきいた。

「ええ、もう少し先です」

「どうして、こんな話を？」保呂草は片手を広げ、意味もなく動かした。「何故、僕に話す気になったんですか？」

「言わなければ、いけないかしら？」

「確認です」

「保呂草さんが、おっしゃった林選弱桑です」

「ああ……、紅子さん、寝ていたんじゃなかったんですね?」

「寝た振りをしていたの」

「人が悪いなあ」

「恐かったから……」

「何が、ですか?」

「その言葉の意味が」紅子は答える。

数秒の沈黙。

「ああ……」保呂草は首を捻る。「意味がわかりましたか。でも、それが恐いというのは?」

「それを思いついた保呂草さんの思考力が、私、恐かった」紅子はにっこりと微笑んだ。

「こんな感情は、何年ぶりかしら」

保呂草は紅子を見つめる。

道路を走る車が、クラクションを鳴らした。

しかし、二人はそちらを見ない。

「私に気づかせるつもりで、計算されておっしゃったの?」

「実は、半分くらいは」保呂草は頷いた。

「お試しになったのね?」

二人はまた歩きだした。

4

香具山紫子をタクシーから引きずり出すのは、海賊船の中で奴隷がオールを漕いでいるのと同じくらい、大変な重労働だった。死んでいるか、あるいは完全に眠っているのなら、もう少しましだっただろう。まったく始末に困る生きものと化した彼女は、練無に抵抗し、笑いながら、彼の髪の毛を引っ張ったり、頬を叩いたりするのだ。力の加減をしない。

タクシーに料金を支払い、練無が振り向いたとき、紫子は阿漕荘の玄関の階段を一人で這って上ろうとしていた。練無が追いかけようとすると、突然彼女は向きを変えて、両手を広げて彼に飛びついてくる。

「もう！　しこさん！」練無は頭に来て叫ぶ。「勘弁してよ。もう、ここに置いていくからね。知らないよ！」

「保呂草さん……、私ね……、もう、保呂草さんが……」

「保呂草さんじゃないってば。ほら、自分で、立ってよ」

練無は紫子の靴を脱がせ、階段を慎重に上がった。

「保呂草さんの部屋へ行くわ。良いの、もう……」練無の肩口で紫子が唸っている。

「良くないって」

ようやく階段を上がった。

自動車のブレーキの音。

アパートの前で車が急停車したようだ。

ドアの開く音がして、誰かが走ってくる足音が聞こえた。

「小鳥遊さん！」後ろから呼び止められた。

練無は振り向く。階段を男が駆け上がってくる。瀬在丸紅子の元亭主、愛知県警の林だった。

「あれ、どうしたんです？」練無は、紫子を肩から降ろす。彼女は練《ね》り立ての粘土みたいに軟らかく、廊下にそのまま寝転がった。

「大丈夫ですか？」林は、死んだように延びている香具山紫子を見てきいた。

「ええ、たぶん……。初めてのことじゃありませんから」練無は答える。「刑事さんこそ、こんな時間に……」

「ええ、呼び出されて来たんです、あの……、瀬在丸さんに。居酒屋に行ったら、もう出ていったって言われて」林は低い声で言った。紅子のことを瀬在丸さんと呼ぶのが実に不自然だったが、彼なりの美学なのだろう、と練無は好ましく思った。

「川名《かわな》の交差点で別れましたよ」練無は説明する。「もう一軒行くって……」

「どこへです？」

「さあ……。あ、そうだ。たぶん、紅子さんの行きつけのお店じゃないかな。ツケが利くお店があるでしょう？　えっと、名前忘れちゃったけど。ほら、子供と老人が入れないお店」

「ああ、わかった。どうもありがとう」

林は、もの凄い音を鳴らして階段を下り、玄関から飛び出していった。

練無は、紫子の手を引っ張り、起き上がらせる。彼女は目を瞑ったまま、ふらふらと歩いた。

「ああ、気持ち悪い。ああ、気持ち悪いわ……、もう駄目」紫子が唸る。

「もう少しだから」

廊下の突き当たりまで辿《たど》り着く。左側が紫子の部屋、右側が練無の部屋である。

「しこさん、部屋の鍵は？」躰を支えている彼女に練無はきいた。

「あ……、れんちゃんやないの」紫子はとろんとした目を開ける。「あれぇ、アパートやわ……、どうしたん？」

「頼むから、しっかりしてよ。鍵は？」

「鍵？」紫子はぼんやりとした顔で繰り返す。「部屋の鍵か……、ズボンのポケット」

「ここ？」

「エッチ！」

「違うって……。ああん、もう、頭に来た！」練無は、紫子から離れようとするが、彼女は練無に抱きついて斜めになっている。

「ほうら、ここやもんねぇ」紫子がズボンの後からキーを出した。「はっはぁ、ひっかかりよったな、こいつ、おぼこいやっちゃのう……。ささ、鍵を開けてくれたまえ」

彼女が差し出した鍵をひったくって、練無は紫子の部屋のドアを開ける。照明をつけて、彼女をベッドまで運んだ。

紫子はベッドに倒れ込む。ゆっくりと寝返り、上を向いた。

「お水、頼むわ」彼女は言う。

練無はキッチンでグラスに水を入れて戻った。

彼女にそれを手渡したとき、電話のベルが鳴った。

「あ、れんちゃん、出てくれたまえ」水を飲みながら、紫子が指さした。

「やだよ」

「君の声なら、男だと思えへんから、大丈夫」

しかたなく、練無は電話のあるキャビネットまで行き、受話器を持ち上げる。

「もしもし、夜分大変恐れいります。根来でございます」根来機千瑛の声だった。

「あ、先生、僕です。小鳥遊です」練無が答える。

「あれ？　香具山さんの部屋じゃないのかい、そこは」

「あ、はい……。今、彼女酔っ払ってて……」

「小鳥遊君、人様から後ろ指をさされるようなことだけは、してはいかん。李下《りか》に冠《かんむり》を正さず。火のないところに煙は立たぬ、という」

「あの、大丈夫です。心配いりません。用件は何ですか？」

「ついさっき、浅野さんと一緒に、志儀という名の大学の先生がお嬢様を訪ねてこられたんだ。しばらく、お待ちになっていたが、なかなかお嬢様が戻ってこられんので、もうお帰りになった。お嬢様に、それをお伝えしようと思ってな」

「紅子さん、一緒じゃないんですよ。保呂草さんと二人で、もう一軒飲みにいっちゃいました」

「なに！　あの男と……」根来の声はそこで途絶えた。

「それだけですか？」

「そうじゃ！」根来は大声で叫ぶ。

「僕に怒っても知りませんよ、先生」練無もついつい口調が荒れた。「もう、どうして、みんなみんな、僕にばっか八つ当たりするんです？　僕が何をしたっていうの？」

「あ、いや、悪かった悪かった。勘弁してくれ」

　電話が切れる。

　ベッドを見ると、サイドテーブルに空のグラスが置かれ、紫子は寝息を立てて眠っている。

　また、電話が鳴った。

「はい、何です？」練無は受話器を取って言う。もう、やぶれかぶれである。

「あ、もしもし、早川ですけど……。あれ？　香具山さんじゃありませんか？」

「ああ、早川さん。僕、小鳥遊です。香具山さんね、今もう眠っています」

「わ、ごめんなさい。あ、あの、やっぱり、そうだったんですね？」

「何が、やっぱりですか？」

「あ、いえいえ……」

「ご用件は何ですか？」練無は溜息をついて、気を落ち着ける。

「あの、別に、明日でもかまいませんから……」

「いいえ、聞いておきます。大事な用事なら、彼女を叩き起こして伝えますから」

「あの、そんな……。困ったなあ。えっと、私、一つ思い出したんですけど。それを、香具山さんに話しておいた方がいいかなって、そう思って……」早川奈緒実はそこで言葉を一度切った。「あの、亡くなった井口由美さんのことなんですけど、彼女とは、とても仲良しだったんです。よく一緒にアルバイトとかもしたんですよ。あの、保呂草さんに斡旋してもらって……、それで、一度だけでしたけど、桜鳴六画邸に住んでいる浅野さんという大学院生の人と三人で、ビラ配りのバイトにいったことがあるんです」

「浅野さんなら、今はN大学の助手をしてますね」

「そうですか……。でも、そのときは、まだ博士課程の大学院生でした。素敵な感じの人でしたよ」

「それで？」練無は話のさきを促す。

「いえ、それだけです。でも……、井口さんと浅野さん、とても気が合ったみたいでした。それを思い出したんです。あの週刊誌の記事で、なんか、ちょっと気になってしまって……」

「二人目の被害者も、四人目の被害者も、浅野さんの知り合いだった、ということですね？」練無がきき直す。

「ええ、そういうことです」

「わかりました。それ、じゃあ、しこさんに伝えておきます」練無は少し丁寧な口調で話した。

「はい、お願いします。あの、香具山さんに、よろしくお伝え下さい」

「はい、どうも」

「お幸せにって」

「あ！　ちょっと。それ違うって……」練無は叫んだが、電話は切れていた。「それを言うなら、お大事に、だろ」独り言を呟き、受話器を置く。

　ベッドの香具山紫子は、気持ちの良さそうな顔で、口を開けて眠っていた。

5

裏通りの急な坂道の途中にある小さな店だった。

入口の両側には細長い花壇があって、白い花が咲いている。少し小さめのドアは、焦茶色《こげちゃ》のペンキがべったりと塗られ、船窓に似た円形の窓が一つ開いている。そのすぐ上に、不釣り合いなくらい大きなカウベルがついていたが、錆びついているらしく、ドアを開け閉めしても滅多に鳴らなかった。店の名は「エア」といったが、ドア以外には窓もなく、換気の悪そうな造りだった。

カウンタの他にテーブルは一つしかない。

そこに、瀬在丸紅子と保呂草潤平が向き合っている。

髭を生やしたほっそりとしたマスタが一人。彼は紅子の幼馴染《おさななじ》みであった。

客は他にいない。

マスタが、飲みものを運んできて、テーブルに置く。コースタにグラス、それに、ボトルも、氷も、その他、必要なものすべてがそこに整うまで、二人は口をきかなかった。

「ごゆっくり」マスタは静かに言って、一歩後ろに下がる。「音楽、喧《やかま》しくないですか？」

「ええ、ちょうど良いわ」紅子は微笑んで答える。

どちらかというと、喧しい音楽がかかっていた。ロックである。だが、そのおかげで、話し声が遠くまで伝播《でんぱ》しない。小さなテーブルに身を乗り出し、顔を近づけて、ようやく内緒の話ができる。目的に適した環境だった。

「紅子さんは、ロックがお好きですか？」買ったばかりの新しい煙草の封を開けながら、保呂草は尋ねる。「クラシックのコンサートの切符、僕、買ったんですよ。この話、しこちゃんから聞かれたでしょう？　都合がつかなかったみたいでしたが……」

「あの頃は、私、保呂草さんを誤解していました」紅子は率直に話した。「貴方のこと、見たままの方だと思っていたの」

「今だったら、一緒にコンサートに行ってくれますか？」

「ロックだったらね」紅子は答える。「ブリティッシュ・ロックよ。それ以外は、私には音楽じゃないの」

「じゃあ、やっぱり駄目だったわけですね」保呂草は煙に目を細めて微笑んだ。「来月のコンサートでしたけど……」

「七月七日？」紅子は首を傾げてきいた。

「紅子さん、自転車に乗ったこと、ありますか？」保呂草は急に話題を変えた。

「いいえ、私、ないわ。乗ったことがありません」紅子は首を横にふった。「乗りたかったんだけれど、父が、どうしても許してくれなかったの。ですから、私、一度もないんです。

珍しいでしょう？　自転車に乗ったことがないなんて……。今さら、恐くて試せないわ。乗れなかったら、恥ずかしいし。それに、生きもの、特に、哺乳類を殺した経験もありません」

「僕は、どちらもありますよ」保呂草は微笑んだ。

「煙草をいただけるかしら？」

「ええ、どうぞ」保呂草は煙草を差し出した。

保呂草のライタに紅子は顔を近づける。二人の顔が、五十センチほどの距離まで接近した。

「子供の頃に、猫を殺しました。その猫は車に跳ねられて、下半身を引きずっていたんです。僕は、その猫の頭を、石で砕きました」

「可哀想だったから？」

「僕がどう思ったかなんて無意味だ」保呂草はまた微笑む。「僕は猫を殺した。それが現象であり、現実です。つまり、それがすべてなんです。そのとき、どんな気持ちで僕がそれをしたのか、それは僕の体内の、非常に局所的な一瞬の状況にしか過ぎません。いうなれば、そのとき、僕の髪の毛が立っていたのかどうか、僕の唾液はどのくらい出ていたかってことくらいの意味しかないんです」

「でも、それは重要なことじゃないかしら？」

「いいえ、それは錯覚ですね」

「貴方が、いたずらに猫を殺したのか、それとも、可哀想で見ていられない、苦しむのは短い方が良い、と判断して殺したのか。そのどちらなのかを聞くことは、少なくとも、私には重要なことです」

「そう……、他人には、そして社会には、そんな理由が、何故か重要なんです。だけど、そんなもの、すべて偽善ですよね。作りものじゃありませんか？　まったくナンセンスだ。僕には無関係です。僕には、影響しない。僕の精神、僕の思考は、そんな不確かなものの影響を受けたくない」

「貴方は考え過ぎだわ」

「そうです。考え過ぎた。きっと、みんなは考えないんでしょうね。ちっとも考えていない。そう、それが幸せだ。その方が便利だ。机とか、蛍光灯とか、考えない連中は幸せだ。いいですか？　猫を殺すとき、何か理由をつけたとしましょう。たとえば、痛くて苦しむ猫が可哀想だ、という大義名分です。それを、僕の頭脳の一部が考えたとしましょう。でも、猫の頭に石を振り降ろす瞬間の僕は、そんなこと考えてもいないでしょう。違いますか？　そんな理由が何になるんです？　確かに、そういった理論に、僕は一瞬だけ触発されたかもしれません。この猫を殺すことが正義だ、と都合の良い、勝手な理論で、自分自身を説得しようとしたかもしれない。けれど、殺す瞬間に、僕の手や、腕や、目……、躰は、そんなこと考えていなかった。どんな正しい思想で戦っている兵士も、機関銃の引き金を引く一瞬は、そんな思想をすっかりと忘れている」

「保呂草さん」紅子は顔を上げた。

「何でしょう?」

「貴方の思想は、理解しました」

「本当に?」

「ええ……」

「貴女ならわかってもらえる、と思った」

「もう……、言葉になさらない方が良いわ」

「そうですね」保呂草は頷いて、グラスの水割りを飲んだ。「そう、こうして話していることさえ、それと同じだ。単なる理由づけに過ぎないんですよね。理由があれば、殺しても良い。じゃあ、理由がなくてはいけないのか……。いいえ。理由もなく殺せば、理由もなく殺すことが、理由になる」

「私、人を殺した経験がないの」紅子は首をふった。

「何故?」保呂草は自分のグラスに氷を入れながらきいた。

紅子が返事をしなかったので、やがて、彼は顔を上げて、じっと紅子を睨んだ。

「保呂草さん……」紅子は、自分のグラスをそっと差し出した。「私にも、作って下さらない？　少し濃い目のが飲みたいわ。もうちょっと酔わないと駄目なの」

「どうしてです？」

「だって、これから、五人もの人間を殺したお話を、伺わなくちゃいけないんですもの」

「人を殺した話？」保呂草はきいた。「誰からです？」

「貴方からよ、保呂草さん」

6

保呂草の動きが止まったのは、僅かに一秒間ほどだった。

「何故、わかりましたか？」彼は表情を変えなかった。紅子のグラスを受け取り、そこに氷を入れながら言った。「いつ、僕が犯人だってわかりました？」

「ついさっき」紅子は頬に片手を当てる。「そう、保呂草さんの車に乗ったとき」

「ああ、やっぱり」保呂草は微笑んだ。まったく無邪気な笑顔だった。「小鳥遊君が、車のバッテリィの話をしたからですね？」

「ええ、そう」

「あれは、ちょっとしたミスだった」保呂草はボトルのキャップを取り、グラスに琥珀《こはく》色の液体を流し入れた。「いや、もともと、僕、誰かにはわかってもらいたかったんですけどね。

こんなこと話すと、負け惜しみに聞こえるかな?」

「いいえ」紅子は首をふる。

「貴女は運がいい」保呂草はグラスを見たまま呟いた。

紅子は口にしなかった。

あの日、桜鳴六画邸の駐車場に保呂草のビートルが駐車されていた。そこに乗っていたのが小鳥遊練無だった。保呂草は、屋敷の玄関前の茂みに隠れていたという。そこは、小田原静江の書斎のすぐ下になる。その保呂草が、練無に、ビートルのスモールライトが点灯しているいることをトランシーバで指摘した。ライトを消さないと車のバッテリィが上がってしまうからである。そのことを練無が話していた。

ところが、練無は、玄関前に誰が立っているのかは見えなかった、とも話した。あそこの駐車場は一段低い場所にあるため、二階の書斎の窓は見えても、地面の近くに立つ者は見えない。ということは、逆に、保呂草のいた位置からは、ビートルのライトが見えるはずがない、という道理になる。

保呂草は、紅子のグラスを掻き混ぜてから、差し出した。

「ありがとう」紅子はそれを受け取った。「私は、保呂草さんが、実は、銀杏《いちょう》の樹の上にいたのかって、初めは考えました。しかし、それでは、あんなに早く書斎に駆けつけることができなかったでしょうし、第一、小鳥遊君と小田原長治博士が目撃したという窓際の男の姿を、保呂草さんだけが見なかった、ということとも矛盾します。もし、樹の上にいたのなら、部屋の中は誰よりもよく見えたはずですからね。では、他にどんな可能性があるでしょう？　今までの事象から導かれる条件とは、保呂草さんが、駐車場のビートルのライトが見える位置にいた、ということ。しかも、玄関から出てきた香具山さんや、小田原博士も見える位置です。銀杏の樹の上以外に、そんなところが他にありましたか？　一ヵ所だけ……。貴方は、あの書斎の中にいたのです。小鳥遊君と博士が目撃したのは、貴方」

「ええ……」保呂草はうんうんと頷いた。「面白いな」

「それですべてよ。証明終わり」紅子はオーバに肩を竦めた。「最初からずっと、貴方はあの書斎にいました。私たちがパーティを始めたときより、もっと前から、貴方はあの部屋にいたの。そして、静江さんがそこへ入ってきた。貴方は首を絞めて彼女を殺した」

　紅子は言葉を切り、そこで黙った。

「そして？」保呂草は下を向いている。だが、ゆっくりと目だけを上げて、紅子を睨んだ。口もとは上機嫌そうに持ち上がっている。

　店に流れている音楽が一度止み、次の曲がかかるまで、しばらく静かだった。

　スローテンポのブルースが始まった。

「続けて下さいよ」保呂草が言う。

「みんなが書斎に入ってきたとき、貴方は……」紅子は話を再開した。「あのデスクの後ろに隠れていたんです。ソファに全員が集まったときに、デスクの後ろで立ち上がった。ドアのところに、酒本さんがいましたね？」

「あの家政婦さんね」保呂草は前歯を見せて愉快そうに微笑む。「僕は立ち上がって、まず、ドアの方へ行ったんです。あの子、酒本さんの、目の前まで行きましたよ。彼女、僕を見ないんです。で、彼女が通せんぼをして、ドアから外に出られないから、しかたなく、そのまま皆さんの方へ引き返しました。いかにも、外からやってきたみたいな顔をしてね」

「酒本さんは、幽霊を見たって警察に言ったそうよ」紅子が言う。

「まあ、似たようなものですか」

「詳しく説明していただけないかしら。ちょっと納得がいかないの、私。だって、そうでしょう？　聡明な貴方にしては、実に杜撰《ずさん》なプランじゃありませんか？」

「いいでしょう」保呂草は両手を顔の前で組み合わせる。「じゃあ、不本意ですが、説明しましょうか。そんなこと、あと十分もすれば無意味になる。僕は無意味なことは嫌いなんです。だけど、今の貴女が望んでいるようなので、今のこの場のサービスとして、話しましょう。今の貴女はとても綺麗だし、今、僕が作ってさしあげた飲みものと同じ。氷と同じだ。すぐに溶けてしまうし、やがては蒸発するけど、今はとにかく、冷たくて、気持ちの良い飲みものなんだから……」

「嬉しいわ」

「僕は、彼女を、小田原静江さんを殺すつもりはありませんでした。前日までそんなつもりは全然なかった」

「え？　だけど、あの日が、約束の日だったのでは？」

「志儀先生ってご存じでしょう？　志儀木綿子助教授です」

「あ、ええ。よく存じています」紅子は頷いた。

「志儀先生は、四十四歳です」保呂草はそう言うと、にっこりと微笑んで間をとった。「実は、あの晩、お食事を一緒にする約束でした。とてもプライベートにね」

「志儀先生を殺すつもりだったの？」

「まあ、俗っぽい表現でいうと、そうです」保呂草は頷く。「ところが、その六月六日の朝に、僕の部屋に小田原静江さんが来ました。最初は、息子さんの家庭教師を斡旋してほしいという他愛《たわい》もない用件でした。でも……」

「そこで、気が変わったの？」

「いいえ」保呂草は首をふった。「違います。そのあと、本当に偶然なんですが、僕は別の人から呼び出されたんです。すぐ、その人物に会いにいきました。そして、驚くべきことに、その依頼人は、小田原静江さんを殺してほしい、と僕に依頼したのです」

「小田原政哉さんね？」

「ええ……」保呂草はそこで肩を竦める。「いくらだと思います？　キャッシュで一年後に五千万円でしたよ。自分の妻を殺してほしい、と小田原政哉さんは言うんです。しかも、一年まえの同じ六月六日にも、この近所で殺人事件があった、それをよく覚えている。あの犯人は捕まっていない。同じ手口では、どうか、と持ちかけられました」

「まさか……、それは、保呂草さんが、話をそちらへ向けたのでしょう? 貴方が誘導したとしか思えないわ」

「まあ、多少はそれもあったかもしれません」保呂草は煙草を取り出してライタで火をつける。「その事件を調査したことがある、と嘘をついて、その線でいこうって、彼に思い込ませました。そういった暗示にかかりやすい人間なんですね、あの人は。ええ、とにかく、小田原政哉さんは、浅野美雪さんとのことが原因なのか、静江さんとうまくいっていなかったようでしたね。彼は婿養子ですし、離婚されることを極度に恐れていたんです。おそらく、静江さんは既に何らかの決心を固めていたのでしょう。彼もそれを察知《さっち》していた。だからこそ、決定的な事態になるまえに、妻に死んでもらいたい。それが彼の細《ささ》やかな望みだった。いろいろ難しい理屈をこねていましたけど、要約するとそういうことです。彼は、僕のことをずいぶん胡散臭《うさんくさ》い人間だと思っていたでしょうね。まあ、しかし、信じるしかない。金でつるしかないわけです。しかし、僕にしてみれば、これはなんという偶然かって思いましたね。それならそれで、面白いじゃないかってね。思いません?」保呂草はくすくすと笑いだす。「もともと、これはゲームなんだし、リスクは大きい方が面白いわけですよ。じゃあ、ひとつ、やってみようか、と考えた。そこで、さっそく急ごしらえのプランを練った、というわけです」

「まず、静江さんに脅迫状を出したのね？」

「そう、時間がないから、ポストに直接入れました」保呂草は言う。「きっと、僕のところへ電話をかけてくるだろう、と考えました。人を見る目はあるんですよ。だいたい、予測できます。もし、電話をかけてこなければ、こちらから、別の用件ででもでっちあげて乗り込むだけのことです」

「小鳥遊君や紫子さんを、利用したのは？」

「利用だなんて、それは心外だなあ。ちゃんとバイト料を支払いましたよ。彼らは報酬を得ていますから、それでバランスはとれているはずです」

「トランシーバを使ったトリックを思いついたのですか？」

「紅子さんに見てもらうゲームとしてね」保呂草は頷いた。「もう二、三日時間があれば、さらに飾りつけを工夫して、もっと素晴らしい舞台を準備できたでしょう。小田原静江さんは、四十四歳だった。旦那さんが、今日が彼女の誕生日だと言ったので、僕は彼女の歳を尋ねた。そう……、偶然にというか、本当に何げなく……。でも、それを……、彼女の歳を聞いたとき、計画は一瞬で決まった。これは神様が僕に与えた試練だ、と思いました。いや、指令ですね、オーダです。もう僕には不可避だった。僕は絶対にこれを遂行しなくちゃいけない、そう感じたんです。いつだって、逃れることはできないんですよ。ずっと、やり続けなければならない、失敗するまではね」

「失敗しましたね？」紅子は尋ねる。

「ええ、そう……、なんとなく、そこが僕らしいところかな。子供のときから、そうだったんだ。なんというんでしょう？　母が見ているところで、決まって失敗して見せるんです。わざと転んで、わざと泣いて……。母は僕に優しかった。いつだって、褒《ほ》めてくれた。僕は、甘えている、という意識はなかったけれど、いやそれどころか、母のために、自分は甘えているんだ、これは彼女のためなんだ、と計算していたくらいだったけれど、あれは……、ええ、本当はどっちだったんでしょうね？　いずれにしても、失敗しないと、甘えられないんですよね」

「お母さまは、今は？」

「三年まえに死にましたよ」

「誰に、甘えようとなさったの？」

「誰だと思います？」保呂草は、じっと紅子を見据える。

「わざと、捕まるように手掛かりを残した、とおっしゃるのね？」

「ええ、ある意味では、もちろん、そうです」保呂草は軽く頷いた。「おそらく、林さんあたりは、もうそろそろ気づいてもおかしくない頃でしょう。客観的に見て、僕よりも怪しい人間はいませんからね」

「最初から、こんな計画でしたの？」

「あの、最初の被害者だけは、偶然だったんですよ。僕の友達の電気屋の向かいに、小中学生の学習塾があるんですけど、そこから出てきた女の子の後をたまたまつけて、殺しました。三年まえの七夕の日でした。今考えてみると、そのときの殺人が、最も純粋で、嫌らしい理由もなくて、最高に綺麗だった。そのときが、一番、神様に近い僕だった。とにかく、素晴らしかった、とても満足しました。今まで、自殺せずに生きてきた甲斐があったって自分を褒めてやった。感動しましたね。僕は、その女の子の名前すら知らなかった。彼女が十一歳だということも、あとで新聞を読んで初めて知ったんですからね。だから、すべてが自然で、すべてが必然だった。何も歪《ゆが》んでいなかった。ものごとに因果関係をこじつけようとする、浅ましさ、嫌らしさが、まったくなかったんです。ただ、神のメッセージだけが、残るように……」

「動機がなかった、とおっしゃりたいの？」

「殺してみようかな、とふと思ったんですよ。それだけです。とても小さな発想です。一度でも、寝てしまえば、食事をしてしまえば、あるいは誰かと話しただけで、おそらく消えてしまうような、そんな小さなインスピレーションだった。人間的な、高尚な、本もののインスピレーションだった。金や快楽みたいな、何かを得たいとか、恐怖や絶望みたいな何かから逃れたいとか、そういった獲得でも逃避でもない、あるいは、肉体的な欲求ですらなかった、といって良い。そう、理由なんてありません。動機なんてないんです。だからこそ人間だ。僕は人間だ。違いますか？　こんなことができる、それが、人間の証《あかし》ではありませんか？」

「その、人間の証に、何の価値がありますか？」紅子は小首を傾げてきいた。

「ああ……」保呂草は笑うのをやめて、厳しい表情になった。「紅子さん、ええ……、貴女は、やっぱり僕が思ったとおりの女性でしたね。そう、その問いこそ、すべての答だ」

「貴方は、言葉を駆使して、自分の歩いてきた道の舗装をされているだけよ」紅子は保呂草を真っ直ぐに見据えて言う。「貴方は、後ろ向きに掃除をしているだけ」

「そうかもしれない」大きく息を吸い込んで、保呂草は上を向いた。

「でも、良いわ」紅子は優しく言った。「お話を、お続けになって下さい」

「ちょうど、その電気屋で買ったばかりのナイロン・ストラップで、女の子の首を絞めました」一瞬だけ、保呂草は僅かに顔をしかめた。「それだけです。あっという間だった。けれど、僕はとても大切なものを手に入れた。予期しない収穫。ええ、意外な発見だったんです。何も期待していなかったはずなのに、僕は満足だった。もちろん、失われたものも、僕なりに把握し、理解しているつもりですよ。彼女には彼女の人生があったでしょう。彼女の死で嘆き悲しむ人たちも、きっといたことでしょう。だけど、そんなことは小事です。僕は狂人ではない。正常に判断し、客観的に判断している。人を殺すという経験は、実に有意義だったんです。戦争から帰還した兵士たちがどうして雄弁になるのか、わかりましたよ」

「何がわかったの?」

「どうってことない、という当たり前の事実です」保呂草は答える。「こればかりは、いくら理屈で明らかでも、やっぱり、この社会に生かされていた躰には、この社会の嫌らしさが染《し》み込んでしまっているんですね。この染みを漂白するためには、殺すしかなかったんだと思います」

「貴方は理由もなく人を殺した。理由がないことが美しいことだとおっしゃった。それなのに、次々に、自分の行為を正当化する理由をお話しになっています」

「そう、それが、言葉の使命なんです。言葉の宿命なんですよ。あとからあとから湧《わ》いてくる、汚らしいばい菌みたいなもの、それが、言葉というやつです。言葉は、理由という飴《あめ》に群がる蟻《あり》みたいなものなんです。遠くから眺めると、大きな生きものが動いているみたいなのに、実は、馬鹿みたいに単純な、小さな卑《いや》しい存在に過ぎません。ただただそれらが集まって、繰り返し歌われる。蟻の集合に過ぎない。けれど……、それが、実に面白い。そうですよね? こうして、言葉をやり取りすることは、非常にスリリングです。蟻の集団の中へ、そっと手を差し入れるみたいな、こそばゆい感覚に、わくわくしませんか? もじもじする。ちくちくする。どうしてなんでしょう? そもそも、それが、人間の不完全さに起因していることだけは、絶対に確かなんだけどなあ」

「その最初の殺人から、次の殺人まで、一年間も何を考えていたのですか？」

「つまらない理由を探して、蟻の養殖をして、それで観察日記を書いていたんでしょう、きっと……」保呂草は白い歯を見せ、爽《さわ》やかな笑顔で答えた。「ただ、僕は、純粋さを失いたくなかった。一方では、最初の殺人で僕は予想外の快感を知ってしまった。だから、それを再び得たい、という動機に強く反発し、抵抗しました。そんな貪欲さは、僕には似合わない。それどころか、最も嫌悪する対象でしたからね。ああ、でも……、神様はとてもスマートだった。最初の七月七日と、女の子の年齢の十一、数字がゾロ目だった。それが、指令だったんですよ。だから、僕は何も考えないで、一切を放棄して、一年後の七月七日に、もう一度、同じ事をしようと思った。それ以外に、道はなかった」

「二人目の方は大学生でしたね？」

「そうです。僕の向かいの部屋に住んでいた早川という子の親友でした。よく早川さんの部屋へ遊びにきていたようです。ビラ配りのバイトを早川さんに頼んだとき、その井口という子がついてきました。そのときに、年齢もわかった。もちろん、それは、彼女を殺すことになる一年以上もまえの話でした。警察って、そのたったの一年間という時間の長さで、もう僕を除外してしまうんですよね」

「それは、しかたがないでしょう」紅子は頷く。「もし、何かの緊迫した理由があって、保呂草さんがその子を殺したいのなら、一年も放っておくことはできません」

「人を殺すには、それなりの理由がある、我慢ができない欲求なのだ、という幻想を社会は勝手に作り上げています。これは、とても興味深いシステムです。なんだって、そんな不思議なルールを考えついたのでしょうね？」

「理由もなく殺されたら、困るからだわ」

「でも、たとえ理由があっても、殺されたら、困るでしょう？」

「そう……」紅子は頷く。「その点に関しては、私は、保呂草さんの意見に反論するつもりはありません。貴方のその論理は、正論だし、完結していると思うわ」

「僕、そのときも、同じ道具を使ったんですよ」保呂草は、グラスを傾け、氷を鳴らした。

「全然違った殺し方をすれば良い。誰だってそう思うでしょう？　そうすれば、永久に僕は捕まりません。ずっと、この清らかな漂白の儀式を続けられる。だけど、僕には、そんな理由、つまり、安全を確保するという動機さえ、気に入らなかったんです」

「本当に、複雑なのね」紅子もグラスを持ち上げた。

「複雑です」保呂草は新しい煙草を取り出して火をつける。「まあ、社会に甘えている、ということもできるでしょう。僕は、自分のやっている行為を理解してくれる人に出会いたかった。それだけが、僕の弱みだった。同じ道具を使ったのは、その微《かす》かな期待からだと分析しています。母親に褒《ほ》めてもらいたかったのと、同じだったかもしれない。誰かに見つけてもらったとき、できるならば、少しだけでいい、褒めてもらいたかったんです。紅子さん、貴女に指をさされて、僕は、当初の目的を達成したんですよ。もう思い残すことは何もない」

「ええ……」紅子は下を向く、「そう、きっとそうだと思っていたわ」

7

「その次の年には、三十三歳の女を探しました。もう、こうなると、面白くもなんともない。何も新しいことがない。ただ、惰性で続けるという嫌味な理由が、大きな顔をして現れる。気持ち悪いったらない。滑稽《こっけい》で、実に下らない。もううんざりでしたね」

「どうやって、その人を見つけたの？」

「いや、単に僕が段取りしていた講習会に応募してきただけです。志儀先生が講師の講習会でした。えっと、久野という女でしたね。どんな人物なのかまったく知りません。会ったことがなかった。顔を見た十分後には殺していましたからね。ああ、思い出しただけで気分が悪い。完全にマンネリだった」

「何故、七月七日じゃなかったのかしら？」

「とても我慢ができなかった。それだけです。単純でしょう？　同じ事を繰り返さなくてはいけない、という強迫からも、逃れたかった。それで、一ヵ月もまえに片づけてしまったんです。僕の中で、不満が大きく膨らまないうちに、空気を抜いてしまいたかった。ようするに、保身です」

「そして、今年は、志儀先生を殺そうと計画していたのね？」紅子は言った。「いくらなんでも、志儀先生だったら、保呂草さん、貴方が捜査線上に浮かび上がったでしょうね」

「僕が捜査線上に浮かび上がる」保呂草は言葉を繰り返す。「そう……、そんなの、とっくに三人目で、そうなってもらう予定でしたよ。なのに、いっこうに警察はやってこない。どうなっているんだろうって思いました」

「講習会を申し込んでいたんだから、問い合わせくらいあったのでは？」

「電話が一回ですね」保呂草は答える。「林さんに言いたいですね。二人目の井口さんのときだって、僕は、アパートで刑事さんに職務質問を受けているんですよ。探し回って、データを集めることに一所懸命なのはわかるけど、ちゃんと考える人間がいるんでしょうか？」

「あまりにも被害者との関係が薄過ぎたんだわ」紅子は言った。「貴方だって、それくらいわかっているはず。それを利用していたのでしょう？」

「固定観念で鈍化し麻痺《まひ》すること、それが、僕の唯一恐れる対象です」保呂草は煙を吐き出した。「今年は、六月六日に志儀先生を殺して、それで終わりだった。もう、こんなつまらない繰り返しには、いい加減うんざりだし、もう、これで最後にしても良い。そうするつもりでしたよ。いくらなんでも、警察だって気がついて、僕に手錠をかけてくれるだろうなって期待していましたからね。実際、その点だけですよ、今年になって、少しだけわくわくできたのは……」

「保呂草さん、私をコンサートに誘われたでしょう?」

「え、ええ」保呂草は頷いてから、くすくすと笑いだす。「ごまかせないですね。さっきもつい……、ね」

「クラシックのコンサートは、七月七日だったのね?」

「ええ、そうです。紅子さんの席は、Sの百十一番でした」くわえていた煙草を片手に持ち、保呂草は紅子を真っ直ぐに見た。「貴女が、もし、OKしてくれたら……」

「私が、OKしたら?」

「志儀先生を殺すのを、中止するつもりでした」

「代わりに、私を殺すことに?」

保呂草はしばらく黙っていたが、やがて視線を落して、囁くように言った。「ええ、そうです」

「私、まだ二十代ですよ」紅子は言う。

「理由もなく、その、神の指令ともいうべきルールを破ろうと思いました。それだけの価値が、貴女にはある」保呂草は下を向いたまま、にやりと笑った。「そんな数字に固執する理由なんて、既に何もありません。純粋だった最初の発想は、とっくに輝きを失いました。持続するほど、むしろ滑稽だ」

「都合の良い方ね」紅子は口もとを少し上げて、顔を横に向ける。

カウンタの方を見て、マスタの姿を探したが、見当たらなかった。中で座っているのだろうか。もちろん、音楽のため、紅子たちの話が向こうに聞こえているとは思えない。店には、他に誰もいなかった。この時刻にやってくる客などいないだろう、と紅子は思った。

「でも、紅子さん、貴女は、僕の誘いを断りました。だから、しかたがないので、僕は、志儀先生を殺すことに一旦は決めた。でも、そこへ、小田原政哉さんから電話がかかってきた。僕は彼に会って話を聞いて、そして、すべての計画をリセットしたのです」

カウンタの中でマスタが立ち上がり、こちらへ出てくる。二人のテーブルに新しい氷を運んできたのだ。何か注文はないか、と彼は尋ねたが、二人とも首をふった。

マスタは戻っていく。今は、テンポの速い音楽が、小さな店内に充満し、停滞していた煙草の煙を、ほんの僅かに揺らしているようだった。

紅子は上目遣いで保呂草を見つめながら、グラスに口をつける。彼女は首を少しだけ傾けてきいた。

「香具山さんが襲われたときのことは？」

「もう、不思議は何もないでしょう？」

「保呂草さんが、どんなふうに小田原さんを言いくるめたのか……、小田原政哉さんをどう騙《だま》して、あんなことをさせたのか、その点に興味があります」紅子はそう言うと、微笑んだ。「最初、小田原さんは死んだ振りをしていましたね。そこを香具山さんに見せた。それで、保呂草さんが電話をかけに出ていったとき、小田原さんが、彼女を後ろから襲ったのです。それ以外に、状況を合理的に説明できる仮説は、最初からなかったわ。二人で、紫子さんを殺そうという話になったの？　どうして？　目的がない美学は貴方だけのもの、それは、小田原さんには通用しないはずです」

「そう……」保呂草は笑いを堪えるようにして下を向き、片手で口もとを押さえた。「それが、傑作なんです。あれは、その、向こうから言いだしたことなんですよ。小田原政哉さんがね。僕は、どうでも良かった。あんなこと、まったく興味なかった。でも、彼が自分から言いだしたんですよ。可笑しいでしょう？」

「小田原さんが、何を言いだしたっていうの？」

「ようするに、小田原さんは、僕が連続殺人犯だってことに気づいたわけです。奥さんの事件のあとで、ですよ。最初は何も知らなかった。ところが、刑事さんから、警察の捜査状況をいろいろ聞いているうちに、例のナイロン・ストラップの件だとか、過去の事件とのつながりがわかってきた。そこで、自分が殺人を依頼した便利屋が、実は本ものの殺人鬼だったって、遅まきながら気づいたってわけです。こりゃ、びっくりでしょうね？　そもそも、一年まえの事件に似せてはどうか、なんて軽口を叩いていたんですから。それが、三年もまえから始まっている事件だってこともわかった。だけど、たとえ本当だとしても、僕のことを今さら警察にしゃべるわけにはいきませんよね。彼は、奥さんを殺すことを僕に依頼したんですからね。彼の協力があったからこそ、書斎のデスクの後ろに隠れるなんて馬鹿なトリックが実現したんです。彼自身が鍵を開けて、最初に部屋に入る。みんなをソファの方へ誘導してくれる。そういう手筈だった。家政婦さんだけが、うまく動いてくれませんでしたけど、あれは、小田原さんのミスだったんです。あのくらい処理してくれなくちゃあね」

「保呂草さんは、小田原さんの口を、いずれは封じるおつもりだった。最初から、そう考えていらしたのでしょう？」

「ええ」保呂草は軽く頷く。「それは当然です。ああいった小心者は、神経質になって自滅するケースが多いですからね」

「それで、小田原さんが何を言いだしたの？」

「そうそう……」思い出し笑いのように、くすっとまた保呂草は笑った。「何を思ったんでしょうか、彼、人を殺してみたいって、言いだしたんですよ。少しびっくりしましたね。僕、過去の事件のことを指摘されたんで、彼に正直に全部話してやったんです。三年間の三つの事件のことを、きちんと説明してやりました。そうしたら、何のことはない、小田原さん、いたく気に入ったみたいでしてね。そういうふうにしか、受け止められなかったんだと、僕は思います。彼のキャパシティを越えていた。やっぱり、ちょっと頭がおかしいんでしょうね。可哀想だけど、しかたがありません」

「香具山さんを殺したい、と小田原さんが言いだしたの?」

「そのとおりです」保呂草は頷いた。「僕は当然の忠告をしました。他の子にしておけってね。そんな身近な人物は危険だ。しかも、奥さんの事件があってすぐじゃありませんか。絶対に割りが合わないからやめておけって、そう言いましたよ。当然の意見でしょう?」

「ええ」紅子は頷く。「少なくとも、合理的な意見だわ」

「でも、駄目でしたね。もう合理的な判断ができなくなっていたようです」保呂草は淡々と話す。「おそらく精神的にもまいっていたのでしょう。何がなんでも、あの子で試してみたい、そう言うんです。彼、しこちゃんが気に入ったんですね。無理はお前が通せって、僕に段取りするように言うんです。それで、しかたがないから、それらしいシナリオを考えましたよ。彼女の死体は、あとで僕が遠くへ運んで処理するとか、それに、場所の設定とかね。小田原さんだけに聞かせるための架空の計画です。それをでっち上げました。彼はそのシナリオに従って動いただけです。あの神社の倉庫で、彼女と小田原さんを二人だけにする。照明のスイッチが遠隔操作で動かせるように、簡単な仕掛けを作って、それを両面テープで壁のスイッチのところに取り付けておきました。セットしたのは、あの日の朝です。それを操作してスイッチを消したのは、死んだ振りをしていた小田原さん。ただ……、アリバイの関係で、その場で殺してはまずい、と僕は指示しましたよ。首の絞め方を教え、しこちゃんが気を失ったら、すぐに離すようにね。殺すのはあとにする。そういう計画を彼には信じ込ませたわけです。それで、僕の方は、彼が役目を果たしたら、本当に射殺して、すべて終わり。すっきり片づけようと思っていた。ね、なかなか名案でしょう？　小田原さんには、額の赤い絵の具を綺麗に拭き取るように、僕のハンカチを貸しました。それが、死ぬまえの彼の最後の仕事でした。それから、照明のスイッチに取り付けておいたラジコン装置も取り外して、それを隠す。ただ……、ここで、誤算がありました」

「紫子さんが気絶しただけじゃなかったのね？」

「そう……、呼吸が止まっていました」保呂草は頷いた。「まったく、馬鹿なことをしてくれたって、思いましたよ。まあ、素人《しろうと》だから、しかたがありませんけど。興奮してついつい力を入れ過ぎたんです。小田原さんを撃ち殺してから、僕は、しこちゃんを助けた。とにかく、神にも祈る気持ちでしたよ。彼女が死んでしまったんじゃあ、なんにもならない。すべての苦労が水の泡ってやつだ。なにしろ、彼女だけが、僕が犯人じゃないということを証言できる目撃者なんですから」

「つまり、紫子さんの命を救ったのは、ご自分のためだとおっしゃるのね？」

「当たり前じゃないですか」保呂草はにっこりと微笑む。「他に、どんな理由がありえます？　あ、それ、冗談ですか？」

「いいえ、もしかして、保呂草さん、お友達を本気で助けたのかと思いましたの」紅子は言った。

「貴女は率直にものを言う人だ。でも、残念ながら、そういった感情は僕には無縁です。友情ですか？　それは、単なる思い込みですよね。実体は、存在しない。友情というのは、信頼できる友人がいる幸せな自分、それを思い描くための小道具に過ぎません。意図的にそう思い込ませている。うーん、つまりは、ドレスみたいなものですよ。それを着ると綺麗に見える、という思い込みです。共通認識、あるいは約束、といっても同じかな。他人に支配されたい人間、思考を停止したい人間たちの持つ馬鹿馬鹿しい価値観の一つです」

「何でも理屈があるのね」紅子は呟いた。「それも沢山」

「貴女にお話しするために、理屈をこねているんです。こんな話、誰にもしたことはありませんよ。僕の人生で、今ほど理解者の存在を体感したことは、一度もありませんでした。今、僕の目の前にいる女性は、僕の話を聞く選ばれた人間です。貴女だけのために、存在する価値のある理屈なんです」

「そのスイッチを動かすラジコンの装置や、小田原さんの絵の具の血を拭いたハンカチ、それにピストル……」紅子はゆっくりと話した。「あのとき、全部、保呂草さんは持っていたのね？」

「ええ、持っていましたよ。離れたところまで隠しにいく余裕がなかった。しこちゃんを助けることで精いっぱいでしたからね。救急車とパトカーに乗って、しこちゃんと一緒に病院まで行きましたよね。結局、僕は、病院のトイレの水槽にそれらを隠しました。ビニル袋に入れて沈めたんです。ビニル袋はあらかじめ用意していました。しこちゃんが早く目覚めれば、救急車や警察が来るまえに、隣の駐車場の溝にでも隠すつもりだった。どっちにしても、その夜は警察へ行くことになりますからね。持っているわけにはいかない。病院のトイレには、次の日にちゃんと回収しにいきました。しこちゃんのお見舞いついでにね」

「倉庫で鳴った最初の爆発音は、花火だったの？」

「そうです。もちろん、小田原さんが鳴らしたものです」保呂草は答えた。「一応、気づいた破片とかは拾っておきましたけど、警察も、それくらいは見つけていたかもしれませんね」

「保呂草さんが、小田原さんを撃ったときの、ピストルの音は？」

「ええ、それは、ちゃんと消音装置がついているんですよ」保呂草は身を乗り出して紅子に顔を近づけた。「実は、このテーブルの下で、今、僕はその同じ銃を持っています。お願いですから、どうか、騒がないで下さいね。紅子さんのお友達の彼……、マスタには、罪はないでしょう？」

　紅子は身を引いて、そっとテーブルの下を覗いた。暗かったが、保呂草は確かにピストルらしきものを右手に持っている。そういわれてみれば、彼はさきほどからずっと、左手だけでグラスを扱っていた。

紅子は、カウンタの方を窺う。

髭のマスタはこちらを見ていなかった。頭しか見えないが、椅子に座って下を向いているようだ。本でも読んでいるのだろう。

紅子は再び保呂草に向き直る。

「そのままじゃあ、保呂草さん、新しい飲みものが作れないし、それに、煙草だって吸えないわ」彼女は静かに言った。

「おかまいなく」保呂草は息を吐いて、微笑む。

「私、まだ生きていられるの？」

「生きているうちに、何かしたいことがありますか？」

「そうね、まず、煙草を一本いただこうかしら」

保呂草は左手でテーブルの上にあった煙草を滑らせた。それから、胸のポケットからライタを取り出して、それを紅子の前に置いた。

彼女は保呂草を見ないで煙草を一本摘《つま》み出し、ライタで火をつける。そして、もう一度カウンタの方を横目で見ながら、煙を吐き出した。

「保呂草さん、これからどうされるおつもり？」

「どうも」彼は首を横にふった。

「お話は、おしまいなの？」

「そうですね」保呂草は左手でグラスを持ち上げる。「もう充分でしょう。少し話し過ぎたくらいです。貴女が、これからもずっと、僕の素敵な理解者でいてくれるかどうか、迷っています」

紅子は鼻息をもらして笑う。

「可笑《おか》しな方。どうして私に直接きかないの？」

保呂草も微笑んだ。

「信用できませんからね。こんな状況では、誰だって命乞いをするし、誰だって、一緒についていくわって誓うでしょう」

「私は言いません」紅子は煙草を片手に持ち、澄ました表情で言った。「私、保呂草さんを理解することはできますけれど、ついていったりしないわ。私には息子がいますし、それに、研究しなければならない課題も山積みなんです。貴方につき合っている暇はないの」

「ああ……、それは残念だ」保呂草は言う。本当に残念そうな表情だった。「コンサートにも来てくれなかった」

「ごめんなさいね」

「僕のことが、嫌いですか？」

「ええ、残念ながら。私、貴方が大嫌い」紅子はそう言うと、にっこりと微笑んで立ち上がった。「お話がこれで終わりなら、私、帰らせていただきます。送っていただかなくても、けっこうよ」

8

カウンタのマスタがこちらを見て立ち上がった。

そのとき、突然、ドアが開いた。

錆び付いたカウベルが、奇妙な音を立てる。

店に入ってきたのは、林だった。

「ああ……」紅子は失望の溜息をもらす。「馬鹿！」

「え？」林はドアを閉めてからこちらを向き、きょとんとした表情で店内を見渡した。

「申し訳ない」そう言って、保呂草がゆっくりと立ち上がる。

彼は、腰に近い位置に拳銃を構えていた。ずいぶん軽そうな小さな銃だった。それが、どれくらい威力のあるものなのか、紅子にはわからない。しかし、彼女は以前、本もののピストルを使って実験をしたことがあったので、弾丸の質量や初速度などの物理的なデータに関して、幾つかの数値を頭に浮かべた。

林は咄嗟に上着の胸に手を動かした。

「動くな！」保呂草が素早く横に移動する。

彼の身のこなしは非常に滑《なめ》らかだった。明らかに格闘技の心得があることが、紅子にはわかった。

保呂草のピストルの銃口は、紅子に向けられている。彼女との距離は僅かに一メートル半。カウンタのマスタは、既に頭を下げ、顔だけを半分出して、こちらを窺っていた。

「わかった、撃つな」林は、ゆっくりと両手を挙げる。

「意気地なし！」紅子は林に言う。「どうして、撃たなかったのよ。馬鹿なんだから！」

「紅子、落ち着いて」

「落ち着いているわよ、もう……」

「とにかく、大人しくしているんだ」林が低い声で言った。「保呂草さん、無意味なことはやめましょう。いったい、何があったんです？」

「何も知らずに来たのですか？」保呂草がきいた。

「私が呼んだのよ」紅子が答えた。「あぁん、でも、もう駄目ね。本当に間が悪いんだから……」

「いつ呼んだ？」保呂草は不思議な顔をする。

「ホント、この人ほど間の悪い男って、日本にいないもの」

「いつ呼んだんだ！」保呂草が叫んだ。

「ああ……」紅子は舌を打つ。「居酒屋さんで、飲むまえよ。私、電話をかけにいったでしょう?」

「へえ、こいつは驚いた」保呂草は頷く。「てことは、あのときには、もう確信していたんだな?」

「私、そう言わなかったかしら?」

紅子は、狭い店のほぼ中央に立っていた。

ドアの方に林、反対の奥には保呂草。

「銃がお上手なの?」紅子は尋ねる。

「陸上自衛隊に四年いた」保呂草は答えた。

「あ、そう」紅子は振り返って、林を見る。

「下手な真似を……」

保呂草がそう言おうとしたときだった。

紅子は、林の方にお辞儀をするように頭を下げる。

同時に、彼女の左足が、保呂草の目の前に跳ね上がった。

彼の手首に当たる。

銃が彼の手から飛んだ。

林は横っ飛びに動き、右手を上着の奥へ差し入れる。

紅子は両手を床についていた。
マスタはカウンタの中に頭を引っ込める。
紅子が立ち上がる。
林はホルスタのボタンを外す。
保呂草は床に落ちた銃を両手で拾い上げる。
「待ってろ！」保呂草は大声で叫んだ。
彼の顔は、余裕で笑っていた。
「撃って！　早く！」紅子が高い声で叫ぶ。
保呂草が紅子に銃を向ける。
林は自分の銃を引き抜いた。
保呂草が撃った。
紅子は後ろに吹き飛ぶ。
林が引き金を引く。
保呂草は前折りになり、床に手をつく。
「銃を離せ！」林が叫ぶ。
「待ってろよ」保呂草は顔を上げて笑った。「ちょっと、待ってろって……」
彼はその場に蹲《うずくま》る。

林は銃を両手で構えたまま、前進し、保呂草の足を撃った。

保呂草は動かない。

彼の片手に握られていた銃を、林は足で踏みつける。

保呂草は動かない。

林は慎重に銃を取り上げた。

「紅子！」林は振り返って呼ぶ。「大丈夫か？」

紅子はドアを背にして、床に座っていた。

両脚を人形のように真っ直ぐ投げ出している。

「馬鹿」小声で彼女は言う。「ぐずなんだから……」

紅子は両手で胸を押さえていた。

「どこを撃たれた？」林は駆け寄る。「マスタ！　救急車を呼んで！」

マスタが慌てて立ち上がる。

「大丈夫だ。紅子、ゆっくり息をして、動くんじゃない」

「呼び捨てにしないで」

「見せてごらん、大したことはないよ」

林の額から汗がこぼれ落ちる。

「ああ、痛い……」紅子は溜息をつく。「胸のど真ん中よ」

「そんなことないよ。心配ないよ、顔色がいい」

「保呂草さん、本当に上手なんだ……。良かったわ」

「え？」

紅子は胸もとに片手を差し入れる。

銀色の小さなトレィが、彼女のワンピースの中から出てきた。ほぼ中央に、釘でも打ちつけたような目立った痕がある。

彼女は俯《うつむ》き、ドレスを引っ張って自分の胸を覗き込む。

「あれ、弾はどこへ行っちゃったのかしら」

「え？」林が首を伸ばして覗き込む。

「こらこら」紅子が林の頭を叩いた。「どさくさに紛れて」

「いや、そんなつもりは……」

紅子は立ち上がり、何度か飛び跳ねる。やがて、彼女の膨らんだスカートの中から、ことりと、小さな金属が床に転がり落ちた。

「いつも、そんなもの入れているのか？」林がきいた。まだ、信じられないといった表情だ。

「タウンページにしようか、それとも、これにしようか、迷ったのよ」紅子は銀色のトレィを林に差し出した。彼女は大きな溜息をついてから言った。「でも、いくら私の胸が貧弱だって、タウンページ入れてたんじゃ、気づかれちゃうでしょうし、ずっと入れていたら、やっぱり肩が凝るじゃない。これ、ステンレス製なのよね。さすがに強度が高いわ。居酒屋さんから内緒で持ってきちゃったものなの。警察が、ちゃんと弁償して下さるわよね？」

「居酒屋から電話したときに、これを？」

「そう。ちょうど、カウンタの上に置いてあったの」

林は紅子から受け取ったトレィをしげしげと観察した。弾が当たった部分は、見事に凹《へこ》んでいる。小さな亀裂も入っていた。

「つまり、君は、こうなることを、全部予想していたのかい？」

「いいえ、とんでもない」紅子は林に抱きついた。「もう、貴方が頼りだったのよう。あぁ、本当に恐かったわぁ」

当然ながら、それは嘘だった。

しかし、ときには、そういった嘘が必要なものだ。

林も、紅子の嘘を知っていたし、どちらかというと、嘘の方が好きだった。

瀬在丸紅子にとっては、その手の嘘は、テストでわざと間違える一問と同じだった。

第8章　本当が良いのか　Is True Beautiful?

「おまえの欲しいものは、これだね?」森の神の手には、黄金の小鳥が光り輝いている。

「さあ、欲しければ、おまえにやろう。これをその籠に入れて、帰るがよい」

1

三日後の日曜日、小鳥遊練無と香具山紫子は、無言亭を訪れるためにアパートを出た。出かけるまえに紅子に電話をかけても良かったのだが、どういうわけか、できなかった。今から遊びにいっても良いか、ときくだけのことだが、それが恥ずかしかったのである。

その前日も、前々日も、無言亭に足を運んだ二人だった。しかし、瀬在丸紅子は不在だった。留守番の根来機千瑛は、首を横にふるだけで、紅子の行方を知らなかった。

「二、三日で戻られるとおっしゃっていたけどね」彼はそう言った。

桜鳴六画邸の敷地内の小径を二人は歩いている。

午前十一時だ。

香具山紫子は、珍しくメガネをかけていた。短いTシャツに明るいブルーのジーンズ、それに白いスニーカという爽《さわ》やかなファッション。対する小鳥遊練無は、黄色のワンピースの下に薄いブルーのペチコート、ロングの髪にもレモン色のカチューシャ、といった対照的にヘヴィなファッションだった。

「めっちゃ暑そうやん、君」紫子は練無を見て目を細める。「まあ、しかし、いいからいいから。気にせんといてな。君は君の人生を歩めばよろしい。勝手やし、自由やし、立ち入ったことという気は毛頭ないんよ。そもそも、暑苦しい、言うても、暑いんは私やない。君自身やもんな」

「こういう格好してると、不思議と暑さを忘れるんだ」練無は言う。

「ほう、もっと忘れた方がいいもん、別にあるんと違う?」

「しこさんも、もっと可愛い格好すれば?」練無は微笑んだ。なかなか表情まで少女少女している。

「なんかいな、私の格好、可愛ないっていうわけ?」

「どうして、メガネなの?」

「あ、これか……。ちょっと徹夜続きで、目、痛いねん」

屋敷の東側へ回ると温室がある。その近くの芝生に、男女の人影が見えた。

「あ、紅子さん」練無は指さした。

池を迂回《うかい》して、二人はそちらに進路を変更した。途中で、向こうも練無たちに気がついて手を振った。

瀬在丸紅子は相変わらずの涼しい笑顔だった。真っ白なワンピースに同じく真っ白の日傘をさしている。もう一人は、小田原長治博士で、半袖のシャツに吊りズボン。手には金属製の大きなじょうごを持っていた。

「こんにちは」練無と紫子は、そろって頭を下げる。

「ああ……」小田原長治は穏やかに微笑んだ。「おや、今日はまた新しいお友達だね」

どうやら、練無のことを覚えていないようである。紫子が横にいる彼を見て片目を瞑ったが、練無は黙っていることにした。

「まあまあ、小鳥遊君、素敵。決っているわね」紅子はくすっと笑う。「それ、へっ君にも教えてあげて」

「紅子さん、いつ戻られたんです？」紫子が尋ねた。

「昨夜遅く……。ちょっと、長野まで遊びにいっていたの」

「どうして、長野へ？」練無がきいた。

「保呂草さんの故郷なのよ。林さんが出張したから、こっそりついていっちゃった。ああ、楽しかったわぁ、新婚さんみたいだったのよ」

紫子が練無の方へ顔を向け、一瞬だけ瞳を上げて僅かに舌を出した。「ミイラ」か、「毒殺」か、「呆れた」か、そのいずれかのサインであろう。

小田原長治は、にこにことしながら、皺《しわ》だらけの片手を広げて軽く振った。彼は、ガラスの温室の中へ入っていった。

2

「あの人、本名は、秋野《あきの》秀和《ひでかず》さんっていうの」紅子が話した。「ね、凄い名前でしょう?」

「あの人って?」練無がきく。

「保呂草さん」

「え?」紫子が目を丸くする。「保呂草さんって、本名じゃなかったの? あれぇ、だけど、私、確か免許証見せてもらったことありますよ」

「何が凄いの?」練無は別の質問をする。

「本ものの保呂草潤平さんという人は、秋野さんのお友達らしいのよ。阿漕荘を六年まえに借りたのは、その本ものの保呂草さんだったんだけれど、その一年後くらいに、秋野さんに部屋を又貸しして、出ていっちゃったみたい。それ以来ずっと、秋野さんは保呂草という名前で暮らしていたわけ」

「免許証は？」

「それも、途中で堂々と書き替えたんだって」紅子は説明する。「その保呂草さんっていう人は、部屋に自分の持ちものを全部置いたまま出ていったらしいの。免許証も通帳も全部。それで、しばらくその免許証を使って、期限が来たら、秋野さんが自分で書き替えにいったのね」

「顔が似てたんですね」練無が言う。「全然違う感じの人だったら、気づかれちゃうでしょう？　そんなの……」

「髪形やメガネで、ずいぶん人の印象って変わるものよ。なんでも、本ものの保呂草さんは髭を生やしていたそうだから、きっと、それを剃《そ》った、と言ったんじゃないかしら」

「ふうん、そんなに簡単なの……」練無が肩を竦める。

「あの、便利屋さんとか探偵のお仕事も、まえの保呂草さんから引き継いだもののようだわ」紅子が言った。「二人は長野の出身で、同郷だった。それで、私たち、そちらへ行ってきたんです」

「本ものの保呂草さんは、見つかったんですか？」紫子がきく。

「いいえ」紅子は首をふった。「ひょっとしたら、秋野さんに殺されたんじゃないかって、林さんは疑っている。私には、そんなことをする人には思えないけれど」

「えっと、秋野さんが、ですか?」練無は尋ねた。そんなことをする人ではない、とはどういった意味なのだろう、と彼は思った。五人も殺したのだから、そんなことをする可能性は、とても高いのではないか……。

「そう」紅子は頷く。「秋野さんという人は、とても頭の良い人ですから、危ないことをするとは思えないわ」

「でも、現に、していたわけでしょう?」練無は、紅子の意見に同意できなかった。

「うん、それはね、もうやめようとしていたからなのよ」そう言って、紅子は歩きだす。

二人は紅子についていった。建物に近づき、木製のデッキに上がる。そこに、白いペンキが塗られたベンチとテーブルが置かれていた。

紅子は日傘をテーブルに立て掛け、ベンチに腰掛ける。もう一つのベンチに練無と紫子が座った。

木陰で涼しかった。

連続殺人事件の犯人、秋野秀和は、胸と足に銃弾を受け、重傷であったが、命に別状はないという。彼は既にすべての犯行を正確に供述し始めている、と昨日会った渡辺刑事が話してくれた。

「あの、紅子さん……」練無はベンチでスカートを気にしながらきいた。

「なあに?」

「さっき、名前が凄いって言ったのは？」

「うん、それはね……」紅子は嬉しそうに微笑んだ。「ほら、あのとき、私、あいうえおのマトリクスの話をしていたでしょう。覚えているかな。斜めに読んでいくと、あ・き・す・て・の、になるっていう……」

「ええ、はい」練無は身を乗り出して頷く。「えっと、あの素敵、と……、明日の敵、だったっけ」

　それは瀬在丸紅子と保呂草こと秋野秀和が交した、並び換えのゲームだった。

「秋野秀和さんの名前のうち、でとずの濁点を取ってみると、あきすての、の五文字が全部含まれているわ。しかも、余分な二文字は、かとひ、になって、この二文字に、濁点を戻してあげると、がび、になるでしょう？　つまり、あきすての、が美。そのマトリクスの斜めの並びが美しい、というふうに読めない？」

「それ……、保呂草さん、いえ……、秋野さんがそう言ったんですか？」紫子が眉を寄せて尋ねる。

「いいえ、私が勝手に考えただけ。特に、が美、ってところは、私流ね」

「なあんだ……」

「でも、面白いなあ、それ」練無は神妙な顔で頷いた。

「あ！　デルタ」紫子が立ち上がる。

デッキの端にあった木製の手摺《てすり》の上を、黒猫が歩いていく。額に白い三角が見えた。

「まあ、噂をすればばって感じね」紅子が後ろを振り返って、デルタを見る。「お話が聞こえたのかしら」

「噂？　猫の噂なんてしてました？」練無が言う。

「あ、そうか……」紅子は練無たちの方を向き、小さな口を開けた。「まだ、言ってなかったっけ」

「何を？」紫子が首を傾げ、また眉を顰《ひそ》める。

「香具山さんは文系だから、知らないわよね。小鳥遊君、君は線形代数は単位ちゃんと取った？」

「どうして？」

「マトリクス、教わったでしょう？」

「行列ですね？」

「そう」紅子が頷く。「マトリクスの対角項だけを1にする。それ以外はすべて0にしたい。どうやってそれを書き表したら良いかしら？」

「えっと……、単位マトリクスのことですか？　斜めに1を並べて書いて、あとは0をひたすら入れるんじゃあ……」

「二次元で、しかも小さなマトリクスなら、それで書ける」紅子が頷いた。「でも、一般式で表記したいときがあるでしょう？　ほらほら、とっても有名な……」

「ああ、クロネッカのデルタ！」練無が叫んだ。

「何、それ？」紫子がメガネを持ち上げてきいた。いつもより、ずっとインテリに見える。

「クロネコのデルタ？」

「ね……」紅子がにっこりと微笑む。「三角じゃないけれど、小文字のデルタを書いて、そのあとにi、j、さらにkとか、添え字を書く。それで、たとえば、デルタij と書かれていれば、それは、もしiとjが同じ整数なら、全体が1になる、もし違う整数なら全体が0になる、という関数なの。ようするに、数が同じならON、違えばOFF。その関数の名前が、クロネッカ・デルタっていう。これ、もの凄く有名だから、理系の大学生なら、まず知らない人はいないでしょう？」

「私知らない」紫子が強ばった表情で片手を立てた。

「文系でもやるんじゃない？」練無がきく。

「たとえやっても頭脳通過」紫子は、ぶるぶると首をふった。

「ああ……、だからかあ……」練無は溜息をついた。「それで、黒猫のデルタが、愉快な名前だって、小田原博士が言ったんだ」彼は温室の方を見ながら頷いた。小田原長治の姿がガラス越しに見える。植物に水をやっているようだった。

「うーんっと、何なんです？」紫子が樹の枝を見上げながら、難しい表情をしてきいた。

「それが、数字のゾロ目に、関係があって、今度の事件を暗示しているってこと?」

「しこさん、自分の言ってること理解してる?」練無が笑った。「関係あるわけないじゃん」

「そう……そうよね……、でもでも、なんか……変な感じ」紫子が不安そうに頷く。

「意味なんか何もないと思う」紅子は片手を頰に当てて、顔を傾ける。「そもそも、意味のあることに反発した行為だったんだもの。どこにも意味はないのよ。だけど、秋野さんにしてみれば、自分にだけは綺麗に見えるルールが欲しかったんじゃないかしら。それはね、たとえば、人類が武器や神具に最初に刻んだ模様を見ればわかるわ。ほら……、円とか、三角とか、四角じゃない? あの模様にどんな意味があったかしら? それと同じこと。それが単純で綺麗だからだと思うわ」

「余計わからない」紫子は苦笑した。

「理屈を求めることが、あるときは、思考を狭めるのよ」紅子は優しい口調で言った。「最先端の自由な発想とは、理由も、言葉も、理論も、まだないところへ飛ぶことなの。そこへ飛躍できた人だけが、そのインスピレーションを摑むことができる。それを凡人が、あとから丁寧に理屈をつけて、そこまで行ける道を作るわけ」

「秋野さん、天才だったの?」紫子がきいた。

「いいえ、天才が秋野さんだった、かしら」紅子は言った。

「どういう意味?」練無が顔をしかめる。

「わからない」紅子は短く首をふった。「私も、わからない」

練無はもう一度、木製の手摺を見た。

既に黒猫の姿は、そこにはなかった。

まだわからない部分が存在する。

けれど、何もないところを進む人は、何らかの道しるべを必要とするものだろう。少なくとも、頭にそれを思い描いて進むのだろう、というくらいの理解は可能だった。

自分の思考はもう止まっている。

練無はまた溜息をついた。

「この屋敷、市か県のものになるんですって」紅子は建物を見上げて言った。「小田原先生から、たった今伺ったところ。それが良いわ。誰かにちゃんと手入れをしてもらわないといけないし、それにはお金がかかってしかたがないんですもの」

桜鳴六画邸は、かつては瀬在丸紅子の住まいだった。それが小田原家に渡り、今度は公共の財産となる。紅子たちの住んでいる無言亭はどうなるのだろう。紅子や彼女の息子、それに根来機千瑛は路頭に迷うことになるのだろうか。練無は、そのことを考えた。けれど、もの思いに耽《ふけ》っている紅子の横顔を見ると、どうしても、そんな不躾《ぶしつけ》な質問はできなかった。

練無は隣の紫子の顔を見る。彼女は口もとを上げてみせただけだった。きっと、もう何も考えていないのだろう。

3

紅子とは、今晩、阿漕荘の保呂草の部屋に集まって麻雀をする約束をした。一人欠けたわけだが、彼を偲《しの》んで三人麻雀をしよう、と提案がたちまち可決された。

一旦紅子と別れ、紫子と練無の二人は、阿漕荘に戻るため歩きだした。保呂草潤平こと秋野秀和が五年間住んでいた二〇二号室は、既に警察の手によって徹底的に捜索され、幾つもの段ボール箱に詰められて証拠品が押収された。もっとも、それらのうち一パーセントも、証拠品に相応《ふさわ》しいものはなかっただろう。

「麻雀牌あるかしら?」練無が指を顎に当てて言った。仕草までそれらしくなるようだ。

「警察に押収されちゃったんじゃない?」

「まさか……」紫子は答える。「何の証拠になる?」

「保呂草さん、そういえば、ニコニコでよく上がったよね」練無が言った。

「ああ……、うん」紫子は頷く。そう、あの最後に麻雀をしたときも、保呂草はチートイツで何度か連続して上がった。「そもそも、ゾロ目が好きやったんね」

「牌がなければ、どこかから借りてこよう。それに、紅子さんが来るなら、ちょっと部屋の掃除もしておかなくちゃだよ」練無が言った。彼らしい細《こま》やかな気配りである。

「そやね。良い心掛けやわ」紫子はうんうんと頷く。「私、お昼のチャーハン作ってあげるさかい、れんちゃん、保呂草さんの部屋、頼むわ。昨日の御飯が沢山残ってるんよ」

「僕がホットケーキ焼いてあげるからさ、しこさんが片づけてよ」

「べぇ！」紫子が舌を出す。

「しこさん、見てて」

練無は、近くに立っていたコンクリートの電信柱に向かって駆けだす。地面を蹴り、身軽に飛び上がると、次に躰を真横にして電信柱を蹴った。彼はそのまま後方に一回転して着地する。一瞬遅れて、膨脹したペチコートとスカートの中から空気が抜けた。

「どう？」練無はにっこり笑う。

「突然、何の真似？」紫子の声は少しうわずっていた。さすがに、ちょっとびっくりさせられたのだった。

「今の技に免じて、ホットケーキにしようよ」

「どういう思考回路なん、君は」口では言い返したものの、彼女はもう負けだと思った。相手の気力が完全に上回っている。「ああ……、あかん。信じられへんわぁ。親友としてははっきり言わしてもらうけど、そういうのを、理不尽っていうんだぞ」

「ホットケーキだ、ホットケーキだ」両手でスカートを持ち上げて、練無が膝を曲げる。

「ね？」

「うわあ。もう！　しゃあないなあ。ったくもう……」紫子は笑いだした。

「ホットケーキだ、ホットケーキだ」練無はその場でくるくると回った。フォークダンスでも踊っているように。

「あはは、かなわんやっちゃなあ。わかった、わかったから、もう、やめてんか、頼むわ、恥ずかしいな。あははは……、れんちゃん、やめてよ！」

4

阿漕荘の玄関を入ったところで、犬の鳴き声が聞こえた。

「あれ、誰か犬を入れたんだ」練無が奥を見て言った。

二人は靴を脱いで階段を上がる。二階の廊下の奥に、背の高い男が一人立っていた。

犬の声がさらに近くなる。

男が立っているのは、二〇二号室の前。

「あれ？　嘘……。鳴いてるの、ネルソン？」紫子が囁く。

「え……、本当に？」練無も気がついて驚いた。

ネルソンが鳴いたことなど、今までに一度もなかったのだ。鳴かない犬だと思っていた。どんな声なのか、二人は知らなかった。

「あ、すみません」立っていた男が二人に頭を下げる。

真っ直ぐの髪が肩まで届きそうなほど長い。鼻の下と顎に髭が延びている。年齢はよくわからないが、まだ若そうだった。グレィのTシャツに薄いジージャン、擦り切れたジーパン。エレキギターを持たせれば、そのままロック・コンサートができそうな風体だった。

「保呂草さんを、お訪ねでしょうか？」紫子は、お嬢様のような口調できいた。

「あ、ええ……」男は小さく頷く。ポケットに両手を突っ込んだままで、恥ずかしそうに視線を逸らした。

「あの、保呂草さん、実は……、その、なんていうか……」練無は説明をしようとして、言葉に詰まった。「とにかく、しばらく、帰ってきませんよ」

「あ、うん。それは、知っている」男は顔を上げて言った。「ここのドアの鍵、どこにあるか、君たち知らないかな？　ほら、まえは、ここだったんだけど……」彼はドアの上に手を伸ばした。鍵の隠し場所を知っているようだ。

「あ、僕が預かっているんです」練無は答える。「でも、どうして、この部屋の鍵を？」

「犬が、鳴いているだろう？」男は言った。

練無と紫子の声が聞こえたためか、ネルソンの鳴き声は小さくなっていた。だが、それでも部屋の中でくんくんと声を出している。歩き回っているのか、足音も聞こえた。

練無は自分の部屋に入って、預かっている保呂草の部屋の鍵を持ってきた。

ドアを開けると、中からネルソンが飛び出した。

長髪の男は、跪《ひざまず》いて犬を撫でる。

ネルソンは飛びつき、彼の顔を舐め回した。

「うわぁ、なに、この子、しっぽ動くやん」紫子は笑った。「どうしたん、ネルソン？」

「あの、ひょっとして……」練無は男に近づく。「保呂草さん、ですか？」

「あ、ええ」ついにネルソンを抱き上げて、彼は頷いた。「先週、帰国したんです。ずっと、海外だったんで。それで、実家に帰ったら、秋野君の話を聞かされて……。警察にも昨日一日行ってきました。あ、貴女も、このアパートの人？」彼は紫子にきいた。

「ええ、はい」紫子は棒立ちになって頷く。「あの、私は、そこです」斜め向かいの部屋を彼女は指さした。

「へえ……、お隣も向かいも、女の子なんだ」部屋の中に入りながら、本ものの保呂草は言う。ネルソンは抱っこされたままだった。

「あ、この子は、男ですよ」紫子は練無を指さす。しかし、その声は届かなかったようだ。

保呂草は部屋の奥へ行き、ネルソンを降ろした。

廊下で、練無と紫子は顔を見合わせる。

「うわぁ……、めっちゃカッコええ」幽霊を見た、と吹替えしてもおかしくない紫子の表情だった。「いやあぁん、本ものの方が、ずっとずっとカッコええやん。どないしょう」

「しこさん、メガネだけど、いいの？」

「あ、あかん！」紫子は機敏にメガネを取った。「ちょっと、コンタクトして、お化粧してくるさかい、れんちゃん頼むよ」

「頼むって、何を？」

紫子は大慌てで自分の部屋の鍵を開けて、中に姿を消した。

保呂草は部屋の中央に立っている。

「入って良いですか？」戸口から練無はきいた。

「うん、どうぞ」

練無は保呂草の部屋に入る。雑然としてはいたが、全体的にものが減っていた。警察が押収したからだ。部屋の隅に、エレキギターがぽつんと残っていた。

「そのギター、保呂草さんのなんですね？」

「ああ、そう。僕のだよ」彼は頷いてから、練無を見る。「あれ、君……、もしかして、男の子？」

「はい」

「そう……」にっこりと笑って、保呂草は練無に言った。「可愛いね」

何か疑問形を含んだ言葉を聞かされる、と身構えていたので、保呂草のその台詞《せりふ》は、練無にとって完全なフェイントだった。保呂草の無邪気な笑顔を見つめたまま、練無は黙った。

「あ、これ……」デスクにあった色紙を、保呂草は手に取る。

林選弱桑の四文字が書かれている色紙だ。

それは、あの日、もう一人の保呂草こと秋野秀和が口にした、林は弱き桑を選ぶ、という文句である。

「それ、保呂草さんが書いたものですか?」練無は尋ねた。保呂草というのは、もちろん、目の前にいる男のことを指したつもりである。

「いや、これは、秋野君の字だね」保呂草は優しい口調で答えた。「何をやらせても器用な男でね、彼は。ほら、なかなか達筆だよね」

「ええ」練無は頷く。本当はよくわからない。「それ、どういう意味でしょうか? 弱い思想のお金持ちの周囲に人が群がる、とかって聞いたんですけど、わざわざ色紙に書くような文句かなって……」

「うーん」保呂草は、色紙を睨んだまま動かなくなった。

練無はしばらく彼を観察することができた。彼の足もとでは、ネルソンが座り込み、まだ尾を振っている。

「あぁ、そうか……、なるほどね」そう言うと、保呂草は顔を上げ、練無の方を向いた。

「わかったよ。うん、これは形だね」

彼は色紙を練無に手渡した。もう一度、その四文字を眺めてみたが、練無には何も思い浮かばない。

「形……、ですか?」

「こんにちはぁ」紫子が部屋に入ってきた。いつもと全然声が違う。「お邪魔します。あ、あの……、私、向かいの香具山紫子というんです。保呂草さん、よろしくお願いします。あの、失礼ですけど、もう今夜からこちらに?」

「あ、いえ、違いますよ。今日は長野の実家に戻るつもりです」

「ああ、そうなんですか。今夜、ここで追悼麻雀大会を三人だけでする予定だったんですよ。私と小鳥遊君と、あと、超美女の瀬在丸紅子さんっていうお姫様みたいな人が来ます」

「ああ、そうですか」保呂草は笑わなかった。

「もう一人いると四人です」紫子は微笑んだ。「いかがですか?」

「麻雀ですか?　できるかなぁ……、もう十年近くやっていないし……」

「できます。絶対できます」紫子が頷く。

「あ……」練無は声を出す。「そうか!　どの漢字も、同じパーツが二つか三つあるんだ!」

「え、何してんの?」紫子が練無の持っていた色紙を覗き込んだ。

「ほら、これのこと、保呂草さん、じゃなくて、秋野さんが言ってたじゃん。覚えてない?七夕の短冊に書くって……」

「ああ……、うん、覚えてる」紫子は頷く。「パーツが二つって?」

「林は木が二つ。選ぶは、己が二つ、弱いは弓が二つ、それに桑は、又が三つある」

「そう……」保呂草は口もとを上げる。「それ、1、2、3、4という数字に形が似ているね。数字が隠れているんだ。林には11が隠れているだろう?」

「あ! 己は、数字の2か……。弓が3で、又が4ですね」練無は躰を弾ませる。「うわぁ、凄いや! つまり、十一、二十二、三十三、四十四が隠れているんだ」

「それが、事件に何か関係あったわけ?」保呂草が尋ねる。

「大ありも大あり……」練無は頷いた。「あ! そうか……、紅子さん、だから、あのとき気づいたんだね……、ほらほら、車で寝た振りをしてたって、言っていたけど……」

「違う違う、君のバッテリィの話だって、私は聞いたよ」

「面白そうだね」保呂草は少しだけ微笑む。「良かったら、話を詳しく聞かせてくれないかな」

「あ、じゃあじゃあ、今夜、是非一緒に麻雀しましょう」紫子が声を弾ませる。

「どうして、麻雀しなくちゃいけないの?」練無が小声で言った。

「君は黙っとり」紫子が練無を睨みつける。

「わかった」保呂草が片手を広げる。「それじゃあ、今夜はここに泊まろう。久しぶりに、ネルソンも一緒だし……」

「ずっと、ここでお暮しになってはどうですか? 日本で住むところ、まだ決ってないんでしょう？」紫子が尋ねる。

「あ、うん」保呂草は紫子の剣幕《けんまく》に押されているようだった。「だけど、明日からまた、ちょっと野暮用があってね、出かけなくちゃいけないんだ。少なくとも二週間ほどは帰れない。その間、ネルソンをお願いしたいんだけど……」

「ええ、ええ、もう、それは、大丈夫。お安いご用です」紫子が答えた。「タンカーに乗ったつもりで、任せておいて下さい」

「そうか……」保呂草は部屋を見渡して、溜息をついた。「まさか、またこの阿漕荘に住むことになろうとはね……、思わなかったなあ」

「あの、秋野さんは、どうして保呂草さんの名前を使ったんでしょうか？」練無は突然思いついた疑問を素直に口にした。

「そんなの……」紫子が横から言いかけたが、途中で押し黙った。彼女は練無の顔を見る。いつもの、つっこみを自粛したようだ。保呂草の手前、おしゃべり女の印象を少しでも和らげようという配慮に違いない。

　何故、秋野は保呂草と名乗ったのか。

　もちろん、その方が便利だったからだ。

　アパートを引き続き借りるのにも、都合が良かった。免許証も保呂草のものを更新して使っていたのだ。保呂草になりきることで、スムーズに仕事ができたのだろう。

しかし……、

そんなことは些細な問題である。仕事なら、保呂草の親友だとか、パートナだとか、もっともらしい説明をすれば済むことではなかったか。

保呂草は窓の方へ歩いていく。

「あの、それはさ……」網戸のままだった窓を開けてから、彼は振り返った。「きっと、僕の名前の呂という漢字のせいだと思うよ」

「え、どうして?」紫子がきく。

「ほら、さっきの法則」保呂草は言った。「0が二つ入っているから……」

エピローグ　何かが始まる　Something Begins

「ベッツが発表した後退角の論文を、いったいどれだけのエンジニアが注目しただろう」そう言って、教授は黒板を叩く。「みんな、レシプロエンジンのピストンしか見ていなかった時代だ。しかし、このとき、すなわち一九三五年に、人類は既に音速を越えていたといって良いだろう。とにかく、あとは作って飛ぶだけだったんだからね。そんなことは、誰にだってできることなんだ」

事件が急展開で解決してから三週間後、炎天下の午後に、保呂草潤平は阿漕荘に正式に引っ越してきた。手荷物は薄汚れたスポーツバッグが一つ、それにアイスホッケーのスティックだけだった。そのスティックは、今でも、彼の部屋の壁を斜めに横切って、立て掛けられている。どう見ても、保呂草はアイスホッケーをするようなタイプには見えないのだが、誰も出所を尋ねなかった。髭面で無口な彼は、そもそも、人からものを尋ねられにくい人格だった、ということだろう。

と、ここまで三人称で書いてきたが、この私が保呂草潤平である。私は、瀬在丸紅子、小鳥遊練無、香具山紫子、根来機千瑛といった新しい友人たちから話を聞き、（多少だが）面白可笑しく演出して、このレポートをまとめたのである。私は世界中でいろいろな人間を観察してきたが、この四人は、どこに出しても恥ずかしくない個性豊かな連中だと思う。おそらくは、旧友、秋野秀和君に負けず劣らず、個性的といっても許されるだろう。

私なりに、今回の事件について僅かばかりの分析もしてみた。

新聞や週刊誌は、その動機の異常性を書き連ね、犯人の人生の中にもまた異常性を発見しようとやっきになったようだった。といっても、単に「異常だ」と記述するだけの薄っぺらさで、ステレオ的な内容には違いない。そもそも、どんな人間にだって、そういった目で探せば、綻《ほころ》びた糸が見え、叩けば、取り残された古い埃《ほこり》が舞うだろう。だが、私はここに断言しよう。彼はとても良い奴だった。少なくとも、私の人生に関わる部分では、まともな男だったのだ。それで充分ではないだろうか。彼は殺人鬼であり、私の親友だったのだ。両者は、何も矛盾しない。私はそう思う。それを許容することこそ、人間の複雑さであり、優しさではないのか。言葉では聞いていないが、私の新しい友人たちも、きっと同じ心境だと想像する。

動機が理解できない、という事態は、社会に不安を与えるものらしい。もちろん、私もそれは知っている。つまりは、人が人を殺すという行為を、できる限り抑制しようという社会的な方法論に起因する。これは、経験的に築かれたシステムであり、息の長い、ある種のキャンペーンだと考えればわかりやすい。「みんなで殺人者の動機を理解しよう！」というキャンペーンが、この数世紀続いているのである。たとえば、何かの恨みを晴らすためになされた殺人は、怨恨という動機で処理され、そのように他人に反感をかうような行為が危険であることを人々に教える。そういった行為を慎んで、自分の生命を守ることが賢明だ、と教える。そう解釈できるだろう。こうして、社会の平穏を保持するためのガードが、幾重にも重ねられるメカニズムなのだ。

だがしかし、別の見方をすれば、これは、明らかに人間の尊厳を無視し、人間の複雑さを排除しようとするシステムといえるだろう。無意味な殺人、理由のない殺人は、ずっと権力や道徳への反発として、ひと絡《から》げにして扱われてきた。その実は、それらを理解することを拒むことで、理解したと思い込み、安心できると考えたに過ぎない。一種の集団催眠といえるだろう。

私は、だから、親友の行為を、素直にそのまま記述したかった。その行為は、許容できるものではない（私には許容できない、という意味だ）が、その動機を、肯定したり、否定したりすることは、ナンセンスだ。動機は自由なのである。いかなる動機にも罪はない。簡単にいえば、人は皆、神様の指令をときどき受けるものなのだ、と思う。それに気づくか気づかないかの違いはあるが……。

さて、小田原家は、桜鳴六画邸を引き払い、この歴史的価値を有した建造物は、那古野市が所有する公共物となった。近い将来、予算が計上され、それが認められれば、博物館か資料館として改装されることになる、という話も耳にした。

瀬在丸紅子の一家は、暫定的《ざんてい》に、この邸宅の管理人（といっても、名目だけのことであろうが）として、敷地内の離れ、無言亭に居住することが認められた（否、黙認された、が正しい）。このようなことが容認された背景が、実のところ私にはよくわからない。おそらく、瀬在丸家の過去の栄光に対して、少なからぬ敬意か恩義を感じている人物が、役所の上層部に存在したのであろう、と勝手に推測している。

アパート阿漕荘も、幸いまだ取り壊されずにいる。ここの現在の大家は、数学者、小田原長治だ。二人の孫、そして家政婦と一緒に、彼らは市内の高級住宅地に引っ越した。私たちは家賃を銀行から振り込んでいるので、彼らに直接会う機会は、その後一度もない。

隣の部屋の小鳥遊練無は、夏休み、長野県の山荘でアルバイトをするため、今週から出かけている。見かけによらず、彼は実に真面目で優秀な学生だ。性格はおっとりしているが、頭の回転は速い。彼がどんな人生を歩んできたのか、とても興味のあるところなので、おいおい話を聞き出そうと考えている。

斜め向かいの部屋の香具山紫子は、私の部屋に毎日遊びにくる。最初は鬱陶《うっとう》しかったのだが、最近、彼女の微妙にずれた面白さがわかってきて、不思議と退屈しない。大学のレポートのことで相談を受けたし、楽器に興味があるから教えてほしいとも言ってくる。どこまでが本気なのか、きっと本人も把握できていないのだろう。最近では珍しい、率直で素直な人格だと私は見ている。


さて、夏休み。

私には関係のない、夏休みだ。

この国は、最低限の生活に法外な費用がかかる。したがって、何か仕事を見つけて、生きていかなくてはならない。

また、昔のコネを頼りに、何でもありの便利屋稼業を再開することになりそうだ。親友が続けていてくれたおかげで、この選択が、今のところ無難だろう。


そう……。

ようやく、この原稿を書き終わった夜のこと。小鳥遊練無から電話があった。

あとあと考えてみると、これが、私の復帰一番の仕事になった。そして、その仕事絡みで、これまた、とんでもない事件に遭遇したのである。小鳥遊練無はもちろん、またも、瀬在丸紅子、それに香具山紫子を巻き込んで、前代未聞の謎（そう、大げさに書いておこう）に、私たちは奔走することになる。

小鳥遊練無は、スカートから繰り出すキックを最終兵器に、この危機に立ち向かうだろう。香具山紫子は、この空前の謎に対して、相変わらずの好奇心を遺憾なく発揮するだろう。

誰もが、その事件の不思議さに頭を悩ますことになるのだが、瀬在丸紅子だけは、きっと澄ました仕草で、世界中で彼女にしかできない笑顔を僅かに傾け、こう言うにきまっている。

「あら、簡単なことよ」

残念ながら、今は詳しく話せない。

それは、また、別の物語である。

解説

皇　名月

私が「黒猫の三角」という小説を知ったのは、二〇世紀最後の年の秋の頃だったろうか。それは、私が漫画を描いている雑誌の編集部から送られてきた、次に私が漫画化する原作小説としての出会いだった。

その縁で、この文庫版の「解説」を書くお役目が、どうやら私に回ってきたようだ。依頼が来たとき、「解説なんて（高度なものは）書けません」と泣きごとを言ったら、「解説という言葉にこだわらなくてよいです」というお言葉を、森先生からいただいた。

だから以下の文は、たぶん、解説ではない。

（なお、文中、事件の真相そのものズバリではないが、推理の上で大きなヒントとなる部分があるので、先入観なしにミステリを楽しみたい方は、ご注意いただきたい）

「黒猫の三角」は、ミステリである。

ミステリを読む目的が騙《だま》されることであるならば、本書は十分、読者を満足させるだろう。少なくとも私は、主人公の一人によって犯人が発見されたとき、本気で驚いた。

そして、信じなかった。

「きっと、まだどんでん返しがあるんだ」

ミステリでお馴染みの、探偵が、同席している人に向かってトリックや動機を得々と説明している場面を目で追いながらも、まだそう確信していた。つまり私は、腹立たしいほど森先生の計算通りに——否、もしかしたら計算以上に、みごとに騙されたわけだ。もっとも、「まだどんでん返しがある」という確信は、私が想像していたのとは全然違った形であったにせよ、ちゃんと実現したので、どうやら私の推理能力も、捨てたものではなさそうだが(そうなのか?)。

驚いたのはそれだけではない。事件のトリックと動機にも、すっかり度肝を抜かれた。「黒猫の三角」のそれは、どちらも究極の、そしてとてもリアルなトリックと動機だ。ただし、両者は対極的な位置にある。前者は誰でも思いつく、後者は誰も思いつかない。そんな意味での究極であり、リアルである。

アンフェアな香りが、しないでもない。

だが、とても面白い。

そう、「黒猫の三角」は、とても面白かった。読み終えて、私は満足した。この小説を味わい尽くした、と信じていた。

だが、「黒猫の三角」に施《ほどこ》された仕掛けは、そんな生易しいものではない、ということを、私は漫画化の作業で本作と関わり続ける過程で、徐々に思い知ることになる（ちょっとオーバーに言っております）。

「黒猫の三角」では、登場人物同士の会話や議論を通して、読者に対して、様々な問題提起が行われているが、その中の一つに、「硬直した思考は、何も生み出さない」というようなものがある、と思う。そして読者は、「黒猫の三角」を読み進めていく中で、作者によって、知らず知らずのうちに、思考の柔軟性を試されている……のかもしれないのだ。

物語の中に、原因や結果の記されていない、いくつかの事柄が出てくる。読者に考えさせるために、敢えてそうしたのだろうか？　紅子さんが出した、正解の記されていないクイズや、小田原姉弟に関わるエピソードなんかが、それだ。単に、森先生流のリアリティ表現であって、そういう意図は、無いのかもしれない。だが、読み終わったあとに「あれは結局、なんだったんだ？」と、気になった人も少なくないのではないだろうか。まぁ、小田原姉弟のエピソード程度のあやふやさは、読者の脳内で補完できるだろうが、紅子さんのクイズは、かなりやっかいだ。果たして、ちゃんとした答えが用意されていたのかどうかも、不明。ちなみに私が考えた答えは、両者が背中合わせの状態だった、もしくは、完全に「同じ場所」に立ったということは、両者が重なり、一体化したような状態だった、といったところだろうか。どちらも何となく、クライマックスに関わる寓意を込められそうな答えではある。というか、クイズ自体が、そういう感じなのだが。しかし、そういう捉《とら》え方が既に、森先生の仕掛けた罠（！）に嵌《はま》っているのかもしれない。「あのクイズには、何の意味もありません」と、そんな答えが返ってきそうな気がして、森先生には何も聞いていないのだが。しかし、このあたりはまだ序の口だ。「黒猫の三角」には、もっと難解な試練が無造作に転がっている。

例えば物語の終盤に、登場人物は誰も指摘しないが、前後の描写から考えると矛盾しているように思える台詞が、出てくる。一見、作者のケアレスミスのようにも思える類《たぐい》のものだ。ところが、その点を森先生に聞いてみると、ちゃんと答えが返ってきた。それは、普通の小説の読み方では、まず思いつかないような答えだった。だが、突飛ではない。我々も普段、よくやることだ。

つまり、登場人物が「嘘を吐《つ》いている」のである。

トリックに関わる嘘は、探偵によって暴かれるが、ストーリーに直接関係のない部分で登場人物が吐いた嘘は、作者が読者に教える気がなければ、気付きようがない。

アンフェアな香りが、しないでもない（これは負け惜しみだろうか？）。

だがやっぱり、とても面白い。

それにしても、これには本当にびっくりした。創作する者のはしくれでありながら、私は、創作（小説、漫画、映画、なんでも）の中の登場人物は、「これは嘘である」ということが何らかの形で読者に示されたもの以外は、すべて「本当のこと」を話しているのだ、と何の根拠もなく信じきっていたからだ。こんなことに驚いているのは、もしかしたら、私だけなんだろうか？　思わず心配になってしまう。考えれば考えるほど、些細《ささい》なことに思える。だけど、私にとって、これはものすごい発見なんだ。

ほかにもまだまだ、仕掛けは施されている（私が知らないものも、あるかもしれない）。中には、二重の仕掛けが施されている部分もあったりして、気付くと実に楽しい（この二重の仕掛けのうちの一つは、森先生に教えられた。そうでなければ私は、永遠に気付かなかったと思う。「嘘」の件といい、柔軟さに欠けた己の思考能力の限界を、嫌というほど思い知らされた気分だ）のだが、事件の根幹に関わる部分もあるので、これ以上ここで触れるのは、やめておこう。

おそらく、「黒猫の三角」を何のヒントもなしに完全に理解できる人は、ほとんどいないだろう。わかりやすい部分だけを目にして、「すべて理解した」と思った人がいたとしたら、たぶん勘違いだ。現実の、人と人の関わりともよく似ている。だけどそれは、幸運なことかもしれない。最初から何もかもわかってしまったのでは、新たに発見したときの感動を、味わうことができないのだから。

どこに何が隠れているか、わからない。油断ならない。そんな感じがスリリングだ。わくわく、そして少し、恐くもある。

恐いとは、何が？

実は私、森先生が、ちょっと恐いのだ。森先生を前にすると、自分という人間を完全に見透かされているような、自分が試されているような、そんな不安感が湧きあがってくる。但し、こういう恐れというのは結局のところ、自分自身の問題——鏡に映った自分の劣等感を見て、怯《おび》えているようなものなのだが……。そんなわけで、この「解説」も、実はビクビクしながら書いている。

致命傷を負わないうちに、そろそろ筆を置こう……。

＊冒頭の引用文は「ネオフィリア」（ライアル・ワトソン著、内田美恵訳　ちくま文庫）によりました。

この作品は、一九九九年五月に講談社ノベルスとして刊行されました。

|著者| 森 博嗣　作家、工学博士。1957年12月生まれ。名古屋大学工学部助教授として勤務するかたわら、1996年に『すべてがFになる』（講談社）で第1回メフィスト賞を受賞しデビュー。以後、続々と作品を発表し、人気を博している。小説に『スカイ・クロラ』シリーズ、『ヴォイド・シェイパ』シリーズ（ともに中央公論新社）、『相田家のグッドバイ』（幻冬舎）、『喜嶋先生の静かな世界』（講談社）など、小説のほかに、『自由をつくる 自在に生きる』（集英社新書）、『孤独の価値』（幻冬舎新書）などの多数の著作がある。2010年には、Amazon.co.jpの10周年記念で殿堂入り著者に選ばれた。ホームページは、「森博嗣の浮遊工作室」（https://www.ne.jp/asahi/beat/non/mori/）。

黒猫《くろねこ》の三角《さんかく》　Delta in the Darkness

森《もり》 博嗣《ひろし》

2002年7月15日第1刷発行
2024年5月14日第34刷発行

講談社文庫
定価はカバーに
表示してあります

発行者――森田浩章
発行所――株式会社　講談社
東京都文京区音羽2-12-21　〒112-8001
電話　出版（03）5395-3510
　　　販売（03）5395-5817
　　　業務（03）5395-3615

KODANSHA

デザイン―菊地信義
製版―――株式会社広済堂ネクスト
印刷―――株式会社KPSプロダクツ
製本―――株式会社KPSプロダクツ

Printed in Japan

ISBN4-06-273480-X

講談社文庫刊行の辞

二十一世紀の到来を目睫に望みながら、われわれはいま、人類史上かつて例を見ない巨大な転換期をむかえようとしている。

世界も、日本も、激動の予兆に対する期待とおののきを内に蔵して、未知の時代に歩み入ろうとしている。このときにあたり、創業の人野間清治の「ナショナル・エデュケイター」への志を現代に甦らせようと意図して、われわれはここに古今の文芸作品はいうまでもなく、ひろく人文・社会・自然の諸科学から東西の名著を網羅する、新しい綜合文庫の発刊を決意した。

激動の転換期はまた断絶の時代である。われわれは戦後二十五年間の出版文化のありかたへの深い反省をこめて、この断絶の時代にあえて人間的な持続を求めようとする。いたずらに浮薄な商業主義のあだ花を追い求めることなく、長期にわたって良書に生命をあたえようとつとめるところにしか、今後の出版文化の真の繁栄はあり得ないと信じるからである。

同時にわれわれはこの綜合文庫の刊行を通じて、人文・社会・自然の諸科学が、結局人間の学にほかならないことを立証しようと願っている。かつて知識とは、「汝自身を知る」ことにつきていた。現代社会の瑣末な情報の氾濫のなかから、力強い知識の源泉を掘り起し、技術文明のただなかに、生きた人間の姿を復活させること。それこそわれわれの切なる希求である。

われわれは権威に盲従せず、俗流に媚びることなく、渾然一体となって日本の「草の根」をかたちづくる若く新しい世代の人々に、心をこめてこの新しい綜合文庫をおくり届けたい。それは知識の泉であるとともに感受性のふるさとであり、もっとも有機的に組織され、社会に開かれた万人のための大学をめざしている。大方の支援と協力を衷心より切望してやまない。

一九七一年七月

野間省一

田辺聖子　女の日時計
谷川俊太郎訳 和田誠絵　マザー・グース　全四冊
立花隆　中核VS革マル　(上)(下)
立花隆　日本共産党の研究　全三冊
立花隆　青春漂流
高杉良　労働貴族
高杉良　広報室沈黙す　(上)(下)
高杉良　炎の経営者　(上)(下)
高杉良　小説　日本興業銀行　全五冊
高杉良　社長の器
高杉良　その人事に異議あり〈女性広報主任のジレンマ〉
高杉良　人事権！
高杉良　小説消費者金融〈クレジット社会の罠〉
高杉良　小説　新巨大証券　(上)(下)
高杉良　局長罷免―小説通産省
高杉良　首魁《しゅかい》の宴《うたげ》〈政官財腐敗の構図〉
高杉良　指名解雇
高杉良　燃ゆるとき
高杉良　銀行大合併〈短編小説全集(上)〉

高杉良　エリートの反乱〈短編小説全集(中)〉
高杉良　金融腐蝕列島　(上)(下)
高杉良　勇気凜々
高杉良　混沌《こんとん》　新・金融腐蝕列島　(上)(下)
高杉良　乱気流　(上)(下)
高杉良　小説　会社再建
高杉良　新装版　懲戒解雇
高杉良　新装版　大逆転！〈小説　三菱・第一銀行合併事件〉
高杉良　新装版　バンダルの塔
高杉良　第四権力〈巨大メディアの罪〉
高杉良　巨大外資銀行
高杉良　最強の経営者〈アサヒビールを再生させた男〉
高杉良　リベンジ〈巨大外資銀行〉
高杉良　新装版　会社蘇生
竹本健治　新装版　匣《はこ》の中の失楽
竹本健治　囲碁殺人事件
竹本健治　将棋殺人事件
竹本健治　トランプ殺人事件
竹本健治　狂い壁　狂い窓

竹本健治　涙《るい》香《こう》迷《めい》宮《きゅう》
竹本健治　新装版　ウロボロスの偽書　(上)(下)
竹本健治　ウロボロスの基礎論　(上)(下)
竹本健治　ウロボロスの純正音律　(上)(下)
高橋源一郎　日本文学盛衰史
高橋源一郎　5と3/4時間目の授業
高橋克彦　写楽殺人事件
高橋克彦　総門谷
高橋克彦　炎《ほむら》立つ　壱　北の埋み火
高橋克彦　炎立つ　弐　燃える北天
高橋克彦　炎立つ　参　空への炎
高橋克彦　炎立つ　四　冥き稲妻
高橋克彦　炎立つ　伍　光彩楽土〈全五巻〉
高橋克彦　火怨〈北の燿星アテルイ〉(上)(下)
高橋克彦　水壁〈アテルイを継ぐ男〉
高橋克彦　天を衝く　(1)〜(3)
高橋克彦　風の陣　一　立志篇
高橋克彦　風の陣　二　大望篇
高橋克彦　風の陣　三　天命篇

講談社文庫　目録

中村江里子 女四世代、ひとつ屋根の下
中野美代子 カスティリオーネの庭
中野孝次 すらすら読める方丈記
中野孝次 すらすら読める徒然草
中山七里 贖罪の奏鳴曲《ソナタ》
中山七里 追憶の夜想曲《ノクターン》
中山七里 恩讐の鎮魂曲《レクイエム》
中山七里 悪徳の輪舞曲《ロンド》
中山七里 復讐の協奏曲《コンチェルト》
長島有里枝 背中の記憶
長浦 京 赤《セキ》 刃《ジン》
長浦 京 リボルバー・リリー
長浦 京 マーダーズ
中脇初枝 世界の果てのこどもたち
中脇初枝 神の島のこどもたち
中村ふみ 天空の翼 地上の星
中村ふみ 砂の城 風の姫
中村ふみ 月の都 海の果て
中村ふみ 雪の王 光の剣
中村ふみ 永遠《とわ》の旅人 天地の理《ことわり》
中村ふみ 大地の宝玉 黒翼《こくよく》の夢
中村ふみ 異邦の使者 南天の神々
夏原エヰジ Cocoon 〈修羅の目覚め〉
夏原エヰジ Cocoon2 〈蠱惑の焔〉
夏原エヰジ Cocoon3 〈幽世の祈り〉
夏原エヰジ Cocoon4 〈宿縁の大樹〉
夏原エヰジ Cocoon5 〈瑠璃の浄土〉
夏原エヰジ 連理の宝 〈Cocoon外伝〉
夏原エヰジ Cocoon 〈京都・不死篇―蠢《しゅん》―〉
夏原エヰジ Cocoon 〈京都・不死篇2―疼《とう》―〉
夏原エヰジ Cocoon 〈京都・不死篇3―愁《しゅう》―〉
夏原エヰジ Cocoon 〈京都・不死篇4―嗄《か》―〉
夏原エヰジ Cocoon 〈京都・不死篇5―巡《めぐる》―〉
長岡弘樹 夏の終わりの時間割
ナガノ ちいかわノート
西村京太郎 華麗なる誘拐
西村京太郎 寝台特急「日本海」《メモリー・トレイン》殺人事件
西村京太郎 十津川警部 帰郷・会津若松
西村京太郎 特急「あずさ」《アリバイ・トレイン》殺人事件
西村京太郎 十津川警部の怒り
西村京太郎 宗谷本線殺人事件
西村京太郎 奥能登に吹く殺意の風
西村京太郎 特急「北斗1号」《スーサイド・トレイン》殺人事件
西村京太郎 十津川警部 湖北の幻想
西村京太郎 九州特急「ソニックにちりん」殺人事件
西村京太郎 東京・松島殺人ルート
西村京太郎 新装版 殺しの双曲線
西村京太郎 新装版 名探偵に乾杯
西村京太郎 南伊豆殺人事件
西村京太郎 十津川警部 青い国から来た殺人者
西村京太郎 新装版 天使の傷痕
西村京太郎 新装版 D機関情報
西村京太郎 十津川警部 猫と死体はタンゴ鉄道に乗って
西村京太郎 韓国新幹線を追え
西村京太郎 北リアス線の天使
西村京太郎 十津川警部 長野新幹線の奇妙な犯罪
西村京太郎 上野駅殺人事件

西尾維新　零崎軋識《ぜろざききしき》の人間ノック
西尾維新　零崎曲識の人間人間
西尾維新　零崎人識の人間関係　匂宮出夢との関係
西尾維新　零崎人識の人間関係　無桐伊織との関係
西尾維新　零崎人識の人間関係　零崎双識との関係
西尾維新　零崎人識の人間関係　戯言遣いとの関係
西尾維新　xxxHOLiC アナザーホリック ランドルト環《かん》エアロゾル
西尾維新　難民探偵
西尾維新　少女不十分
西尾維新　本題〈西尾維新対談集〉
西尾維新　掟上《おきてがみ》今日子《きょうこ》の備忘録
西尾維新　掟上今日子の推薦文
西尾維新　掟上今日子の挑戦状
西尾維新　掟上今日子の遺言書
西尾維新　掟上今日子の退職願
西尾維新　掟上今日子の婚姻届
西尾維新　掟上今日子の家計簿
西尾維新　掟上今日子の旅行記
西尾維新　新本格魔法少女りすか

西尾維新　新本格魔法少女りすか2
西尾維新　新本格魔法少女りすか3
西尾維新　新本格魔法少女りすか4
西尾維新　人類最強の初恋
西尾維新　人類最強の純愛
西尾維新　人類最強のときめき
西尾維新　人類最強の sweetheart
西尾維新　りぽぐら！
西尾維新　悲鳴伝
西尾維新　悲痛伝
西尾維新　悲惨伝
西尾維新　悲報伝
西尾維新　悲業伝
西尾維新　悲録伝
西尾維新　悲亡伝
西村賢太　どうで死ぬ身の一踊り
西村賢太　夢魔去りぬ
西村賢太　藤澤清造追影
西村賢太　瓦礫の死角

西川善文　ザ・ラストバンカー〈西川善文回顧録〉
西川　司　向日葵《ひまわり》のかっちゃん
西　加奈子　舞台
丹羽宇一郎　民主化する中国〈習近平がいま本当に考えていること〉
似鳥　鶏　推理大戦
貫井徳郎　新装版 修羅の終わり(上)(下)
貫井徳郎　妖奇切断譜
額賀　澪　完パケ！
A・ネルソン　「ネルソンさん、あなたは人を殺しましたか？」
法月綸太郎　法月綸太郎の冒険
法月綸太郎　新装版 密閉教室
法月綸太郎　怪盗グリフィン、絶体絶命
法月綸太郎　怪盗グリフィン対ラトウィッジ機関
法月綸太郎　キングを探せ
法月綸太郎　名探偵傑作短篇集 法月綸太郎篇
法月綸太郎　新装版 頼子のために
法月綸太郎　誰《たそ》彼《がれ》〈新装版〉
法月綸太郎　雪密室〈新装版〉

濱　嘉之　プライド2　捜査手法
馳　星周　ラフ・アンド・タフ
畠中　恵　アイスクリン強し
畠中　恵　若様組まいる
畠中　恵　若様とロマン
葉室　麟　風　渡　る
葉室　麟　風　の　軍　師〈黒田官兵衛〉
葉室　麟　星　火　瞬　く
葉室　麟　陽《かげ》炎《ろう》の　門
葉室　麟　紫　　匂　う
葉室　麟　山月庵茶会記
葉室　麟　津　軽　双　花
長谷川　卓　獄《がく》〈上・白銀《しろがね》渡り〉〈下・湖底の黄金〉神《じん》
長谷川　卓　嶽神伝《がくじんでん》　鬼哭《きこく》(上)(下)
長谷川　卓　嶽神列伝　逆渡《さかわた》り
長谷川　卓　嶽《がく》神《じん》伝《でん》　血　路
長谷川　卓　嶽《がく》神《じん》伝《でん》　死　地
長谷川　卓　嶽神伝　風花(上)(下)
原田マハ　夏を喪くす

原田マハ　風のマジム
原田マハ　あなたは、誰かの大切な人
畑野智美　海の見える街
畑野智美　南部芸能事務所 season5 コンビ
早見和真　東　京　ド　ー　ン
はあちゅう　半径5メートルの野望
はあちゅう　通りすがりのあなた
早坂　吝《やぶさか》　○○○○○○○○殺人事件
早坂　吝　虹　の　歯　ブ　ラ　シ〈上木《かみき》らいち発散〉
早坂　吝　誰も僕を裁けない
早坂　吝　双《そう》蛇《じゃ》密　室
浜口倫太郎　22　年　目　の　告　白〈―私が殺人犯です―〉
浜口倫太郎　廃　校　先　生
浜口倫太郎　Ａ　Ｉ　崩　壊
原田伊織　明治維新という過ち〈日本を滅ぼした吉田松陰と長州テロリスト〉
原田伊織　列強の侵略を防いだ幕臣たち〈続・明治維新という過ち〉
原田伊織　〈明治維新という過ち・完結編〉虚像の西郷隆盛　虚構の明治150年
原田伊織　三流の維新　一流の江戸〈明治は「徳川近代」の模倣に過ぎない〉
葉真中《はまなか》　顕《あき》　ブラック・ドッグ

原　雄一　宿　命〈國松警察庁長官を狙撃した男・捜査完結〉
濱野京子　with《ウィズ》 you《ユー》
橋爪駿輝　ス　ク　ロ　ー　ル
パリュスあや子　隣　人　X
平岩弓枝　花　嫁　の　日
平岩弓枝　はやぶさ新八御用旅(一)〈東海道五十三次〉
平岩弓枝　はやぶさ新八御用旅(二)〈中仙道六十九次〉
平岩弓枝　はやぶさ新八御用旅(三)〈日光例幣使道の殺人〉
平岩弓枝　はやぶさ新八御用旅(四)〈北前船の事件〉
平岩弓枝　はやぶさ新八御用旅(五)〈諏訪の妖狐〉
平岩弓枝　はやぶさ新八御用旅(六)〈紅花染め秘帳〉
平岩弓枝　新装版 はやぶさ新八御用帳(一)〈大奥の恋人〉
平岩弓枝　新装版 はやぶさ新八御用帳(二)〈江戸の海賊〉
平岩弓枝　新装版 はやぶさ新八御用帳(三)〈又右衛門の女房〉
平岩弓枝　新装版 はやぶさ新八御用帳(四)〈鬼勘の娘〉
平岩弓枝　新装版 はやぶさ新八御用帳(五)〈御守殿おたき〉
平岩弓枝　新装版 はやぶさ新八御用帳(六)〈春月の雛〉
平岩弓枝　新装版 はやぶさ新八御用帳(七)〈寒椿の寺〉
平岩弓枝　新装版 はやぶさ新八御用帳(八)〈春怨　根津権現〉

講談社文庫　目録

講談社文庫 目録

本城雅人 スカウト・バトル
本城雅人 嗤うエース
本城雅人 贅沢のススメ
本城雅人 誉れ高き勇敢なブルーよ
本城雅人 シューメーカーの足音
本城雅人 ミッドナイト・ジャーナル
本城雅人 紙の城
本城雅人 監督の問題
本城雅人 去り際のアーチ〈もう一打席!〉
本城雅人 時代
本城雅人 オールドタイムズ
堀川惠子 裁かれた命〈死刑囚から届いた手紙〉
堀川惠子 死刑の基準〈「永山裁判」が遺したもの〉
堀川惠子 永山則夫〈封印された鑑定記録〉
堀川惠子 教誨師
堀川惠子 戦禍に生きた演劇人たち〈演出家・八田元夫と「桜隊」の悲劇〉
堀川惠子 小笠原信之 チンチン電車と女学生〈1945年8月6日・ヒロシマ〉
誉田哲也 Qros《キュロス》の女
松本清張 草の陰刻

松本清張 黄色い風土
松本清張 黒い樹海
松本清張 殺人行おくのほそ道(上)(下)
松本清張 邪馬台国 清張通史①
松本清張 空白の世紀 清張通史②
松本清張 カミと青銅の迷路 清張通史③
松本清張 天皇と豪族 清張通史④
松本清張 壬申の乱 清張通史⑤
松本清張 古代の終焉 清張通史⑥
松本清張 新装版 増上寺刃傷
松本清張他 日本史七つの謎
松本清張 ガラスの城〈新装版〉
松谷みよ子 ちいさいモモちゃん
松谷みよ子 モモちゃんとアカネちゃん
松谷みよ子 アカネちゃんの涙の海
眉村卓 ねらわれた学園
眉村卓 なぞの転校生
麻耶雄嵩 翼ある闇〈メルカトル鮎最後の事件〉
麻耶雄嵩 痾《あ》

麻耶雄嵩 メルカトルかく語りき
麻耶雄嵩 夏と冬の奏鳴曲《ソナタ》〈新装改訂版〉
麻耶雄嵩 メルカトル悪人狩り
麻耶雄嵩 神様ゲーム
町田康 耳そぎ饅頭
町田康 権現の踊り子
町田康 浄土
町田康 猫にかまけて
町田康 猫のあしあと
町田康 猫とあほんだら
町田康 猫のよびごえ
町田康 真実真正日記
町田康 宿屋めぐり
町田康 人間小唄
町田康 スピンク日記
町田康 スピンク合財帖
町田康 スピンクの壺
町田康 スピンクの笑顔
町田康 ホサナ

三島由紀夫 TBSヴィンテージクラシックス編 告白 三島由紀夫未公開インタビュー
三浦綾子 ひつじが丘
三浦綾子 岩に立つ
三浦綾子 あのポプラの上が空〈新装版〉
三浦明博 滅びのモノクローム
三浦明博 五郎丸の生涯
宮尾登美子 新装版 天璋院篤姫(上)(下)
宮尾登美子 新装版 一絃の琴
宮尾登美子 東福門院和子《まさこ》の涙(上)(下)〈レジェンド歴史時代小説〉
皆川博子 クロコダイル路地
宮本輝 骸骨ビルの庭(上)(下)
宮本輝 新装版 二十歳《はたち》の火影《ほかげ》
宮本輝 新装版 命の器
宮本輝 新装版 避暑地の猫
宮本輝 新装版 ここに地終わり 海始まる(上)(下)
宮本輝 新装版 花の降る午後(上)(下)
宮本輝 新装版 オレンジの壺(上)(下)
宮本輝 にぎやかな天地(上)(下)
宮本輝 新装版 朝の歓び(上)(下)

宮城谷昌光 夏姫春秋(上)(下)
宮城谷昌光 花の歳月
宮城谷昌光 重耳《ちょうじ》(全三冊)
宮城谷昌光 介《かい》子《し》推《すい》
宮城谷昌光 孟嘗君 全五冊
宮城谷昌光 子産(上)(下)
宮城谷昌光 湖底の城〈呉越春秋〉一
宮城谷昌光 湖底の城〈呉越春秋〉二
宮城谷昌光 湖底の城〈呉越春秋〉三
宮城谷昌光 湖底の城〈呉越春秋〉四
宮城谷昌光 湖底の城〈呉越春秋〉五
宮城谷昌光 湖底の城〈呉越春秋〉六
宮城谷昌光 湖底の城〈呉越春秋〉七
宮城谷昌光 湖底の城〈呉越春秋〉八
宮城谷昌光 湖底の城〈呉越春秋〉九
宮城谷昌光 侠骨記〈新装版〉
水木しげる コミック昭和史1〈関東大震災～満州事変〉
水木しげる コミック昭和史2〈満州事変～日中全面戦争〉
水木しげる コミック昭和史3〈日中全面戦争～太平洋戦争開始〉

水木しげる コミック昭和史4〈太平洋戦争前半〉
水木しげる コミック昭和史5〈太平洋戦争後半〉
水木しげる コミック昭和史6〈終戦から朝鮮戦争〉
水木しげる コミック昭和史7〈講和から復興〉
水木しげる コミック昭和史8〈高度成長以降〉
水木しげる 敗走記
水木しげる 白い旗
水木しげる 姑娘《クーニャン》
水木しげる 決定版 日本妖怪大全〈妖怪・あの世・神様〉
水木しげる ほんまにオレはアホやろか
水木しげる 総員玉砕せよ!〈新装完全版〉
宮部みゆき 新装版 震える岩〈霊験お初捕物控〉
宮部みゆき 新装版 天狗風〈霊験お初捕物控〉
宮部みゆき ICO《イコ》—霧の城—(上)(下)
宮部みゆき ぼんくら(上)(下)
宮部みゆき 新装版 日暮らし(上)(下)
宮部みゆき おまえさん(上)(下)
宮部みゆき 小暮写眞館(上)(下)
宮部みゆき ステップファザー・ステップ〈新装版〉

宮子あずさ　看護婦が見つめた人間が死ぬということ
宮本昌孝　家康、死す(上)(下)
三津田信三　忌《い》館《かん》〈ホラー作家の棲む家〉
三津田信三　作者不詳(上)(下)〈ミステリ作家の読む本〉
三津田信三　蛇《じゃ》棺《かん》葬《そう》
三津田信三　百《ひゃく》蛇《じゃ》堂《どう》〈怪談作家の語る話〉
三津田信三　厭魅《まじもの》の如き憑くもの
三津田信三　凶鳥《まがとり》の如き忌むもの
三津田信三　首無《くびなし》の如き祟るもの
三津田信三　山魔《やまんま》の如き嗤《わら》うもの
三津田信三　水魑《みづち》の如き沈むもの
三津田信三　密室《ひめむろ》の如き籠《こも》るもの
三津田信三　生霊《いきだま》の如き重《だぶ》るもの
三津田信三　幽女《ゆうじょ》の如き怨むもの
三津田信三　碆霊《はえだま》の如き祀るもの
三津田信三　魔偶《まぐう》の如き齎《もたら》すもの
三津田信三　忌名《いな》の如き贄《にえ》るもの
三津田信三　シェルター　終末の殺人
三津田信三　ついてくるもの
三津田信三　誰かの家
三津田信三　忌《い》物《ぶつ》堂《どう》鬼《き》談《だん》
道尾秀介　カラスの親指〈by rule of CROW's thumb〉
道尾秀介　カエルの小指〈a murder of crows〉
道尾秀介　水の柩
深《み》木《き》章《あき》子《こ》　鬼畜の家
湊かなえ　リバース
宮内悠介　彼女がエスパーだったころ
宮内悠介　偶然の聖地
宮乃崎桜子《みやのさきさくらこ》　綺《き》羅《ら》の皇女《ひめみこ》(1)
宮乃崎桜子　綺羅の皇女(2)
三國青葉　損料屋見鬼《けんき》控え 1
三國青葉　損料屋見鬼控え 2
三國青葉　損料屋見鬼控え 3
三國青葉　福猫屋〈お佐和のねこだすけ〉
三國青葉　福猫屋〈お佐和のねこかし〉
三國青葉　福猫屋〈お佐和のねこわずらい〉
宮西真冬　誰かが見ている
宮西真冬　首の鎖
宮西真冬　友達未遂
南　杏子　希望のステージ
嶺里俊介　だいたい本当の奇妙な話
嶺里俊介　ちょっと奇妙な怖い話
溝口　敦　喰うか喰われるか〈私の山口組体験〉
村上　龍　愛と幻想のファシズム(上)(下)
村上　龍　村上龍料理小説集
村上　龍　新装版 限りなく透明に近いブルー
村上　龍　新装版 コインロッカー・ベイビーズ
村上　龍　歌うクジラ(上)(下)
向田邦子　新装版 眠る盃
向田邦子　新装版 夜中の薔薇
村上春樹　風の歌を聴け
村上春樹　1973年のピンボール
村上春樹　羊をめぐる冒険(上)(下)
村上春樹　カンガルー日和
村上春樹　回転木馬のデッド・ヒート
村上春樹　ノルウェイの森(上)(下)
村上春樹　ダンス・ダンス・ダンス(上)(下)

講談社文庫　目録

村上春樹　遠い太鼓
村上春樹　国境の南、太陽の西
村上春樹　やがて哀しき外国語
村上春樹　アンダーグラウンド
村上春樹　スプートニクの恋人
村上春樹　アフターダーク
村上春樹／佐々木マキ絵　羊男のクリスマス
村上春樹／佐々木マキ絵　ふしぎな図書館
村上春樹／糸井重里　夢で会いましょう
村上春樹・文／安西水丸・絵　ふわふわ
U・K・ル＝グウィン／村上春樹訳　空飛び猫
U・K・ル＝グウィン／村上春樹訳　帰ってきた空飛び猫
U・K・ル＝グウィン／村上春樹訳　素晴らしいアレキサンダーと、空飛び猫たち
U・K・ル＝グウィン／村上春樹訳　空を駆けるジェーン
T・ファリッシュ著／B・ルート絵／村上春樹訳　ポテト・スープが大好きな猫
村山由佳　天翔る
睦月影郎　密通妻
睦月影郎　快楽アクアリウム
向井万起男　渡る世間は「数字」だらけ

村田沙耶香　授乳
村田沙耶香　マウス
村田沙耶香　星が吸う水
村田沙耶香　殺人出産
村瀬秀信　気がつけばチェーン店ばかりでメシを食べている
村瀬秀信　それでも気がつけばチェーン店ばかりでメシを食べている
村瀬秀信　地方に行っても気がつけばチェーン店ばかりでメシを食べている
虫眼鏡　東海オンエアの動画が6.4倍楽しくなる本〈虫眼鏡の概要欄　クロニクル〉
森村誠一　悪道
森村誠一　悪道　西国謀反
森村誠一　悪道　御三家の刺客
森村誠一　悪道　五右衛門の復讐
森村誠一　悪道　最後の密命
森村誠一　ねこの証明
毛利恒之　月光の夏
森博嗣　すべてがFになる〈THE PERFECT INSIDER〉
森博嗣　冷たい密室と博士たち〈DOCTORS IN ISOLATED ROOM〉
森博嗣　笑わない数学者〈MATHEMATICAL GOODBYE〉
森博嗣　詩的私的ジャック〈JACK THE POETICAL PRIVATE〉

森博嗣　封印再度〈WHO INSIDE〉
森博嗣　幻惑の死と使途〈ILLUSION ACTS LIKE MAGIC〉
森博嗣　夏のレプリカ〈REPLACEABLE SUMMER〉
森博嗣　今はもうない〈SWITCH BACK〉
森博嗣　数奇にして模型〈NUMERICAL MODELS〉
森博嗣　有限と微小のパン〈THE PERFECT OUTSIDER〉
森博嗣　黒猫の三角〈Delta in the Darkness〉
森博嗣　人形式モナリザ〈Shape of Things Human〉
森博嗣　月は幽咽のデバイス〈The Sound Walks When the Moon Talks〉
森博嗣　夢・出逢い・魔性〈You May Die in My Show〉
森博嗣　魔剣天翔〈Cockpit on knife Edge〉
森博嗣　恋恋蓮歩の演習〈A Sea of Deceits〉
森博嗣　六人の超音波科学者〈Six Supersonic Scientists〉
森博嗣　捩れ屋敷の利鈍〈The Riddle in Torsional Nest〉
森博嗣　朽ちる散る落ちる〈Rot off and Drop away〉
森博嗣　赤緑黒白〈Red Green Black and White〉
森博嗣　四季　春～冬
森博嗣　φ《ファイ》は壊れたね〈PATH CONNECTED φ BROKE〉
森博嗣　θ《シータ》は遊んでくれたよ〈ANOTHER PLAYMATE θ〉

講談社文庫　目録

森 博嗣　τ《タウ》になるまで待って〈PLEASE STAY UNTIL τ〉
森 博嗣　ε《イプシロン》に誓って〈SWEARING ON SOLEMN ε〉
森 博嗣　λ《ラムダ》に歯がない〈λ HAS NO TEETH〉
森 博嗣　η《イータ》なのに夢のよう〈DREAMILY IN SPITE OF η〉
森 博嗣　目薬α《アルファ》で殺菌します〈DISINFECTANT α FOR THE EYES〉
森 博嗣　ジグβ《ベータ》は神ですか〈JIG β KNOWS HEAVEN〉
森 博嗣　キウイγ《ガンマ》は時計仕掛け〈KIWI γ IN CLOCKWORK〉
森 博嗣　χ《カイ》の悲劇〈THE TRAGEDY OF χ〉
森 博嗣　ψ《プサイ》の悲劇〈THE TRAGEDY OF ψ〉
森 博嗣　イナイ×イナイ〈PEEKABOO〉
森 博嗣　キラレ×キラレ〈CUTTHROAT〉
森 博嗣　タカイ×タカイ〈CRUCIFIXION〉
森 博嗣　ムカシ×ムカシ〈REMINISCENCE〉
森 博嗣　サイタ×サイタ〈EXPLOSIVE〉
森 博嗣　ダマシ×ダマシ〈SWINDLER〉
森 博嗣　女王の百年密室〈GOD SAVE THE QUEEN〉
森 博嗣　迷宮百年の睡魔〈LABYRINTH IN ARM OF MORPHEUS〉
森 博嗣　赤目姫の潮解〈LADY SCARLET EYES AND HER DELIQUESCENCE〉
森 博嗣　馬鹿と嘘の弓〈Fool Lie Bow〉
森 博嗣　まどろみ消去〈MISSING UNDER THE MISTLETOE〉
森 博嗣　地球儀のスライス〈A SLICE OF TERRESTRIAL GLOBE〉
森 博嗣　レタス・フライ〈Lettuce Fry〉
森 博嗣　僕は秋子に借りがある I'm in Debt to Akiko〈森博嗣自選短編集〉
森 博嗣　どちらかが魔女 Which is the Witch?〈森博嗣シリーズ短編集〉
森 博嗣　喜嶋先生の静かな世界〈The Silent World of Dr.Kishima〉
森 博嗣　そして二人だけになった〈Until Death Do Us Part〉
森 博嗣　つぶやきのクリーム〈The cream of the notes〉
森 博嗣　ツンドラモンスーン〈The cream of the notes 4〉
森 博嗣　つぼみ茸《きのこ》ムース〈The cream of the notes 5〉
森 博嗣　つぶさにミルフィーユ〈The cream of the notes 6〉
森 博嗣　月夜のサラサーテ〈The cream of the notes 7〉
森 博嗣　つんつんブラザーズ〈The cream of the notes 8〉
森 博嗣　ツベルクリンムーチョ〈The cream of the notes 9〉
森 博嗣　追懐のコヨーテ〈The cream of the notes 10〉
森 博嗣　積み木シンドローム〈The cream of the notes 11〉
森 博嗣　妻のオンパレード〈The cream of the notes 12〉
森 博嗣　カクレカラクリ〈An Automaton in Long Sleep〉
森 博嗣　DOG&DOLL
森 博嗣　森には森の風が吹く〈My wind blows in my forest〉
森 博嗣　アンチ整理術〈Anti-Organizing Life〉
森 博嗣 原作／萩尾望都　トーマの心臓〈Lost heart for Thoma〉
諸田玲子　森家の討ち入り
森 達也　すべての戦争は自衛から始まる
本谷有希子　腑抜けども、悲しみの愛を見せろ
本谷有希子　江利子と絶対〈本谷有希子文学大全集〉
本谷有希子　あの子の考えることは変
本谷有希子　嵐のピクニック
本谷有希子　自分を好きになる方法
本谷有希子　異類婚姻譚
本谷有希子　静かに、ねぇ、静かに
茂木健一郎　「赤毛のアン」に学ぶ幸福《しあわせ》になる方法〈偏差値78のAV男優が考える〉
森林原人　セックス幸福論
桃戸ハル編・著　5分後に意外な結末〈ベスト・セレクション〉
桃戸ハル編・著　5分後に意外な結末〈ベスト・セレクション　黒の巻・白の巻〉
桃戸ハル編・著　5分後に意外な結末〈ベスト・セレクション　心震える赤の巻〉
桃戸ハル編・著　5分後に意外な結末〈ベスト・セレクション　心弾ける橙の巻〉
桃戸ハル編・著　5分後に意外な結末〈ベスト・セレクション　金の巻〉

2024年3月15日現在